春潮NOV+

回

到

分

歧

的

路

口

深蓝 著

中信出版集团 | 北京

图书在版编目（CIP）数据

深渊 / 深蓝著. -- 北京：中信出版社, 2024.2（2024.11 重印）
ISBN 978-7-5217-6149-8

Ⅰ.①深… Ⅱ.①深… Ⅲ.①长篇小说－中国－当代
Ⅳ.①I247.5

中国国家版本馆CIP数据核字(2023)第213318号

深渊

著　　者：深　蓝
出版发行：中信出版集团股份有限公司
　　　　　（北京市朝阳区东三环北路27号嘉铭中心　邮编　100020）
承 印 者：河北鹏润印刷有限公司

开　　本：880mm×1230mm　1/32　　印　张：13.75　　字　数：250千字
版　　次：2024年2月第1版　　　　　印　次：2024年11月第3次印刷
书　　号：ISBN 978-7-5217-6149-8
定　　价：59.80元

第一章

1

2011 年 9 月 10 日，我第一次处理辛吉然的警情。

那天晚上 8 点多，辖区悦江苑酒店打来报警电话，称有人酒后在大堂闹事，请求帮助。我和值班副所长范杰出警来到悦江苑酒店时，一名胡子拉碴一头乱发的中年男子正衣冠不整地躺在酒店大堂茶几上睡觉，一只皮鞋扔在沙发上，半瓶牛栏山二锅头歪倒在一旁的地板上，散发着阵阵酒气。

"辛叔，快起来，这儿不是睡觉的地方。"范杰蹲下身子晃动辛吉然。他的态度令我诧异，印象中类似场景范杰从没这么客气过。他似乎认识这个"酒麻木"，还喊他"叔"。

"辛叔"只是歪头看了范杰一眼便扭过脑袋，口中含混地说了句"走开"，然后翻了个身。我有些生气，伸手要掏腰间单警装备里的约束带，准备把他捆起来带走，但范杰却按住了我的手。

"辛叔，我是小范，人家酒店要做生意的，我送你回家睡觉吧。"范杰的口气更加温和了，不知这位脾气一向不好的刑侦副所长为何突然变了个人。

"辛叔"依旧不搭理范杰，迷迷瞪瞪地摆摆手，示意我们走开。范杰也不生气，走到茶几另一侧扶起"辛叔"，大概想把他转移到沙发上。刚走到近前的酒店保安经理张成国会错了意，随手招呼身边几名保安，"帮一下范警官，把人扔外面去"。

两名保安气势汹汹地走上前来，范杰却突然朝他们瞪了眼。

"上一边去！"

两名保安愣在那里面面相觑，不知还该不该再上前帮忙。

范杰弯腰抱起"辛叔"，又把他放在沙发上。"辛叔"俨然醉得意识全无，在沙发上坐了几秒便躺倒下去，嘴里嘟囔着要"喝水"。范杰示意我去酒店前台买两瓶水，我照做。借买水的工夫，张成国悄悄问我："这位是范所长亲戚？"

我摆摆手，让他别瞎猜，范所哪有这号亲戚。但其实自己心里也在打鼓，如果不是亲戚，范杰为何对他这么客气，还喊他"叔"？

连灌两瓶矿泉水后，"辛叔"状态似乎好些了。围观的住客越来越多，范杰决定送"辛叔"回家。我把警车开到酒店门口，范杰抱着"辛叔"在两名保安的帮助下往外走。"辛叔"则搂着他的脖子，像个孩子一样缩在他怀里。

"开车，二矿小区……"范杰把"辛叔"放在警车后座，顺手拉上了车门。

辛吉然时年54岁，家住二矿小区8栋301，是周遭有名的"酒麻木"。那时我刚接手河西社区当片警，对社区情况还不甚了解。二矿小区虽属河西社区，但我并不知道辛吉然这个"酒麻木"的存在。

车停在二矿小区8栋楼下，范杰跳下车。蜷缩在后座的辛吉然已经睡着。我和范杰叫了他半天，他仍是含混地嘟囔着什么，并没有下车的意思。我问范杰怎么办，要不要先送医院。范杰说不用，说完便钻进车里，再出来时辛吉然已经伏在了他的背上。

可能范杰的动作过大，也可能辛吉然着实醉得厉害，范杰刚迈出步子，"呕"的一声，辛吉然吐了，全吐在了范杰肩膀上。

一阵伴着酒气的恶臭扑鼻而来，呛得我咳嗽了一声。范杰也皱皱眉头，却没有做其他反应。他背着辛吉然上楼，我拎着辛吉然的皮鞋走在后面，一同进入了他位于 301 的家中。

辛吉然家里的状况同样令人吃惊——60 平米的三居室里没有任何像样的家具，一台 21 寸的老式大屁股电视机摆在客厅地板上，旁边是一张床垫，上面胡乱堆放着几床脏兮兮的被褥。

客厅挂着一盏小小的白炽灯，其他房间则漆黑一片。范杰把辛吉然放在床垫上，辛吉然顺手拉过身边一条破毯子裹在身上，不出一分钟便响起了鼾声。我厌恶地看着他的醉态，范杰则赶紧把布满污物的警服上衣脱下来。

我说你趁早拿到卫生间洗一下，不然等会儿臭味浸入纤维就洗不掉了。范杰苦笑一声，说回所里再收拾吧，他家没水。

安置好辛吉然，我和范杰开车回派出所。他的脏警服扔在后座，依旧散发着刺鼻的味道。

"这家伙是谁？你家亲戚？"强忍着车厢里的酒臭味，我问范杰。

"嗐，老前辈。"他说。鼻音很重，应该也是受不了那个味道。

"警察？"

"嗯……以前是。"

对话到此便结束了，因为那股味道实在太要命。

2011年12月5日，我第二次处理辛吉然的警情。

那天下午，南苑小区居民报警称有个男人躺在小区外面的排水沟里一动不动，不知是睡着了还是死了。我和同事刘广文出警，路上刘广文说八成是辛吉然喝多了。我说你怎么知道的，他说猜的，但到现场后发现果真是辛吉然。

那天辛吉然同样蓬头垢面地躺在排水沟里，身上的破面包服划了几道口子，棉絮露在外面。刘广文上前看了情况，确定他只是喝醉睡着了，于是招呼我上前搭把手，把他从排水沟里拖出来。

拖拽过程中辛吉然醒了，他挣脱我和刘广文重新回到排水沟里摸索，似乎有什么重要东西落在了水里。刘广文无奈背手站在沟边看，不多久辛吉然从污水里拎出一个农夫山泉瓶子，里面装着半瓶液体，不知是水还是酒。

"老哥，送你去趟医院吧。"像之前的范杰一样，刘广文口气也很软。但辛吉然没理他，拎起瓶子灌了一口，晃悠着沿马路往南走去。

12月的气温已经很低，辛吉然又浑身湿透。刘广文开车追上辛吉然，喊他上车。辛吉然看了刘广文一眼，继续踉跄着走路。刘广文没把车开走，而是缓慢地跟在辛吉然身后，一直开到二矿小区8栋楼下。

"你去胖嫂那儿买几个肉包子回来。"下车前刘广文递给我20元钱。我去买肉包子，刘广文则跟在辛吉然身后走进了单元楼。

带着包子回到辛吉然家，刘广文和辛吉然正盘腿坐在地上说话。见我进来，刘广文向辛吉然介绍说"这是新来的社区民警小李"，辛吉然只是抬头看了我一眼，轻轻说了句"见过了"。我从兜里掏出烟来打给二人，刘广文叼在嘴里点燃，辛吉然则把烟塞进了身旁一个旧烟盒里。

油田虽地处南方，住宅小区也有集中供暖，然而不知为何辛吉然家却冷得出奇。我站了一会儿便开始发抖，刘广文在地上也坐不住，不时挪动屁股。大概又过了十几分钟，刘广文应该是坚持不住了，说了句"老哥你休息吧，我们先回了"便起身告辞。走到门口他好像想起什么，折回去从兜里掏出20元钱递给辛吉然，让他留着明天吃饭。

辛吉然接了钱。我也急忙从兜里掏钱，正好有张100的票子便拿了出来，不料刘广文一把夺过来塞回我兜里，拉着我离开了辛吉然家。

"不能给他这么多钱，他会都拿去买酒，喝死了怎么办？够他吃顿饭就行。"返程路上，刘广文说。

我很惊讶，说辛吉然的酒瘾已经到这地步了吗，刘广文说那可不咋的，你没见他屋里已经没一件像样家具了？都被他换成钱买了酒。连油田集中供暖装的暖气片都没跑脱，要不他屋里怎么这么冷。

我不禁唏嘘，想起上次范杰的话，问刘广文，辛吉然之前不是我们公安局的警察吗？怎么变成了这个样子？他现在还上班吗？

"上班？这样子咋上班？"刘广文说。顿了顿，他又说辛吉然以前可不是这副样子，那时市公安局刑侦口有"四大金刚"，辛吉然位列第一。"直属侦查大队的大队长，正儿八经的正处级侦查员，如果还是警察，现在起码是赵干哲的领导。"刘广文说。

我知道市局刑侦口有"四大金刚"的传说，但不同版本的"四大金刚"却各不相同。细数之下，入围的大概有刑侦支队的赵干哲、桥东分局的局长王正操、局机关纪委的徐延生、南关派出所所长程虎、督察支队政委杨向前等等，但辛吉然位列其中这事儿是第一次听说，更不必说他"位列第一"。

"辛吉然、赵干哲、王正操、程虎四位是真的，也是当年刑侦支队连续侦破'8·28'杀人案和'9·15'劫车案后郑局长开会时认定的，你说的另外几个都是当了领导后群众们拍马屁拍出来的，没啥意思。"刘广文说。但他随即叹了口气，接着说这些都是往事了。现在只有程虎还在刑侦一线，其他有的当了领导，有的去了机关，都算有个好归宿，除了辛吉然。

"辛吉然整天这个样子，家里人不管他吗？"我问刘广文。

"唉……"刘广文又叹了口气，说辛吉然已经没有家人了。

"没有家人了？"我问。

"嗯，儿子死了，老婆也自杀。"刘广文说。

"啊？"我吃了一惊，急忙问他怎么回事。

"听说过1999年的'2·15'专案吗？就是因为那起案子……"刘广文说。

1999年，对油城公安来说是一个多事的年份。那年冬天冷得出奇，春天却来得很晚，直到3月下旬，前一年的冬雪还没有完全融化。就在这片皑皑白雪中，发生了油城建市以来最恶劣的系列强奸杀人案。

第一起案件发生于那年除夕夜，一对新婚夫妇去父母家吃团圆饭，回家路上途经幸福农场时被人拦下，丈夫身中十几刀身亡，妻子则被歹徒拖到附近农场雪地里强奸，之后也惨遭杀害。

案情恶劣，油城公安马上成立专班进行侦办，时任刑侦支队直属侦查大队长的辛吉然担纲领衔，但还未等他理出头绪，便又发生了第二起案子。

第二起案子发生于一周后，受害者是租住在市武装部仓库的一对母女。母亲38岁，女儿17岁。歹徒深夜撬开了租住房的门锁，进入房间后将母女二人捆在椅子上强奸，之后将母女二人杀害。

接着是第三起和第四起，受害者分别是一名化工厂女工和一位职工技校女教师。同样的手段，同样的情节，一个月内发案四起，一时间全市人心惶惶。

那段时间年轻女性天黑后不敢独自上街，不少厂矿企业安全起见取消了女职工夜班，甚至连公安局的女警下夜班也大多由男警护送回家。

"不过这世上总有人'趁火打劫'，比如赵干哲。那时候他整天送宣传处的女警小金回家，送着送着他也去了人家家。"刘广文突然话题急转，他喜欢开现任刑侦支队一把手赵干哲的玩笑，丝毫不拿他当领导。赵干哲结婚晚，35岁才成家，这事儿一直被刘广文拿来取笑。

"扯远了扯远了。"刘广文点了一支烟，把空烟盒团成球塞进口袋里。

社会影响至此，辛吉然等人的破案压力可想而知。但案件中可供使用的线索却不多——案发大多是夜间，地点也多是平时人迹罕至的位置，没有监控，更没有路人；受害女性遭遇性侵，体内却未发现歹徒精液。几位受害者皆是被利刃杀害，但根据法医检验，四起案件中歹徒使用的凶器各不相同。

就在辛吉然带领专班连轴转的时候，第五起案件发生。

4月3日夜间，一名从医院探望病人回家的中年女性受害，地点位于XD1国道附近。好在她被歹徒捅了几刀后装死，后趁歹徒不备冲上了国道。正巧运输公司的车队路过，女子被车队司机们救下。

从受害女子口中，辛吉然得知实施轮奸的男子共有三人，都很年轻。其中一人讲普通话，两人讲本地方言。由于当时天黑，受害人没有看清三名歹徒的相貌，但她提供了一个重要细节——在抗拒强奸时她曾用石头打伤那名讲普通话的男子头部，而且听男子似乎说了句"出血了"。

辛吉然马上带人去了案发现场，经过拉网式搜查，民警的确在案发现场不远处的玉米地里找到了那块石头，上面果真有一块很小的血迹，法医从中提取到了一组DNA样本。

同时警方还在现场发现了一个避孕套的内包装纸，经辨认属于一个叫"长乐"的品牌。这个牌子的避孕套不在市场销售，是市计生委免费发放给各个单位计生办的。

后经第五案女受害人回忆，歹徒作案时确实有戴避孕套的细节。性侵还带着计生用品，这就可以解释前四案中警方未发现歹徒精液的原因。这次恐怕是逃跑匆忙，没有来得及"清理现场"。

警方随即展开新一轮摸排，重点在于"操普通话、头部受伤、20 岁左右的青年男子"。而其中另有一个大家心照不宣的标准，就是"与地方青年有密切接触的油田青年"。

2

上世纪 50 年代，长川油田建成投产，与采油区一同建起的还有规模庞大的生活区，从那时起我市有了另外一个名字——"石油城"。"石油城"内部建有一整套独立于城市之外的行政机构和生活设施，油田职工虽来自五湖四海，但统一将自己称为"油田人"，而将石油城之外的城市居民称为"地方人"。

油田投产之前，我市是 D 省有名的贫困市，油田投产之后，我市经济后来居上。油田地处城市之中，与城市共生共赢，但也存在着很深的裂痕。

油田居民看病去油田附属医院，读书在油田子弟学校，购物有油田开办的"惠民商场"，放假逛"油城公园"。油田有自己的公安局、检察院和法院，而这些机构只服务于油田职工和职工家属，并不对"地方人"开放。时间长了，"油田人"和"地方人"之间出现了一条心照不宣的鸿沟。

油田人结婚只找油田人，只有在油田混不出名堂的去"地方上"找对象。跟油田人"玩得好"的都是油田人，谁要跟"地方人"交朋友，便会给人一种"不学好"的感觉。

辛吉然结合第五起案件的受害人描述，认为轮奸案的三名嫌疑人中，两名操本地方言的是"地方青年"，而操普通话的男子则大概率是油田子弟，因为讲普通话是油田人区别于"地方人"的显著特征。警方开始按照这些线索摸排嫌疑人。前科劣迹人员，涉黄记录人员，所有适龄的、日常混迹于网吧游戏厅歌厅的人员，尤其是近期头部受过外伤、有过就诊记录的人员都在警方排查范围之内。

但即便掌握了上述线索，想在偌大个石油城里寻找一个模糊的人影，依旧无异于大海捞针。而且从石块上的血迹来看，歹徒头部受伤并不严重，短时间内便可愈合。这样一来，留给警方的窗口时间更为有限。

"那段时间我们摸排的人数不到一万也过了八千，所有头部受过外伤的都要送到公安局做 DNA 鉴定，后来甚至在街上见到戴帽子的适龄男性，都要掀开帽子看看……"刘广文说。

而作为专班领导，辛吉然自然是最着急的人。

"从第五起案子发案后他就不回家了，吃住都在办公室解决。心里急啊，这点小伤，恢复得好两周就看不出来了……"刘广文接着说。

前方有鬼探头的电动车，吓了刘广文一跳，他一脚踩死刹车，把脑袋伸出窗外想去骂电动车司机。无奈司机自知理亏，已经加大电门跑远了。

"后来呢？找到了吗？"讲述被打断，我追问刚缩回脑袋的刘广文。

"当时没有。"刘广文整了整被安全带扯住的外套，重新发动警车。

"那这事儿跟辛吉然家的事情有啥关系？"

"哎你接着听我说嘛。"

1999年4月14日，这日子刘广文记得很清楚。

那天中午，郑局长来专班视察工作，见到了满脸倦容的辛吉然。得知这位爱将已经半月没着家后，郑局很心疼，于是让辛吉然给自己放半天假，第二天再来。辛吉然拗不过领导，也觉得自己确实该回家看看，最后答应了。

但辛吉然这一回家，便出了事。

"他回家后，发现儿子辛小亮脑袋差不多的位置上，有一条新伤疤……"刘广文说。

或许是那段时间一直在盯着"头上有伤疤的青年男子"，辛吉然看到儿子头上的那道伤疤后，第一反应不是心疼，而是怀疑。

"怀疑到自己儿子头上？辛吉然怕是魔怔了吧？"我问。刘广文说话也不能这么说，"善于怀疑是一个刑警的必要素质，不会怀疑的人也就不会思考"。

而且辛吉然怀疑自己的儿子辛小亮，也不是毫无根据。

"老辛是个好人，也是个好警察，什么都好，唯独没能养出个好儿子来……"

那时的辛小亮在辛吉然看来，大概是他这一生最大的败笔。辛小亮时年19岁，技校毕业后没有工作，一直在外面瞎混。辛小亮自小桀骜不驯，初中就因打架转了三次学，17岁那年在游戏厅斗殴致人重伤坐了牢。当时辛吉然在公安局工作，外人看来他完全可以凭借自己的关系把儿子保出来，但不知为何，辛吉然没有那样做。

出狱后，辛小亮也没有太多改观，整日出入网吧、迪厅和游戏厅，其间依旧不时参与打架斗殴。辖区派出所民警认得辛吉然，每次辛小亮被抓，都有人知会辛吉然，问他如何处置。辛吉然也是个狠角色，直接告诉民警自己没这个儿子，让他们该怎么办就怎么办。

"按道理辛吉然在公安局坐到那个位置，应该是个厉害角色，他儿子咋成了那样？"我问刘广文。刘广文苦笑，说咱公安局有这传统，凡是一心扑在工作上的"业务骨干"，家里孩子没几个有出息的。只不过辛吉然的儿子在"没出息"这点上冒了头，成了第一个老子当警察儿子进监狱的特例。

我讪笑着不知该接什么话，刘广文的儿子明年参加高考，上个月"一模"只考了300多分，班主任几次找刘广文让他"早做准备"，看是不是赶紧转去学个艺术啥的。刘广文现在也愁得满头脓包，他以前在刑侦支队工作，半年前在老婆的离婚威胁下调回河西派出所。

"都这样，你以后结了婚有了孩子自然就明白了。干这行顾不了家，你别看现在市面上一群小姑娘嚷嚷着要找个警察男朋友，你让她们结婚试试？撑过三年不离婚，春节公安局就给她们发'模范警嫂奖'！"刘广文似乎看出了我讪笑中的尴尬。

"又扯远了，继续说辛小亮的事儿。"他拧过话题继续说。

辛吉然问辛小亮头上的伤从何而来，辛小亮说不小心磕的。辛吉然问"在哪儿磕的"，辛小亮答记不得了。辛吉然说"记不得不行，必须说明白"，辛小亮来了脾气，说"你管我在哪儿磕的，这跟你有什么关系"，然后转身摔门而去。辛吉然追到门外，儿子却已跑远了。

悻悻地回到屋里，妻子闻声走来，辛吉然迎头便质问辛小亮头上的伤是怎么回事。辛吉然妻子不知原委，但本就对丈夫不沾家一肚子火，加上辛吉然一回家便气走了儿子，两人没说几句也吵了起来。

一番争吵过后妻子也摔门而去，辛吉然独自坐在沙发上生闷气。他心里很矛盾，一方面辛小亮近几年的行径本就令他厌恶至极，而刚刚那道新疤又如一记重锤砸在了他心头；但另一方面辛吉然的潜意识又不断劝自己放宽心，儿子干不出这种事，或许那道伤疤只是一个巧合。

沙发上的辛吉然有些发抖，他难以想象假如儿子真与五起奸杀案有瓜葛，该如何向单位同事、妻子甚至自己交代。

胡思乱想了很久，感觉脑袋快要爆炸。辛吉然终于忍受不住煎熬，决定先换换脑子，等妻子和儿子回来再问个明白。他想看会儿电视，于是四处寻找遥控器。印象中电视遥控器一直放在电视柜第二层抽屉里，但辛吉然拉开抽屉却没找到。又拉开上层抽屉，辛吉然看到了遥控器，但同时也看到了让他再次气血喷涌的东西。

电视柜的第一层抽屉里放着家中平时备下的药品，公安局计生办发给辛吉然的避孕套也放在那里。辛吉然记得有一大盒，一个月前计生办主任把东西给他时，还开玩笑说"回家跟媳妇增进一下感情，别老待在办公室睡沙发"，但辛吉然带回家后便丢进了电视柜抽屉，之后也没用过。

如今那盒长乐牌避孕套的包装盒已经被撕开，辛吉然将盒子里的避孕套撒在地上数，发现少了十几个。

自己和妻子一个都没用过，怎么会突然少了那么多？那一刻辛吉然想到了第五次案发现场留下的长乐牌避孕套内包装。

辛吉然蹲在原地愣了很久，后来他回忆说那一刻他似乎被抽走了灵魂，变成了一具行尸走肉。

之后辛吉然也出了门，他要去找儿子辛小亮。

说到这里，刘广文又停了下来。车子已经开进派出所大院，他收拾东西准备回办公室。

"案子真是辛小亮做的？"我看刘广文要走，一把抓住他接着问。

"唉，怎么可能呢，刚不是说过，辛吉然当时就是为案子急红了眼，脑壳打铁……"刘广文一边挣脱我的纠缠一边说，"我先回办公室，你去给我买包烟，拉拉扯扯的像什么样子……我又跑不了。"

刘广文烟瘾很大，以前每天要抽两包烟。半年前查出"肺栓塞"之后，他老婆强令他戒烟。刘广文戒不掉，老婆便收走了他的钱包，每天只给他留 10 元"生活费"。10 元钱不够他买烟，因此之后半年刘广文便成了派出所著名的蹭烟狂魔。

我只好跑去派出所隔壁的惠民商场买了包黄鹤楼，刘广文看到烟，这才喜笑颜开，继续跟我讲辛吉然的事情。

"辛吉然找到了儿子，把他带回家，又把刑侦支队的法医老胡叫去了家里，给辛小亮抽了血。老胡意识到了一些事，暂时也不方便多说什么，临走时只是劝辛吉然跟儿子好好交流，别动手。但老胡前脚走，辛吉然后脚就把儿子捆在了暖气管道上。"刘广文说。

辛吉然让辛小亮解释他头上的伤和抽屉里的避孕套。辛小亮说头上的伤是前几天跟隔壁兴平农场的混子打架时留下的，辛吉然问他混子的名字，辛小亮不说。辛吉然问家里的避孕套去哪儿了，辛小亮也说不知道。一问两不知，辛吉然把儿子暴打一顿。

"这爷俩有仇吗？"我对辛吉然的做法表示不解，一般当爹的遇到这种事儿，潜意识里会避免代入儿子，辛吉然怎么一上来就认定是儿子辛小亮干的？刘广文撕开烟盒，从里面掏出一支烟点上，说恰好前段时间治安大队端了几家播放色情电影的放映室，还抓了一群看色情电影的小青年，其中就有辛小亮。辛吉然把这些事儿一联系，便认定辛小亮有嫌疑。

当然论脾气，辛小亮臭不过他爹辛吉然，同样论"硬气"，19岁的小混子也干不过43岁的老刑警。即便案子真有辛小亮的份儿，辛吉然在家打儿子也够不上"刑讯逼供"。终于，辛小亮没拗过父亲，把跟他打架的人的姓名和抽屉里避孕套的去向告诉了辛吉然。辛小亮承认自己谈了女朋友，避孕套两人约会时用了。

"这不就行了？"我问刘广文。

"咱觉得是行了，但老辛不这么想啊。"刘广文说。一来事关重大，二来父子间芥蒂很深，辛小亮虽然开了口，但辛吉然没立刻相信儿子——他要去找儿子提到的那些人核实信息。

但临走时辛吉然却犯了一个大错——不知他是忘了，还是因为担心儿子跑掉故意为之。辛吉然没有把辛小亮从暖气管道上放下来，而这件事直接导致了辛小亮的死亡。

"那孩子从小就有急性哮喘病，那天先是情绪激动，又被辛吉然绑在暖气管道上收拾了一番，结果辛吉然刚走辛小亮就犯了病。当时家里没别人，他自己被绑在暖气管道上，拿不到药……"刘广文说。

等到辛吉然的妻子回家时，一切都晚了。

辛小亮没有撒谎，辛吉然找到了他想找的所有人，也得到了他想得到的所有信息，途中又接到了胡法医的电话，说辛小亮的血样对比结果出来了，与现场石头上的血迹并不相同。辛吉然松了一口气，随即又有点愧疚，觉得对不住儿子，于是去菜市场买了排骨准备回家炖给儿子吃，但路上他接到了妻子电话，说儿子在医院。

那时辛吉然方才想起儿子患有急性哮喘这档子事，当他心急火燎地赶到医院时，儿子辛小亮的遗体已经送进了太平间。辛吉然在太平间门口见到了妻子，但妻子一句话都没跟他说，见他到了，便默默走了。

"根据医院给出的结果，辛小亮死于急性哮喘引发的呼吸衰竭，加上送医不及时，就这么没了。"刘广文说。

"这爹当得……的确……"我也不禁唏嘘。

"之后呢？他妻子是怎么回事？"我接着问刘广文。

"儿子丧事办完当天，老辛爱人在儿子屋里上吊自杀了。"刘广文吐出一口烟雾。

辛吉然的妻子临死前留下一份遗书，遗书很厚，足足有四五千字。妻子悉数了辛吉然的所作所为，儿子从出生到长大成人，辛吉然从来不闻不问，谈到辛小亮的死，妻子说辛吉然这些年心里只有案子，没有孩子，更没有过这个家，任何一个父亲、丈夫都做不出这种事情。

　　最后妻子说当年自己瞎了眼嫁给辛吉然，领了十八年的"模范警嫂奖"最终却换来中年丧子之痛。现在自己陪儿子一起走了，辛吉然便彻底无牵无挂，终于可以全身心地投入到他的工作中去了。

　　"你们做警察的，这辈子就该无父无母、无妻无子、无朋无友、无牵无挂！"辛吉然的妻子用红笔在遗书最后写下了这句话，后面跟着三个大大的惊叹号。

　　办完妻子丧事，辛吉然投案自首，一颗警星就此陨落。三个月后，辛吉然因过失致人死亡罪被判有期徒刑五年零八个月。

　　"谁也没有料到，查个案子，竟然把刑警队长查得家破人亡……"烟抽完了，刘广文把烟头按灭在八宝粥罐做成的烟缸里。

　　"其实他如果不投案自首，很可能不需要坐牢。"刘广文笑了笑。我明白他的意思，辛吉然的妻子自杀前并未举报丈夫，而辛小亮死于急性哮喘引发的呼吸衰竭，如果辛吉然不说，没人知道他把儿子绑在了暖气管道上。

　　"那案子呢?"我问刘广文。辛吉然的警察生涯就此终结，但他手里的案子却不能跟他一起终结。

　　"刑侦支队的赵干哲接了他的班，查了五年，最终算是'不圆满侦破'了。"刘广文说。

"啥叫'不圆满侦破'？"我不解。

"嫌疑人最后确定了，但确定的时候人已经死了，而且只确定了一个，就是那个操普通话被打破头的家伙。因为他死了，其余两个同伙的下落也就石沉大海……"刘广文有些无奈。

"那人怎么死的？"我问刘广文。

"2004年，兴源化工厂氯气泄漏，毒死了三名职工，其中就有那个嫌疑人，叫毕德华。尸检时比中了DNA，就是我们之前一直在找的轮奸案犯人，那块石头上血迹的主人。"

"两个同伙呢？"

"人都死了我们去哪儿查呢？"刘广文说。

3

我依旧时常接到有关辛吉然醉酒闹事的警情，但知道他的故事后，对他也多了些尊重和怜悯。尊重他的老前辈身份，怜悯他的如今和过往。那之后我也像范杰和刘广文一样，在处理辛吉然的警情时尽可能保证他的体面，也经常给他留下几十元饭钱。

辛吉然每次皆照单全收，也不跟我多说什么。时间长了我总结出规律，他似乎对悦江苑酒店情有独钟，因为他十次醉酒八次是在那里闹事。

悦江苑酒店过去叫长川宾馆，最早是油田资产管理处的下属招待所。招待所建立之初属于内部单位，只接待油田单位业务和来油田出差的公家客户，并不对外营业。1995年长川油田"割裂三产"，招待所由全额经费的全民所有制企业变为自负盈亏的集体所有制企业，这以后才开始对社会开放。后来二次改制，招待所被私人承包，改成了现在的名字。又过了几年，经过一番大规模的翻新和装修，悦江苑酒店挂上了四星级的牌子。

作为辖区唯一的四星级酒店，悦江苑酒店也是石油管理局和很多地方政府部门的合作单位。酒店日常不但接待南北往来的散客，还负责承办地方政府的一些重要会议。辛吉然的出现一度让悦江苑酒店的保安经理张成国很焦虑，这个40多岁的中年谢顶男人每次都会在我处理完辛吉然的警情后，问我能不能把辛吉然送到什么地方去，一劳永逸地解决这个麻烦。

"你指的是什么地方？"我反问张成国。

"不是有那种专门收容那啥的地方嘛……之前那个王秃子……"可能听我语气不好，张成国话说得小心翼翼。

王秃子是个吸毒人员，之前吸嗨了也来悦江苑酒店闹过，事后被我送去"强戒"。

"王秃子去的那是强制隔离戒毒所，辛吉然不吸毒，这世上也没有强制隔离戒酒所一说。"我说。

"可他这隔三岔五来一趟，我们也受不了啊。"张成国说。

"这事儿搁以前民警怎么处理的？"我问他。

"唉……"张成国又是一声叹气，"还能怎么处理，打电话报警，警察来了带他走，过不了几天接着来，就这么循环往复呗。"

我点点头，却没说话，因为我能做的也不外乎张成国说的这些。

其实我也对辛吉然总找悦江苑酒店麻烦的路数有些不解，以前问过他，辛吉然只说喝醉了想找个地方睡觉而已。我觉得他没跟我说实话，不远处的创业公园里躺椅多的是，很多醉汉喜欢去那儿醒酒，唯有辛吉然热衷于来悦江苑酒店。

"你们是不是之前哪儿得罪过他？"我问张成国。印象中他手下那几个保安小伙子文化程度不高但嘴很欠，损起人来一套一套的，难保对辛吉然说过什么难听的话被他记恨了。

"哪儿能呢？我们平常平和得很……"张成国满脸迷茫。

"嘿，看来平常你这耳朵也不怎么灵光。上次过来出警，保安员背后骂我'黑皮狗子'，你就站我旁边，没听到？"

张成国气得跺脚，一边道歉一边说他回去查，看是哪个嘴欠的家伙干过这等好事。

听刘广文讲过"2·15"专案后我挺感兴趣，后来又找他聊起过几次，还提过一些自己的看法，比如"毕德华死亡时间与案发时间只隔几年，能不能摸到他当年的社会关系网"，"避孕套包装上有没有批次和条形码，能否按照这些信息找到那批避孕套的接收单位"，等等。

我甚至认为当年这几起案子不该串并，单凭刘广文跟我讲的那些我便觉得案子串并得没道理——虽然五起案件发生时间很近，但有很多细节层面的差别。比如化工厂女工遇害在白天，其他四起案子受害者却都是夜里出的事；又比如职校教师死在学校单身宿舍里，其他四起案子却都发生在市区外；再比如前四起案子的受害者基本都是20多岁的女青年，最后一起案子的受害者却是个40多岁的中年妇女。

但刘广文说这些你能想到的事情，专班那帮老杆子当年早就想过，而且做过了。"不要轻视老同志，他们走过的桥可比你走过的路还多。"后来可能把刘广文问烦了，他说案子现在在支队长赵干哲手里，你要感兴趣的话去找他聊吧。如果帮赵干哲把案子破了，下次再评"四大金刚"可能把你也算上。

"你就是个片警，知道啥叫片警不？管一片的警察。没事儿别琢磨这些，多去社区跟晒太阳的老头老太太聊聊天。把他们哄开心了，给你介绍个女朋友。你看你也老大不小了，难道要跟赵干哲似的，到35岁才娶媳妇？"刘广文又拿赵干哲开玩笑。

我知道如今的刘广文已经对与"案件"有关的一切事物丧失了兴趣。从刑侦支队调回派出所后，刘广文经常自称是"预备退休"人员，过着甩手掌柜的日子。其实他才刚过45岁，离退休还远着。所长杨胖子最初提议他当刑侦副所长，解决副科级别。刘广文说哪有45岁的副科，不够丢人的。杨胖子又安排他去案件队，但刘广文说案件队队长范杰是他徒弟，哪有徒弟指挥师父的道理。

后来刘广文当了社区民警，管着河西派出所最小的社区。不值班的早上，所里点完名，他便拎着小包"做社区工作"去了。鬼知道他去了哪里，但一般每天10点半左右他会给我打电话，喊我去"配合工作"。那时我就知道，肯定是他早上从老婆兜里偷出来的烟抽完了，喊我去应急。

"印泥钢笔一插，酒店宾馆网吧，一天巡逻三趟，老婆喊我回家。"刘广文的顺口溜张口就来，简单的四句话里蕴含着他的工作态度。"搞案子做什么？你看赵干哲，搞着搞着把自己搞成了胖子；你再看辛吉然，搞着搞着把自己搞成了案子，你说你是想当胖子还是想当案子？"

我说我啥都不想当，就是对那个案子有点兴趣而已，至于被你说得那么夸张吗。

2012年3月12日，星期一，植树节。上周末跟同事换了班，我有幸成为植树节的留守人员。上午，所里一半民警去沿河大堤参加植树活动了，我留下值班。9点多接到张成国电话，说辛吉然又来了。

"大早上喝成这样，也真是没谁了……"张成国在电话那端抱怨。我也有些纳闷，本地的确有"喝早酒"的习惯，但很少有人会喝醉。以前辛吉然的醉酒警情最早也是中午，他自己说过上午不喝酒，不知今儿怎么破了例。

放下电话我去了悦江苑酒店。不是啥大事，当天所里留守的人也不多，因此我没叫其他人。来到酒店大厅，同样的人，同样的情境，只是那天上午酒店好像有什么重要会议。大厅里设置了"报到处"，LED屏幕上也滚动着"热烈欢迎"的字幕。在一众衣着光鲜的人群中，披头散发的辛吉然躺在茶几上，充满了违和感。

"今天来开会的人多，保安忙着没注意他，9点刚过就进来了，躺在茶几上睡觉，要不是浑身酒气，我还以为他跑这儿来睡回笼觉呢。"张成国指着辛吉然抱怨。

我上前拍了拍辛吉然。

"辛叔，醒醒。"

他鼾声如雷，身体却没有任何反应，脚边歪倒的半瓶牛栏山二锅头散发出阵阵酒气。

"那个谁，赶紧把陈姐喊来，先把卫生处理了！看不见厅里这么多客人，她是什么工作态度，一到紧要关口就不见人！"张成国回头朝一名保安喊。

保安闻声而去，我看辛吉然这状态一时半会儿也醒不了，心一横，准备把他抱上警车送回家。本想喊张成国过来搭把手，但这鸡贼的家伙却突然装模作样地拿着对讲机边喊话边朝内厅走去。他今天为迎宾穿了新西装还喷了香水，估计猜到我会叫他帮忙，所以提前溜了。

无奈，我只好走到茶几旁弯下腰，一只手从辛吉然的颈后穿过托起他肩膀，另一只手从他膝下穿过托起大腿。醉汉不比正常人，尤其是辛吉然这种已经烂醉如泥的家伙。他的关节早已没了支撑作用，周身重量集中在我两臂。看似干瘦的身体，我第一下竟没托起来。

深吸口气再来一次，但正准备发力起身时却突然感觉自己肚子被人狠狠捣了一拳，那拳打得毫无征兆，我刚提起的一口气顿时泄了，一下没撑住，整个人都趴在了辛吉然身上。

"辛叔你……"

用拳头捣我的肯定是辛吉然本人，我吃了一惊，刚刚他还鼾声震天，晃都晃不醒，这会儿怎么？

"住嘴，你走！"他的语气中却明显透着清醒。

我一下愣在那里。

保洁员一手拎清洁工具一手捂鼻子从远处走来，她露出的半张脸上写着嫌弃和不情愿。

"大厅又不归我管，又让我来顶缸……"她一边抱怨一边打扫辛吉然留在地上的污物。但当保洁员捡起地上的酒瓶准备扔进垃圾桶时，刚刚还在"酣睡"的辛吉然却突然坐起来哼了一声，一把夺过保洁手中的二锅头酒瓶，晃悠着朝酒店门口走去。

我和保洁都是一愣。

"哎，你说这人！"保洁被吓了一跳，我顾不得多想，赶紧跟了出去。

4

赵干哲是市公安局刑侦局长，这个职衔大家听起来很陌生，换成"刑侦支队长"则比较熟悉。其实"刑侦局"这个名字是赵干哲自己起的。他说"支队"还是"队长"，但"刑侦局"就能喊"局长"。

我在警校参加入警培训时便认识赵支队，当时他是侦查技术教官，受省厅政治部教育训练处委托给全省新警讲课。听说我是油城公安局当年度招录的新警后，赵支队对我多了些关注。毕竟给本单位培养人，要求也严了许多。当年我一共上了他一周课，却几乎天天被他骂，以至于不明真相的同期学员都以为我先前得罪过他。

分到河西派出所后，我和赵支队也不时见面。他家住在派出所后面的平安小区，晚上经常跑来所里找值班民警打屁。我家在外地，常年住在所里，属于备勤室"常住人口"。每次见面赵干哲都指着我对众人说："这是我小徒弟，我在警校教过他！"

因为他是领导，所以大家都恭维说"难怪小李这么优秀，原来是支队长的弟子",只有刘广文揶揄他说:"你那套不是传女不传男吗?你不就收过小金一个徒弟吗?她嫁给你后你不说再不收徒弟了吗?怎么今儿又跑出个'小徒弟'呢?"

赵干哲便斜着眼看刘广文,说:"我乐意,你管我?"

一来二去熟了,我发现赵干哲其实是个蛮有意思的人。

他比刘广文大6岁,那年刚满51。正如刘广文所说,赵干哲是个胖子,体重估摸得有250斤,一坐下去大肚子顶着警服衬衣,恨不得把扣子崩开。两人同时出现在河西派出所时所里便犹如开了"相声大会",一般是赵干哲率先开火,上来就拿刘广文的工作态度说事儿,"阿文啊,你看警犬队的狗每天都比你忙"。然后是刘广文抽烟的事,"你这不是抽烟,是纵火,得让杨胖子给你下'消防隐患通知书',免得哪天你把派出所点着了他陪你一块儿去拘留"。刘广文也丝毫不顾及赵干哲的领导身份,"胖"和"娶不上媳妇"是他应对攻击的两把武器。

"结婚晚是我不凑合,必须找真爱。胖是因为工作忙,过劳肥!"赵干哲被说急眼后往往这样解释。他也时常跟人说自己年轻时和辛吉然一样瘦,瘦得像根甘蔗,所以外号也叫"甘蔗"。

起初大家深表怀疑,因为治安支队的副支队长李建涛瘦得像只猴子却得了一个"熊熊"的绰号,难保"甘蔗"也像"熊熊"一样是大家对他善意的反讽。直到后来有次,百口莫辩的赵干哲在民主生活会的PPT首页上放了一张自己年轻时的照片,看到30年前他电线杆般的模样,大家才在一阵哄笑中相信了他的话。

"当年公安局刑侦支队的'四大金刚',辛吉然排老一,我老二,桥东的王正操排老三,南关所的程虎排老四……"赵干哲经常在公开场合不无自豪地宣扬，"但是除了我和辛吉然其他的都有争议，比如王正操，其实是个坨坨，当年他的案子都是他徒弟程虎搞的，他就是占他徒弟便宜……"

这话传到王正操耳朵里，作为分局领导的他面子上过不去。他跟赵干哲是多年的老杆子，说话也很随意，于是他在分局开会时也放出话来。

"你们赵支队评'四大金刚'时就胖得跟个狗熊似的，哦不对，胖得跟电影里的'金刚'似的，所以大家一致认为他才该是'四大金刚'之首。"

消息传回到赵干哲耳朵里，他气得在办公室大骂："×，王正操他放狗屁，那时候我才120多斤，他才胖得跟个狗熊似的！"

"听阿文说，你对'2·15'专案感兴趣？"一天晚上，在"相声大会"上彻底战胜刘广文并把他气得回二楼备勤室睡觉后，意犹未尽的赵干哲坐在一楼值班大厅抽烟。

我不知道一向不跟领导谈工作的刘广文啥时候跟赵干哲说了这事儿，他今儿问我，又是因为什么。

但我还是点了点头。

"怎么？受害者里有你亲戚？"赵干哲接着问我。我说那倒不是，单纯地感兴趣而已。

"你觉得那几起案子当年不该一起搞？"

"嘻，只是有点感觉，我是个片警，又不懂案子，胡乱说的……"

"片警也是警察，我以前也是片警，刘广文以前也当过片警，谁说片警不能搞案子呢。"赵干哲说，"来，你把之前跟阿文说的那些话再跟我说一遍。"

"其实也没啥，就是觉得那几起案子有些细节不太一致，所以感觉分开查或许好一点。"刘广文可以跟赵干哲没大没小，但我不行。他毕竟是市局领导，既然发了话，我就得听话。于是便把之前跟刘广文讲的那些话给赵干哲复述了一遍。

"小伙子挺有想法的，想不想过来给我帮个忙？"听我说完，赵干哲说。

我受宠若惊中又有些意外。赵干哲是支队领导，我只是派出所片警。派出所上面还有分局刑警大队，大队再往上才是支队。以往这种调动非得两级常委会反复讨论，现在因为几句话支队长就要让我一步登天，这一步幸福来得毫无缘由。

"您是要让我去查'2·15'的案子？"我想确认一下他的话。

"瞧你问的，不然呢？"赵干哲说。

我赶紧说行。虽然还是不明白偌大个公安局他为何选中我，但这机会不把握住的是傻瓜。

"我很想跟赵支队学习，但得先征得派出所领导同意才行。"末了，我还是得谦虚一下，同时顾及所长杨胖子的感受。他平时很讨厌民警越过他向上级汇报工作，我不想让他觉得我是在向赵干哲献媚，打算逃离他的管辖。

"这你不用管，我去给杨胖打招呼！"赵干哲大手一挥，竟然直接去了楼上办公室。

赵干哲出面，杨所长自然不能说不。就这样，我莫名其妙地被赵干哲"调"去了刑侦支队。原本挺开心的，觉得终于不用整天去跟晒太阳的大爷大妈打交道了，但后来才知道，赵干哲跟杨胖子打招呼时说的是，"他人还在所里上班，我尽量在非工作时间找他，不会影响他在派出所的正常工作"。

这样一来我相当于"一人分饰两角"。白天在派出所忙，晚上去支队找他，休息时间彻底泡了汤。平白无故多了一项工作，我有点后悔当初答应他。

"年轻人尽量少休息，休息多了人就会饿，饿了就要吃，吃了就会胖，胖了就像我这样！"赵干哲拍拍肚子，拿自己做例子安慰我，却忘了在刘广文面前一直说自己是过劳肥。

"既然答应了，咱就得正儿八经搞起。还是'专班'编制吧，我当组长，你来当副组长！"赵干哲说。

"组员呢？"我开心极了，给支队长当徒弟真棒，转眼名字后面就带了"长"。

"本来刘广文是组员，但他太懒了，还放我鸽子，咱不带他玩了。"赵干哲说。

我开始深刻怀疑他成立这"专班"的初衷就是恶心刘广文。

"这专班就咱两人，也忒寒碜些了吧，治安支队李建涛领衔的'实名制上网专班'还有五个人呢。"我提出异议。赵干哲却把头摇得像个拨浪鼓。"年轻了不是，'大事开小会小事开大会，特别大的事不开'，所以越是重要的专班人数越少。而且你别看咱人数少，咱级别高啊，熊熊什么级别，我什么级别？"

他这理由让我无言以对。

我把赵干哲成立"专班"又让我荣升"副组长"的消息告诉

了刘广文。

"我早就知道'甘蔗'想套路我，我没上套，结果把你给套路了。"刘广文捂着肚子笑，"你别看咱赵支队平时像个憨憨，但你要真把他当成憨憨，你才是真憨憨。"

"憨憨"这词儿后来一度在网络上流行，但我第一次听到这个词，就是被刘广文发明出来形容赵干哲的。"还好你没被他完全调走，不然咱班上真忙不过来了。"他接着说，"你在这儿，我平时还能有个蹭烟抽的主儿。"他补充说。我觉得最后那句才是刘广文的真心话。

但事已至此，我也没了别的选择。

第一次跟赵支队见面讨论案情是"专班"成立那周的周三晚上，他叫我去他的办公室，先把那五起案件的卷宗看一遍。

赵干哲的办公室位于市局机关主楼的四楼东头。第一次进办公室时我还以为自己走错了地方——屋里堆满了各种东西，十几个纸箱子垒在墙边；成捆的旧报纸、杂志和文件袋摞在办公桌上，其间还夹杂着一些赵干哲的私人物品。房间南墙根竟搁着一辆旧的"二八大杠"自行车，看坐垫歪曲的形状恐怕是赵干哲以前的坐骑。

偌大的支队长办公室比装财处的仓库还要拥挤，我喊了两声"报告"才见赵干哲从一摞文件后面露出半个脑袋。这会儿反倒有些庆幸赵干哲人胖脑袋大，不然真不好找他人在哪儿。

"多少年的老物件了，一直没来得及收拾，你啥时候有空帮我整理一下吧。"赵干哲一边说，一边从身后的柜子里搬出一摞卷宗。桌上已然没有地方放，他让我接过去，放到沙发上看。我四下巡视了一遭，才在另外一堆箱子后面找到了他口中的"沙发"。

那其实是一张行军床。

"你先自己看卷子，把整个案情熟悉过来，有看不懂的地方问我。我手头有点事，先处理一下。"他说。说完便低下了头，整个人又"隐藏"到那几摞文件后面去了。

我说了声好，坐在他的行军床上开始看卷宗。

1999 年系列强奸杀人案在公安局官方档案中记录为"2·15"专案，应该是以第一起案件的案发时间命名的。七名受害者分别叫唐晓东、关姚、张丽娜、王萍、刘晓华、杜娟和陈春丽。唐晓东和关姚是夫妻，也是第一起案件的受害者；张丽娜和王萍是一对母女，是发生在武装部仓库的第二起案件的受害者；其余三人对应后三起强奸案。陈春丽是唯一幸存的受害者，也是她当年向辛吉然提供了犯罪嫌疑人毕德华的相关信息。

案发时没有网上办案系统，所有卷宗材料都是民警手写完成的。从笔迹看应该有很多民警参与了这起案件。看笔录材料题头的签名，包含了辛吉然、刘广文、赵干哲、王正操、程虎、徐延生、杨向前一干人等，还有许多不认识的民警名字，估计已经退休或者调走了。

我拿起辛吉然为最后一起案件的受害人陈春丽所做的报案笔录，时间是 1999 年 4 月 11 日下午 3 点，笔录采集地点是长川油田总医院住院部。

问：我们是长川油田公安局刑侦支队民警，现依法向你询问有关问题，你应当如实提供证据、证言，如果有意做伪证或者隐匿罪证，要负法律责任，你听明白了吗?

答：听明白了。

问：你的基本情况?

答：我叫陈春丽，女，汉族，高中文化程度，1955年7月11日生，户籍地山东省烟台市××县××镇××村3组12号，现住址D省××市××区华泰小区13栋202室。原长川油田采油厂六队职工，现下岗待业，电话号码×××××××××。

问：你今天因何事向长川公安局刑事警察支队报案?

答：1999年4月3日晚上10点多，我在XD1国道旁的菜地里被人轮奸并捅了三刀。

问：说一下当时的具体情况。

答：1999年4月3日晚上，我去长川油田第二医院看望患病的家属，大概晚上8点半离开医院回家。我家住在华泰小区，回家路上需要经过一段XD1国道。我早上去医院时骑的自行车，但是坏了，一时也修不好，晚上我就走路回家。路过XD1国道时我被三个男青年拦住，他们先是找我问路，后来又说自己来这边玩，身上钱不够了，找我借钱。我当时很害怕，就把身上带着的108元钱都给了他们。但他们还是不放我走，还把我挟持到了XD1国道南边的一块农田里。我一直求他们放过我，但他们还是轮奸了我。轮奸之后其中一名高个男子捅了我三刀，我装死，趁他们不注意往XD1国道跑，当时国道上正好有一队卡车路过，我拦住其中一辆求救，那位司机救了我。三个男青年原本在追我，但可能是看到了车队，就跑了。然后司机报警并把我送去了医院，我才得救的。

问：轮奸你的三名男青年长什么样子？

答：我记不清了，当时天太黑，国道上也没有路灯。我只记得一人说普通话，个子很高大概有一米八五，偏瘦，短发。另外两个都说地方话，中等身材，个头也在一米七五以上。我当时很害怕，所以没记住他们各穿了什么衣服。

……

问：讲述一下你被三人轮奸的过程。

答：那名讲普通话的高个男子先从后面把我抱住……（以下内容略。）

问：法医并未从你体内提取到有关嫌疑人的DNA，嫌疑人在侵害你的过程中是否使用了计生用品？或是其他原因？

答：他们都用了安全套，是那个高个男子带来的。牌子我不记得。

……

问：在被轮奸的过程中你反抗过吗？

答：反抗过，我趁那个高个男的在我身上时用手边的石头砸了他的头，但当时我已经没力气了，所以砸得不重，只是后来听他跟另外两人说"出血了"。然后他们又打了我一顿。

问：他们轮奸你之后做了什么？

答：他们要杀我，是一个地方上的男的提出来的。我一直在哀求他们不要杀我，但他们没理我，还是捅了我三刀。

问：什么样的刀？

答：没看清，好像是一把折叠刀。

问：你伤在哪里？

答：胸部一刀，肚子上两刀。

问：有没有财产损失？

答：有，他们抢走了我 108 元钱。

问：现场地上发现一条女式项链，是你的吗？（警方出示证物）

答：是的，我有购买发票。也是被他们扯断的。

……

笔录最后是受害人陈春丽的签名和指印。

看完陈春丽的笔录，我继续向后翻，紧接着的是帮助陈春丽报案的卡车司机证人笔录，同样的格式。笔录签名民警是王正操和程虎。

问：我们是长川油田公安局刑侦支队民警，现依法向你询问有关问题，你应当如实提供证据、证言，如果有意做伪证或者隐匿罪证，要负法律责任，你听明白了吗？

答：听明白了。

问：你的基本情况？

答：我叫于侃，男，汉族，中专文化，1962 年 9 月 1 日生，户籍地重庆市巫山县××镇××号，现住址 D 省

××市××区××号，汽车运输公司大货车驾驶员，电话138×××××××。

问：你今天因何事来到长川公安局刑事警察支队？

答：我来做证，1999年4月3日晚上10点多，我的车在XD1国道××段被陈春丽拦住，她说自己被人强奸，求我救她，帮她报警。

问：你当时帮她报警了吗？

答：报了。

问：说一下当时的具体情况。

答：1999年4月3日晚上10点15分左右，我和几个同事从长沙送货回来，开车行至XD1国道××段时，一个女的突然冲到公路上拦住我的车。当时我吓了一跳差点撞到她，好在刹车及时。我下车后发现她没穿衣服，浑身是血，好像受了很重的伤。她一下跪在我跟前，求我"救命"。这时我后面的几辆车也停了下来，司机都过来了。那个女的说她被人轮奸了，轮奸她的人还要杀她，求我帮她报警。我看她的样子感觉不像是在说谎，于是就拨打了110和120。大概十几分钟后警察和救护车相继到了，之后我便跟警察一起来了公安局。

问：你此前是否认识受害人陈春丽？

答：不认识。

……

问：当时你有没有看到陈春丽伤在哪里？

答：应该是胸部和腹部都有伤口在流血，流了很多，我害怕，不敢细看，况且她还没穿衣服。

问：现场有没有看到追赶陈春丽的人？

答：没有注意，当时天很黑，我只顾着救人，没注意太多。

……

问：当时和你在一起的其他司机有几位，分别是谁？

答：有四位，分别是高××、吕××、项×和王××。联系方式分别是……

笔录最后是司机于侃的签字，上面歪歪扭扭写着"以上笔录我看过，和我说的一样"，然后是他的红指印。

我继续向后翻，后面还有几份证人笔录，都是当时跟于侃一同跑车的司机做的，内容与于侃说的基本一致。再往后是各种现场照片、证据清单和伤情鉴定结果。之后辛吉然和另外两位民警又给陈春丽做过三次补充笔录，所问内容大致与第一次笔录中类似，看来辛吉然在当年的后续侦查中也没再得到什么有用的线索。

从卷宗目录看，最后应该还有一份受害人陈春丽做现场辨认的材料，但目前这部分中只有毕德华生前的几张照片，下面留有陈春丽的签字确认，证明毕德华就是当年侵害她的嫌疑人中"操普通话的高个男子"。

"当时做过另外两个强奸犯的辨认吗？"我问赵干哲。

"做过，我找了十组人过来，但陈春丽都没认出来。既然没认出来，那材料也就没必要放进卷宗里了吧。"他说。

5

我又翻看其他四起案件的卷宗。由于没有直接证据表明作案人也是毕德华，因此封面上都备注了"在侦"二字。

唐晓东和关姚的案子，案发时间是 1999 年 2 月 15 日，地点为幸福农场西南 150 米的土路边。报案者郝某，是幸福农场退休职工。2 月 16 日清晨出门拜年路过时发现两人尸体，遂报警。

唐晓东殁年 25 岁，身中八刀，其中致命伤在颈部，大动脉出血，妻子关姚殁年 23 岁，致命伤几乎与丈夫在同一位置。两人身上所带财物被洗劫一空，据关姚家人称，关姚脖子上的金项链、关姚和唐晓东手指上的结婚戒指都不见了踪影。警方在随后的勘察中也发现，唐晓东左手无名指关节折断，估计是歹徒强行解下戒指时所致。

杀害二人的工具为刃长约 8 至 12 厘米、刀身宽约 2.5 厘米、厚约 0.2 厘米的单刃刀，刀锋弧度大概在 42°，怀疑为家用水果刀或厨刀。因为案发时在下雪，警方未能在现场找到有关嫌疑人的脚印或其他痕迹。

张丽娜和王萍的案子，案发时间是 1999 年 2 月 20 日，案发地点为长水路的长川油田武装部仓库，距离市区很远。报案者为武装部后勤管理员徐某，报案时间为两天后的 2 月 22 日。那天是徐某和张丽娜约定缴纳 1999 年上半年房租的日子，徐某一早前往仓库收租，发现张丽娜母女被害。

张丽娜殁年 38 岁，女儿王萍 17 岁。根据警方侦查，张丽娜衣着凌乱身中五刀，王萍下体赤裸，身中三刀，二人致命伤同在颈部。警方在现场提取到部分足迹样本，但受到当时的检测技术和样本质量限制，未能确定嫌疑人具体人数，初步估计为 2~3 人，身高在 170 至 185 厘米间。受害人室内被翻乱，原本准备交给徐某的 1400 元房租也不见踪影，怀疑被歹徒拿走。

涉案刀具的检验结果与第一起案件不同，刃长 20 厘米，刀宽 4 厘米，厚 0.4 厘米，单刃，刀锋弧度在 70° 左右，推测为砍刀等大型刀具。警方在母亲张丽娜的尸检报告中留了一笔记录：不排除遭遇性侵。

"不排除？"我问赵支队。他说"不排除"的意思是可能有也可能没有。毕竟当时毕德华一伙戴了避孕套，没留下精斑等痕迹。但她女儿肯定被强奸了，因为阴道口有撕裂伤。

我继续往下看，的确，王萍的尸检报告中只写着"生前有过性行为"，没有"疑似"二字。

第三起刘晓华的案子发生在 1999 年 3 月 1 日 15 时左右，受害人殁年 22 岁，兴源化工厂办公室秘书。案发地点为兴源化工厂东 500 米附近农田，报案者为附近村民刘某。报案时间是 3 月 1 日 17 时许，刘某和妻子外出归来，在农田边发现一具裸尸。刘晓华身中十七刀，右臂骨折，肋骨骨折，身上多处瘀青，下体撕裂，遇害时应该进行过激烈反抗。

此案中的凶器与第一起唐晓东案的相同。另据家属回忆，刘晓华脖子上的白金项链、左手腕佩戴的银手镯、右手腕佩戴的上海牌女表和随身的玫红色单肩包都被嫌疑人取走，包内大概有现金 770 元。

刘晓华的致命伤同在颈部，同时警方在刘晓华右手食指和中指的指缝中采集到一组非本人 DNA 数据。

"还有一组 DNA？"我疑惑地望向赵支队。

"对，但也没啥用处，这组 DNA 之前从没有过记录，之后十几年也再没出现过。"赵干哲说。

第四起杜娟的案子发生在 1999 年 3 月 7 日凌晨 2 时许，受害人殁年 24 岁，系长川油田职工技校教师，案发地点为学校单身教师宿舍 208 房间。报案者为杜娟的同事，报案时间为 3 月 7 日下午 1 点。因为杜娟上午没去上班，同事前往杜娟住处探望，发现其遇害。

杜娟全身赤裸，身中三刀。其中胸部一刀、腹部两刀，后经司法鉴定，凶器刃长 7 厘米、宽 1.5 厘米、厚 0.2 厘米，弧度约为 40°，双面开刃，怀疑为匕首或弹簧刀。但经过法医尸检，杜娟的实际死亡原因却是心脏病突发。

"心脏病？"我有些疑惑。

"是的，我们推测歹徒施暴时杜娟进行了反抗，但由于心脏病突发迅速失去了反抗能力。事后我们查了杜娟的病历，她家有心脏病史，杜娟父亲 1993 年就死于心脏病突发，所以这起案子里她不能算是被歹徒直接杀害的。"赵支队说。

杜娟案的卷宗明显比前三起案子的卷宗厚一些，勘察和检验记录之后还有侦查痕迹。而先前三起案子在勘察和尸检之后便结束了。我继续往后翻，竟然看到后面还有两张图片。

第一张是视频截图，从斜上方拍摄。拍摄地点标注为单身教师宿舍西侧楼梯拐角处，时间是凌晨 2 时 37 分。图中是一名男子，上身穿灰色夹克，背后印有白色"Sports"字样，下身穿黑色裤子、白色运动鞋，短发。图像较为清晰，但没有男子的正面影像。第二张图片很模糊，细看之下应该是把一张照片放大后取出的一部分影像。图像上有三个人影走在路上，其中两个高些，一个矮些。

"这图片是咋回事？"我拿起照片问赵支队。他朝我手里看了一眼，说是杜娟案现场监控拍的，校内有监控摄像头，拍下了第一张照片里的可疑男子，学校说并不是他们的学生。第二张照片是3月7日早上7点多拍的，拍摄者是职校一名学生的家长。原版照片是那位家长在校门口给女儿拍的纪念照。

"第四起案件发生后我们四处张贴协查通告，这位家长无意中发现给女儿拍的纪念照边上有三个人的影像，便把照片给了我们。我们做了一定处理，只留下了那三个人的影像，但是整个片子的质量很差，后期做辨认时基本用不上。"赵干哲说。

"女孩照相是在早上7点，杜娟案发生在凌晨2点，歹徒作案后不可能在现场停留5个小时等天亮再离开，所以你这张照片似乎根本没啥用处吧？"我质疑道。

赵干哲点点头，说照片是当年辛吉然留下的，不知他当时咋想的。可能确实没线索了，有什么就查什么吧。"但你仔细看看，我觉得第二张照片里左边那个男的，穿的衣服似乎跟第一张照片里的那个人有点像。"他又说。

我瞪大眼睛仔细对比，看了半天，感觉好像有那么点道理。

第二张照片里左边男子同样穿一条黑色裤子，衣服背后似乎也印有什么字样，只是距离太远看不清楚。而且男子的鞋是白色的，在照片中比较显眼。

"这个男的有没有可能是技校学生？"我问赵支队。

"刚不是已经说了，技校那边已经辨认过，说不是本校学生。"他说。

卷宗资料看完了，案情经过跟之前刘广文讲的大差不差。唯一多出来的只是刘晓华案中一份DNA样本，但赵支队也说了，基本没用上。

"看完了？"赵干哲问我。

"嗯。"我点点头。

"还坚持之前的观点不？"他接着问。

我一时不好回答。案子这种东西，听别人说案情和亲自去看卷宗是两种感觉。刘广文给我描述这五起案子时，我的确感觉没有串并案的必要，但自己看时又感觉那些所谓的细节似乎也并不关键，或许是我自己想多了。

"别着急，给你十分钟理顺一下思路。"赵干哲说着从抽屉里拿出一包烟，自己叼在嘴里一根，把另一根甩给了我。又从桌上纸巾盒里胡乱抽了几张卫生纸，着急忙慌地往办公室外跑去。

"中午吃坏肚子啦，我去趟卫生间，你慢慢想。"他的声音消失在楼道里。

赵干哲是个可爱的胖家伙，明明是已经年过半百的刑侦支队一把手，有时却像个小孩子。

他走后，我使劲思考刚才在卷宗里看到的信息，试图尽快在十分钟内梳理出一点头绪。不期待真有什么重大发现，但至少能说出点不被赵支队骂的东西。

但是说什么呢？

十分钟过了，赵干哲一脸痛苦地回到办公室。坐下，拿起水杯"咚咚"灌了两口。

"唉，这人哪，就不能太胖，不然上个厕所都费劲。"他又从纸巾盒里抽出两张面巾纸擦了擦脸上的汗珠。或许真是因为太胖，他去趟厕所都能满头大汗。

"咋样？还坚持你的观点不？"赵干哲问我。

"嗯，坚持吧……"

"别'坚持吧'，坚持就坚持，不坚持就不坚持，咋还有'吧'呢？"

"嗯，坚持……"

"理由？"赵干哲的问题很干脆。

"感觉……感觉有一起案子有点怪……"我支支吾吾地说。

"哪一起？"他追问。

"就是技校老师杜娟的那起。"我确实感觉那起案子有些怪，其他案子都发生在偏远地区，只有这起发生在市区学校的教工宿舍里。而且杜娟并非死于刀伤，而是心脏病发作。另外还有一些其他细节，我感觉不对劲，但究竟哪里不对劲一时还说不出来。

赵干哲点了点头，脸上竟露出了些许赞许。

"是吧，你个门外汉都觉得怪，那就是真的怪！"他做了一个投篮的姿势，想把刚擦完汗的纸团丢进门口的垃圾篓里，不过技术太差，纸团实际着陆点偏了很远。"刚才你要是说'不坚持了'，咱这'专班'也就开幕即是结束了。"他接着说。

"您也觉得奇怪？"我一边反问一边帮他捡起纸团扔进垃圾篓。

"可不是吗。"

"哪里怪、怎么个怪法，你试着说详细吧，不要怕说错。"或许是刚才的观点说到了他心坎上，此刻的赵干哲变身成中学时代的老师，一副循循善诱的样子。

既然这样，我也不顾忌什么了。

"第一个疑点，在杀人手法上。"我说，前三起案子嫌疑人持利刃直接划开受害者颈动脉，明显是奔着杀人去的，至于之后几刀，大概是担心受害人没有立即死亡而补刀。但杜娟案的三处刀伤都在受害者胸腹部，这一情况与前三起案件不同，却与第五起陈春丽案一致。

说到这里我想起了什么，伸手拿过陈春丽案的卷宗翻找，不多会儿便翻到了我要找的地方。

"对了，两起案件中出现的凶器也基本一致，都是刃长7厘米、宽1.5厘米、厚0.2厘米、弧度约为40°、双面开刃的弹簧刀。"我说。

"第二个疑点在案发地点上，第一、二、三、五起案件发生在没什么人的僻静处，但杜娟案却发生在校园教师公寓室内。按照一般经验，发生在荒郊野外的性侵害案件中，犯罪嫌疑人往往抱有'守株待兔'的主观态度，而发生在室内的类似案件则一般是提前谋划并踩点的。

"第三个疑点在于对受害人财产的处置。除杜娟案外，其余四起案件中犯罪嫌疑人都有侵财的动作，但杜娟案中我没有看到有关财物被盗的内容，似乎歹徒只是奔着强暴杜娟而来。"

把想说的说完后我便坐在那里，默默地抽起赵支队刚才丢给我的那支烟，紧张地等待他的点评。

"不错，上班两年不到，能想到这一步说明人很聪明，而且有侦查天赋。"半晌，赵支队说。

"其实我一直是不赞同把这五起案子串并的。"他说。尤其是第四起杜娟案发生后，赵干哲认为此案与前三起案件的情况有差异，因此建议单独立案侦查，但该提议被专班组长辛吉然否定。辛吉然认为四起案件肯定为同一伙犯罪嫌疑人所为，具备串并案条件。

"他的业务水平没的说，我以前一直听他的，但就是在'2·15'的案子上，我觉得他糊涂了。如果按我的想法，前三起案子可以串并，但第四起案子仍需推敲。老辛不同意，非要串并案。"赵干哲接着说。当时辛吉然是专班组长，他和现在桥东分局的王正操是副组长。辛吉然要求串并案，王正操同意，他不同意，组员大多支持辛吉然。最后少数服从多数，还是串到一起侦办了。

"当时只有刘广文站我的队。这次之所以单独调你过来，也是因为刘广文跟我说了你的看法。我觉得咱俩思路一致。查案子嘛，思路很关键，不然从一开始就走错，后面只能越走越错。唉，本来想叫刘广文一起的，但这家伙懒得要命……"赵干哲说。

赵干哲说，当年如果不是紧接着又发了第五起案子，他一定会坚持反对串并案的，因为杜娟的案子与前三起差别太大了。

"不说别的了，杀人手段都不一样。前三起抹脖子，第四起捅肚子。杀人不是件容易事，想想杀猪你就明白，不是随手一刀就行，更何况对方是人，所以杀人惯犯一般会采取同一种手段作案。前三起都是一刀抹了脖子，没理由突然改成捅肚子，杜娟又不是没脖子……"

赵干哲的解释没毛病，但不知为何我却突然想笑。可能是他说了那句"杜娟又不是没脖子"后下意识地伸了伸自己的脖子，而赵干哲是真胖到没脖子。

"为什么第五起陈春丽的案子让您改变了主意？"我问赵干哲。

"因为这起案子里歹徒同样用了捅肚子而非抹脖子的杀人手段，而且你看，除了杀人手段外，其他各项也基本符合前三起案件的特征。比如凶手是三人，一定程度上印证了第二起案子里的足迹数量（2~3 人）。案发时间在夜间，地点比较偏僻，也都对得上号，所以当时我又感觉可能只是杀人方式选择上的问题，并不关乎案件差别。"赵干哲说。

"当然，陈春丽这起也有一些跟前面不一样的地方。"他补充道，"比如侵财特征，陈春丽的钱是一开始就交给三名歹徒的，而且陈春丽报警后，我们去她的遇害地，发现她有些财物并未被歹徒拿走，比如金项链。"

我点点头，这点我没有想到。

"另外，你看一下女受害者的年龄。"赵支队说，"关姚 23 岁，王萍 17 岁，刘晓华 22 岁，杜娟 24 岁，陈春丽 44 岁，你不觉得陈春丽的年龄大了些吗？"

我说第二起案子里的受害者张丽娜不是也 38 岁了，赵支队说所以那起案子里也是"不排除性侵"的观点，并不能确定张丽娜同样遭遇了强奸。

　　"那您现在的观点是？"我问。

　　赵干哲却沉默了，像是在努力思考什么。

　　"有种局长讲话的感觉，你能理解不？"

　　我不理解。

　　"就是平常开大会，前面各支大队主官讲完了，局长要把所有人的意见总结一下……唉……不理解算了，等你当了局长就理解了。"

　　估计赵干哲把自己都解释蒙了。

第二章

1

2012 年 3 月 12 日上午，"醉汉"辛吉然径直回了家，我把警车甩在悦江苑酒店停车场后步行跟了他一路，想问他到底有没有喝醉，没喝醉的话为什么要在悦江苑酒店演这出戏。但一路上辛吉然都没搭理我，到他家门口时，我想跟他一起进屋，被他推了一把，然后被关在了门外。

"真是个怪人。"回悦江苑酒店取车的路上，我边走边在心里骂他。

走回酒店已近中午，保安经理张成国问我要不要在酒店一楼吃饭，今天酒店办会，准备了自助餐，主办方给了他几张餐票。他刚去后厨看了一眼，发现午餐有虾有蟹很丰盛，所以请我在这里"撮一顿"。

"怎么着，你这算是借花献佛吗？"我打趣道。悦江苑酒店是我辖区的报警大户，因为南来北往的客人多，平时难免起些纠纷，都是我过来处置。张成国一早就说"忙完这阵得抽空请你吃顿大餐"，但我一直没等到他"抽空"出来。不知今天这顿饭是不是就是他说的那顿"大餐"。

"一码归一码，该我请的我还是得请，哈哈哈。"张成国急忙解释。我说不用了，餐票你留着吧，我今天值班，所里没几个人，不可能留在你这里吃午饭。张成国听后嘴上说着"真不巧"，手却赶紧把餐票塞进了西装口袋里。

"还是那个事儿，到底有没有啥办法让辛吉然这家伙别再来酒店了？你看今儿早上这事儿得亏你来得及时，不然真被客人投诉了，我这一个月的奖金就没了。"送我出酒店大堂的路上，张成国又跟我提起了"处置"辛吉然的话题。

我说张总你的心情我理解，但我这边确实没有太好的办法。腿长在辛吉然身上，我也没法把他捆起来。上次你不是说要查一下酒店啥地方得罪过辛吉然吗，查到没？

"没有。"张成国有些无奈，说问遍了酒店的人也没结果。当然，也可能有人没说实话，但他同样没有办法。

"他第一次来你这儿闹酒是什么时候？"我问张成国。

"很早了，记不得了。"他说。

虽然张成国不记得，但对我来说并不是难事。内网上有记录，回到派出所，我很快查到了辛吉然在悦江苑酒店的第一次警情记录。

那是 2009 年 3 月份，报警人是悦江苑酒店的保洁员。根据指挥中心的接警记录，辛吉然酒后闯入悦江苑酒店职工宿舍，与宿舍一名叫钱瑛的保洁员发生冲突。接警记录内容写得很简单，看不出什么。我看平台上留着保洁员钱瑛的电话，便打了过去。

"哦，当时是我报的警。"钱瑛回忆了半天，才在电话里说，"但他那次是来找陈姐的，陈姐不见他，他耍起了彪，我怕出事就报了警……"

"陈姐？陈姐是谁？辛吉然找陈姐干啥？"我问。

"陈姐就是我们保洁组的陈春丽，我也不知道他为啥总来骚扰陈姐，可能是看上她了吧。但陈姐挺烦他的，这不今天早上他又来酒店，弄了大厅一地酒。本来大厅区域归陈姐管，陈姐不想见他，让我去打扫的。"钱瑛说。

原来钱瑛就是早上过来打扫卫生却被辛吉然夺过酒瓶的那位保洁员，怪不得听她抱怨说大厅不归她管，却叫她顶缸，但我更吃惊的是陈姐的身份。

"你刚说陈姐叫陈什么丽？"我怕自己没听清楚。

"陈春丽，春天的春，美丽的丽。"钱瑛说。

陈春丽？"2·15"专案里的陈春丽？

"陈春丽？我们这儿的保洁员啊，在，在，还在上班，辛吉然是来找她的？"接通电话后，张成国问我。

按照钱瑛的说法，辛吉然是去悦江苑酒店找陈春丽的。但1999年的案子早跟辛吉然没啥关系了，他找陈春丽干啥？当然，"陈春丽"这名字很普通，此陈春丽未必是彼陈春丽。我问张成国手里有没有陈春丽的资料，张成国查了一会儿，发来一组身份证号码。我输进警务通，果然是那个受害人陈春丽。

奇怪，不知道辛吉然演的是哪出戏。

"早上你最初喊来给辛吉然打扫卫生的'陈姐'是不是她？"我问张成国。

"对，是她。"

"她明天在酒店吗？我打算过去找她聊几句。"

"明天下午 5 点前过来吧，她上早班。是为辛吉然的事情吗？他俩真有关系？"张成国的语气里透着邪魅和八卦的味道，一个"真"字，表明他或许同样听到过什么流言蜚语。我低头看了一眼电脑屏幕，照片上的陈春丽大概只有 40 多岁，长相确实不错，估计年轻时也是位美女。

陈春丽和辛吉然年龄相差不多，万一有什么瓜田李下之事倒也可以理解。只是我觉得这有些荒唐，如果辛吉然真是为了当年的案子去找她，对我来说反倒更好接受一些。

"是不是是不是？"电话那头的张成国八卦之心不死。

"不知道。"我说。

第二天下午 2 点，我来到悦江苑酒店。

在保洁部见到陈春丽后，我给张成国使个眼色，示意他离开，我觉得有些问题不方便在旁边有无关人员时提。张成国很识趣，说了句"我得在前厅看着，有事儿你打给我就行"便离开了。

他临走时甩给我一张房卡，说去他办公室谈，那里方便些。

陈春丽时年 57 岁，比我母亲还年长些。她身高大约 164 厘米，头发花白，穿一件青绿色酒店保洁制服，年纪虽然大了，但眉宇间能看出年轻时确实挺漂亮。

跟我单独坐在张成国的办公室里，陈春丽显得有些局促，她不断揉搓双手，大概这个动作可以舒缓她的情绪。

"我是河西派出所民警李成。"说完我亮出了自己的警官证。陈春丽拿过警官证，看看照片又看看我，前后花了一分多钟，我反而被她看得有些不自在。

"这么难认吗?"我笑着说,照片确实比现在胖些。

陈春丽慌忙把警官证还给我。

"噢,那个,你别担心,我就是有点事情想找你了解一下,是有关那个常来店里的醉汉辛吉然。"我说。

"辛吉然?"陈春丽似乎对这个名字感到陌生。

"你该记得他呀。辛吉然以前是警察,就是 1999 年你那起案子的主办民警。"

"哦。"陈春丽应了一声,但没有任何表态。

"他来找你做什么?"我问陈春丽。

"不知道啊,他是来找我的吗?"陈春丽反问我。

"2009 年 3 月份他不就来找过你,你同事还帮忙报了警。"我说。

"哦,太久了,我忘了。"她说。

"他昨天找你做什么?"我重复了一遍刚才的问题。

"我怎么知道?这事儿你问不着我吧?"陈春丽反问我。

看来这事儿我在她这里是得不到什么答案了。

回派出所路上,我很郁闷。昨天早上辛吉然明显是想见陈春丽,可能正常渠道见不到,才搞这一出。但我搞不懂辛吉然为啥要这样做事。他想见陈春丽,哪怕悦江苑酒店不让他进,随便跟我或所里哪位民警说一嘴就行了,用得着这么麻烦吗?

"唉,没关系,你还是年轻啊,多攒点经验就好了,当时如果换我,绝对不会这么问。"听我说完与陈春丽的谈话过程,刘广文的话里略带有埋汰的意思。

"那你怎么问？"我赶紧摆出一副求教姿态。

"来，我教你。那个，你先去惠民超市帮我买包黄鹤楼，我润润嗓子。"刘广文说。

心中一百个不愿意，我从没听过抽烟能润嗓子。

从超市回来，我把烟直接丢在刘广文办公桌上。他也不生气，笑嘻嘻地撕开包装，掏出一根点上，也不让我一根便直接把烟盒塞进了执勤服口袋里，末了还不忘拉上拉链。刘广文的烟就像张成国的奖金——永远不够用。看他第一支烟快抽完了，我终于忍不住敲了敲桌子。

"文哥，说正事儿。"刘广文年纪比辛吉然和赵干哲都小，但还是大我近20岁，按道理我该喊他"文叔"，但所里同事之间都喊"哥"，我也只好喊他"文哥"。

"噢对对，差点把正事儿忘了。"他把烟蒂按灭在八宝粥罐改造成的烟缸里，一支烟，他两分钟不到就抽完了，这哪是抽烟，吸毒都没这样的。

"你见她之后第一句话咋问的？"刘广文问我。

"还能咋问，开门见山呗，刚不是给你复盘过谈话过程嘛，全忘了？"

"唉，以后这种事儿不能开门见山。"刘广文开始给我介绍起他多年来总结出的"谈话经验"。

"我给你打个比方啊，我偷了你的烟，你来找我要，如果一上来你就问我烟的事情，我肯定有戒心不是？那么整个对话过程中我就会时刻保持警惕，千方百计骗你，就不承认偷你烟的事儿。但是如果你上来先跟我聊别的，你大爷好吗？你大娘好吗？你侄子娶媳妇了吗？你外甥女相亲成功了吗？这样我得动脑子应付你这些问题，暂时没空考虑烟的事儿。这时候你突然把话题转到烟身上，打我个措手不及，那样我编瞎话也得要时间不是？如果张口就来，再快的脑子也跟不上趟。"刘广文说。

真没想到刘广文举例子也离不开烟这个话题。

"辛老哥这是演的哪一出……"刘广文也有些迷惑。细杆子黄鹤楼夹在他右手食指和中指之间，淡蓝色的烟雾缓缓升起。

"这事儿是赵干哲让你打听的？"他接着问我。我说不是，张成国提出来的，他想知道辛吉然总去酒店的原因。

"张成国？你让他自己打听去，他是保安经理，这种事儿他也找警察？你不要再管了。"刘广文说。

我之后没再主动接触陈春丽，辛吉然依旧不时喝了酒就睡在悦江苑酒店大厅的茶几上，张成国给我打电话求助，我只好公事公办。

"哎，他俩是不是有那种关系？"一次去悦江苑酒店出警，张成国把我拉到一旁，双手大拇指做了一个松开又按住的手势。

"是不是是不是？"他又笑得一脸猥琐。我说是个屁是，压根没这回事儿。

我转头去找上次通过电话的保洁员钱瑛。

"他经常来我们这儿，尤其是陈姐上晚班的时候，有几次，我还见他躲在院后那旮旯里偷看陈姐。"钱瑛年纪比陈春丽小十几岁，在悦江苑酒店和陈春丽住同一间职工宿舍，两人每周一、三、五值夜班时住在一起。

"你别看陈姐快六十了，惦记她的老头不少呢！除了那个醉汉辛吉然，还有看停车场的老宋。他也经常来找陈姐，还请陈姐去他的传达室吃饭。不过陈姐对这俩人都不感冒，尤其烦老宋。老宋这家伙也是怪，明知陈姐不喜欢他，还给自己加戏。他不仅盯着陈姐，还特别在意辛吉然。辛吉然一来，他肯定也跑到酒店大堂来看……"钱瑛说。

"你的意思是老宋把辛吉然当情敌啦？"我觉得很不可思议。

"可不是咋的，听其他保安说，老宋还跟踪辛吉然呢。"钱瑛说。

"老宋跟踪辛吉然？"我又吃了一惊。

"是啊！"

"他为啥跟踪辛吉然？"

"瞧你问的，还能为啥？怕辛吉然抢走了自己心上人呗。"钱瑛说。停车场老宋是个"情种"，之前用同样的办法追求过酒店另外一位三十来岁的女服务员，吓得人家直接辞职了。老宋不仅喜欢陈春丽喜欢得不行，还特别爱吃醋。这几年只要有男人跟陈春丽走得近些，也不管人家年龄几许、是啥原因，他都要去搅和。

我是怎么都想不到，中老年人的感情世界竟然也如此丰富多彩，但我也不太相信辛吉然去悦江苑酒店是为这事儿，他和陈春丽曾经的身份搁这儿摆着，不过我也不好在外人面前点破，只好附和着笑笑。

2

赵干哲的胖不是没来由，就凭他那个消夜频率，不胖才怪。

河西派出所西边是河西夜市，夜市第一家店叫杨家烤鱼。老板贵州人，店开了20多年，全市闻名，赵干哲爱得不行。他家住派出所后面的平安小区，老婆管他一日三餐，但他吃完晚饭还是爱往烤鱼店跑。

以前我晚上路过烤鱼店时遇到赵干哲，顶多打个招呼喊声"领导好"，但自从那个两人"专班"成立后，再见面就不能只给领导问好了。

"过来坐会儿，今儿不值班，晚上挺闲的吧……"领导说话就是有水平，一句话就能把你退路封得死死的。我只好点头，说确实没啥事儿，领导有啥交代？

"吃鱼吃鱼，咱聊聊案子的事情。"赵干哲让服务员再拿套餐具过来。

"来来，开瓶啤酒，解解乏，晚上回去睡得香。"说着又递来一瓶勇闯天涯。

支队领导请你吃饭喝酒，这是天大的面子，我受宠若惊的同时也明白一晚上的自由时光跟桌上的鱼头一样泡了汤。

"这几天有没有研究卷宗？有没有看出啥问题？"赵干哲开门见山。第一次在他办公室看完卷宗后他让我打包带回了派出所，说是每天晚上看一遍，必须看出点问题来才能睡觉。我抱着卷宗回到所里遇到刘广文，他听了赵干哲的要求后坏笑着说你完蛋了。我问他此话怎讲，刘广文说你挑不出毛病来赵干哲弄你，你挑出毛病来当年那帮组卷的老杆子弄你，你里外不是人。

我一下慌了，问他这可咋办。刘广文说这好办，赵干哲问你，你别跟他谈"问题"，跟他谈"收获"，就说你从前辈的卷子里学到了什么，这样两边都好交代。

一瞬间，我觉得姜还是老的辣，先前那些烟没白买。

之后的一段时间我晚上一直留在派出所备勤室里看卷宗。刘广文值班时看值班大厅不忙也会跑来备勤室找我，陪我一起看卷宗。我很开心，因为他既是经验丰富的老刑警，又是直接参与当年"2·15"系列强奸杀人案办理的人，他的加入无疑会给我更多帮助。

"单看卷宗，我确实看不出什么问题了，当年组卷的都是资深刑警，我一个半路出家的二把刀，能从老前辈们身上挑出啥毛病呢？"终于有一天，当我再也谈不出更多"收获"之后，只好跟赵支队摊了牌——总不能说"学习前辈们钢笔字写得好"之类的话吧。

"卷子吃透了，你去查一个人吧。"赵干哲一边择鱼刺一边对我说。

"查谁？查他什么？"我问赵干哲。

"一个叫韩品木的人，男的，1980年出生，30岁出头。你去平台上把他的详细信息调出来，找个机会和他碰一下，看看他现在干啥，查得越细越好。方便的话薅他几根头发回来，但尽量别让他知道你是警察。"赵干哲说。

"是不是怀疑这个韩品木跟先前刘晓华案里的那组DNA有关？"我问赵干哲。但我又有些不解，说既然怀疑他，直接拉过来采血不就行了，哪还需要这么麻烦？

"嘿，你是领导我是领导？让你干啥你就去干，做个没有脑子的工具人这么难吗？"赵干哲两眼一瞪。

韩品木的信息内网里很全，找他这个人并不费劲，但费劲的是"薅头发"，因为韩品木是个 30 岁出头的秃子。

这个年纪头顶就一毛不拔的人不多，本就高高瘦瘦的韩品木顶着秃头在人群中更是显眼。他是郊区惠民木工厂的工人，一听"惠民"二字我便明白是长川油田的外围单位，因为城里同叫这个名字的还有惠民商场、惠民农场和惠民水站。1990 年长川油田有一次"轻装简行"的下岗潮，下岗后的职工们没了生计，油田领导担心出问题便成立了这些外围三产，解决再就业问题，里面的职工基本都是下岗工人。

惠民木工厂在 2003 年脱离长川油田，被私人老板包了出去，老板也是油田人，听说以前还是位领导。可能是觉得年龄到了提拔的上限却升官无望，便改行下了海，承包惠民木工厂后借着之前的关系专门给油田各单位提供桌椅板凳，这些年生意也做得不小。

听韩品木的工友说，他是一个沉默寡言的人。平时基本不与同事们打交道，甚至连话都很少说。木工厂的工人下班喜欢凑在一起喝酒打屁，韩品木从不参与。韩品木的领导说他日常对工作也不怎么上心，三天打鱼两天晒网，经常请假。厂里先前曾用扣奖金的方式警告过韩品木，但似乎对他没什么用处，他并不关心自己每月能领多少工资。

赵干哲给我的任务看似轻巧，其实很有难度。先不说秃子头上"薅头发"的要求，单是让我在隐瞒自己警察身份的前提下接触韩品木，我就有些犯难。因为我并不认识韩品木，也不是本地人，没法通过朋友圈跟他打上交道。直截了当地去找韩品木说要交朋友，八成会被他当成神经病赶走。

思来想去只有一个办法——守株待兔。

我在惠民木工厂大门口徘徊了个把星期，终于摸清了韩品木的生活规律。他每天晚上下班后并不直接回家，而是在木工厂门口的饭摊买好晚餐后去附近一家"奔腾网吧"上网，待到晚上9点才会离开。

看来他还没成家，到这年纪父母应该也不再管他。于是我也在奔腾网吧开了会员卡，尽量坐在他附近的位置，找机会跟他搭个话。

去了几次之后我发现韩品木沉迷一款名叫《穿越火线》的网游，这游戏当时拥趸极多，半个网吧都在玩。恰好我也有个游戏账号，便也玩了起来。

韩品木的水平很高，而且从他账号里花花绿绿的游戏装备来看应该花了不少钱。在网吧待了几天后我还知道，韩品木有一支名叫"油城电竞"的游戏战队，他自任队长，成员大概有十几位。

"我能参加你们的战队不？"终于有一天，我恰好坐到了韩品木身边的位置上，趁机问他。

"噢，你啊，技术还不错。"他扭头看了我一眼。看来他已经注意到我最近经常出现在奔腾网吧打《穿越火线》。

"你有钱吗？我们战队装备很贵的。"韩品木接着说，如果加入他们战队的话，需要买很多"皮肤"和"武器"，甚至后期还要有专门的游戏键盘和鼠标。

说这话时他的眼睛始终没有离开屏幕上的游戏画面，我装作有些担忧的样子，问他大概要花多少钱。其实心里想着这游戏我也玩过四五年，买这些东西能花多少钱？

"至少先准备 6000 块吧，加我 QQ，我发一份清单给你。"韩品木说得风轻云淡，但我心里却咯噔一声，6000 块，差不多是我两个月的工资。

"老大，给点钱吧！"支队长办公室里，我把韩品木列的清单放在赵干哲桌上，上面密密麻麻写着很多东西。

"这都是些什么玩意？要这么多钱！"赵干哲明显看不懂清单上各类炫酷的名称。

"'AK 火麒麟'，7 天 888 元？'黄金巴雷特'，7 天 200 元……你他妈的把我的警枪拿去用吧，那个不要钱！"赵干哲有些恼火。我说现在这帮孩子就喜欢玩这个，要不怎么钱总是不够花呢。赵干哲说这办法不行，你再想别的办法接近他，我说没别的办法了，要不我就辞职去惠民木工厂上班吧，或许那样也能搭上韩品木。

赵干哲肯定不能让我辞职去惠民木工厂，但 6000 块钱对他来说也确实有点多，而且这种花销又绝对走不了公账，他只好坐在沙发上捂着脑袋想办法。

过了一会儿，他似乎想出了什么好办法，突然转过身子来朝向我。

"唉，你们这代年轻人啊……"赵干哲感慨道，我以为他要开始批判韩品木了。

"就是不愿为工作做丁点牺牲，当年我们这辈人都是可以为公安事业付出生命的，你看你们这些人，为了点钱就不想做事……"

赵干哲这画风明显不对劲，怎么朝着我来了？敢情是我"为了点钱就不想做事"？他的意思是让我自己去解决这 6000 块钱？

这我不想上当，赶紧跟赵干哲说老大您误会了，谁说我们这代年轻人不行？现在如果公安事业需要我付出生命我也绝无二话，但这 6000 块钱我是真的没有，还是得您来想办法。

看我不上当，赵干哲转过身去继续捂住了脑袋。

"哎，对了！"半晌安静后他突然暴喝一声，吓得我一屁股坐到了行军床下面。我爬起来问他什么对了，赵干哲兴高采烈地说你去找刘广文，刘广文有。

不知他为何又打起了刘广文的主意，我说老大您就饶了刘广文吧，他老婆每天就给他 10 块钱，现在连抽烟都得蹭我的，上哪儿去摸 6000 块钱？他是一肺栓塞病人，你把他卖了恐怕也卖不出这个价。

"哎你听我说完！谁说找他要了，找他那宝贝儿子要！前几天他还跟我说儿子马上高考了还偷偷去网吧玩一个叫什么'火线'的游戏，那游戏前后花了他上万块。我估计就是这个游戏！你让他把账号要过来，全当是考大学路上推他儿子一把，他肯定愿意，还得感谢你！"

赵干哲说得信誓旦旦，我简直佩服死他了。怪不得刘广文说他是"一副憨憨的外表下隐藏了一颗精明的心"。

但我还是说不行，要账号的话得您来说，我可不敢。一来您是领导，能把话跟他说清楚，我去要他八成以为我也想玩那个游戏，只是找了个冠冕堂皇的借口；二来我的烟也不够抽了，他儿子那个账号花了上万，等价交换我得管他一年的烟。

赵干哲一脸鄙视地看着我说，小伙子，有我年轻时的风采。

刘广文把宝贝儿子的游戏账号交给我当晚,我又去了奔腾网吧。

韩品木照例端着晚饭坐在电脑跟前,一边吃饭一边指挥战队成员们"作战"。看我登上游戏账号,韩品木浏览了一下我的游戏装备,便在游戏群里介绍说:"我们来了一位新成员,叫阿成,大家以后照顾一下。"

随后游戏群里的各位成员便相继发言,大多表达欢迎。也有人打听我是哪里人、做什么的。我说自己是石油学院大四学生,再有人问我更详细的信息,我担心言多有失,便不再回复。

韩品木是战队队长,拥有着绝对的话语权。游戏里他让人向东,绝对没有人往西走。他的技术也足够好,看来这些年在这游戏上花了不少工夫。加入战队后我和韩品木的关系很快拉近了,只要在奔腾网吧上网便坐在一起,有时我加班去晚了,他还会让老板给我留位置。

时间长了,我大概摸清了一些事情。比如韩品木在现实中没什么朋友,战队中的大多数队员似乎也跟他存在一种"上下级"的关系,称不上是朋友,平时在游戏里跟他说话也很谦恭。只有一个网名叫"飞扬"的队友算得上韩品木的朋友,两人时常一边游戏一边聊天,聊的也是些游戏之外的家长里短。

我找机会打听过飞扬的身份。韩品木只说飞扬是他发小,油田人,高中毕业去了外地读大学,然后定居在外地。现在两人离得远,只能一起打打游戏。至于其他的,韩品木就不说了。

赵支队交代的那些事,诸如韩品木的兴趣爱好、生活规律等也很快被我打听清楚。只是韩品木平时不碰烟酒,每天晚餐都吃饭摊上做的鸡蛋灌饼，吃完后垃圾塞进随身的斜挎包里带走，因此我一直没能完成赵支队"薅头发"的要求。

韩品木对我这个突然出现的人并不怎么感兴趣，他只问过我一次家住哪里。我骗他说在油田平安小区，他只是笑了笑，说了句"那是油田机关小区，你爸妈应该是油田领导，挺有钱的吧"，之后便再没问过我个人问题，甚至都没问我为什么住在市里的平安小区却跑来郊区的奔腾网吧上网。

韩品木每天晚上 9 点一到马上下机回家，无论当时游戏打得有多激烈。他一走我也没有必要继续待在网吧，于是借口"家里要求 10 点钟前必须到家"也跟他一同离开网吧。出门后韩品木坐 3 路公交车往东走，平安小区在西边，我俩只能分道扬镳。当时我有点后悔，早知这样当初该说自己家也在东边才对。

那段时间赵干哲也不怎么找我，我在奔腾网吧度过了大学毕业后第一段尽情打游戏的时光。一段时间后我竟然发现自己似乎有了网瘾，一天晚上不去网吧打几把游戏便浑身难受。

31 岁、木工厂职工、未婚独居无女友、不爱社交、爱好电脑游戏、无其他不良嗜好、所有收入都花费在游戏里，这是我接触韩品木一个月后给赵干哲交上的侦查结果。

"他到底是干啥的？您为什么要查他？"忍不住，我问赵干哲。

"你有空去他家看看。"赵支队没有回答我的问题，却提出了新的要求。

"看什么？"我追问。

"去了之后有什么看什么，看什么记什么，记什么回来跟我说什么。"赵干哲说。

"那我该用什么理由？"我继续问他。

"这是你该自己考虑的问题。"他说。

3

韩品木的居住地址在油城最东边的四路小区，小区再向东 60 米过一条泄洪渠便离开了油城地界。80 年代油田成立了一家炼油厂，其实就是某几位领导的"小金库"，四路小区里住的都是炼油厂职工。后来那几位私建小金库的领导相继落马，炼油厂也被上级取缔，四路小区的居民便成了长川油田第一批下岗职工。

由于距离城区远，早年炼油厂每天有三趟班车发往油城市区。后来班车车队随炼油厂一起解散，四路小区居民进城便成了问题。因为交通不便，之后住在小区里的居民越来越少，但凡有点钱或关系的人家大多搬离了那里。仍在四路小区居住的，基本都是隔壁市的租房户和家境相对困难的油田职工。

韩品木家就住在四路小区的一栋旧楼里。

2012 年 4 月 17 日上午，我打车来到四路小区，找到了小区居委会张主任。虽然四路小区里住的多是外地租房户，但毕竟还是油田产业，归油田公共事业处下属的居委会管辖。我和张主任在市局学习时有一面之交，因此找他帮忙。

"我们这儿是有个叫韩品木的，但我没怎么听过他的事儿呢，你了解吗？"张主任问对桌的治安干事老周。老周在四路小区居委会工作了十多年，自己家也在小区里。他想了一会儿，问我："你说的是不是那个韩双林的儿子，在木工厂上班的韩品木？"

我虽然不知道韩品木的父亲叫韩双林，但"木工厂上班"这事儿应该错不了。我点头说是，老周舒展了一下身体，慢慢靠在椅背上，似乎在回忆什么。

"韩双林？你说的是以前管理局机关车队的那个韩双林？"张主任似乎也想起了什么。

"对啊，08 年去世的，老婆叫杜娟，以前技校的老师，99 年被人害了。"老周说。

我打了个激灵，第四起案子里的杜娟？韩品木的母亲？但随即又觉得不对。我质疑说杜娟 1999 年遇害时只有 24 岁，2012 年韩品木 31 岁，算起来母亲遇害时他已经 18 岁了，年龄明显对不上。

"二婚妻子，这有啥奇怪的。"老周说。韩双林的原配 97 年去世后他续弦娶了杜娟。我说两人年龄上应该差着一代人吧，杜娟嫁给韩双林图他什么？他不就是一车队司机？老周却摆摆手，说小李你还年轻，"有些事儿搞不明白状况"。

"领导小车队的司机是什么？当然是领导最亲近的人。领导在车上说啥他都知道，领导去哪儿他也知道，甚至连领导咋想的他都一清二楚，只要自个儿脑袋壳子不打铁，绝对算是半个领导嘛！"老周说。韩双林以前是石油管理局某位领导的御用司机，找领导办事的人得先过他这关。就这关系，那些年局里的处长们见到韩双林也得点个头哈个腰。虽然后来那位领导因炼油厂的事情落了马，韩双林受牵连也被油田开除，但那都是后话了。

"你不知道他当年有多风光，就说韩品木现在住的这个房子吧，别看破旧，当年可是四路小区正儿八经的'处长楼'。160 个平方，韩双林无职无级，不是跟领导的关系能住进去？还是二楼，最好的户型。所以他能搞定杜娟不是没来由的……"老周笑着说。

　　我大致明白了赵干哲让我调查韩品木的原因，但又陷入了另一场糊涂。韩品木跟杜娟遇害的案子有关系？怎么可能呢？毕竟两人之间算是继母子关系。难道是韩品木知道一些当年的事情？这倒有可能，毕竟那时韩品木已经 18 岁，是个大人了。

　　"怎么着李警官，你是要去他家还是要见他？"张主任的问题打断了我的思路。我有些为难，因为早就在平台上查到了韩品木的具体住处，也知道这会儿他还在惠民木工厂上班。毕竟不是嫌疑人员，我不可能在未经韩品木本人允许的情况下私自进入他家。其实今天来四路小区的目的已经达到了，我又问了一些有关韩品木的情况。张主任和老周说对这孩子的印象不深，只是觉得小孩蛮可怜的，年纪轻轻父母便都去世了，除了这套旧房子也没给他留下什么生活保障。

　　"这个韩双林啊，不是说他，当年风光的时候就没想着给孩子留点东西，现在可好，自己一死是解脱了，孩子三十大几连媳妇都讨不着。"老周说。

　　回单位路上我给赵干哲打电话，讲了韩品木、韩双林跟杜娟的关系，赵干哲听完后夸我做得不错。我问他要不要继续就韩品木和杜娟的关系查下去，赵干哲说不用了，之前已经查过。我愣了一下，说您早知道韩品木和杜娟的关系咋还让我费劲巴拉地查，赵干哲在电话里训了我两句，说怎么着，领导要考查一下你的业务能力还得先征得你同意？

我说，那在秃子头上薅头发这事儿也是领导对我的考查？电话那端的赵干哲笑了，说这个倒不是。他看卷宗时发现档案里没有留存韩品木的 DNA 信息，不知是当初忘了还是时间长丢了，所以让我再想办法搞一份。

"头发这事儿你别管了，我让辖区派出所去办吧。"赵干哲说。

派出所警察做事单刀直入，他们随便找了借口把韩品木带去派出所做完了这件事。几天后的一个晚上，我去赵支队办公室时他丢给我一张检验单，我看到上面写着韩品木的 DNA 数据并没有匹配上任何有价值的样本。

赵干哲坐在办公桌旁歪着头抽烟，我看完检验单问他，为啥突然要查韩品木却又突然放弃了？赵干哲吐了个烟圈，说是自己想多了。

"先前网监支队那边给消息说，他们网络巡查时发现有个网友在讨论当年杜娟等人遇害的案子，还发了不少帖子。"赵干哲说，网监支队那边照例查实了发帖者的身份信息并报给了他，他起初也没太当回事。加上人手不够，也就没太关注这些事。这段时间我过来跟他查案子，他便把之前网监支队给到的信息拿了出来。赵干哲对这个发帖子的韩品木没什么印象，于是让我去接触一下。

"韩品木发的帖子能给我看看吗？"我问赵支队。他点点头，在电脑上鼓捣了一番，说发到了河西派出所的 FTP 上，有个以我名字命名的文件夹，回去所里慢慢看就好。

"听刘广文说你在查陈春丽？是为了啥事儿？"赵干哲突然换了个话题。我先是一愣，心想刘广文这家伙真是个好同志，啥事都忘不了跟领导汇报。但既然领导问到了，我也没必要隐瞒，于是把之前辛吉然和陈春丽的事情一五一十讲给了他。

"哈？辛老哥还有这爱好呢？"赵干哲脸上立刻挂着跟之前张成国差不多的笑容，但大概又立刻意识到自己既是长辈又是领导，立马板起了脸，说了句："这俩人怎么可能？辛吉然怕不是有别的用意吧。"

说实话，赵干哲最初的笑容没把我带笑，但他刚刚瞬间变脸的样子却让我忍不住笑出了声。赵干哲"啪"的一巴掌拍在桌子上，威胁我说不要笑了，再敢笑今天晚上的烤鱼我出钱，闻言我赶紧收住了笑容。

"您刚才说辛吉然骚扰悦江苑酒店'有别的用意'，他会有啥用意？"我赶紧找个话题。

"嗐，我就随口一说，他总不会还惦记着那些案子吧，都这么多年了，他现在又是这个样子……"

赵干哲说完，却突然陷入了沉默。那会儿我也没说话，过了半晌赵干哲看向我，四目相对的一刻我俩似乎都明白了对方的意思。

"那个，不过话说回来，好像也不是没有可能哈。"赵干哲说。

"陈春丽？陈春丽辞工了，这都走半个月了。"打电话给张成国，他告诉我。我才想起最近一个月一直忙着跟韩品木打《穿越火线》，忽略了陈春丽这边的事情。

"她辞工去哪儿了？"我问张成国。他说不清楚，陈春丽给的理由是酒店保洁需要上夜班，自己身体受不了，所以不干了。我问他最近酒店调整过陈春丽的工作时间吗，张成国说调整了，酒店出了一个新规定，之后保洁人员夜里值班期间不许睡觉，规定下来后酒店离职的保洁员不止陈春丽一人。

"这半个月辛吉然又去你那儿了吗？"我又问张成国。他说没有，但说不好以后会不会再来，毕竟辛吉然以前也不是天天来，中间隔个半拉月也是有的。

"听你那儿的人说停车场的老宋也在追求陈春丽，还把辛吉然当情敌，这事儿你知道不？"我打算跟张成国多聊几句。

"有吗？停车场的老宋？我咋没听说过呢？嗐，你别听那些人瞎嚼舌头，平常活不好好干，就爱琢磨这种事儿。"张成国说。

从对话中我可以感受到，陈春丽走后张成国对这些八卦显然失去了兴趣。也可以理解，毕竟当下人们习惯于事不关己高高挂起。作为悦江苑酒店的保安经理，张成国求的无非只是一个风平浪静而已。

但我还是想知道陈春丽去了哪里。挂了张成国电话，我又打给陈春丽同宿舍的保洁员钱瑛。钱瑛却说陈春丽辞工的主要原因不是酒店改了夜间值班规定，陈春丽负责的区域是酒店前厅，夜班一直不能睡觉。这次她离职是因为受不了老宋骚扰。至于辞工后的去向，钱瑛说她可能回自己家所在的华泰小区物业公司上班去了。

"老宋对她做啥了？"我对这事儿比较感兴趣。

"还能做啥，以前陈姐经常去停车场的传达室吃饭，前段时间不去了。那之后老宋总找借口来宿舍找陈姐，一待就是一上午，陈姐索性不干了。"钱瑛说。陈春丽走后，老宋的情绪也不好，时常把自己关在传达室里一整天不出门，听说他要去找辛吉然算账。

"为啥要找辛吉然算账？"我问钱瑛。

"他觉得辛吉然'横刀夺爱'呗，陈春丽辞工后辛吉然也不来酒店了，这明摆着就是两人去别处好上了，老宋说辛吉然不讲先来后到。"钱瑛说。

我对停车场老宋的脑洞和逻辑表示震惊，感情这东西似乎从来不讲什么先来后到。但又听说辛吉然和陈春丽在别处"好上了"，觉得有些不可思议，便问钱瑛老宋这话作不作真。钱瑛说老宋这会儿打翻了醋坛子，谁知道嘴里说的是真是假。

"但有件事我也想跟您说一下……"钱瑛突然有些犹豫。我问啥事儿，她支吾了半天才说，陈春丽走后老宋有两次喝醉了拎着刀来员工宿舍，逼她们说出陈春丽和辛吉然在哪儿。她们很害怕，想报警，但张经理不让，只是带保安过来拉走了老宋。

"他为啥不让你们报警？"我有些生气，问钱瑛。

"唉，还能为啥，担心事情闹大了酒店老板把老宋开了呗。张经理平常就处处护着老宋，听说俩人好像是亲戚。"钱瑛说。

"下次再有这种事马上报警，别管他是不是你张经理家亲戚，警察会把你的身份保密。"我告诉钱瑛。她一个劲道谢，说前两次自己快被老宋吓死了。

从钱瑛那里得知老宋的事情后，我觉得该找个时间跟老宋和张成国二人聊聊。一来老宋醉酒后拎着刀去打听辛吉然和陈春丽去向的做法着实吓人，悦江苑酒店是市里的重点单位，万一他再闹出点别的动静，我也跟着倒霉；二来我想教训一下张成国这家伙。同样是醉酒闹事，辛吉然一来他就着急忙慌喊警察，轮到他亲戚便想着法子息事宁人，论危险程度这老宋的行为可比辛吉然大多了。

但没想到我还没找到合适的谈话时间，老宋便出事了。

2012年5月15日，暴雨，晚上11时许，河西派出所接到报警，称有人倒在采油厂惠民农场西北的土路上，民警出警赶到现场后发现是悦江苑停车场的老宋。

老宋全名宋来福，A市高碑寨村人，殁年56岁。警察发现他时，他身中三刀倒在土路边的排水渠里，早已气绝身亡。法医鉴定死因为重要脏器损伤引发的失血过多，虽然暴雨破坏了现场绝大多数线索，但勘查民警依旧在宋来福遇害地不远处发现了两个不同寻常的东西——一根60厘米长的白木杆和一块半米见方的绿色塑料布。

经过对停车场传达室的搜查，我们发现了那根白木杆的来源——传达室里的拖把杆，大概是被宋来福弄断后带出了传达室。随后停车场的监控视频也证实了我们的推测——2012年5月15日晚上7点，宋来福手持白木杆离开了停车场。看监控里他气势汹汹的样子，当时的心情应该不是太好。

宋来福遇害的土路是一条没有修完的城区道路的延伸部分。路的北头连着油城康福路，按规划当年这条康福路应该一直连接到外环的XD1国道，但由于在土地归属权问题上长川油田和地方政府间存在争论，所以这条路一直没有修通。

康福路尽头有一个油田通信处架设的监控探头，探头记录下宋来福的另一段影像。那段影像里，宋来福确实看起来心情不好。当时正下暴雨，但宋来福却没打伞。他全身湿透，把白木杆搭在肩膀上快步走过,看样子好像是要去跟人打架。

地方政府在 XD1 国道与土路交会点装了监控探头,但宋来福遇害的那段土路上却没有任何监控探头。土路全长 200 多米,两旁是农田和物探公司废弃的危爆品仓库。案件队同事从油田监控中看到宋来福进入土路的时间——晚上 7 时 43 分。

从悦江苑酒店停车场步行到惠民农场大概需要一个半小时,宋来福只用了 40 分钟。他应该已经过了在暴雨中狂奔去打架的燃情岁月,肯定乘坐了交通工具。

"但这个时间也不对啊……"我说。悦江苑酒店离惠民农场很远,有一条油城快速路直达,步行的话需要一个半钟头,但坐车大概十几分钟就到了,宋来福怎么花了 40 分钟?

"大概是坐'电麻木'去的吧,那东西跑得比车慢些。但他这是跟谁上头了?"同事带过了我的问题,他更关心监控画面里宋来福案发前的状态。

我心里清楚,这段时间能让宋来福上头的,八成是辛吉然。

果不其然,同事又往前调取了一段录像,真的发现辛吉然晚上 7 点 35 分同样在监控摄像头下经过。

关键是辛吉然也没有打伞,顶在头上用来挡雨的,正是宋来福尸体旁边那块半米见方的绿色塑料布。

"老辛?"范杰一脸惊讶,但更让他惊讶的事情还在后面,去 A 市交警支队调取 XD1 国道路面监控的同事发来一份视频录像,录像中的辛吉然独自一人在国道上猛跑,仿佛身后有厉鬼索命一般。

"先给他办强制传唤手续吧……"刑侦副所长范杰叹了口气,

对身旁案件队的同事说。

手续办得很快，办出手续后便是按部就班地找人、抓人。这种事情所里不值班的民警全都要参与，我带好单警装备，和范杰一起在值班大厅等刘广文出来。

等了很久不见刘广文人影。我朝监控室里喊他，半晌，他从监控室门口露出半个脑袋，说："你们先去，我肚子不太舒服。"

"肚子不舒服"是刘广文逃避工作的一贯借口。范杰很无奈，他虽是刘广文的领导，却又是刘广文的徒弟，而且只比我大四岁。他指挥不动刘广文，只能拉着我赶紧上车去找辛吉然。

我和范杰先去了二矿小区辛吉然家里，没有人。路上范杰接到其他几组寻找辛吉然同事的电话，也都说没见到辛吉然。又去了几个平时经常遇到辛吉然的地方，依旧没有他的影子。范杰只好把车停在路边，再跟我研究辛吉然可能去的位置。

这种"研究"明显不会有啥结果。这些年辛吉然本就是个神龙见首不见尾的人物，喝了酒谁也不知道他会跑去哪里。但我也趁着这个时间把辛吉然、陈春丽和宋来福的事情告诉了范杰。听我说完，范杰同样惊掉了下巴。

"三，三角恋？"

我说刺激不范所，这大千世界真是无奇不有。范杰说，这么说来两人有可能是因为感情纠纷？那我们得去把陈春丽找来问话。说着他又发动了车子准备去找陈春丽，但这时我的电话响了，是刘广文。

"你们找到辛吉然了没？"刘广文问我。我说没有。

"跟你范所说一声，别找了，回来吧。"刘广文说。

我想问为啥，但还没问出口刘广文那边便挂断了。

回到派出所，刘广文把一脸迷茫的范杰和我拉回了监控室。

"早就说让你有点'坐马稳'，就是不听……"刘广文一边埋怨范杰一边指向电脑屏幕。

屏幕上有一组行人路过，都打着伞，时间是晚上 8 时 16 分。

"怎么突然出现这么多人？"我问刘广文，印象中这条路上行人很少才对。

"平时的确没人走，但有两个时间例外——早 7 点前和晚 8 点后。"刘广文说，油田光辉中学在康福路与油城大道交会的十字路口，学校就读的不仅有油田子弟，还有地方过来的学生。地方学生每天坐县际公交上下学，车站在 XD1 国道上，横穿惠民农场旁的这条土路距离最近。

"但这跟辛吉然有啥关系？"范杰一边看录像一边问刘广文。

"你再看看这段录像。"说着，刘广文打开了另外一个视频文件。

同样是这条路上的监控视频，不同的是拍摄这段视频的探头位于 XD1 国道与土路的交会处，是 A 市公安架设的监控，拍到的同样还是这群放学回家的学生。

刘广文把两段录像连续回放了三遍。

"看出问题来了吗？"他看向范杰。

范杰看看屏幕又看看刘广文，一脸迷茫，我也一样。

"唉，真笨啊，白长了这么大的眼睛，唉……你数数两段录像里各有几把雨伞，都是什么颜色！"刘广文说话间连叹两口气，一脸忧伤。

我俩幡然醒悟，赶紧趴在屏幕上数雨伞。

的确，同一时间段里，土路入口摄像头拍下的雨伞是 16 朵，但 XD1 国道交叉口监控拍下的雨伞却是 17 朵。经过反复对比，出口处的一朵蓝色雨伞是入口处没有出现的。

也就是说，这把伞是在土路上加进来的，而雨伞的主人，在这群学生经过前一直躲在这个 200 米长的空间里。

"多出来的这把雨伞下面会不会是辛吉然？"范杰问刘广文。

"那他为啥不把那块破塑料布带走？"刘广文说。这的确不合常理，另外从先前画面里并没看到辛吉然手里有雨伞。

"他干了半辈子警察，想干这种事绝对计划得万无一失。"刘广文补充道。

"但他现在人呢？怎么凭空消失了？"范杰问。

"唉这个……我也不知道。等等看吧，或许过不几天就在街上遇到了。"刘广文叹了口气说。

4

"阿成，最近一直没见你上线，出什么事了吗？今晚 7 点半战队有活动，请务必参加。"

收到短信我才想起，已经有段时间没去奔腾网吧和韩品木打《穿越火线》了。其实我还有一重心思在作祟，自从上次知道他被派出所带走查 DNA，我潜意识里便觉得自己身份已经暴露，所以也没好意思再联系他。

刘广文儿子的游戏账号还在我手里，他儿子还有一个月就高考了，看来高考前刘广文也不准备把账号还给儿子了。

宋来福的案子落到了范杰手里，他带着案件队在查，治安队和社区队协助案件队满世界寻找辛吉然。虽然刘广文觉得不是辛吉然干的，但毕竟他的物品遗留在案发现场，警方需要找他要个解释。我因为在赵支队的"专班"，所以没有参与宋来福的案件侦办。碰巧赵干哲最近几天也被派往省厅学习，因此我暂时获得了一段空闲期。

"好的，今晚准到。"我回给韩品木一条信息。

晚上7点，我来到奔腾网吧。韩品木似乎并没把之前被派出所带走查DNA的事情与我联系起来，依旧像往常那样和我打了招呼。当时他正在游戏群里给大家"安排战术"，原来今晚"油城电竞"接到了来自隔壁市一支游戏战队的挑战，输赢的代价是3万块。

"这玩意还能赚钱？"我很吃惊。

"不然呢？"韩品木反问我。

我说赢了能赚钱是挺好，但输了我可没钱赔啊。韩品木说钱的事我不用操心，只管好好发挥，打好游戏就行。

"还是老规矩，今天打比赛一共五个人，我、飞扬、SN、阿成和高平。打赢了，钱我和飞扬分2万，剩下的1万你们三人分；打输了，钱我和飞扬来出，你们一分不用管，怎么样？"韩品木在战队群里说。

参加比赛的其他人纷纷表示同意。毕竟输了不用出钱、赢了还能拿钱的事情，没有谁会反对。

既然这样，我不好再说什么，只好跟大家一起开始做赛前准备。

　　7点半，比赛正式开始，五局三胜制。对方战队水平很菜，我们连赢三局后比赛宣告结束。战队群里一片欢腾，不多久，韩品木对我说，阿成，把你的银行卡号告诉我。

　　就这样，我的账户里突然多了3000元钱，我也终于明白韩品木为什么会在这个团队中拥有至高无上的话语权，又为什么会把所有业余时间放在游戏里——即便他和飞扬拿走的2万元奖金要对半分，差不多也是他上班三个月的收入之和。

　　"今天发挥得很好，下次继续保持！"韩品木对我说。

　　"这种比赛经常有吗？"我试着问他。

　　"偶尔吧，别说出去，下次还叫你。"韩品木说，但话语中却带了一丝威胁成分。大概意思是如果我出去乱说的话，以后就不叫我了。

　　我把3000块奖金放在赵干哲面前时，赵干哲诧异地看着我。

　　"咋了？给我送礼？为了啥事？怎么才送3000块？"他依旧在下属面前没个正形。

　　我把3000块的来龙去脉讲给他，他一边听一边拿起桌上的钱在手里摆弄。

　　"现在的电脑游戏还能这样玩？怪不得刘广文他儿子玩游戏花了几万块，不过如果回回能赚3000，几万块投入也值了。"赵干哲说。

　　"这可比当警察强多了。"他又补充了一句。

我问他这钱我能花不，赵干哲看了我一眼，说为啥不能花，这凭本事挣的，又不是赃款。我说我总觉得这钱来得太容易了，心里发怵。赵干哲想了想，说没事儿，花吧。万一有问题，大不了再交回来。说着把 3000 块钱还给了我。我说那可算了，"有问题还得交回来"，鬼知道到时候我还交不交得出来，还是不花了吧。

赵干哲咧着嘴乐，说那我给你专门建个档，存起来。没事的话算我帮你攒钱了，万一有事，你这也算是面对组织清清白白。

我点点头，说那您可帮我留好了，如果是干净钱，我得留着以后娶媳妇用。

之后的半个多月，韩品木带我打过四场比赛。四场比赛三赢一输，赢的三次我们分别拿到 3.5 万、3 万和 2.2 万奖金，与往常一样，韩品木和飞扬拿走大多数，我和其他三位队友平分剩下的部分。输的那次战队要掏 4 万块出去，韩品木似乎也不难过，爽快地转了钱。而且就像他先前说的那样，输钱由他负责，不干我们的事。

我每次都把奖金上缴到赵干哲那里，他给这笔钱专门建档保存。随着钱越来越多，赵干哲也坐不住了。一次，我又给了他 5000 块钱，他一脸惊诧地说这已经是本月第三笔钱了，再这样下去，他得给纪委汇报了。赵干哲说这段时间他在网上查过，确实有那种官方的游戏比赛，奖金好几万，但参赛的都是职业游戏团队，而且赛事也远没有这么频繁。

赵干哲跟我算了一笔账，就算韩品木每周只接两场比赛，平均每场拿走 1 万块奖金，他的月收入也在 8 万以上。

"一个月赚8万，你知道是什么概念吗？油田的井下作业工属于高危岗位，工资最高，但一年到头加奖金全拿到手也就8万左右，韩品木一个月赚8万，背后没有问题才怪！"赵干哲说。

我觉得很有道理，但就是发现不了韩品木背后到底有什么问题。

在那个二十多名成员的"油城电竞"游戏群里，韩品木的身份犹如教父一般。

群里的队友有人喊他"老韩"，有人喊他"韩哥"，甚至"韩爷"，反正所有称呼都体现着他的地位与众不同。队友们平时会在群里讨论一些问题，这些问题并不限于游戏本身。有时是网上的逸闻趣事，有时是油城的花边新闻。韩品木基本不发言，但每次只要他一说话，几乎每位成员都会响应。即便他半夜突然说了句什么，第二天早上也会看到队友们的回答。如果是韩品木主动圈了某位队友，这人多数时候会表现得诚惶诚恐，说话语气也毕恭毕敬。

这种情况也很容易理解。某种程度上说，韩品木算是群里二十多位队友的"金主爸爸"。他组织的比赛赢多输少，只要被他选中参加比赛的人，几乎都能拿到三四千块奖金。哪怕是输了，韩品木也会每人发个200元的红包作为安慰。

每场比赛的参赛人员除了韩品木和飞扬外并不固定，一看队友们的时间，二看韩品木的心情。而且韩品木还定了个规矩，如果上场比赛输了，只要不是队员个人原因，下场比赛还是这批队员参加，直到赢一场为止。

那时油田职工的月薪大概两三千块，在市里算是较高的收入层级。但跟随韩品木参加一场比赛的奖金就超过了一名油田正式职工的月收入，难怪大家趋之若鹜。

随着加入战队的时间变长，我发现这个战队里的成员也很不简单。

他们来自各个行业，有医生，有公务员，有油田职工，有厨子，有跑黑车的，有学生，有老师，据说还有两个"拿社会"的混混。如果再算上我这个警察，这群里可真是热闹。

有时韩品木遇到问题，会在群里直接艾特某位队友，那位队友便出来给他提供一些相当专业的建议。比如有段时间韩品木说自己白天没精神，晚上又睡不着，还经常胸闷，一位医生队友便在群里给他开出了药方。又比如有次韩品木说朋友想在本地开饰品店，不知该如何操作，工商所上班的队友便在群里给他讲解注册个体工商户的流程；他说朋友工作忙，来不及去工商所注册，跑黑车的队友便主动请缨帮他去跑腿。

如果韩品木想打听一些人或事情，只要在群里说一声，不久便会有人告诉他答案。渐渐地，我觉得这个战队仿佛是韩品木的私人助理兼智囊。无论他想做什么或了解些什么，总有人能给他提供各种帮助。

"那你得小心嘞。"我把情况告诉赵干哲之后，他说，"我们的工作内容可都是涉密的，万一他找你打听公安局的事情，你可不能说哈。"

我说那当然，这点敏感性我还是有的。

"这个家伙挺有意思呢……"赵干哲感慨道。

"我又开始对他感兴趣了。"他接着说。

让赵干哲感兴趣对韩品木来说应该不是件好事，但也不得不承认，韩品木机智、冷静、平和、自律，那颗光溜溜的脑袋里不知装着什么惊世骇俗的东西。

"上次发你FTP中的那些资料你看过没？"赵干哲问我，我心一下凉了半截。这段时间忙东忙西，愣是忘了那些资料的事情。

"唉……"赵干哲叹了口气，大概从我的表情中已读到了答案。

"现在看吧。"他把那些本已放进FTP的文件又拉回电脑桌面，起身让出了办公桌。

"我去吃鱼，看出问题记下来，看完来烤鱼店找我。"说完赵干哲离开了办公室。

我坐在他的办公桌前，开始查看那些资料。

其实资料不多，仅有三组截图，分为三个文件夹，应该是来自三个不同的网络平台。打开文件夹后每张截图上都用红色对关键信息进行了标注，看来网监支队那边提交资料前应该已经筛过一遍并做了一些工作。

第一组截图来自本地BBS论坛，发帖时间很早，是1999年3月24日。发帖人网名叫"三口君1999"，帖子内容是悬赏修复照片，而照片就是杜娟案中那张不清晰的三人背影照。"三口君"应该就是韩品木，他在帖子后面请求网友帮他提高照片清晰度并辨认这三名男子。

那时油田刚发生四起连环强奸杀人案，警方已将悬赏线索的通告贴满了油城的大街小巷。大多数人都见过这张同样出现在警方通告中的照片，因此帖子一发出来便在 BBS 里炸了锅，网友们纷纷化身福尔摩斯出来建言献策。

只是对于修复照片的请求，大家都没有办法。这也好理解，毕竟当时连警方都无能为力。在 4 月 11 日，韩品木于自己的帖子下面留言称，如果谁能修复照片或辨认出这三名男子，他将给出 3000 元感谢金。

1999 年的 3000 元，相当于油田职工两个月工资，但即便如此依旧没人能够满足韩品木的要求。网友们热烈讨论了几天后，帖子慢慢沉了。

第二组截图来自天涯论坛。发帖时间是 2005 年 10 月，楼主依然是"三口君 1999"，帖子里是一部小说，名叫《深渊》。

我打眼一看便明白了这部小说是关于什么的。整篇小说大概有两万多字，还没有写完。不得不说韩品木文笔还不错，我一口气看完，注意到文中大概有 20 多处标红的地方，应该是网监支队认为与现实案件重叠，但警方并没有公开过的细节。

这篇小说也引起了网友的讨论，人们对案件做出了各样分析，有些分析甚至非常专业，估计不是推理爱好者就是有刑侦工作背景的人。有读者还意犹未尽，跟帖问之后的内容发在了哪里，还有人说他是"太监"。

"这家伙确实有点意思……"我打开了第三个文件夹。

第三组截图来自百度贴吧，同样是一个求助帖，时间是 2004 年 8 月，内容与 1999 年发在油城 BBS 帖子里的一样。韩品木又一次把警方资料中那张模糊的三人照片上传到了贴吧里，求大神帮忙把照片清晰度提高，尽量能让人看到左侧男性上衣后面的字迹。帖子最后韩品木留了 QQ 号码声明悬赏，最低 100 元上不封顶。

大概因为有悬赏，这个帖子引起了吧友的强烈关注，也被吧主设为"精华帖"。之后有十几人跟帖上传了自己修复的图片，多是简单修改照片亮度和锐度，依旧看不清男子后背的字迹，但从他们之后回复的"感谢楼主，好人一生平安"几个字来看，应该都收到了韩品木的打赏。也有一些吧友从专业角度讲解了这张照片无法变清晰的原因，韩品木在留言后都回复有"谢谢"二字。

一段时间后帖子沉了，但 2008 年 5 月，一个名叫"十口川"的网友挖坟说自己手里有楼主可能感兴趣的东西，让韩品木私联他。这个"挖坟帖"并没有引起太多关注，也不知道韩品木有没有联系这个网友"十口川"，帖子不久又沉了。

网监支队用红色标记在"十口川"的回帖上打了圈，估计他们同样对"十口川"手里的东西感兴趣。

"怎么样？说说有什么想法？"赵干哲还是像往常一样跟服务员要了一套餐具摆在我面前。我说今晚我不吃消夜。赵干哲笑着问咋了，没看出啥来怕让你买单？我说不是，烤鱼油水太大，晚上真的吃不下了。

"行吧，可惜了今晚这鱼啦。"说着赵干哲撕了一大块肉放进嘴里。

"从这三个帖子的内容来看，韩品木对 99 年发生的系列强奸杀人案一直很感兴趣。"我说。

"但你不觉得奇怪吗？"赵干哲问我。我说对，奇怪。怪在理论上按照警方公布的结果，这起案子已经告破了，嫌疑人毕德华因工厂氯气泄漏死于 2004 年初，但韩品木 2004 年 8 月还在网上查问案子的疑点，这不符合常理。看来他要么不相信警方的侦查结果，要么从某些地方了解到了警方面临的困局。而且，他想知道的这些细节完全可以找警方询问，作为受害者家属，他有这个权利。

赵干哲说对，他也是这么认为的。

"第二点，韩品木在天涯论坛上发表的那部没写完的小说，可以确定是根据 1999 年长川油田'2·15'专案改写的。这本来没什么，现实中很多涉案题材影视剧都源于真实案件，但像韩品木这样，作为受害者家属，以亲属受害案件为蓝本改写小说的情况却很罕见。"我说。

"或许因为杜娟是韩品木的继母，两人之间并没有感情，所以韩品木拿她的案子写起了小说？"赵干哲说这话时看着我笑，我明白他兴许是在试探我。

"不可能，如果没感情，他干吗逮住这起案子在网上一直问？"我说。

赵干哲点点头，没再追问，但他把筷子放在了一边，伸手从兜里掏出了一支烟。

"话虽这么说，但我还是觉得这家伙有些奇怪，他做的这些事符合常理，又给人一种异样的感觉……"我说。

"是不是觉得他好像是一个局外人，并非出于受害者家属的心态，倒像是因为单纯对案件感兴趣才做了这些事？"赵干哲把烟点着，问我。我说对，就是这种感觉。

"那个叫'十口川'的网友信息，网监那边查出来没？他手里有什么让韩品木'感兴趣'的东西？"我问赵干哲。他摆手说没查出来，那时还没实行网络实名制，网监支队只能通过"十口川"发帖时的 IP 地址确定他的大概位置在油城。但网监民警也提到，IP 地址可以隐藏或变换，所以单凭这个无法确定"十口川"发帖时的真实位置。

"网监那边私信过'十口川'，但对方一直没有回复。"赵干哲说，"你觉得他手里那个东西大概会是什么？"他接着问我。

我摇摇头。

5

辛吉然如同人间蒸发了一般。

"真的不来了呢，说实话，还有点想他。"张成国说。我说你真是有意思，以前辛吉然来你这儿睡大觉，你天天哭爹喊娘地要我把人送走；现在他不来了，你倒开始想他了，你到底要干啥？

张成国在电话里有些不好意思，尴笑两声，说还不是为了老宋的案子嘛。

我说老宋的案子跟辛吉然有啥关系，张成国被我问得愣了一下，然后有些支吾地说，不是辛吉然杀了宋来福吗？我说你这是从哪儿听来的消息，张成国说酒店的人都这么传的。

"你不是一直不信酒店那帮人嚼舌头嘛。"我调侃张成国。他嘿嘿笑两声，没辩解。

我想起之前保洁员钱瑛说宋来福是张成国的"亲戚"，于是问他有没有这回事。一听这话电话那头张成国立刻急了，问我谁这么无聊胡说八道。我说不是就不是，你着什么急。张成国说能不着急吗，眼下宋来福的亲戚们已经把悦江苑酒店"占领"了，这关口说自己也是宋来福的亲戚，明摆着没安好心。

我也惊了一下，问他怎么回事，什么叫"宋来福的亲戚们把酒店'占领'了"？张成国说还能怎么回事，马所没告诉你？宋来福老家的亲戚们来酒店"讨说法"了。

"几十号人，说他是在上班期间外出死的，得算工伤，开口找酒店要100万，这帮臭不要脸的！"张成国说着骂起了人。

莫名地烦躁，悦江苑酒店是我管片的重点单位，按照张成国的说法，这是"群体性事件"，按规定我得出面处置。

去酒店前我先找了范杰。老宋的案子在他手里，我得找他要点料，等会儿好应付老宋的家属们。

范杰说没啥线索，宋来福出事当晚是接到电话后离开悦江苑酒店停车场传达室的，时间是6时51分，通话两分钟。至于对方机主是谁，又在电话中给老宋说了什么，他没有查到。

"SIM卡没有登记机主信息，是张黑卡。之前这个号码没接打过其他电话，在7点半左右又有过一次主叫记录，还是打给宋来福，时长三分钟左右。之后这个电话号码再没用过。可以判断，号码主人应该是为了给老宋打这个电话专门买了这张卡。"范杰说，这个人很有嫌疑。

"会是辛吉然吗？"我问范杰。他想了想，说"不排除"，但辛吉然没必要这样做。毕竟老宋在跟踪他，很多时候他并不需要主动招惹老宋。

"有没有可能是陈春丽？"我又问范杰，会不会是因为陈春丽不堪老宋骚扰干掉了他？范杰摇摇头，说刑警大队已经核实了，陈春丽从悦江苑酒店辞工后去自己住的华泰小区物业办找了份保洁工作，案发时段她正好在值班，有值班记录和同事证词可供验证。

从聚集在悦江苑酒店大堂的家属人数来看，宋来福家人丁兴旺。

男男女女坐满酒店大堂所有能放下屁股的地方，就连之前辛吉然酒后睡觉的大理石茶几上都坐了三个人。我数了数，现场约莫三四十人，多是头发花白的老者和未成年的孩子，还有几个妇女怀里抱着吃奶的孩子。大多数人眼中看不出太多悲伤，只有一位年纪跟老宋差不多大的女性被几个人簇拥着坐在酒店南侧的皮沙发上抹泪，应该是老宋的妻子。刘广文正蹲在旁边跟她说着什么。

"不知他被哪个狐狸精勾走了魂，三四年都不沾家……"走近了，我听见老宋妻子呜咽着说。刘广文也是一副悲天悯人的表情，但坐在老宋妻子身旁的一名女性却偷偷掐了她一把。虽然动作很小，但还是被我看到了。

"他在酒店勤勤恳恳工作，过年都不回家，现在出事人没了，酒店一推六二五，两万块钱就要打发我们孤儿寡母……"女人随即改变了说辞。

悦江苑酒店保安们手持警械在大厅里溜达，但他们与老宋家属间始终保持一定距离，我想估计是先前来现场处置情况的治安副所长马忠要求的，防止双方在情绪激动下发生肢体冲突。

酒店大厅角落里堆着几个编织袋，有保安在一旁看守。我上前看了一眼，是些卷成团的白底黑字条幅和火盆、草纸、香炉之类的东西。看来都是老宋家属带来的，只是还没来得及摆开便被没收了。

"哎呀，这不是李副组长嘛，今儿咋突然有空驾临现场了？"转身看，是刘广文，不知他啥时候跑到了我身后，一脸坏笑。

我明白他在揶揄我。"嘻，'预备退休'的老同志都上阵了，我还不得回来看看。"

"是啊，这不说嘛。"我本意也想损他两句，但不想刘广文却借坡下了驴。

"你这干啥呢文哥？"我指了指他手里对折的黑色软皮本，上面密密麻麻写了好多字。

"还能干啥，给亲戚们记个账呗……"刘广文晃了晃笔记本，"带烟没？"

我知道他找我肯定就是为了这事儿。

"可别在这里抽，被人看到不好……"我把烟递给他，话还没说完刘广文却走了。

刘广文又回到了远处的家属人群里。我四下打量了一番，没看到张成国，于是拉过身旁一名路过的酒店保安，问他张经理在哪儿。保安也环顾了一圈，说刚才还看到他。这会儿不在大厅，八成去了一楼的保安休息室，张经理刚刚好像被家属打了。

闻言我赶紧去保安休息室看张成国。

"前几天还好好的，说老宋这事儿跟酒店没关系，他们等公安的调查结果，谁知道今天早上突然来了一帮人，二话不说张口就先要100万的'死亡赔偿'……"我找到张成国时，他正衣冠不整地躺在酒店一楼的保安休息室里，衬衣扣子被薅掉了几个。

理论上宋来福死于刑事案件，他的家属没有理由来酒店闹事。但我理解他们做这事的思路——刑事案件附带民事赔偿的金额有限，即便案子破了，家属们也可能面临着对方无钱可赔或死不赔钱的风险。假如现在能寻到一个为赔偿"背书"的金主，无疑是更为保险的方式，而财大气粗的悦江苑酒店，就是最好的选择。

"受伤没？要不要先送你去医院？"我看张成国脸上也有几道抓痕，问他。

"不用不用，那个案子有消息吗？查到是谁干的没？"张成国着急老宋的案子，问话时眼神中透露着期待。可能在他看来只要我们抓住了凶手，老宋家属们就会转移矛头。

"范所那边还在查，目前没有消息。"我说。至于范杰那边详细的侦查结果，我不太方便告诉张成国。

"不说是辛吉然干的吗？"张成国一脸失望，但还是不死心。

"传说归传说，这事儿得要证据啊，你不也说这段时间辛吉然一直没来你这儿嘛。"我说。

"唉……"张成国叹了口气。

河西派出所治安副所长马忠负责协调悦江苑酒店的群体性事件。我虽然在赵支队的"专班"，不需要参与这件事情，但毕竟是负责这块儿的片警，多少要跟马所打个招呼才行。他这会儿正在酒店五楼办公室跟老板王总开会，这段时间我也无处可去，便拉把椅子在张成国旁边坐下。

"我招谁惹谁了……"刚坐下，张成国便开始朝我抱怨起来。

"屁大个酒店，屁大个保安经理，一个月拿到手3400块钱，一年到头就指望年底那点奖金。前脚辛吉然闹事，老板嫌我办事不力，扣了三分之一。现在可好，宋来福这厮的家属一闹，剩下的三分之二估计也泡汤了。"

我说这种事儿回头跟你老板好好说下，"群体性事件"又不是你能左右的，扣奖金有些不通情理了。张成国"唉"了一声，说那帮浑蛋，巴不得酒店出点事，好找个扣钱的由头。我说你别这么想，老板怎么可能盼着酒店出事，营业额损失比起你那点奖金可多了去了。

"是哪个说宋来福是我亲戚的？"冷不丁地，张成国问我，满脸怒气。我说没啥，跟你开个玩笑。

"李警官，这关口可不能开这种玩笑，传到老板那里可了不得。"他说。

我点点头。

"老张，正好问你件事儿。"我扔给张成国一支烟，打算换个话题。他手里忙着，没接，说这几天抽太多烟了，桌下箱子里有苹果。本来过几天区里有个招商会要开，酒店进了一批水果，看这架势估计招商会得换地方，酒店昨天把进的水果转卖给了隔壁超市，他看苹果不错，"截留"了一箱。

我低头往桌子下面看，的确有一箱苹果。张成国说是"正宗山东烟台红富士"，觉得好吃拿几个回去。我笑着说好，随手抓起一个苹果就要啃。张成国急忙制止，说没洗过，抽屉里有刀，你削下皮。我拉开抽屉，里面果然有把厨刀。

"哟，张小泉，还是名牌呢！"我说。张成国看了我手中的刀一眼："这是后厨的刀，不知被哪个王八犊子偷来自己用了。"

"老宋出事儿前有没有啥异常情况？"我一边削苹果一边问他。

"异常？"还在缝扣子的张成国停下手里的针线，"你具体指啥？"

"比如最近有没有什么人来找过他？或者他有没有得罪什么人？又或者什么人得罪了他？"我说。一个电话就能把老宋叫出去打架，电话的主人和他此前应该有过一些交情才对。

"找老宋？"张成国皱皱眉头，"一般找他的人直接去停车场传达室，不用经过酒店大堂，这个我不知道。"

至于宋来福近期得罪过什么人或是被什么人得罪过，张成国说之前范杰已经来酒店调查过了。

"这个老梆子也是，现在看来他之前纠缠陈春丽这事儿是真的，妈的他家里明明有老婆孩子，还在外面搞这个，这么大年纪不要脸……"缝完扣子，张成国把衣服丢在身旁的椅子上，啐了一口。

我提前跟马忠发信息，约他开完会后见个面，马忠先是答应了，但之后又说他和酒店王总得出去办点事，让我在现场看看情况，之后回派出所就行。苹果我吃完了，看张成国这边也没啥可问的消息，便离开了值班室。酒店一楼大厅还是之前的样子，除了宋来福的妻子还在抹泪，其他亲戚都三五成群地坐在一起聊天。

两位辅警站在酒店大堂门口维持秩序，一名男子似乎在跟他们说什么，表情很着急。我路过酒店门口跟两人打招呼，辅警老孙却一把将我拽住了。

"唉正好，李警官过来了，你有啥话跟他讲，看他让不让你进……"老孙指着我，对面前男子说。我愣了一下，有些茫然地看着那名男子，他 40 多岁，个子不高，穿着油城出租统一配发司机的黄马甲。

"咋了？"我问男子。他看看我又看看老孙，看样子有些犹豫。

"进去有啥事儿？先跟我说说。"我把警官证亮给他，又补充了一句。

"那个，也不是啥大事儿，就是个车费……"男子这才开口。他说自己叫张贵，出租车司机，先前拉了宋来福一趟活，宋来福一直没给钱。他本想来悦江苑酒店找宋来福要钱，结果却听说宋来福死了。

"我这来第三回了，都不给钱。他死了跟我又没关系，我只要我的车费。"张贵一脸愤懑。

我心想你来得也真不是时候，宋来福家属正憋着劲找酒店要钱，你现在去管他们要钱，他们怎么可能给你。但看张贵满头大汗的样子，我心里又蛮可怜他，于是问他车费多少钱，想着如果钱少的话自己给他算了，大不了回头找张成国报销。

"一共 348 块 6 毛，等待费我给他打个折，收 300 就行。"张贵说。

一听这数字我有点生气，油城坐的士从东头跑到西头也要不了 100 块钱，等待费最贵一分钟 1.5 块，怎么跑出 300 多的士费来，难不成这家伙想赚死人钱？

"你带老宋去哪儿了要这么多钱？"我还是尽量放平语气问张贵。

"我就知道你们不信，为这我留着那天的小票和行车记录。宋来福先让我带他去南屏街，又从南屏街去惠民农场，这段路有多远你肯定有数吧？我在惠民农场等了他半个小时，嗯，是他要求的，说是还要回悦江苑酒店。结果呢？他放了我鸽子，这半小时等待费45，夜间车费上浮20%，计价器上表显350，我跟他要300，不多吧？"张贵说着，从兜里拿出了的士计价器打印出的小票。

"你是说15号晚上你送宋来福去的惠民农场？"我很吃惊。

"不是我是谁呢？你看这车票！"说着，张贵把手里的小票递给我。我接过来，上面确实写着5月15日。

"来来，你跟我说详细些，怎么先去的南屏街又去的惠民农场，怎么还等了他半小时？"我一把拉住张贵。他被吓到了，我拽他两下，他一脸错愕，竟然没动。

"哎呀他的死跟你没关系，我就问问那天晚上他坐你车的事儿！"我赶紧跟他解释。

张贵这才挪动了脚步。

坐进张贵的出租车里，我让他开车带我去那晚送宋来福去的地方。

"南屏街？你确定？一来一回百八十块呢。"张贵有些不信，"配合警察工作我是没二话的，但警官你不能让我白跑啊。"他补充道。我说你放心，带我去就行，该多少钱给你多少钱。

"那……上次的呢？"张贵又问，"就是老宋那次……"

我笑了笑，说你先带我去，钱你放心，我回头帮你要，但你不能骗我。张贵说好，只要付钱就没问题，宋来福的死又不干我事，骗你干啥？

车子驶上油城大道，往东走。

"你和宋来福很熟吗？"我问张贵。

"不熟，只是认识。"他说。

"那他不付车钱你怎么放他走了？"

"虽然不熟，但我认识他，知道他在悦江苑酒店看停车场，回头上那儿找他要钱就行。"张贵说，那天自己怕等久了耽误生意，毕竟雨天打车人多，自己等待的半小时里就有前后四拨人问自己"走不走"，所以他便没再等宋来福。

"那晚你没进康福路看看老宋在干啥？"我问张贵。

"你以为我是你们警察呢，下那么大雨，我进去干啥。"

油城大道是一条东西延伸20多公里的城区干道，一直往东走先经过采油厂的2号和3号矿区，之后是与地方两个行政村相连的一段省道。省道上是地方县城的商业街，继续往东走是以前的长川油田炼油厂和炼油厂的家属院，即四路小区。油城大道过了四路小区便到了尽头。经过一个大转盘后与XD1国道相连，之后离开油城地界。

"老宋，也不是什么好人。"张贵一边开车一边打开了话匣子。他之所以认识宋来福，是因为油城出租车公司的司机食堂在悦江苑酒店附近，大家中午去那里吃午饭。但食堂没有停车场，车子停在路边又会被交警贴条，所以大家以前一直把车停在附近的悦江苑酒店停车场。

"停车场半小时内免费停车，我们这帮人吃饭快，基本15分钟内就出来了，所以不收费。但自从宋来福来停车场看大门之后就不让我们进了，谁想停车进来，得交给他两元钱。"张贵说。有司机不想便宜宋来福，把车停在马路边，但宋来福马上打电话举报乱停车，交警一来就是 200 元罚款。

"每天中午都有三四十辆出租车过来吃饭，每辆车两元，每月也是笔不小的收入，他这一收就是三年多。"张贵说。

"这事儿酒店那边知不知道？"我问张贵。

"咋可能不知道？这事儿就是那个姓张的保安经理指使的，不然宋来福敢这么光明正大？收的这些钱里肯定有那个保安经理一份！"张贵啐了一口。

我心里暗自发笑，一时不知道该如何评价张成国这家伙。

"跟我讲讲那天晚上你接上宋来福之后的事情吧？"言归正传，我问张贵。

"嗯，5 月 15 号晚上 7 点多，我刚好在悦江苑酒店这边放下客人，一出院门就撞见了宋来福，他见到我二话不说就拉开车门上了车，说让我带他去南屏街。我原本不想拉他，但他上车时喝了酒，手里还拎着根棍子，我不想惹他，就带他去了。"张贵开始回忆那天晚上宋来福乘车的经过。

雨天的晚上是出租车最赚钱的时候，宋来福要去的南屏街位于采油厂 2 号和 3 号矿区之间，地段很偏僻，张贵送人过去后肯定要空车返回，换成别人他保准找个理由拒绝。但那天他不想惹宋来福，因此还是不情愿地开车去了。为了能赶紧回市区，张贵一路上把车开得飞快。

"反正路上没车，我用了一刻钟就把他送到了。他说了句'回头给你钱'就下车进了一个院子，我在路边掉头准备往回走，但车头刚转过来就看见他跑出了院子，前后没有半分钟。之后他又说让我再送他去采油厂惠民农场。"张贵说。

"院子具体在哪儿你还记得吗？"我问张贵。他说记得，现在就是带我去那里。

"一路上宋来福在车上跟你说过什么或者做过什么吗？"我接着问张贵。张贵说没有，那天宋来福非常奇怪，好像有什么人惹了他，一路上在后座拎着棍子不说话。有时张贵挑起话头想聊几句，宋来福也不搭理他。

"哦对了，接了一个电话……"张贵想起了一些事情。

"他说了什么？"我急忙追问。但张贵说宋来福好像也没说啥，就是说了几句"嗯""好"之类的话。

我推测这就是范杰查到的 7 点半左右打给宋来福的那个陌生号码。

"他从那个院子出来前后有什么变化吗？"我接着提问。张贵说自己一直在开车，没有细看。"就是去农场路上死催，一直催我开快点。我以为他有什么急事儿，谁知道是去送死……"张贵说。

说话间车子到了南屏街附近，张贵在一个丁字路口犹豫了一会儿，然后右打方向盘扎进了南侧道路。约莫又开了七八分钟，出租车停在路边一道红色铁门边。

"应该就是这里，大门是红色的，门口歪着一尊石狮子。"张贵说。我看向大门，斑驳的红漆大概有些年头，有些地方已经锈穿露出黑褐色破洞。大门中间位置有个一人宽的小铁门，同样锈迹斑驳。大门左侧歪着一尊不小的石狮子，旁边扔着两袋似乎是垃圾的杂物。

我下车，上前试着敲门，但只敲了一下，大铁门上的小铁门便开了，原来小门压根没有上锁。

　　迈步走进铁门，才发现这是一处被废弃的院落。院子大概有百十个平方，三面都是两层灰褐色小楼，但从拆掉的门窗来看，应该早已无人居住。另外院子西北方向有一处高出地面一米左右的长条形石台，我走近看，是过去维修汽车时用的。再次四下环顾，发现院子角落处丢着一个残破不堪的招牌——"兴顺修理厂"。

　　一阵狗叫声吓了我一跳，转头看见一条大狼狗不知何时蹲在了我身后，正龇牙咧嘴地瞪着我。我下意识地向后退了几步，紧接着又听到一声断喝：

　　"哎，你是干啥的？谁让你进来的！"一名60多岁的男子从东侧一间屋里走了出来。

　　"我……"

　　我还没来得及回答，面前的狼狗突然扑了上来。

第三章

1

范杰接到报警带人赶到兴顺汽修厂时，我正抱着二层小楼青灰色的排水管道试图向上爬。可惜排水管道表面光滑又紧贴墙面，我试了几次都滑下来。大狼狗在我脚下着急得转圈，一边狂吠一边不时跳跃，几乎咬到我的裤脚。

看大门男子一边吆喝一边伸手去拽狼狗脖子上的狗绳，但都失败了，还被体型硕大的狼狗撞得摔了几个屁股蹲。出租车司机张贵打完报警电话后也跑进院子帮忙，但他不敢靠近，只敢远远朝狼狗扔石头。只是他的准头实在太差，不但没砸到狼狗，反而扔在了我身上，疼得我差点从管道上掉下来。

两位民警进院后也被眼前场景惊呆，但好在他们反应迅速，随手拎起院子里的杂物开始驱赶狼狗。范杰后脚跟进院，见到这一幕立刻从腰后拽出了配枪。

在众人的努力下，狼狗终于放弃了咬我的目标，低头"呜呜"了几声，夹着尾巴跑掉了。

我这才松手从排水管道上滑下来，坐在地上大口喘着粗气。

"吓死我了！"我一边平复情绪一边看着看门男子，"你问清楚啊，我还没说话你就放狗？！"

男子知道我是警察后也十分紧张，这会儿脸色一阵红一阵白，蹲在地上不住道歉。

"对不起对不起，怪我没牵好绳子……"

"狗屁没牵好绳子，你的狗刚才根本就没拴绳子。"我骂道。

说话间看男子一直用右手握着自己的左手小臂，我这才注意到他左手臂上有一处伤口，正在向外冒血。

"受伤了？要不要去医院？"我平复了一下语气，问他。男子摇摇头，说不用，不打紧，自己收拾一下就好，说着便起身往水房走。

"你这伤口得打针嘞，别不当回事！"同事小周在他身后好心提醒。我也赶紧瞧瞧自己身上，看刚才有没有被狼狗咬到。好在找了一圈，除了刚才被张贵用石头砸青了两个地方外，没看到有被狗咬的伤口。

男子好像没听到同事的话，径自进了水房。

"会不会养狗，他的狗连他都咬！"小周随口抱怨道。

看门男子名叫汪德海，兴平农场人，每月 1500 元薪水在兴顺汽修厂看大门。

张贵拉住我说他得继续去跑活，我跟范杰简单说了之前的情况，以及这次叫张贵带我来汽修厂的原因，之后范杰和张贵约好去派出所见面的时间。临走时我把车费连同上次宋来福的一并付给张贵，他千恩万谢地走了。

处理完伤口，汪德海把我们领进了汽修厂北侧的一间房内。

屋里陈设简单却杂乱，一张单人床和若干生活用品，看样子是他平时住的地方。

"兴顺汽修厂以前是油田运输处的下属单位，后来承包给了私人老板，干了大概四五年，因为生意不好私人老板也不干了。我最早是运输处的合同工，之后给私人老板打工，这不年纪大了干不动了，私人老板退租后留下一个空院子，我看院子，又成了运输处的'合同工'。"汪德海介绍说。

"你认识宋来福这个人吗？"范杰问汪德海。

"不认识。"汪德海一脸茫然。

"5月15号晚上7点多，有个和你岁数差不多的男的进了院子，你记不记得这事儿？"范杰又问他。

"不记得。"汪德海立刻回答。

"你好好想想，别着急回答。"范杰见汪德海否定得干脆利索，怀疑他态度不端正。

"就是不知道嘛……"汪德海嘀咕着，他说这院里就他一个人和一条狗，平时有生人进院狗会叫，他才出门看。

"狗不叫你就不出门？"范杰身旁的同事小周问他。汪德海说狗都不叫我出门做什么。他这话中明显带着抵触情绪，不知这情绪从何而来。但我想想汪德海说的可能也有些道理，兴顺汽修厂地处偏僻，平时也没什么人来。刚才我进院时的确是狼狗先叫，汪德海才从屋里出来的。

"5月15号，下大雨那天，你好好回忆一下……"范杰继续引导汪德海的思路，汪德海也使劲皱着眉头。

感觉没必要四个人一起问情况，我跟范杰说了一声，想出门到院里转转。范杰点头同意，但汪德海闻言却不让我出去，说狼狗还在院子里。我说你先去把狗找到拴起来，汪德海说这会儿他也不知道狗跑哪里去了。

听他这么说，另一位同事小高也有些生气，问汪德海那狗是不是你养的，汪德海说是，小高说是你养的你怎么管不住它，连你都咬？汪德海没答话。

"平时大门也不锁，狗跑出去咬了路人怎么办？"想起进门时的场景，我也忍不住想说汪德海几句。

"这狗只在院里转悠，从不往外跑，有生人进来它才会咬。"汪德海辩解。

"15号晚上宋来福进你院子的时候你没有听见狗叫吗？"范杰接过话来问。

"这都多少天了，我不记得了嘛！"汪德海有些急了。

"你这院里有监控没的？"我问汪德海，他叹了口气，说连电都只有他住的这间屋里才有，哪会有监控呢？我笑着说那你这门卫岗岂不是形同虚设，这么大个院子，门还不锁，全指望一条狗报信。你就不怕万一有人从哪段围墙上翻进来偷东西？汪德海却说这院里堆的都是废品，谁没事儿偷这里。

"既然这样，你领我们在院里转转吧，你跟着，那狗总不会再来咬我们了吧。"范杰提议。

"哎呀真不行，它见到生人就咬，有时候我都拉不住。"

"别磨叽，你拉不住我就一枪打死它。"范杰终于火了。

汪德海终究没拗过范杰，只好带着我们几人开始在院子里转悠。

因为那条狗的缘故，刚刚我只看了院子的大概，这会儿终于可以仔细打量这座院子。灰褐色二层小楼是油田单位的统一建筑样式，但门窗都已被拆走。带粉色墙裙的白色围墙上架着早已锈迹斑斑的铁蒺藜，有几个地方已然断掉。确如汪德海所说，我在整个院子里没有看到任何一个监控摄像头。

院子西南角是三间车库，大铁门上贴着封条。我走近看，封条上印着"长川油田运输处 2011 年 12 月封"几个字。我问汪德海车库里是什么，汪德海说是以前运输处留在这里的一些杂物，但属于国有资产，因此每年年底运输处派人过来查看东西，然后换封条。

范杰摆弄着车库大门上的锁头问汪德海："你有车库钥匙吗？"汪德海摇头说没有，钥匙只有运输处管仓库的人才有。

车库前面堆满了各种废纸壳和塑料泡沫，足有一人多高。看来汪德海平时还兼职在街上拾荒。也可以理解他，毕竟油田物价高，每月 1500 块的工资应该不太够花。

一行人看得很细，走完整个大院用了整整 40 分钟，范杰对那条狼狗很感兴趣，一路上都在跟汪德海聊养狗的事情。其间那条狼狗的确出现了，但一直警惕地远远跟着我们，似乎在担心我们会偷走院里的东西。我心有余悸地随手从地上捡了根木棍拎在手里，准备当它再度冲过来时用以自卫。

汪德海木然地跟我们走着，他先是跟范杰聊了一会儿养狗的事情，后来两人好像话不投机便不聊了。之后他便一直跟在我们身后，有人提问时他就简单说几句话，不问他时他也不搭理别人。

回到汪德海住处，范杰再次问他有没有想起 15 号晚上的事情。汪德海说想起来了，斩钉截铁地说那天确实没有人来，也没听到狗叫声。范杰叹了口气，眼前天快黑了，既然这样我们也没有必要继续待在这里。于是范杰记录了一些汪德海的个人信息后，我们便告辞离开了。

回去路上我很沮丧，跟范杰说之后他找出租车司机张贵问话时叫我一声，这家伙骗我，我得找他算账。范杰却一边开车一边笑，说张贵没骗你，有问题的是这个汪德海。我愣了一下，问汪德海有啥问题，范杰从倒车镜里看了一眼坐在后排的小高和小周，问你俩看出啥问题来了没。

小高摇头，小周却点头。小周说汪德海撒了谎，应该还有别人也住在这个院里。而且院里不但有电，甚至很可能有互联网接入。这下连范杰都有些吃惊，让小周说清楚些。

"进院时我在大门上看到了供电公司贴的缴款单，上面有每月缴款数额。按照汪德海的说法，整个院里只有他的屋子有电，但凭他屋里电器的用电量达不到那个缴款数字。"小周说。另外他仔细观察了兴顺汽修厂大院里的各种线路情况，发现联通公司的网络设备还在，院里应该有互联网接入。假如把两者结合起来算的话，电费差不多应该是缴款单上的那个数字。

"你当警察前是干啥的？"范杰颇有兴趣地问小周。

"嗐，大学毕业在联通公司干了三年，就是给人装网线的。"小周说，他还可以找以前的同事查一下，这东西都是有存档的。

我说那地方真有人想上网，用得着这样吗？办张移动上网卡不就行了？小周说在别处可以，那个地方恐怕不行。

"我以前就记得南屏街这块基站覆盖不到，手机信号奇差，今天还专门拿手机试了一下，还是像以前一样，要想正常上网，得是有线网络。"小周说。

"范所，你发现了啥问题？"我问范杰。

"是那条狗。"

"狗？狗有啥问题？"

"我在院子里找了一圈，没发现狗窝和狗吃饭的盆子。"范杰说一般养在院子里的狗会有一个固定睡觉的窝和吃饭的盆子，但没有见到这两样东西。

"会不会在某个废弃的屋子里呢？"我问范杰，毕竟院子里有很多拆掉门窗的空屋子，说不好那条狼狗会把哪个屋子当狗窝用。

"对，这是个问题，我没有挨个屋子看。但差不多也能确定，这条狗大概率不是汪德海养的。"范杰接着说，因为类似汪德海这种养狗看门的人一般会有一个习惯——把人吃剩的饭给狗吃，但他观察了汪德海屋里的垃圾桶和放在大门口的两袋垃圾，发现里面有很多残羹剩饭，这说明汪德海平时吃剩的食物并不用来喂狗。

"另外这是一条血统比较纯的德牧，不像是那种村里土狗，看体型毛色平时吃得也比较好。"范杰自己家里也养狗，他知道这种狗的花销不是个小数目，恐怕凭汪德海那点工资每月还不够狗吃的。刚才在院子里他跟汪德海聊养狗的事情，也发现汪德海并不懂得如何饲养这种品种犬。

"是哈，刚才我也觉得这狗跟他不亲，如果真是他养的狗，怎么会连他本人都咬？"另一位同事小高也感觉范杰的话有道理。

"现在的问题是，这狗不是汪德海养的，但在他院子里，主人是谁？结合刚才小周说的网线的事情，有理由怀疑兴顺汽修厂的院子里还住着另外一个人。他是谁？为什么住在这里？"范杰说。我说这些并不能作为传唤汪德海的理由，毕竟这些都无法表明他跟宋来福之死有关系。

"也不能说完全没有关系。"范杰说，"汪德海说5月15号晚上宋来福进大院的那个时间，他没有听到狗叫，因此也没有出门看。如果这话是真的，那狗为什么不叫？只有一种可能，那就是这狗认得宋来福。如果这话是假的，汪德海为什么要骗我们？"

的确，范杰的逻辑没错。

"但是，如果院子里真的还有另一个人住的话，他会住在哪里呢？几栋房子我们都看过了，门窗都拆了，没见有能住人的地方啊？"小高疑惑地问范杰。

"对，这也是我刚才想不通的地方。"顿了顿，范杰问我："你进院时有没有看到那条狗是从哪儿冒出来的？"

我说没有，我听到狗叫才转身，那时它已经站在那儿准备咬我了。

"那刚才我们回传达室时你有没有注意那条狗去了哪儿？"范杰又问我。

我依旧只能摇头。

范杰沉默了半晌，似乎想到了什么。

"这事儿你别操心了，有消息我通知你。"他对我说。然后又对后座的小周和小高说，你俩继续查宋来福的事情，明天跟那个司机张贵聊聊，汽修厂的事我来想办法。

2

　　人在利益分配面前终究会产生矛盾，韩品木的"油城电竞"战队也不例外。虽然他自我感觉已经给队友们分配了不小的盈利，但仍旧有不买账的人。

　　5月下旬的一次比赛前，韩品木照例在群里下发通知。那次比赛对战一支职业战队，战胜奖金达到了前所未有的8万块。韩品木的分配方式是自己和飞扬各3万，其余三人平分剩余的2万。几名被韩品木选中参赛的队友兴高采烈，但临开赛15分钟，一个名叫"SN"的队友突然提出了异议。

　　"老韩，趁还没开始比赛，再讨论一下分配方式吧。"SN在群里说。他是战队中一名实力很强的玩家，以前在比赛中经常见到他。

　　"讨论什么？"韩品木有些意外。

　　"你看咱同样打比赛，为啥每次都是你和飞扬拿大头？退一步说，你俩联系的比赛，拿大头没问题，但也给弟兄们留点汤行不？"SN把话说得比较直接，但可能不想激怒韩品木，在文字最后加了两个坏笑的黄色小表情。

　　"那输了你也负责赔钱吗？"韩品木问SN。

　　"行，输了我也赔。"SN说。

　　"你那点工资，赔得起吗？"韩品木的言语中带着一丝蔑视。

　　"我说了赔就一定会赔，这个你放心。如果赢了，你能把奖金平均分配吗？"SN似乎也有了一些脾气，继续追问韩品木。

　　"不能。"韩品木说。

"你的意思是无论如何都得你和飞扬吃肉，连汤都不给弟兄们分一点？"SN上了火。

"不想参加的话你退出就行。"韩品木的回答直截了当，毫无讨价还价的余地。

"行，你够狠，你就不怕弟兄们故意给你把比赛打输？"或许是被韩品木的态度激怒了，SN威胁道。

"你随意，不想打的话现在说话，我马上换人。"韩品木的回答不温不火，看不出情绪。随即有人开始在群里劝说SN，让他别冲动，先打完比赛再说。也有人骂他，让他赶紧滚。

比赛开始前5分钟，SN声明退出比赛。韩品木立即将SN踢出了战队群，另外换上了一名玩家。

或许是因为主力队员SN的临时离场，又或许是那天的比赛对手实力超强，经过半小时的对决，我们输掉了比赛。眼看无功而返，战队群里顿时骂声四起，大多数人都把矛头指向了已经被韩品木踢出战队的SN。韩品木只是淡淡地说了句"大家都把SN删除好友吧，以后谁再提这类问题就主动退出"，便不再说话。

我竟然有点佩服韩品木，那晚他输掉了8万块，却连眼睛都没眨一下。

几天后的下午，我接到一个陌生电话。

"是阿成吗？"从对方的称呼中我明白，应该是"油城电竞"战队的队友。

我把手机拿到眼前看了一眼号码，并不认识，听声音也不是韩品木。

"是的，你是？"

"我是以前战队的 SN，还记得我不？"

"嗯嗯记得。"

"晚上有空吗？见个面？"

我有些意外。倒不是因为 SN 不久前刚被韩品木踢出战队并要求拉黑，而是虽然加入战队后我们的联系方式都被放在了群通讯录里，但此前战队成员里只有韩品木联系过我，SN 突然要跟我见面，不知是为了什么。

想了想，我还是答应了，和他约在了同样远离河西派出所的一家星巴克咖啡店里。

"我也组了一个《穿越火线》战队，你技术这么好，跟着韩品木赚不到钱，血亏。来我这边吧，我和他不一样，咱们平均分钱。"SN 看上去年纪不大，听口音不是本地人。他打扮得很潮，浑身上下至少有七八种颜色，帽子上钉满了闪闪发光的银色钉子，还戴着太阳眼镜。他像韩品木一样不愿跟我多谈个人问题，而是一见面便开门见山。

"你不是第一个，以前队里已经有四个人答应了，他们都对韩品木的分账方式不满，只是不像我一样有胆量提出来。你不用退出韩品木那边的战队，我这边有比赛时你来就行。考虑一下？"SN 大概担心我会像之前四个队友一样不敢得罪韩品木，因此给出了一个两全其美的办法。

我突然意识到或许 SN 就是打开之前韩品木秘密的钥匙，于是故作疑惑地问他，这游戏我也玩了好几年，怎么从没听说过这样的赚钱方式呢。

"嗐，这事儿也不瞒你了，我们打游戏是假，外围有人投注赌输赢是真。你别看一局比赛输赢三五万块，这都是小钱，外面那些金主投的才是大钱，一场输赢上百万的都有。"SN说。他早就发现韩品木在搞这行，还知道组织方的奖金都是按比赛人头数给的，并非韩品木自掏腰包。但他和飞扬拿走大部分钱，只给其他队友分零头，这事很恶心。

"你不知道吧，其实连比赛输赢都是提前安排好的，按照投注盘口的赔率变化。你没注意韩品木和飞扬在不同比赛中的状态不一样吗？有时候是比枪神还神，有时候比菜鸡还菜，都是套路。"SN说。

我突然想起之前的确如此，韩品木和飞扬的技术很好，有些比赛中却傻得出奇，游戏中还出现过故意朝队友冲锋方向扔手雷和闪光弹的低级错误。但我还是有些困惑，说既然比赛输赢按照投注比例变化，那韩品木应该随时接受组织方指挥才对，但打比赛时我一直坐在他身旁，没听他跟旁人联系啊。

SN说这还不简单，飞扬是比赛的联络人，负责组织这件事。韩品木只要看飞扬的比赛状态即可。我又问这个飞扬现实中到底是什么人，SN说他也不是很清楚，只知道是韩品木的发小，人在外地，姓甚名谁不清楚。

"反正他这条路我已经摸清了，咱这边的比赛很快提上日程。你如果想多赚点钱的话跟我说声，打这个电话就行。"说完，SN起身告辞。

我立刻把情况汇报给了赵干哲。赵干哲没表现得太吃惊，他让我联系治安支队的李建涛，他们最近也在调查这事。我打给李建涛后才知道他们那边也接到了匿名举报，说是有人利用《穿越火线》游戏进行外围赌博，他们正在联合网安进行核查。

"他说的那个飞扬是什么人？你见过吗？有他信息吗？"李建涛问我，我说没有，只有一个游戏里的QQ号，我倒查过账号信息，是一个4岁孩子，应该不是飞扬本人。李建涛要走了QQ号，说剩下的事他协调网安那边做，我只需要下次有"比赛"消息时通知他即可。

之后的一段时间，韩品木那边按照每周两场比赛的频率进行着，他并不是每次都让我参加，但只要我在网吧时，他都会让我观摩比赛，说是"学习战术"。我每次都按约定提前通知李建涛，但他那边却一直没有什么侦查结果。另外，前队友SN那次和我见过面后似乎凭空消失了。他再没找过我，电话也打不通。

"你确定这个飞扬是韩品木他们赌外围的联络人？"李建涛问我，我说这事儿我也是从叫SN的网友那里听来的，确定不了。李建涛皱着眉头说他们找网监查了SN和飞扬，都没进行过实名登记。SN的QQ号可能是专门用来玩游戏的，上面基本没有个人信息。从QQ空间里的几张照片看，他应该是油田人。但这个飞扬他们花了挺大功夫也没查到是谁。

李建涛问我飞扬会不会是韩品木故意伪造出来的一个人，一来为了套取奖金，二来为了东窗事发时给自己脱罪。我想了想说可能性不大，因为韩品木一直在我旁边跟飞扬聊家常，听内容不像是装的。

"你找个机会跟飞扬搭个话，再判断一下？"李建涛建议我，我只好答应。

韩品木似乎并不知道自己队里已经有人被 SN 策反，一切还像以前一样，就像什么都没有发生过。我找了几个话题试图跟飞扬搭话，但他一直没理我。而且不久后飞扬从战队群里退了出去，韩品木平时也不跟他聊家常了。

"发现我了？"我心里打鼓，但又觉得不可能，我没跟他聊什么敏感话题，而且平时也有队友在群里和他聊天。

"飞扬大哥呢？怎么不见了？"终于有一天，有人在群里问起飞扬的去向，韩品木说："他当爸爸了，忙着看孩子，以后不跟咱们一起玩了。"之后群里有人祝贺，有人惋惜，当然也有人问既然飞扬退出了，以后再打比赛，飞扬那份奖金如何处理？

这个问题大概戳到了重点，半天没人吱声，过了很久韩品木才在群里说了句"到时再说"。

3

"这世上总有些人觉得自己很聪明，别人很傻，但其实觉得自己聪明的人未必聪明，觉得别人是傻瓜的人才是真的傻瓜。"一次，一起离开网吧时韩品木突然对我说。

我搞不清他为何突然说了这番话，这番话又有什么指向，只好附和着点头说对。

"晚上有时间没？一起去消夜？"韩品木问我，我很意外，印象中他晚上只吃一个鸡蛋灌饼，从没见过他消夜，更没约过我。但随即我想到最近战队里发生的事情，感觉他可能有话要跟我说，盘算着自己有些事情也想落实一下，于是答应了他。

消夜找了网吧附近一个烧烤摊，因为地段偏僻，人不多。韩品木点了一些烧烤，还要了几瓶啤酒。

"你不是油田人吧？"韩品木一边撸串一边问我。我说此话怎讲。他说看你平时的做派不太像。我问哪里不像，他说很明显，你说家住平安小区，但你每次都坐公交回家。如果是你这年纪的油田子弟，出门肯定打的士。

"平安小区住的是油田科级以上的领导干部，的士票拿回去都能报销，何必坐公交呢？"他说，目光中带着狡黠。

"爸妈不让我上网打游戏，偷着跑出来的，哪敢拿的士票回去。"我一时只能找到这个理由。

"你是哪年的？属啥？"韩品木又问我。我说1987年的，属兔子。韩品木说那你今年25了，怎么才读大四？我说大二那年去服了两年兵役，所以毕业晚。

韩品木的问题貌似随意但实际暗藏玄机。年龄可以随口就来，但属相不行。为了防止他再有新的问题，我主动提出了问题。我说韩队你不是一向9点钟准时回家吗，怎么今晚突然想起找小弟消夜了。韩品木夹了块烤豆腐放进嘴里，说饿了而已，饿了不吃东西对胃不好。

"毕业之后怎么打算的？要回油田工作吗？"韩品木又问我。我说不一定，这几年油田效益不好，也有年头没招工了，毕业再说吧。

我在油田待了两三年，大体了解现在的情况，也努力在韩品木面前做出自己熟悉油田的样子。我猜他下一句应该会说："你父母是油田干部，你又是退役大学生，进油田工作很简单。"这样又会把话题扯向我的"父母",我也又得编新的瞎话。从小编瞎话的经验告诉我,一句瞎话得用三句瞎话来圆。我怕自己到时圆不回来,于是主动说我打算毕业去省城工作,或者考研究生。

虽然这也是一句瞎话,但至少不用现在圆。

韩品木点点头,说上学好,去省城也好,趁年轻离开油田这块地方吧。这地方风气不好,有点本事的都走了。

我不知他为何这样评价自己的故乡,于是问他啥风气不好。韩品木看了我一眼,说这么多年你感受不到吗。我不知该点头还是摇头,只好打个哈哈说自己中学开始便在省城亲戚家寄宿,这些年对油田情况比较陌生。之后顺势拈起一串烤羊腰放进嘴里,打算终止这个话题。

"不说别的,单是这个男女关系就比较混乱……"韩品木却似乎依旧想就这个话题说些什么。

"长川油田其实从98年左右就没什么油可采了,你看那些地里的'磕头虫',一管子打上来半管子是水,所以后来这十几年大部分职工一直靠去外地'会战'挣钱。"韩品木说,"会战"一去一年,夫妻两地分居,难免就会闹出一些瓜田李下的事情。

"所以年末是油城警察最忙的时候,有的丈夫年底回家发现妻子怀了孕,但自己这年明明在外地'会战',孩子哪儿来的?然后开始打架;有的妻子年底回来了,发现老公在家'有人'了,然后也开始打架。"他接着说。

这种情况我听过,但不愿和他聊,于是低着头喝酒撸串。

"这还算好的,你也知道,油田是'企业办社会'。'厂长动动嘴，职工跑断腿'，所以有些人就喜欢打歪主意，比如让老婆去走领导门子，自己便凭着'夫人路线'上位，孩子都不是自己的，还整天感觉自己多风光。其实这种人心里最阴暗，指不定做过什么伤天害理的事呢。"韩品木依旧在说，我不知道他今晚为何跟我聊这个，难道是他的家庭因为父亲韩双林的婚外情而破碎，所以一直对这类事情很敏感？但韩双林的情况可跟他说的这些都对不上号吧。

见我一直不说话，韩品木自顾自地灌了一杯啤酒。看桌上的烤串吃得差不多了，又转头冲老板喊了句"再来 20 串羊肉"。

"SN 也找过你吧？"老板烤串的工夫，韩品木突然压低声音问我。

我被他问得愣了一下，心想这家伙聊天的转折点怎么来得这么突然。但我心里有数，这应该才是他今晚叫我出来消夜的根本目的。于是我点点头，说找过。

"他给你开什么条件？"韩品木问我。我说奖金平均分。他点点头，说你很诚实。

我笑了笑。

"他还给你说过什么？"韩品木顿了顿，"关于我的。"他补充道。这是明显的试探，我没有正面回答他。

"他说的什么我不感兴趣，只要有钱赚，其他事我不管，而且……"说到这里，我也冲他笑笑，"而且有些事情如果我知道了，对咱俩都不一定是好事。所以我装作不知道，你也装作不知道我知道，这样好吗？"

韩品木先是愣了几秒，然后拍拍我肩膀。

"你是聪明人！"他说。

"那个 SN 是干啥的？"我反问韩品木，反正今天的话题是他引出来的，我顺着他的话说，也不会引起他怀疑。

"这个家伙，挺复杂，是飞扬拉他进来的，说是自己朋友。我跟他不熟，也不知道他是怎么知道这些事情的，可能是飞扬告诉他的吧。"韩品木说。

"那飞扬哥呢？按理说 SN 是他朋友，他又是你朋友，SN 应该也是你朋友。既然大家是朋友，不该来拆你台啊？飞扬哥对这事儿没说啥？"我问韩品木。

"嗐，谁知道飞扬从哪儿交了这么一个不靠谱的朋友。"他说。

大概 11 点时，消夜差不多了，我起身准备和韩品木告别。按道理之后我俩应该一个向东、一个朝西，分道扬镳，但韩品木却对我说今晚上跟我往西走，他要去平安小区。我以为自己听错了，问他去哪儿，他重复了一遍说"平安小区"。

"今晚上我去亲戚家住，他家也在平安小区，跟你坐同一班车吧。"韩品木说。

我吃了一惊，心里随即有些紧张。

"你在油田还有亲戚？"我脱口而出，因为公安平台上显示韩品木是单立户。

"咋了？准你在平安小区有父母，我就不能有亲戚？"他说，但我却觉得他这话有别的意思。

"快走吧，最后一班公交了，再不走就得打车了。"说完，韩品木拉了我一把，走向附近的公交站。

油城居民几乎没有夜生活，由于第二天要早起上班，非周末的晚上整个油田便犹如一座空城。一过晚上 8 点，公交车上的乘客数量也急剧减少。我和韩品木乘坐的那辆 5 路公交车上只有稀稀疏疏七八位乘客。我和他坐在靠后的位置上，而整个后半截车厢是空的。

　　"我打赌那个 SN 不会再找你，你信不信？"韩品木坐在我旁边说。我问为什么，他说没有为什么，不信你等等看。他似乎很有自信，就像那天 SN 找我时也很有信心可以抢过韩品木手里的"生意"一样。我没再说话，望向了窗外的油城大道。

　　深夜 11 点，油城大道很黑，不知是否为了响应国家"节能减排"的号召，只有道路一侧开了路灯。漆黑的夜空仿佛给车窗玻璃蒙上了一块黑幕，而透过玻璃的反射，我看到韩品木那颗光溜溜的脑袋仰面朝天倚靠在座椅上，他难得喝一次酒，大概有些晕，又大概正在思考什么。

　　而此刻我的脑袋同样在飞速运转，因为韩品木今晚突然要去平安小区。

　　"对了，你家亲戚住在几栋？"我准备先发制人。

　　"6 栋。"他很快回答我。我分不清是真是假，但心里的石头却放下了大半。因为记忆中平安小区 6 栋就在进门处左转不远，我可以找个借口摆脱他。

　　"你呢？"果不其然，他也问我。

　　"21 栋。"我说。21 栋跟 6 栋几乎在平安小区的对角线两头，他断然不会说出送我回家的话来，我反而可以通过提出送他回家来验证他刚才话的真伪。

"以后有时间去家里找你玩，方便吗？"韩品木冲我莞尔一笑。

我说好，"21栋303，来了可千万别说是来找我打游戏的，爸妈对我打游戏这事儿敏感着呢！"

其实21栋303是赵干哲家。

"也真有你的，你说哪儿不好非说我家，你咋不说刘广文家呢？他家也住平安小区呀。"赵干哲听说我在韩品木跟前把他家说成我家后一脸埋怨。

"唉，我也是一时没的办法嘛。"我只能这样辩解，"您还是跟嫂子说一声吧，不然他真去找我，不就露馅了。"我说。

赵干哲叹了口气，一脸无奈。

"他真去了咱们就抓人，那都图穷匕见了，还客气什么？"他说。

我想想也是这个道理。

"但我们凭啥抓他呢？他来找我打游戏，犯了哪条法？"仔细一想我又觉得不太对，问赵干哲。

"是啊，凭啥呢？妈的熊熊干活真不靠谱，到现在没查出个子丑寅卯来。"赵干哲抓抓脑袋。头上为数不多的几根头发被他捋得换了个方向。

"我总觉得这家伙身上透着蹊跷……"赵干哲点了一支烟，"你确定他不知道你是警察吗？"他问我。我有些犹豫，想了想，说现在我也有点怀疑这件事。

"按说赌外围这种事情，一定要拉知根知底的人来做才对。我只是和他在网吧里见过几面，他就把我拉进了战队，之后也没问过我任何关于个人的情况。当时我就有点纳闷。哎对了，之前那边的派出所拉韩品木去采集 DNA，用的什么理由？"我突然想起了这茬，如果说韩品木对我起疑，那次被拖去采血肯定是一个重要的诱发点。

"听沈所给我汇报时说是派出所例行身份检查，进入办案区的所有人都要采集个人信息，那天和韩品木一同进所采血的有二十几号人，他应该不会怀疑到你头上。"赵干哲说。

"之前沈所那边在网吧搞过这种例行检查吗？"我接着问。

"应该也有吧，但肯定不会定期搞。"

我搓了搓手，从赵干哲放在桌上的烟盒里抽出了一根烟，点上。

"应该没事啊，但他怎么这次突然打听起我的住处了呢？"

赵干哲也吐了口烟雾，把吸了一半的烟立在手里，眼睛盯着看。

"飞扬退出了，他会不会让你去接替飞扬的位置，所以要查一下你？"赵干哲抛出这个观点。我说不会吧，按照之前 SN 的说法，飞扬是负责帮韩品木联系赌场老板的人，我哪有这个门路？

"如果 SN 说的不是真相，飞扬只是韩品木抛出来的一个幌子呢？有没有可能？"

嗯，赵干哲说到的这个可能性不是没有。

"事到如今你只能接着跟他，看他到底要干吗。"赵干哲掐灭了手里的烟。

"唉，我明明是过来跟您查'2·15'专案的，结果怎么查着查着就跑偏了呢……"我叹了口气。赵干哲却晃晃脑袋，说别想太多，刑侦查案子就是这个样子，一些看似毫无关联的事情，谁也说不好是不是导致最后峰回路转的节点。

"哎你有没有验证韩品木在平安小区有亲戚这事儿?"赵干哲转而问我。我说验证了,那天我把他送到6栋楼下,看着他上的楼。楼道里的声控灯从一楼开始亮,一直亮到五楼。他家那个亲戚应该是住在五楼的哪一户。

"哪一户?"赵干哲的表情却突然有些凝重。

"大概是东户吧,我看西户的厨房窗户都是破的,应该很久没住人了。但还没来得及核实这两户人家具体是谁呢。"我说。

"你确定?"不知为何,赵干哲对这事儿的在意程度超过了我的认知。

我点点头,说八九不离十吧。

"东户是刘广文家!"赵干哲一巴掌拍在桌子上,连碗筷都震到了地上。

平安小区6栋一单元五楼东户是刘广文家,这让事情变得复杂起来。

"会不会是巧合?"我问赵支队。

"巧合个屁,能有这么巧?整个小区1000多户,偏偏就找到他们家?说是巧合你信?"赵干哲又点了一根烟。

"那咋办?您的意思是刘广文真的跟韩品木是亲戚?"

赵干哲表情僵硬,手里夹着烟可劲抽,那架势几乎赶上刘广文的"吸毒式"抽烟法了。直到把一整根烟吸进肺里,他表情才算温和了些。咳嗽了几声,赵干哲说:"如果两人真有亲戚关系,是个好也不好的事情。"

"此话怎讲？"

"如果两人真是亲戚，韩品木之前发在网上的那些东西便有了来源。毕竟当年刘广文也是'2·15'专班的骨干成员，看警方没的办法，把这些线索透漏给韩品木让他去网上求助，也不失为一种办法。"赵干哲说。

"那不好呢？"我问他。

"唉，不好的，咱就不说当年刘广文隐瞒亲属关系接触杜娟的案子违规这事儿了，单说现在，刘广文恐怕也知道韩品木在网上搞赌这事儿，起码他是个知情不报，或者说是包庇，甚至，甚至有可能也在其中涉及某些利益关系。"赵干哲叹了口气。

"而且……"赵干哲抹了把被烟气熏得干裂的嘴唇，"而且你现在搞的这事儿，在韩品木看来就像是光着屁股在马路上跳舞。"他接着说。

我明白赵支队口中"光着屁股在马路上跳舞"的意思——我用来接近韩品木的游戏账号是从刘广文儿子那里借来的，如果两人本就是亲戚，那么韩品木肯定从一开始就知道我的真实身份，后面的一系列事情都是他演给我看的。

脑海中浮现起刘广文那张圆脸——八字胡，短发，被香烟熏得焦黄的牙齿和满脸褶子。他或许确实跟韩品木有亲戚关系，但我又不愿相信他真的像赵支队说的那样，与韩品木存在利益关系。不说别的，单是那一天仅有 10 块钱的"惨状"都让我无法把他跟韩品木联系起来。

"那万一真是巧合呢？"我不太死心，继续问赵干哲。

"如果真是巧合，那可就真的坏了……"赵干哲说，"我担心的不是'巧合'，而是韩品木本就跟刘广文不存在亲属关系，他去那里，纯粹是为了向我们'示威'！"

"示威？"

"对，或者说是挑衅。他在间接地告诉我们，我们现在针对他所做的事情都被他猜出来了。"

我说不会吧，这相当于在挑战警察呀，韩品木是吃饱了撑的？

"现在还不好说，我得先找刘广文聊聊。但这世上确实不缺这种自认为聪明的人。"赵干哲说，"其实这些人才是真的傻子。"他补充道。

不知为何，与先前韩品木说的话不谋而合。

4

2012年6月12日上午，我接到范杰电话，让我马上赶到南屏街兴顺汽修厂。

"出什么事了范所？"路上，我打给范杰。范杰说赶紧过来吧，到了就啥都知道了。

赶到兴顺汽修厂时，门口已经拉起了警戒线，三名辅警在警戒线外站岗，看样子很面生。我走上前去亮了警官证，一位高个辅警拉起警戒线放我进去。插空我问他们是哪个派出所的，高个辅警说是南屏街派出所。

有些奇怪，多大的事情范杰需要找兄弟单位帮忙？

走进院子，跟上次来时变化不大。唯一区别是东墙根处放着个大铁笼子，上次那条大狼狗躺在里面。我上前看，看到它两眼微睁，半截舌头挂在嘴边。

"死了？"我心里一惊。但仔细看看，露出的狗肚子似乎还有伴随呼吸的起伏，看来应该是被麻醉了。

更意外的是，我看到刑侦支队技术中心的法医王忠穿着白大褂从院子深处走了出来。咦？咋还把法医叫来了？本想上前跟王法医打个招呼，但他一直拿着手机打电话。

汪德海住的屋门口也站着两名辅警。我走过去，还未进门就听到范杰扯着嗓子在里面喊：

"我再给你一次机会，你要不要跟我做朋友？做朋友就实诚点，不做朋友咱就是仇人，你看着办！"

我咬着腮帮子尽量不让自己发笑。"要不要跟我做朋友"众所周知是范大所长审讯时独特的心理战术，凡是答应跟他做朋友的人都要对他实话实说，他则承诺会为朋友"两肋插刀"，说白了就是答应给人办取保候审；不答应和他做朋友的人就是他的敌人，会受到他"冬天般冷酷的对待"。一些不知情的嫌疑人会答应跟范杰"交朋友"，但范杰这家伙对待"朋友"并不真诚，不但最初答应的取保候审不给兑现，反而会借"朋友"的身份鼓动嫌疑人出卖一同犯案的其他"朋友"。久而久之，了解他套路的人都不肯再和他"交朋友"。

我推开门，果不其然，汪德海背铐着盘腿坐在地上，范杰坐在汪德海面前的板凳上，身旁单人床上坐的是南屏街派出所的欧所长。

"答应跟你做朋友没？"一进门，我问范杰。欧所知道有关范杰"交朋友"的故事，没绷住，"噗"的一声笑了场。范杰脸上一阵尴尬，那一瞬间我看他已经对我做出了"滚"的口型，但最后还是没说出口。

"欧所，帮我看一会儿，我带他过去现场看看。"范杰对欧所说。欧所点点头，范杰拉着我便出门往院子深处走去。

"我一直觉得院子里的这条狼狗有些蹊跷，所以今天凌晨1点多，我摸黑来了兴顺汽修厂。"路上，范杰边走边跟我说这里发生的事情。

6月12日凌晨1点，范杰来到兴顺汽修厂。他没走正门，而是从上次看到的那个断了铁蒺藜的围墙上爬了进来。范杰随身背包里带了一支先前从偷狗贼手里缴获的麻醉吹枪，和一个装有GPS定位的宠物项圈。

范杰落地的声音惊动了大狼狗，它很快跑到范杰跟前，但只叫了一声便被吹枪放倒。之后范杰把宠物项圈戴到狗脖子上，自己躲去了一旁。

大概两个小时后，狼狗醒了。在院子里转了一圈后跟跟跄跄回了窝。范杰按照GPS信号找到了狗窝。果不其然，在那三座贴着封条的运输处仓库中右侧紧贴办公楼的一座里。

范杰绕着仓库转了几圈，GPS信号明明在仓库里，他却没看到任何可以进出仓库的通道。正纳闷时GPS信号又动了，紧接着看到那条狼狗又从办公楼里晃悠着出来了。范杰掏出吹枪又是一下，可怜的狼狗第二次晕了过去。范杰走进办公楼，拐来拐去终于发现一个不起眼的小门。

"你看，就是这里。"范杰指着那个小门对我说。从小门进入屋里，我看到了狗窝和狗盆。范杰拉着我再往里走，又过了一道门，眼前是一条狭长的过道。范杰用手电照了一下过道尽头，还是一扇打开的门，里面有人说话。

"前面就是那个仓库。"范杰说。

我这才明白，原来办公楼主体是与西侧仓库连在一起的。通过刚才那道小门，可以从办公楼直接进入左侧仓库。

过道同样拉了警戒线，范杰说话的工夫，仓库里的人走了出来，是市局技术队的两位同事。

"现场工作我们已经搞完了，等下来车把尸体拉走，先送去法医中心，报告出来后我发你 FTP 上。"其中一位同事说。范杰点点头，说声辛苦了，让过两位同事继续向前走。

"尸体？这里面有尸体？"我急忙拉着范杰问。他扭头看了我一眼，说你没闻到味吗，我吸了一下鼻子，这才意识到空气中有一股难闻的腐臭味。

"不但有尸体，还有更让你吃惊的东西呢！"范杰说。

随范杰走进仓库，这里的布局又让我吃了一惊。

仓库内部大概 40 平米，南北走向被分为两个部分。南侧堆放着一些老旧杂物，上面大多贴着"长川油田国有资产管理处"的标牌。北侧则明显是一个生活区域的样子。一张单人床，一张写字台，两个简易衣柜和一些生活上用的杂物。

尸体已经被现勘的民警平放在了地上，上面盖着裹尸布。我捂住口鼻拉开裹尸布，眼前的尸体已经开始腐败，面部呈现出一定程度的巨人观，让人难以辨别相貌。

"上吊死的，看样子大概有个三四天。我进来时尸体还在上面吊着……"说着范杰伸手指了天上。顺着他手指的方向，我看到一根绳圈挂在天花板上。

想起上次来兴顺汽修厂是 6 月 7 号，也就是说，我们上次来的时候，他还活着。

"他妈的宋来福的案子还没个头绪，结果又查到一个死者……"范杰的脸上带着无奈。

"他身上有什么身份证明吗？"我问范杰。范杰说有，死者兜里有张身份证，叫胡小飞。

胡小飞？印象中并不认识这个人。

"他家里人得谢谢你，他在这种地方自杀，要不是你摸进来，恐怕尸体烂成渣也不一定有人知道。"我说。

"不是自杀，是死后被人挂上去的。"范杰却来了一句。

"不是自杀？"

"明摆着嘛，进屋时他这脚丫子直勾勾地指着我，不是挂上去的还能咋的？你看看，现在那脚丫子还勾着呢。"范杰说。我连忙把裹尸布拉到尸体脚部上方，果然，胡小飞的脚尖是朝上的。

的确，如果胡小飞是自己吊死的，那么脚尖应当受重力影响朝下指向地面，死亡之后的尸僵现象能固定他的足部姿态，因此范杰进门时看到的肯定不会是"脚丫子直勾勾地指着我"。现在尸体足部是此种状态，说明胡小飞是死后被人挂在了天花板上。也就是说，这是一个伪造的自杀现场。

"幸亏发现得早，如果再晚来两天，尸体腐败严重了，肯定会从绳子上掉下来。那样就真不好看出来了。"范杰言语中带着一丝庆幸。

"李成，你过来再看看这个。"范杰站在书桌旁叫我，我走到近前，是一本展开的资料夹。

"这是？"

"这是已经被技术队整理好了准备带走的现场资料，他们的人一会儿就到了，你赶紧看看吧，里面的东西比胡小飞的尸体还诡异。"范杰说。

一共两本资料，我打开第一本快速翻看。

这是一本有关1999年长川油城"2·15"系列强奸杀人案的资料，汇集了当年所有公开或非公开的报道，当然其中相当一部分曾出现在警方卷宗之中。从整理方式看，整理者对这五起案件的调查相当认真，把当年有关系列案件的新闻报道全部从报纸上剪下来，按照时间顺序贴在纸上。后来网上的相关内容也被下载打印出来，同样按照时间顺序贴好。

"这人也在查当年的案子？"我心里犯起了嘀咕。返回去仔细查找了一些内容，发现赵干哲先前给我的那三组网络截图同样在这批资料里，只是缺少了网监支队后来做的标记。

时间有限来不及多想，我赶紧拿过文件夹中的第二本资料查看。

这本资料里记录的内容更令我震惊。不是别的，而是一众民警的个人信息，包括年龄、警龄、岗位、资历、破过什么案子、得过哪些表彰、受过哪些处分、擅长何种领域等等，甚至连部分民警的家庭成员、居住地址、身份背景、兴趣爱好、身体状况都记录在案。有些信息或许连公安局政治部干部处都掌握不了如此全面。

所涉及的民警包括赵干哲、刘广文、王正操、程虎、徐延生、杨向前等等，当然，还有辛吉然。没记错的话，这些民警都是当年参与办理过"2·15"系列强奸杀人案的。

两本资料看得我冷汗直冒。

"胡小飞死后这几天里，凶手完全有时间处理尸体和现场，但他什么都没有做。想过为什么没？"范杰问我，我说还能为什么，这些东西是故意留给我们的。

"又为什么留给我们呢？"范杰接着问。我摇摇头，表示眼下并不清楚。

"走吧，秘密还是在汪德海身上。"范杰拉起我，回去继续盘问汪德海。

"我承认，我每月收那人1000块钱，把右边那个仓库租给他，但他在里面做什么，我真的不知道啊！"河西派出所第二讯问室里，汪德海大声喊冤。

"什么时间租的，租户叫什么名字、长什么样子、做什么工作，平时你们怎么联系，你知道什么说什么，不要有任何隐瞒。"范杰说。

"租房子这事儿时间很长了，大概是2009年夏天的事情。"汪德海说。

2009年夏天，56岁的汪德海已经在南屏街兴顺汽修厂做了一年多保安，自从去年汽修厂关门后，他便成了这个院子的主人。

汪德海一辈子没结婚，更没有子女，典型"一人吃饱全家不饿"的光棍汉。之所以答应拿着1500元的月薪在这里当保安，只是因为油田运输处每月能给他缴纳养老保险。

南屏街远离市区，人烟稀少且交通不便，平时也只有一趟地方客运站的农村客运公交经过，但汪德海乐得清净。偶尔进城买东西就去路上拦公交车，回来时还能沿途捡一些废纸壳和塑料泡沫。

"7月份吧，胡小飞来汽修厂找我，说是想租间房子……"汪德海说。

"具体点，他那时长什么样子，高矮胖瘦？"范杰说。

"个子不高，一米七多点，有点胖，油田口音。普通人长相。"汪德海说。

范杰边听边在电脑上记。

"嗯，因为汽修厂大院是油田运输处的产业，我只管看着，没权利往外租。南屏街派出所的警察不时过来检查，也交代我不能随便让人进来住，再说院子里的房子都没有门窗，压根不能住人，所以当时就拒绝他了。"汪德海接着说，但胡小飞说自己每月愿拿出1000元租金，而且保证不给汪德海惹麻烦。汪德海想到自己月工资才1500，况且那时城里住宅的月租金也不过三四百块，没经受住金钱的诱惑，汪德海答应了。

之后汪德海带胡小飞在院子里选房间，但胡小飞直接从办公楼的小门进了仓库。汪德海非常吃惊，因为在此之前连他本人都不知道这两处地方是通着的。

"他对这里好像比我还熟，到仓库看了一眼就确定了。当时我住的那排办公楼里还有两间能住人的屋子，建议他选那边，但胡小飞不同意，就是要住仓库。我说每年运输处要来仓库检查，他说没事儿，来之前通知他，他会暂时躲开。"汪德海说。之后胡小飞付给他半年租金便住进了仓库。

起初汪德海也怀疑过胡小飞租住仓库的目的，有时趁他不在还会偷偷跑去屋里查看。但汪德海一直没发现胡小飞在仓库里有什么不法行为，后来也就不怎么关注了。

5

"大概是 2009 年底吧，胡小飞带回来一条狗。"汪德海说。

看守汽修厂大院后，汪德海也一直打算养条狗帮自己看门。他之前捡过两只流浪的土狗，但都没养多久，后来一只死了，一只跑了。看胡小飞带回了一条小狗，汪德海很高兴，以为他要养在院子里。

但胡小飞把小狗养在了仓库里。平时出来遛狗，汪德海拿着一些剩饭打算喂狗，还被胡小飞拒绝，并告诫他平时也不要喂这条狗，不然吃坏了肚子他得赔钱。

"呸，那小狗杂种吃得比我都好，我亲眼看见胡小飞拿超市买的排骨喂它！"说到这里，汪德海有些愤愤不平。

"胡小飞平时做什么工作？"我问汪德海。他说不知道，胡小飞除了交房租外很少和他说话。这家伙平时神出鬼没，有时几天见不到人影以为他出去了，却突然遇到他在院子里遛狗；有时明明见他出门了，但不知何时又发现他在仓库里。

"2010 年 3 月份，他来找我问网络的事情，说自己想拉根网线在仓库上网，让我去打听一下运输处以前装在兴顺汽修厂的网还能不能用。我哪儿懂这些，也没帮他打听，但后来看他抱了台电脑回来，好像是通网了，也就从那以后，我再也进不了那个仓库了。"汪德海说。

我问汪德海以前进仓库做什么，汪德海有些犹豫，但还是告诉我，他偶尔会去仓库看看胡小飞在不在，如果不在的话就偷拿点东西。

"偷拿什么东西？"我追问。

"其实也没啥，肉什么的，反正他是买给狗吃的，我偷狗的东西，不能算偷吧。"汪德海嘀咕。我无奈地笑笑，听他继续说。

"那时候那条狗已经长得有些大了，我再去那个仓库，狗就在门口守着不让我进，我拿棍子也吓不住它，硬闯它真咬我。有次我被咬了找胡小飞要钱去医院，胡小飞不但没给钱还骂了我，说我不进屋偷东西就不会被狗咬。我也不敢跟他来硬的，一来年纪大了确实打不过他，二来不想惹火了他，毕竟每月 1000 块钱对我来说挺重要的。"汪德海说。

"平时有没有什么人来找胡小飞，或者见过他有什么亲戚朋友之类的吗？"范杰问。

"没见过……"汪德海摇摇头。"哦，有一个！"他好像突然想起了什么。

"就是你们上次来我这儿找的那个人……"

宋来福？我和范杰对视一眼。

"上次问你，你不是说5月15号那天晚上没人来过你这儿吗？为什么撒谎！"范杰提高了声音。

"是，是胡小飞不让我说……"汪德海说，他并不知道宋来福是谁，但最近一年这个男的经常来找胡小飞，他混了个脸熟，偶尔想跟那男的说几句话，但对方不怎么搭理他。那天晚上他正在屋里吃饭，突然看到宋来福拎着棍子跑进院子。汪德海赶紧出门想看是怎么回事，门口看到几天未见的胡小飞站在院子里，宋来福似乎很着急，上去跟胡小飞说了几句话便扭头走了。

"他俩当时说了什么？"我问汪德海。

"离得太远了，我哪里知道呢？那天宋来福好像很生气，两人只在仓库边站了片刻，宋来福就走了。"汪德海说。

当天夜里胡小飞破天荒地找到汪德海，让他不要把晚上的事情说出去，无论是谁问，包括警察。汪德海听到"警察"二字有些害怕，问胡小飞为什么不能说。胡小飞说那个叫宋来福的男人出事儿了，如果汪德海不想给自己惹麻烦，就不要乱说。

"所以……"汪德海低下了头。

"胡小飞跟你说过宋来福被人杀了吗？"范杰看着汪德海。汪德海大概被范杰看得有些发毛，觉得是我们不信他，过了一会儿他再次摇头，重复自己真不知道宋来福已经死了。

"只是因为胡小飞的一句话，你就决定骗警察吗？"范杰幽幽地问他。

"唉，他答应给我一万块钱，让我保密，先给了3000。"半晌，或许汪德海以为范杰已经知道了这些事情，很不情愿地承认了，"但我真的跟这个事情无关，那些钱我都没花，交给你们就是了。"

"你最后一次见到胡小飞是什么时候？"我接过话头继续问汪德海。

"6月8号中午。"汪德海说，宋来福跑来找胡小飞的当晚，胡小飞给了他3000块现金，说是剩下的钱过段时间，确定汪德海没把这事儿说出去之后再给他。

但这一等就是大半个月，汪德海一度认为胡小飞不想兑现之前的承诺了。

直到6月7号警察登门造访，汪德海为了拿到胡小飞承诺的剩余7000块钱，啥也没跟警察说。第二天巴望着见到胡小飞好跟他要剩下的钱，中午午睡前看到胡小飞从外面回来，上前打招呼想问钱的事，但胡小飞只是看了他一眼，没有说话便回了仓库。

9号中午汪德海又想找胡小飞谈7000块钱的事情，于是去了仓库。敲了半天门没人开，门口的狼狗冲自己龇牙咧嘴，汪德海赶紧走了。10号一天没见到胡小飞，汪德海心里像被猫挠了一样。晚上去仓库找胡小飞，遇到狗又退了回去。

当时汪德海还在纳闷，他在门口盯了一整天也没见到胡小飞，他是啥时候离开汽修厂的？想想自己中途也就因为上厕所离开过一会儿，胡小飞八成是趁那时候偷着跑出去的。想到这里汪德海感觉胡小飞可能真是想赖账。他不甘心，一定要等到胡小飞，于是11号汪德海继续等胡小飞，不料12号，他没等到胡小飞，却等来了刑警范杰。

"你见过仓库里那具尸体吗？"我问汪德海，他赶紧摇头，说不敢看不敢看，自己从小就怕死人，而且这次还是"吊死鬼"，别说看尸体，以后晚上连那个仓库都不敢靠近了。

跟踪辛吉然的宋来福死了，那晚与宋来福见过面的胡小飞也死了，这样看来，线索似乎全断了。

那段时间，范杰急得像鲁迅笔下的祥林嫂，见人就说自己命苦——宋来福死了，好不容易查到胡小飞，也死了。我本来打算劝他想开点，毕竟案子没到山穷水尽的地步，一来宋来福案子里那把多出来的蓝色雨伞的主人还没找到，二来胡小飞死于他杀的结论已经被法医证实，但随后胡法医那边传来的另一个消息却让我也掉进了冰窟窿。

"检测结果显示，胡小飞的 DNA 与 1999 年'2·15'系列强奸杀人案第三案中受害者刘晓华指甲缝里残存的 DNA 样本一致，基本可以判定，这个胡小飞与当年刘晓华被杀案有关，很可能是毕德华的同伙。"

胡小飞殁年 32 岁，1999 年他 19 岁，与先前确定的"2·15"专案凶手毕德华同龄。外表看他是被人勒死后挂在天花板上，伪装成了自杀的样子，但法医在他胃内的食物残渣里检验出了超量的三唑仑。三唑仑，管控药物，现代意义上的"蒙汗药"。

2012 年 6 月 15 日，胡小飞案发后三天，我和范杰被赵干哲叫到刑侦支队办公室开会。

"跑跑精明起来真有我年轻时的风采，只是发挥不太稳定。"赵干哲啥时候都忘不了在晚辈面前炫耀一下"自己年轻的时候"。"跑跑"是他给范杰起的外号，跟汶川地震里的那位"范跑跑"没啥关系，只是因为范杰在刑侦支队任职时，赵干哲下班叫他出去喝酒，范杰经常找机会溜走。

"这案子有点推理小说中流行的'密室杀人案'的味道呢，跑跑怎么看?"赵干哲说。

跑跑肯定是用眼睛看,但这几天他应该没怎么睡觉,眼睛红得跟兔子似的。

"首先,兴顺汽修厂仓库确实是一间密室,一般人根本找不到这里。况且胡小飞还养了狗,有生人进入,狗这关就过不去。"范杰开始汇报侦查结果。

"三唑仑这种药物的药效很强,服用后短则几分钟、长则十几分钟便会进入深度睡眠状态。仓库内没有发现进食痕迹,但如果是在市里吃饭时服用,应该回不了汽修厂仓库。因此我摸排了距离汽修厂较近的几家餐馆,有线索。"范杰说。

法医分析胡小飞胃内食物残渣后,推测他死亡前的最后一顿饭应该是火锅,因此范杰着重摸排了附近几家供应火锅的饭店,在一家名为"小四川"的火锅店里发现了一些线索。

店里的监控显示,胡小飞于 2012 年 6 月 8 日中午 12 时左右与一名白衣男子一同进入餐馆,两人都背包,进入同一隔断。12 时 20 分左右男子先行离开,一小时后胡小飞离开。男子身高与胡小飞差不多,偏瘦,但因角度问题,监控并未拍到白衣男子正脸。

"两人应该认识,这名白衣男子有嫌疑,在做调查。"范杰说。

"有关胡小飞的社会关系摸清楚没?"赵干哲问。范杰说基本摸清了,胡小飞祖籍湖南岳阳,6 岁时随母亲来长川油田投奔父亲胡业军。胡业军早年在长川油田开公司,专门承包油田建设项目,生意做得比较大,也比较有钱。

1996 年左右胡业军与胡小飞的母亲离婚,之后胡小飞的母亲返回湖南老家,胡小飞一直跟随父亲在油田生活,但胡业军离婚后并不在意儿子，胡小飞目前没有找正式工作，一直在油城和周边几座城市浪荡，靠打零工生活。

"他父亲胡业军来公安局没？"赵干哲问范杰。范杰说没有，胡业军2009年已经去世。

范杰查到，胡小飞生前最后一份工作是建邦大厦二楼青云网吧的网管。据网吧其他工作人员称，胡小飞平时上班三天打鱼两天晒网，经常连假都不请人就不见了，对此网吧老板对他意见很大，早有辞退他的想法。

胡小飞现实中没什么朋友，平时少言寡语。下班后也独来独往，从不跟网吧同事交际。虽然在青云网吧上班三年多，同事们对胡小飞仍感到陌生，连他家住哪里都没人知道。问及胡小飞平时的爱好，同事们告诉范杰，胡小飞日常只喜欢做两件事，一是打《穿越火线》，二是看网络小说。

"但他好像不怎么缺钱欸，你看他玩游戏用的都是自己的电脑，他那台电脑据说两三万，鼠标键盘也两三千。你说当网管的，一个月就那点工资，他还经常因为请假被老板扣钱，估计家里挺趁钱的，来上班就是图个乐子。"胡小飞的同事告诉范杰。

"同事说他不仅看网络小说，自己也写。胡小飞有台笔记本电脑，平时带着上班，打游戏写小说都用自己的电脑。"范杰说。

"他写的什么小说？发表在哪儿了？"赵干哲问。范杰说这事儿他也问了，但胡小飞的同事们都不知道，胡小飞只在一个人值班时写小说。有人问在哪儿能看到他写的小说，胡小飞也不告诉他。

"有人趁胡小飞不注意偷偷看过他写的小说，好像是个侦探小说，很长很长，那个人只看了一点就被胡小飞发现，两人为此还打了一架，损坏了网吧的一些设备，后来两人分别被网吧老板罚了款。"范杰说。

"侦探小说？他还会写侦探小说？"赵干哲笑了笑，脸上似乎带着些许不屑，"'侦探小说家密室遇害，凶手伪造自杀现场'，别说，这倒是个挺好的小说题材。"

"这三年他住在兴顺汽修厂里，也是为了写他的侦探小说？"赵干哲接着问范杰。范杰说这个他也不知道，但不排除这种可能。

"他的电脑呢？找到没？"

范杰摇头，说没有，推测是在案发现场被凶手拿走了。因为在胡小飞居住仓库的桌子下面，范杰看到了外接屏幕和键盘，还有 HDMI 线缆，但电脑不见了。

"这台电脑很关键，务必要找到。"赵干哲说。凶手杀死了胡小飞后留下了那些资料，却费劲巴拉地带走胡小飞的电脑，说明电脑里应该有什么凶手不想让警察知道的东西。

"凶手是怎么把电脑带出去的，这是个问题。汪德海说过，他去胡小飞屋里偷块肉，狼狗都会追着他咬，凶手是如何在不惊动狼狗的情况下带走电脑的？"赵干哲接着说，"另外，门口还有个汪德海，凶手出大门得避开。当然，也可以像你那样夜里麻倒了狗，悄悄从正门出去，但他离开偏僻的南屏街肯定要乘坐交通工具，去查一下。"

范杰点点头。

"还有其他的线索吗？胡小飞跟前一起案子的死者宋来福之间的关系查清没？"赵干哲问范杰。

范杰说还没，但他在现场发现了胡小飞的手机，又调取了胡小飞和宋来福两人的通话单，发现近期两人之间确实有几次通话记录。除此之外没再发现异常，胡小飞平时电话很少，一个月的主叫和被叫记录也只有七八条，他核实过了，基本是他在青云网吧的同事。

"15 号晚上把宋来福叫到兴顺汽修厂的号码不是胡小飞的吗？"我问范杰。他说不是。而且那天宋来福进院后很快就走了，说明他去兴顺汽修厂没有重要的事情，或者他要找的人并不在汽修厂，他到那里很可能只是个误会。

"奇怪，那说明这个给宋来福打电话的人应该同时认识宋来福和胡小飞。"范杰说。

赵干哲没说话，用笔在纸上划拉着什么。

"你估算一下，如果宋来福那晚不是先到兴顺汽修厂再绕去采油厂惠民农场，而是从悦江苑酒店直接赶到惠民农场，大概需要多少时间？"过了一会儿，赵干哲问。

"坐出租车 15 分钟以内。"范杰说。

"也就是说，宋来福 7 点钟出发直接去惠民农场，到地方也就 7 点 15 分左右，岔路口进入康福路走到与土路接口处大概 5 分钟，也就是最晚 7 点 20 分。监控探头拍到辛吉然出现的时间是 7 点 35 分，那样的话宋来福会在辛吉然之前进入土路。"赵干哲说。

"假如有人想攻击宋来福然后嫁祸辛吉然，这样不正好有 15 分钟操作时间？"范杰说。赵干哲笑了笑，说要不刚才自己怎么说跑跑精明起来有他年轻时的风采呢，因为不开窍的时候简直是个榆木疙瘩。

"如果凶手提前袭击了宋来福，辛吉然到现场看见尸体直接报了警，这事儿就没得玩了！"赵干哲说。

"我猜测哈，只是猜测，辛老哥大雨天去那个地方，应该是去见一个人，而能让宋来福气势汹汹拎着棍子去找辛老哥算账的事情，八成也跟这个人有关。不然他怎么不在别处'收拾'辛吉然？假如宋来福先到了，估计看不到让他恼火的一幕，所以必须让辛吉然先到，之后才能是宋来福。我这样说你俩能明白吗？"赵干哲看着我和范杰。

我点点头，按照赵干哲的推测，那晚辛吉然去见的那个人，或许是陈春丽。而那个让宋来福跑到兴顺汽修厂白转一圈的电话，目的是拖延时间，好让宋来福及时看到辛吉然和陈春丽"约会"的场景。

但是做这件事的人会是谁呢？他又跟胡小飞是什么关系？胡小飞与这个宋来福又是什么关系？两个貌似毫不相关的人，为什么在见过一面后便先后身亡？那天两人见面后说了什么，又发生了什么呢？

第四章

1

2012 年 6 月 22 日，夏至，范杰又被赵干哲骂了。

那天我去办公室找赵干哲，在门口听到他打电话。

"喂，跑跑，你找到辛吉然没有？"

"你干什么吃的？这都多长时间了?!"听赵干哲在电话里骂人，看来范杰还没找到辛吉然。当然，也有可能这段时间他根本没来得及找。毕竟宋来福和胡小飞的案子已经够他满头长包了。

我也很纳闷，从 5 月 15 号最后一次在监控里看到辛吉然，已经过去了一个多月，他依旧杳无音信。前段时间有同事出警路过辛吉然家，顺便进去看了，说是地铺上的被褥都长毛了，看来他一直没回来过。

这不是一个好征兆，辛吉然身无分文又嗜酒如命，这段时间他吃什么？喝什么？住哪里？说句难听的，这种情况醉死在外面被当作无名尸处理了也不是没有可能。

"身份证从没用过吗？你确定？"赵干哲的电话还在继续，他的表情越来越难看。

"我给你一周的时间，他是死是活你得给我个消息。"说完这话，赵干哲挂断了电话。

不用问，只从他话里就知道眼下辛吉然的处境不妙。

"实在不行，给他上'网逃'？"我提出建议，那样的话即便辛吉然身处外地，只要被当地警方发现就能反馈给我们消息。但赵干哲说现在还不至于上网追逃，先让范杰查，一周查不到，那就由官方发协查通报。

"小四川餐馆监控里那个和胡小飞一起的白衣男子，范所那边查到没？"我问赵干哲。他喝了口水，摇摇头，说不知道跑跑干什么吃的。

说句心里话，有时候挺心疼范杰的。他年龄比我大不了几岁，以前当民警时也是领导口中的好苗子和"明日之星"，但不知为何自打提了刑侦副所长后，领导们对他却突然没那么友善了。从他师父刘广文到河西派出所的两位主官再到赵干哲，仿佛一夜之间和他成了地主跟长工的关系。

"噢对了，上午你们单位马忠副所长给我打电话问你的情况，好像是说所里有点事忙不过来了，如果我这边的事情不是很着急的话，先放你回去给所里帮个忙，你看你的意思是？"赵干哲突然提了这件事。

"没听马所说啊？所里啥事儿忙不过来了？"我有些摸不着头脑。

"好像还是那个悦江苑酒店宋来福家属的事情，我想要不你先回去一趟吧，你也该回去看看了，之前我跟你所里领导说的是'不影响你白天正常工作'，我们的专班只是个'兼职'，但这段时间你整个白天都在忙我这边的事，我有点不好意思了。唉，俗话说'县官不如现管'嘛。"

我心想赵支队竟然还有"不好意思"的时候!

但他把话说到这个地步,我也只好服从了。

　　的确没想到,宋来福的家属们竟有如此耐心。自5月中旬宋来福出事后他们来悦江苑酒店"讨说法",至今已经过去了一个多月,家属们竟然还没散场。虽然不像最初那样三四十人坐在酒店大厅里示威,但眼下依旧有大概十几号人,天天按时来酒店"上班"。

　　"谈到30万了,还是不松口啊,这帮人可真能熬啊,看来是把'资本原始积累'的愿望放在我们这儿了。我要是公安局长,直接抓这帮人回去坐牢!"张成国骂了一句。

　　"你们当初就不该先松这个口,松了口就给对方一种'可以谈'的错觉,换我也会接着熬。"听张成国说完,河西派出所治安副所长马忠的脸色很不好看,但他把矛头指向了悦江苑酒店。估计这一个多月所里的事儿他啥都没干成,也跟张成国一样每天来悦江苑酒店"上班"了。

　　"那真不是我的意思,什么'保安经理',说白了就是一看大门的头儿,说话管个屁用,还不是上面的那几个'总'决定的?他们放完屁提起裤子走了,留下我们在这儿料理后事。"张成国大概自感惹不起马忠,赶紧把刚才的矛头扭到自家领导那边去。

　　在悦江苑酒店见到马忠,他象征性地问了几句赵支队"专班"的事情,我也象征性地应付了几句。马忠解释说之所以叫我回来,确实是所里忙不过来了。范杰和案件队的民警被分局抽走搞宋来福的案子,治安队都是老同志,应付突发状况有些力不从心,原本打算他自己费点劲多担待一些，但眼下家里孩子也生病住了院，妻子那边忙不过来，他得过去搭把手，所以才把我叫了回来。他只离开一两天，孩子那边的事情搞定了就马上过来，到时我再回赵支队那边就行。

其实马忠在编制上才是我的直属领导，我也明白他其实是想让我把这番话转达给赵干哲。因为赵干哲毕竟是市局领导，"县官不如现管"这种话，赵干哲可以说，但马忠不能当真。

我赶紧说马所您先回去照顾孩子，我这边您放心就行。马忠可能还是有些不放心，临走时把我拉到酒店大堂外面说，维稳处突尽量多动口少动手，最好只动口别动手，千万别把矛盾引到公安机关头上来。

我点点头，马忠又朝大厅里面看了一眼，说张成国这家伙鸡贼得很，别被他当了枪使。悦江苑酒店自己有保安，只要不是宋来福的家属动粗，其他事儿尽量让他们安排人先上。

我说没问题，有事儿随时跟您联系。马忠又交代了一些别的事情，才急急忙忙走了。

"李警官，老宋的案子你们到底查得怎么样了？"看马忠走了，张成国才从酒店大堂跑出来问我，看来这段时间他和马忠关系处理得确实不咋样。

我只好打哈哈说还在查，有了结果第一个告诉你。张成国却凑近一步说有个事儿我还得跟你反映一下。

他还是一副神秘兮兮的样子，但这次我有点抗拒。倒不是抗拒他跟我反映事情，而是张成国凑近之后我才闻到他浑身一股子汗馊味，跟之前喷香水的张成国判若两人，几乎呛得我喘不过气来。我情不自禁地往后退了一步，说老张你几天没换衣服了。张成国苦着脸说至少三天了。

"这帮家属找不到酒店老板，把我当成了领导，天天跟着我，生怕我跑了似的，我哪敢回家？被他们打听到我家住哪儿，不得闹我家去！"

"酒店房间里洗个澡，让嫂子给你送套衣服来不行吗？"

"那也不敢啊，万一跟上我老婆，不又跑我家去了？这帮人守了一个多月，也不择手段了，要不酒店那几个老总咋连班都不来上了呢，害怕呀！"张成国说。

我确实有些同情他了。

"啥事儿，你说吧。"

"前两天我突然想起一件事来，不知跟老宋的案子有没有关系，想着说给你听听。"张成国说，大概在 2012 年春节期间，有个男的来酒店找过老宋好几次，有次两人还在停车场吵架，老宋差点被那男的打了。

"男的是干啥的？长啥样？为啥要打老宋？"我随口问。张成国平时经常给我提供各种"线索"，虽然其中绝大多数没什么用处，但我也不好打击他的积极性，因此多数时候我权且听着。而且老宋死后刑侦那边肯定找过张成国很多次了，有必要核查的线索他应该早就给出去了。

"我之前以为又是哪位客人因为惹了陈春丽招了老宋恨，结果后来听说是陈春丽的侄子，因为老宋总缠着陈春丽，所以过来警告他。当时两人一言不合就杠上了。你说他会不会跟老宋被杀这事有关啊？"张成国说。

陈春丽的侄子，没听说过啊？

"长啥样？"我重复了刚才的一个问题。

"长啥样我不知道，当时我也没在现场。但是听看到的员工说，是个光头。"

光头？

我让张成国把那位给他说这事儿的员工叫来，他脸上却露出一丝犹豫。

"那个，他也是跟我随口一说，这么久了也不一定记得。有啥你问我就行，我都知道。"

张成国的态度让我略感奇怪。

但我随即明白过来，公安局给出了征集线索的通告，里面标明了奖金数额。"没关系，线索是你告诉我的，如果对案件有用肯定报你名字。"

"嘻嘻，我不是这个意思……"张成国满脸不好意思，但还是掏出了手机。

"小孙吗，在哪儿呢？来一楼大厅一趟，有事儿找你。"

过了一会儿，张成国口中的"小孙"到了，他穿一身保安制服，个子挺高，但看样子不过二十出头。

"这位是咱派出所的李警官，把上次你跟我说的老宋那个事儿再说一遍。"张成国一脸严肃地对小孙说。或许问题来得太过突然，小孙一下被问蒙了。

"啥，啥事？"

"就是过年那会儿老宋在停车场跟人吵架，差点打起来那次，你不说看到一光头吗？"张成国提示说。

"哦哦，想起来了……"

小孙说，2012年小年那天下午，他在停车场擦摩托车时，看到有个光头男的来找宋来福。男子先是进了宋来福的传达室，没过一会儿就听屋里嚷嚷起来，好像吵架了。又过了一会儿，男的从屋里出来便往停车场外走，紧接着宋来福也跟了出来，嘴里还骂骂咧咧的，好像提到了陈春丽的名字。男的起初没理宋来福，但宋来福不依不饶跟在他身后骂，把男的骂急了眼，回头要打宋来福。宋来福眼见自己要吃亏，看到小孙在停车场便喊他过来帮忙。可能是看宋来福这边有帮手，所以那个男的最后没有宋来福，走了。

"那个男的来过几次？"我问小孙。

"我就见过那一次，听老宋说那男的来找过他好几次，但我只见到那一次。"小孙回答说。

"你怎么知道那个男的是陈春丽的侄子？"我接着问小孙。

"侄子？什么侄子？"小孙似乎有点不知所以。

"你不是跟我说那男的是陈春丽的侄子吗？"张成国在一旁提示。

"没啊，他是陈姐侄子这事儿不是您跟大伙说的嘛！"小孙茫然地看着张成国。我用余光瞟了张成国一眼，见他脸上表情尴尬里带着些扭曲。

我心里明白了是怎么回事，看来这个谣八成是张成国给人家造的。我想笑，但顾及张成国做领导的面子没在小孙跟前笑。

"这样，是不是她侄子这事儿先不计较了。这件事儿陈春丽当时是什么反应？"我继续问小孙。

小孙摇摇头，说这就不知道了。

"唉，这种事儿就是因为陈春丽不方便亲自说话才找了别人，既然有人去把话给老宋挑明了，为了以后见面还能做同事，她就不需要再出面了吧。"张成国似乎是想找补一下刚才的尴尬，替小孙解释道。

我觉得也是这个道理，于是接着问小孙，那个男的具体长什么样子？

"个子蛮高的，得有一米八五吧，挺瘦的，光头，长相早记不清了。哦对了，好像是在惠民木工厂上班，我以前跟酒店后勤去那边拉家具，见过他，那个光头挺显眼的。"

听到这话我差点蹦起来。

我觉得自己就是长川油田的大憨憨，光着屁股在马路上跳舞的人。而亲爱的赵干哲支队长是二憨憨，我身边伴舞的人。不对，不能这么贬低领导。大憨憨应该是他，而我是那个同样光着屁股给他伴舞的人。

暂且不说刘广文是不是韩品木的亲戚，单说韩品木如果真是陈春丽的侄子，陈春丽在悦江苑酒店上班时恨不得一天见我两回，我还在韩品木跟前演个什么劲？去他的"阿成"！去他的"石油学院大学生"！去他的"油城电竞"战队！去他的"平安小区"！我还煞有介事地"贴靠侦查"，韩品木恐怕连我每天穿什么颜色的裤衩都一清二楚。

但转念一想我又觉得不太可能，韩品木是杜娟的继子，如果又是陈春丽的侄子，敢情五起破不了的案子两起发生在他家人身上，韩品木他爹韩双林上辈子得是造了多大的孽才换来这样的下场？

"这事儿你能确定吗？""大憨憨"赵干哲问我。我说确定不了，但确定不了的只是韩品木是陈春丽侄子这档子事儿，他俩肯定有关系，不然韩品木为啥大过年的去宋来福那里帮她出头？

"照这样看，咱俩这是一块儿光着腚在街上跳了两个月的舞？"赵干哲说。我连连点头，说在您的英明领导下事实应该是这样的。

"那韩品木为啥不一早揭穿你呢？为啥还带你去打那个游戏比赛？为啥还给你分钱？为啥还来平安小区摸你的底？"赵干哲问我。我说是啊，他为啥这样呢？难道我是个二憨憨，他是个三憨憨？

"那大憨憨是谁？"虽然这么问，但赵干哲显然意识到是谁了，脸色一下就沉了下来。"注意跟领导说话的态度！"他接着说。

不过赵干哲刚刚提出的那几个问题很有道理，如果韩品木一早便知道了我的真实身份，为什么不但不揭穿我，还让我知道了他的秘密？他明知道我是冲他来的，为什么不做防备呢？是自信？自信自己掩饰秘密的手段完美无瑕，没有人可以从中窥探出端倪？还是打算拉我下水，靠利益输送彻底成为他的掩护？

"既然已经这样，我觉得有必要直接接触韩品木和陈春丽，搞清他俩的关系，还有那天韩品木和宋来福的事情。"我说。

"以什么身份？"赵干哲问我。我说开门见山吧，既然陈春丽和韩品木有这层关系，估计他早已知道我是干啥的。再演下去也没啥子意义了，您说对不？

赵干哲又用手去抓头上那为数不多的几根毛，这大概是他思考问题时的习惯性动作。而从他日渐稀疏的头发来看，他平时应该是个喜欢动脑的人。

"这样，你可以去跟他碰一下，但只要他不主动揭穿你的身份，你也不主动说。既然他给你演戏，你就配合他演戏，看到最后他想把这出戏演成什么样子。"赵干哲说。

2

上次消夜是韩品木请客，这次我说我来。韩品木说你个大学生，每月就那点生活费，我能让你请客吗？我打着哈哈说虽然是大学生，没多少钱，但礼尚往来这道理我还是懂的，钱多钱少是我的心意，再说一顿饭能花多少钱？韩品木却笑了笑，说的确很久没下馆子了，想找个地方打下牙祭。我挑的位置他不一定吃得惯，他吃东西很挑剔，去的地方消费水平一般也不便宜。为了能让自己随心所欲一些，还是他来请客吧。

话说到这份上，我也只好答应了他。毕竟我的目的不在于吃饭，只要他肯出来，谁请客都一样。

几天后的一个周末，韩品木发给我吃饭位置，约好中午见面。我一看餐厅名称便理解了韩品木之前的话——油城隔壁A市的一家私房菜，我听刘广文说过那里，但他没去过，还说那家餐厅一顿便饭就要好几千块，我一个月工资不一定付得起一顿饭钱。

餐厅坐落在A市郊区一个居民小区内，从外观看不出这里隐藏着一家餐厅。服务员在小区门口接到我和韩品木，带着我俩在小区里七拐八拐。

"这餐厅开了十几年了，来的都是熟客，一般人不知道这里，即便知道人家也不一定接待。"韩品木一边走路一边说。服务员听到他的话，回头看了我俩一眼，说没错，他们餐厅只接待有预约的 VIP 客户，一般需要提前三天预约。我问为啥要这么久，服务员说餐厅要提前备餐。我又问啥菜得提前三天准备，这么长时间，不怕食材放坏了吗？服务员冲我笑笑，没解释。韩品木则拍了拍我肩膀，说到了你就知道了。

说话间，我们转进一栋居民楼一楼。从外表看这里与普通居民楼没有区别，六层"洋房"，每层两户。进门后我才发现端倪——这里的房子面积很大，每户足有 200 个平方，而一楼的东西两户是打通的。服务员把我和韩品木领进其中一个房间，看格局应该是住宅的一间卧室，被餐厅改成了包间。屋里全是仿古装修，我看到博古架上放着几个非常精致的瓷瓶，墙上挂着几幅山水画，忍不住伸手去摸。

"小心点，这都是真品，很贵的。"韩品木坐在沙发上说。

"真品？不可能吧，餐厅包间里的摆设而已嘛。"我说，眼睛并没有离开那些瓷瓶和陶罐。

"那些瓶瓶罐罐的我不懂，但你看你身后那幅山水画，张大千的真迹，价值 300 多万。"韩品木说。我顺着他的话转头看，果然身后挂着一幅张大千的泼墨山水画。我仔细端详，虽然自己并不懂得如何分辨真伪。

"你懂国画吗？咋看出这是张大千的真迹？"我问韩品木。

"小时候学过几年，但这个画的价值是我爸以前告诉我的，那时候 300 多万，估计现在已经不止这个数了吧。"韩品木说。

"你爸告诉你的？"我有些疑惑。

"你以为呢？肯定是他以前带我来的呀，不然我怎么会知道这个地方，人家又怎么可能接待我们。"他说。

菜品韩品木三天前便已点好，这会儿我们只是等待厨师做最后的加工。等待的间隙，韩品木开始跟我介绍起这家餐厅的来历。

"这家餐厅最早其实是专门为管理局几位领导开的小灶。"韩品木说。当年长川油田兴建时的元老们来自全国各地，为石油会战奋斗了一辈子，退休后也基本留在了油城养老。人上了年纪，往往开始对一些与故乡有关的元素产生怀念，比如故乡的味道。几位老领导有时想吃口家乡菜，但本地的食材和厨师却做不出老家的口味，因此管理局就开了这家餐厅。餐厅从几位领导的家乡请了厨师，运来了食材和一些专用厨具，专门为他们服务。

几位老领导相继去世后，这个餐厅便成了后任领导的私人厨房，吃的东西也不再限于家乡菜，而是一些山珍海味或不方便公开烹饪和品尝的菜肴。后来餐厅频繁被人举报，管理局担心惹麻烦便打算将其裁撤掉。那时有私人老板发现了其中商机，把它盘了下来，菜单还是以前的菜单，食客也大多还是以前的食客。

我大概明白了韩品木为何会熟悉这里。

"也不瞒你，当年我爹就是在这儿认识了那个叫杜娟的女服务员，后来，她成了我后妈。"韩品木说。

我愣了一下，不知韩品木为何突然提起这茬。眼下我在他面前的身份是石油学院的大四学生，他跟我说这些干啥？另外，杜娟明明是大学毕业后分到职校的教师，怎么成了这里的女服务员？

"你说的是？"我暂时摸不清他的套路，只好装傻。

"哦对，那时候你还小，应该还在读小学吧，不知道这些事儿。"韩品木看了我一眼，补充道。

"以前归管理局时这个地方叫'终南餐厅'，老干部们取的名字，意思是年纪大了，要归隐终南山了。后来不少年轻漂亮的女服务员成了某些食客的小老婆，在这里成功上位，大家又说，这就叫'终南捷径'。"说完，韩品木笑笑。

我也配合他笑了笑。

"你爸平时不爱来这儿吧？如果常来的话你也得提醒你妈注意了。"他接着说。

这句话虽是玩笑，但有些许冒犯。按照我和韩品木眼下的关系，还远不到开对方父母这种玩笑的地步。虽然我爸妈并不是油田领导，但此刻如果表现得太过附和，反而会让他感觉奇怪。因此我也只好装出尴尬的神情，并没有接他的话。

说话间，服务员开始上菜。先是六样开胃凉菜，有酸萝卜、酱黄瓜、葫芦丝、豆腐墩和鹅肝。之后是八道热菜，我都叫不上名字，但看样子有鲍鱼、鱼翅、熊掌之类的东西。

"这个叫'清汤炖雪燕'，用的是顶级的暹罗雪燕；这个叫'黄焖鱼翅'，清代宫廷做法；这个叫'太后芙蓉虾'，据说是慈禧太后起的名字；这个叫'一掌定乾坤'，用的长白山熊掌，以前高局长的最爱，他是东北人，从大庆调过来的，后来被抓了……"韩品木指着每一道菜品向我介绍，但我已经吓得不敢动筷子了。

单是他说的这几道菜，价格就已经是个天文数字。

"咋了阿成，动筷子啊？"韩品木看着我。

我的确很局促，原以为只是百八十块的一顿便饭，现在看来如果我吃了这顿饭，先不谈案子不案子，传出去公安局机关纪委肯定要找我麻烦。但我又找不出不吃的理由，不吃的话，韩品木立刻就会怀疑我。

"放心吧，这地方的老板很有实力，罩得住，菜单都不外传，要不怎么不接生客呢？"韩品木似乎知道我的心思。

"韩哥，这，这也太贵了吧……"他把话说到这份上，我只好动了筷子，但还想努力装出没见过世面的大学生模样。

"放心吧，没你想的那么离谱，这儿的老板以前是我爸朋友，我来吃都是成本价。"他说，"别担心，不是说了这顿饭我请客嘛。"

"这儿的老板是？"我有些好奇，问韩品木。

"李正斌，没听说过吧。"他说，"悦江苑酒店的大股东、大老板，这样说总理解了吧？"

我点点头，这的确能理解了。李正斌这个名字我早就听过，也知道他才是悦江苑酒店的幕后老板。而平时令张成国俯首帖耳的那几位王总、张总和刘总其实也都是打工的。

"唉，你们这些人啊……"韩品木一边夹菜一边感慨了一句。我不知道他这句话从何而来，"你们这些人"是指谁？我吗？

"这个地方啊，我恨它恨得要死，但又爱它爱得要命，知道为什么吗？"韩品木自顾自地说话。我说是不是因为你刚才说的你父亲的事情，韩品木说没错，当年要不是这地方，他父亲韩双林也不会遇上女服务员杜娟。

看来他很想跟我聊这个话题，于是我只好顺着他的话往下问。

"这杜娟到底是……？"

"1999 年，油田连发了五起强奸杀人案，其中一起死的那个女的就是杜娟，当时是我后妈。我爸之所以跟我妈离婚就是因为这个女的。"韩品木说。当年杜娟压根不是什么"石油学院刚分来的女大学生"，她就是终南餐厅的一名女服务员，一次韩双林在这里陪领导吃饭时结识了杜娟，之后杜娟便搭上了韩双林这班车，从餐厅调去了职校。

从韩品木的语气中可以感受出他对这段往事的反感和厌恶。他说当年父亲韩双林之所以结识了杜娟，其实也是老板李正斌的伎俩。那时李正斌只是管理局后勤一个干了 10 年的副处长，老处长退休，他打算求韩双林跟领导打个招呼帮他转正。李正斌知道韩双林喜欢美女，因此把杜娟介绍给了他。本以为两人只是玩玩，没承想杜娟并非一般女子。她直接逼走了韩品木的母亲，跟韩双林结了婚。

"那你为啥还对这个地方'爱得要命'？"我问韩品木。

"也不能说是'爱得要命'吧，其实就是过段时间想来看看。我妈最后一顿饭也是在这儿吃的，吃完就出车祸了。"他说。

之后韩品木又跟我讲起了他家过去的事情，我一边听他说，一边琢磨他为什么要跟我讲杜娟的事情。

"杜娟的案子后来破了没？"我问韩品木。

"破了，据说是兴源化工厂一个工人干的，发现时那个工人已经死了。如果不是死了，警察还发现不了，干啥吃的！"韩品木说。最后这句"干啥吃的"明显是在说警察，我听了也只好笑笑，装作没注意。

"做这种事情的，都没什么好下场，杜娟被人杀了；我爸癌症，半年不到走了；李正斌前段时间也查出了癌症，胰腺癌，你看吧，也就是半年以内的事儿。"韩品木接着说。

李正斌算是油城首富，名下资产大概有几个亿。他得了癌症，这倒算是一个不小的本地新闻。

"他是通过你爸当上的处长吗？"我问韩品木。他说："那还有假？这家伙先是当了处长，后来油田下属单位改制时，他下海承包了原属于油田的招待所，把名字改成了'悦江苑酒店'，又是一番操作后，悦江苑酒店从集体产权变成了他的私人财产。这家伙也不是啥好鸟，有人说杜娟跟我爸搞在一起之前其实是李正斌的情人。但李正斌除了杜娟还有好几个情人，有人还偷偷帮他生了儿子。"

"悦江苑酒店的保安经理张成国，据说他儿子就是他老婆跟李正斌生的。这家伙也是个人才，老板给他发工资，他用来养老板的儿子。"韩品木说。

这事儿我倒是第一次听说，人对八卦的追逐之心是与生俱来的，况且还是自己认识的人。我很想就张成国儿子的问题继续问韩品木，但突然意识到自己现在的身份还是一名大学生，似乎不该认识悦江苑酒店的保安经理张成国，急忙刹住了自己的嘴巴。

"唉，不过话说回来，能忍大辱的人往往也能做大事。那个张经理堂堂七尺男儿，连这种事儿都能忍，不是做过大事，就是要做大事……"韩品木感慨道。

"你认识那个张经理吗?"我问韩品木。我这次和他吃饭的目的是套出他和陈春丽的关系,进而调查宋来福之死。从见面开始我一直计划该如何把话引到这上面来,但一直没找到合适时机。听他提到了张成国,我觉得这是个好机会,于是开始想办法引导谈话。

"认识啊,见过几面。"韩品木说,惠民木工厂给悦江苑酒店送家具的时候打过几次交道,贼眉鼠眼的,一看就不是个正经人。

"有段时间悦江苑酒店装修,木工厂给他们送木料。按说这种情况他不该收我们停车费吧?但他收,跟那个停车场保安老头一起要我们每辆车20块钱,前后去了几十趟,收了我们1000多。而且还是最后一趟车要走的时候他俩才说了收费的事儿,不给钱就扣车,恶心得要命。"韩品木说。"咋了?你也认识他?"他又问我。

我连忙摇摇头,说不认识,但心里却有些纳闷,既然张成国认识韩品木,为啥之前要用"一个男的"、"听说"和"光头"这些语焉不详的词汇,还把保安小孙叫过来跟我转述,他直接告诉我韩品木的名字不就得了。

"停车场的保安老头?是不是前段时间在惠民农场被杀的那个?"我故作惊讶,同时抓住他的话里我用得上的地方。宋来福被杀这事儿上过本地新闻,我可以放心大胆地提出来。

"是吗?我不太清楚,好像是有这么回事。查出谁干的没?"韩品木一边吃菜一边问。

"不知道呢，但听人说好像是情杀，因为悦江苑酒店的一个保洁大婶。"我说，尽量把话题引向陈春丽。

"是吗？保安和保洁的爱情故事？挺有意思。"韩品木说。他的语气平淡，表情没有任何变化。

"吃完饭一起网吧打游戏吧。"还未等我继续聊宋来福的事情，韩品木突然把话题转移了。我说今天不了，父母下午都在家，我找不到合适的理由出门。韩品木笑了笑，说没想到你还是个乖孩子，这么大了家里还管你上网打游戏的事情。看他把话题扯到家庭方面，我又心生一计。

"爸妈去世后，你一直一个人生活吗？"我问韩品木。他点点头，说不一个人过还能咋的，但凡有个人管着，能过得这么自由？我说上次我们一起回平安小区，你不是说有个亲戚住在那儿吗，是你什么人？

"其实也说不上是亲戚，算是我爸当年的朋友吧，咋了？查我户口啊？"韩品木笑着说。"说起这事儿我想起来了，那个 SN 后来找过你没？"他第二次把话题转移了。

刘广文当年是韩双林的"朋友"，这事儿他从来没跟我说过。不过也不是不可能，毕竟干刑警的人朋友圈芜杂，什么三教九流的人都能结识。韩双林当年是长川油田的一号人物，刘广文认识他不足为奇。但韩品木能找到刘广文家去还是说明两人关系不一般，因为不是每个人的友谊都能传承到第二代那里。

"没有，SN 上次见过我之后就好像失踪了，电话不接，QQ 不回，也没找过我'打比赛'，看来被你说中了。"我说。

"你见过 SN 本人？"韩品木有些吃惊，"他长什么样？真名叫啥？我上次还以为他是在网上找的你呢！"

我说我也就见过他一面，个子挺高，打扮得很潮，估计家里挺有钱的吧。

"穿得潮就是有钱？不一定吧，我咋记得好像听飞扬提起过，说这家伙就是个保安。"韩品木说。我回忆了一下当初和 SN 见面时的场景——全身七八种颜色，镶满银色钉子的帽子和夸张的太阳眼镜，再想想张成国手底下那帮子酒店保安，着实没法把两者联系起来。

"咱得想办法把他找出来。"韩品木说，前几天公安局的人找他了，说是被人举报在网上聚赌，还帮人赌外围，估计就是这个 SN 举报的。因为韩品木的"上家"告诉他，有人也在"上家"所在地的公安机关报了案。

"你找飞扬哥问啊，他能把 SN 拉进战队，说明两人关系肯定不一般。"我说，心想治安支队做事咋也不提前通知一声，我好有些准备。毕竟我现在算是他们半个"卧底"，万一收网的时候把我也捕进去多不好。

"飞扬有家里的事得忙，懒得麻烦他。他要跟我说，早就说了，哪儿会等到现在！"韩品木叹了口气。

3

我不知道韩品木那顿饭花了多少钱。他没有当场结账，说是餐费已经提前支付给餐厅了，这是规矩。我问韩品木花了多少钱，他也没告诉我。

回到刑侦支队，我把午饭的经过告诉赵干皙。听说韩品木带我去了终南餐厅，赵干哲满脸惊讶。

"好家伙，跑那儿去开荤了，我都没去过！"赵干哲感慨道。他问我桌上点的什么菜，我把记住名字的都告诉了他。最后我还说那地方真不如杨家烤鱼，但墙上一幅画有 300 多万。我吃饭时老害怕了，万一不注意溅上点汤汤水水，把我卖了也赔不起啊。赵干哲却说你上一边凉快凉快吧，顺带准备一份"情况说明"。万一事后徐延生或杨向前找你麻烦，你还有个交代。我说不至于吧，一顿饭而已，虽然贵了些，还真要惊动纪委和督察啊？

"你知道那顿饭多少钱不？"赵干哲冲我咧咧嘴。我说不知道，韩品木也没告诉我，估计这桌下来得两三千吧。

"屁，两三千？两三万还差不多！"赵干哲瞪了我一眼。我嘴张得老大。

"喝酒了没？"赵干哲问我，我急忙摇头，说没喝。赵干哲松了口气，说没喝酒还好，喝了酒就不知道这顿饭花多少钱了。

"我听说过一次，一个广州来的商人在那里请客，三个人，餐费花了十多万，你敢信不？"赵干哲接着说。我嘴巴一直没合上。

"从这个月开始，你的工资就别花了，都存起来。万一之后韩品木涉案，到时你就得把今天吃的都吐出来，不然纪委徐延生他们就要帮你吐出来，听到没？"赵干哲一本正经地说。

吓唬完了我，赵干哲才开始问正事。他让我把韩品木中午说的所有话都复述给他，我照办。过程中他听得很细，连韩品木说到一些事情时的表情都反复问。听到韩品木告诉我杜娟当过终南餐厅服务员这事儿时，赵干哲有些意外，笑着说韩品木咋连这个都告诉你了。

"杜娟以前在终南餐厅当服务员这事儿，没见卷宗里提过啊？"

我问赵干哲。他嘿嘿笑了两声，说这事儿当年跟案情没多少关系，另外涉及一些敏感问题，上面很忌讳，所以就没往卷宗里写。

"她遇害时已经在油城职校工作一年多了，又是在职校宿舍出的事，所以不提她当服务员这事儿也是对的。"赵干哲说，"主要是杜娟这个事情赶上了一个敏感节点，管理局刚对终南餐厅辟过谣，公安局又把她的事儿公布出来，不就打脸了嘛。"

"韩品木主动跟你提到杜娟的案子？"赵干哲问我，我说那可不，难不成我还能作为石油学院的大学生主动跟他提吗。

"这家伙，有点意思……"赵干哲点了一支烟，跷起二郎腿。

"杜娟这个案子，其实当初我们怀疑过韩品木。"赵干哲说。

"怀疑韩品木？为啥？"我不解。

"很简单，他和杜娟的关系很紧张，有作案的动机。杜娟案发前，警方接到过韩品木几次报案，都是举报他的父亲韩双林跟杜娟合谋害了他的母亲。"赵干哲说。

"韩品木举报他爸跟他后妈杀了他亲妈？"我觉得不可思议，"是真的吗？"

赵干哲摇摇头，说那件事韩品木拿不出证据。他虽然举报了，但警方也没查到他母亲的死跟韩双林和杜娟有关联。

"那韩品木跟杜娟的死呢？"我问。

"也调查过，没有结果。杜娟出事时韩品木有不在场证明，老辛排除了他的嫌疑。后来那个毕德华出现后，我也没发现两人之间有关系，所以又把他排除了一次。"赵干哲说。但从他的话里我反倒能够感觉出，两次排除韩品木的嫌疑，说明警方曾两次把韩品木纳入侦查视线。如果算上赵干哲这次让我调查韩品木，已经是第三次了。

"他还跟你说啥了？"赵干哲继续问我。我说再就是聊了一些八卦，然后把李正斌和张成国的事情也讲给了他，听完后赵干哲说没想到韩品木这家伙知道的还不少。

听赵干哲话里的意思是这些事儿他也知道，我开始磨着他跟我讲。赵干哲说李正斌得癌症这事儿他的确知道，而且听说李正斌的老婆和前妻已经准备为财产的事儿打官司了。

我说李正斌不还活着吗，他家属咋么着急？赵干哲说你看这你就不懂了吧，"凡事预则立，不预则废"，人死了再做准备，早就晚了。我说如果韩品木说的张成国那事儿是真的，他儿子不也能去分一份？赵干哲哈哈笑，说这事儿应该是个误会。

"我听到的一些传闻啊，说其实这个张成国的儿子并不是李正斌的，而是那位十几年前落马的高书记的。"赵干哲说，张成国的老婆吴霞以前也是终南餐厅的服务员，被李正斌介绍给了管理局的高书记。吴霞后来怀了高书记的孩子，逼着高书记离婚娶她。高书记又不是韩双林，怎么可能同意。正好这时候张成国出现了，不明就里地追求吴霞，高书记和李正斌是打瞌睡遇到送枕头的，就顺势把吴霞推给了张成国。

"这事儿张成国自己知道吗？"我问赵干哲。他说他怎么知道张成国知不知道，再说这都是些陈年传言，谁也搞不清真的假的。

"今天这话哪儿说哪儿了，出了这个门你说是听我说的，我可不认哈。"赵干哲说。

跟赵干哲聊得差不多了，也到了饭点。赵干哲叫我去吃烤鱼，我说不去了，中午吃的还没消化。赵干哲略带阴阳怪气地说也对，毕竟吃过终南餐厅的人，怕是看不上我这路边摊了。我笑着说赵支队您的烤鱼我还是攒着吧，刚才您不也说了，往后半年我得攒工资留着"退赃"，恐怕想打牙祭只能靠您的烤鱼了。赵干哲说你想得美。

最后，赵干哲问我有没有在韩品木那边身份穿帮，我说表面看来暂时还没有，但我不清楚他的想法。穿帮就穿帮吧，假装大学生太受约束，很多问题问不了。赵干哲想了想，说自己也有点后悔，不该同意让你去接触韩品木。我说我干都干了，您这会儿后悔也没用了。

"你再去找陈春丽采一份笔录吧，看她这事儿怎么说。"赵干哲说。我说我前脚找了韩品木，后脚再去找陈春丽，这俩人真要有关系，我这不明摆着露馅嘛。赵干哲却说那你更得去了，如果韩品木真是给你揣着明白装糊涂，你就帮他把这层糊涂挑破，看他到底想干啥。我说前几天您不还让我配合他演戏吗，怎么今儿又改了主意？赵干哲说配合归配合，不能让他把主动权拿走。这戏说白了还得咱来当导演，不能他想演啥就演啥。

第二次接触陈春丽，我想起之前在悦江苑酒店张成国办公室那次跟她谈话的失败经历，又回忆起刘广文教给我的"讯问话术"，决定先跟陈春丽聊点别的，但不承想这次直接引入正题的人却是她。

"我跟宋来福从来就没有什么。哦对，还有那个'酒晕子'辛什么，我跟他也没有什么，都是酒店那帮人乱说的。"陈春丽开门见山。她说这两年自己确实经常去停车场传达室吃饭，但那是因为自己胃不好，不能吃冷东西，而酒店后厨不对非餐厅员工开放，只有宋来福那里有燃气炉可以开火，所以她才去那里热饭。那里是悦江苑酒店的传达室，又不是宋来福的传达室，况且平时去那里热饭的又不只是自己。

"一群乱嚼舌根的人……我不知道怎么传来传去，就成了宋来福出事那晚是去采油厂惠民农场'捉奸'，我有什么'奸情'可捉？宋来福以为自己是谁，他有什么资格去'捉奸'？"陈春丽似乎憋了一肚子的气，但从她发泄般的叙述中也能听出，那晚宋来福拎着棍子跑去惠民农场，确实是与她有关。

"那5月15号，宋来福死的那天，晚上7点到8点多这一个多小时，你是在采油厂惠民农场附近的土路上吗？"既然她选择了开门见山，我也没必要再去绕圈子，于是也直截了当地问她。

陈春丽明显愣了一下。

"不在，那时我在上班。"她停顿了一会儿才做出回答，显然经历过短暂的思想斗争。

"你可想好再说，这次是公安机关的正式问讯，不像上次那样，我只是找你了解点情况，你说假话可是要负责任的。"我提醒陈春丽。她看了我一眼，又把目光移向别处。

"我就是在上班，小区物业有工作记录可查。"她又重复了一遍。

其实宋来福案发后，范杰已经查过陈春丽上班的华泰小区物业公司的工作日志，按照上面记录的内容，案发时间段内陈春丽的确在上班。但范杰也说了，物业公司的环卫工只需定时清扫小区，不像酒店清洁工那样需要随时待命。因此即便当时陈春丽在"上班"，也可以短暂离开小区，况且陈春丽上班的华泰小区距离案发地点并不远，走路只需三五分钟。

唯一的缺陷就是华泰小区是个老旧小区，没有装监控，所以范杰当时没能拿到陈春丽案发时间段内离开过小区的证据。

"说一下你的家庭情况吧。"我说。能看出陈春丽依旧戒心十足，我觉得还是得按照之前刘广文教的办法来做。

"什么家庭情况？"陈春丽又是一愣，可能没料到我突然换了话题。

"'家庭情况'这四个字还不懂吗？家里几口人、都是做什么工作的、现在生活状况如何，如此之类的。"我耐着性子解释道。

"你问这个做什么！"不承想陈春丽更紧张了，竟然冲我吼了一句。身旁一同参与讯问的同事急了，"啪"的一巴掌拍在桌子上。"让你说啥你就说啥！你说我们问这个做什么？！给你家送温暖？！"

我用脚轻轻碰了碰同事，示意他别着急，有点过了。

"我家就我自己，我在小区当环卫工，一个月收入 1300，刚够吃饭，就这些。"陈春丽说。

"你老公和孩子呢？"我接着问，尽量放平语气。

"老公 2000 年病死了，有个儿子在外地工作，很少回来。"陈春丽说，1999 年在从医院回家的路上遭遇强奸，当时住院的就是她老公，强奸案发生一年后老公便病故了。

"你在油田还有什么亲戚没？"我问。

"没有。"陈春丽说。她是独生女，父母都是北京人，60 年代过来援建的石油工人，90年代相继去世后她在本地便没了任何亲戚。

等的就是她这句"没有"。

"那你跟韩品木是什么关系？"

"我不认识你说的这个人，和他也没有关系。"陈春丽说。

"没有关系？没有关系他为了你跑去悦江苑酒店跟宋来福'谈判'？没有关系他去警告宋来福'离你远点'？没有关系他能去跟宋来福打架？"同事负责唱黑脸，在一旁把问话声音提高了八度。

"你说的这个韩什么，他做的事我怎么知道？要你这么说，宋来福的死也要算到我头上吗？"陈春丽的脸上突然划过一丝冷笑。

我看着她，却再也说不出任何话。

"你们俩简直是两头猪啊……猪都不能干出这种事儿来……你俩的审讯业务是跟王正操学的吗……哎哟我当初怎么会拉你来搞'专班'……李成你跟我说实话，你是不是王正操派到我这儿来捣乱的……"刑侦支队办公室里，赵干哲骂我骂得几乎哭天抢地，我从没见过骂人的人比被骂的人还要悲恸。但即便在这份悲恸中他也忘不了把"老仇人"——桥东分局的副局长王正操拉进来。

"你脑子里面就一根筋吗？属驴的吗？一根肠子通到底？直接问她跟韩品木有没有关系？你就不能绕两圈再问吗？懂不懂什么叫'边路突破'？懂不懂什么叫'循循善诱'？你这种问法，直接给她打个电话多好呢，还省劲！"赵支队喋喋不休，连用两个术语。

"我们也没料到陈春丽的抵触情绪这么强，她那事儿说白了算个啥？"一同被骂的同事试图辩解几句，被我拉住，这种情况下最好的处理办法就是让领导先把火发完。

"你还敢顶嘴！"赵干哲的矛头马上指向了身边同事，眼看他要发火，幸好手机响了。赵干哲拿起来看了一眼，先是愣了几秒，然后走到窗边接电话去了。

同事委屈地看着我，小声嘀咕："宋来福这案子不一直在你们所范杰手里侦查吗？赵支队跟咱发什么火？"我心里也很奇怪，赵支队对这事儿的关注度是有些超出了我的预料。

"嘻，领导嘛，让你干啥你就干啥，做个没有思想的工具人那么难吗？"我悄悄跟同事开了个玩笑。

"你再去找一下那个悦江苑酒店的保安小孙，给他采一份笔录，内容就是韩品木去找宋来福'谈判'的事情，让他把所有知道的细节都告诉你，笔录做得越细越好。如果当时还有其他人在场或者了解情况，也都采份笔录。既然要确定韩品木与陈春丽二人有关系，就必须把证据固定、做实，哪怕从侧面！"赵干哲对同事说。

"李成，你准备一下，晚上跟我出去办点事。"他又对我说。我问他需要准备什么，是带装备还是别的什么东西？赵干哲说换便装，带执法仪，装备的话看什么顺手拿什么。我用拇指和食指比了个枪的形状，赵干哲似乎想了几秒，摆摆手说不用。

我和同事立刻起身，他准备去悦江苑酒店，我则回派出所换衣服。

"回来！"刚走到门口，赵干哲又吼了一声，我以为他还有别的交代，急忙停住脚步。

"今天办公室里我说的话不准跟任何人说。"赵干哲一脸严肃。

"尤其是王正操。"他补充道。

4

2012 年 6 月 28 日，我会永远记住这个日子。

那天下午，我按照赵干哲的要求回到河西派出所换好便装，将执法仪别在腰带上，又把伸缩警棍和辣椒喷雾放在口袋里，坐在值班大厅等赵干哲的电话。

刘广文路过值班大厅，看我这副装扮，说咋了，穿得花里胡哨的，准备出去约会吗？我给他打了支烟，笑着摇摇头但没有说什么。刘广文是老杆子，看到我上衣口袋里的棍状凸起物便明白了一切，说了句"注意安全"便往外走。我看他还穿着警服，看来不是下班回家，也问他干吗去，他嘿嘿笑了两声，拍了拍小挎包，说还能干啥去，悦江苑酒店"维稳"啊。

但奇怪的是那天我一直没等到赵干哲的电话。6 月底的天黑得很晚，我一直等到 8 点天快黑透了还没接到赵干哲电话，不知他要搞什么，于是只好主动给他打去了电话。电话响了很久赵干哲才接起来，气喘吁吁地说了句"你今晚休息吧，不用过来了"就挂了。

满头疑惑地把伸缩警棍和辣椒喷雾放回单警装备袋里，又把执法仪还给内勤，我也回了二楼备勤室。坐了一会儿感觉无聊，听到楼下吵吵嚷嚷，我下去一看，悦江苑酒店的两名保安被几个人拉扯着进了值班大厅，好像是"维权"的宋来福家属又跟酒店保安发生了冲突。保安喊着"领导今天休息，我说了不算"，但家属没停下手里的撕扯，拽着保安的衣领让他把张成国的家庭住址说出来，他们上门去找。

保安向我投来了求助的目光，我一边喊"放手，别在派出所打架"，一边招呼身旁两名辅警上前把人隔开。恰好这时刘广文也从门外跟了进来，开始上前劝阻双方。

"不是说好了谈事情，不动手，怎么到派出所来还动了手，不想回家了是吧！"刘广文的声音从人堆中传来。我赶紧疾走两步离开现场，因为按照往常经验，如果我走得慢些一定会被他拉去充壮丁。酒店保安和宋来福家属之间不会发生什么大冲突，但只是言语上的龃龉也足够消磨掉一整个晚上的时间。

走到门口给同事发条信息，问他赵支队交代的笔录做得怎么样了，过了一会儿同事回复说还在做。想起自己晚上为了等赵干哲电话连饭都没吃，走向夜市准备找点吃的，但路上又接到了韩品木的信息，说晚上有场"比赛"，要不要一起过来？

我想了想，感觉可以，于是通知了治安支队对接赌博案的民警小徐，然后坐车去了奔腾网吧。

来到网吧后，韩品木却告诉我当晚的比赛因为对手战队取消了。他的脸色明显不好，不知是因为被人放了鸽子不开心，还是别的什么原因。

"怎么？身体不舒服吗？"我问韩品木。

"为什么这么问？"他抬头看了我一眼，反问我。

我指了指从他短裤口袋滑出落在椅子上的药盒。韩品木顺着我的手指低头，快速捡起药盒塞回口袋。

"哦，没事，最近头痛，路上去了趟药店。"他说。

虽然今晚没有比赛，但大老远来了，我也不想马上折回去，于是便开了台机器和韩品木随意打了几局游戏。一晚上战队群里都很安静，从上次 SN 当众质疑分账后，群里说话的人越来越少。这大概也是某种意义上的"破窗效应"吧。

韩品木也有些心不在焉，游戏打得很菜。连输几局后他失去了继续玩下去的兴趣，关掉游戏看起了电影。

他看的是《无间道》，但是在以 4 倍速快进看。画面中的陈永仁和韩琛以滑稽的速度做出动作，我心想你这看电影的方式真特殊，我们平时看视频监控也没这样看过。

"怎么看这么老的电影？"我问韩品木。他说他很喜欢这个系列的电影，反复看过好多遍了。

"你说如果陈永仁最后不把这个黑帮卧底刘建明的身份起底，刘建明会不会真的做一个好人呢？"韩品木问我。我说或许有这种可能，但电影不能这样拍。

"做错了事，一定要付出代价的。"我说。

"可他后来杀了韩琛，帮了警察呀。"韩品木说。

"但他也害死了黄志诚督察嘛。"我说。

韩品木没再说话。

时间到了 9 点钟，平时这个点韩品木应该准备回家了。我关掉游戏，伸个懒腰站起来准备喊他一起走，但这时网吧里却响起了移动消夜小贩的叫卖声："炒花饭、烤串、花甲粉、鸡蛋灌饼……"

"老板，两份炒花饭、十串羊肉串、两瓶营养快线！"身边接着传来韩品木的声音。

"你不回家吗？干吗还要点消夜？"我低头问他。

"饿了，看完电影再走吧。"韩品木说，语言中似乎有一丝恳求的意味。然后他整个身体向座椅下方滑去，换了一个更舒服的姿势。

我说那我走了啊。韩品木说吃完再走呗，反正点了两份。

这时流动小贩已经把韩品木点好的东西放在了电脑桌上。我也意识到自己还没吃晚饭，肚子咕咕叫了一晚上。于是我掏钱替韩品木付了账，抱着花饭吃了起来。

又过了20分钟，消夜也吃完了。韩品木还在看电影，我第二次站起来跟他告别，韩品木这次看了我一眼，没再说话。但我刚转身没走两步，他在后面突然说了句："飞扬死了。"

"啊？"我一下没听明白他在说啥。

"谁死了？"我扭头问他。

"飞扬，以后我们也不会再有赚钱的比赛了。"他淡淡地说。

我有点晕，飞扬不是韩品木身在外地的发小兼好友吗？他不是因为老婆生了孩子需要人照顾，所以没空跟我们继续打游戏了吗？怎么会死了？

我听到这个消息的第一反应是质疑，因为飞扬一死，治安支队李建涛那边的涉赌线索就真断了。我随即怀疑这会不会是韩品木发觉了我的身份，故意透露的假信息。于是转头问他，前段时间你不还说飞扬当爸爸了吗？这会儿咋突然死了？

"他在家里自杀了……就是前段时间新闻上说的那个在兴顺汽修厂上吊的人。"韩品木说。

兴顺汽修厂上吊自杀？飞扬难道就是胡小飞？

韩品木的这番话成功留住了我。

"明天是他的'三七'，今晚我想去拜拜他，你方不方便？"韩品木问我。

我木然地说了句好，但其实满脑子混乱。死在兴顺汽修厂的那个胡小飞是飞扬，是"油城电竞"游戏战队参与网上外围赌博的联络人？胡小飞参与杀害了第三案中的刘晓华，韩品木是第四案中死者杜娟的继子，两人还是发小、同学兼好友的关系？这太不可思议了吧。

"飞扬哥是怎么死的？"我假装不知道案情，问韩品木。

"警察说他是自杀的。"韩品木说。我知道警方为了降低影响，也为了稳住凶手，对外公布的胡小飞死因的确是自杀。但韩品木的回答应该还有下文，既然是"警察说"，那或许后面还会有一句"我觉得"。

"我觉得他不会自杀，肯定是有人害死了他。"果然，不出我所料。

"谁会害他？他跟谁有仇？"我问韩品木。

"不知道，不过就他那交朋友的方式，迟早被朋友害了。"韩品木说，"你看那个网友SN不就知道了，正常人谁会交那种朋友？"

"会不会是那个SN杀了他？"我继续问韩品木。他抬起头看了我一眼。

"你是警察吗？"他突然问我。我急忙摇头。

"这些问题该是警察问的，你别问。"他说。

"我们怎么拜飞扬哥?"我问韩品木。他说东西他准备好了,等再晚一些,11点左右吧,路上没什么行人之后去路口给他烧点纸,送送他。

我说好,那我等你。

之后韩品木继续看电影。我借去卫生间的机会避开他,打给赵干哲,想告诉他韩品木与胡小飞之间的关系。韩品木是杜娟的继子,胡小飞是刘晓华案的嫌疑人,两人是要好朋友,这是一个重要突破。

奇怪的是赵干哲的电话一直打不通,发信息也不回,其间我跑了三趟卫生间。最后一次从网吧卫生间出来时,韩品木瞅了瞅我,问我怎么了。

"可能是炒花饭辣椒放多了,我辣一吃多就拉肚子。"我只能先这样敷衍过去。

时间到了10点半左右,电影播完了。韩品木关掉电脑,伸个懒腰,站起来叫我离开。我跟在他身后走出奔腾网吧,出门时又瞜了一眼手机,上面空空如也,没有赵干哲的任何消息。

奔腾网吧已在油城郊区,时间又是深夜,路上几乎没有了行人和车辆。6月末的油城酷热难耐,天气预报说凌晨将有暴雨,热中加潮,令人难受。

韩品木沿着公路一直往东走,没有停下来的意思。走了很久,我终于忍不住,问韩品木,我们是要去哪儿。

"走远一点,找个十字路口,迎来送往。"韩品木说。

"拜飞扬哥,我什么都没带,这怎么好呢?"我说。

韩品木没说话,拍了拍自己的斜挎包,里面鼓鼓的,好像装满了东西。

又走了很久，韩品木终于在一个背风的十字路口停了下来。时间到了夜里 11 点多，我已经能够远远望见四路小区传达室门口的灯光，敢情韩品木几乎领我走回了他家。我有些疑惑他最初为什么不选择乘坐公交车，但转念一想，油城的末班公交车是在晚上 9 点半，我们离开网吧时就已经 10 点半了。

韩品木从斜挎包里拿出了几叠草纸，分成两半，一半拿在手里，一半递给我。

"像我这样，对折，然后拇指按住向前搓。"他一边说一边操作，果然，他手里的草纸很快被搓成了一沓钱币的样子。

"韩哥，你跟飞扬哥是怎么认识的？"我问韩品木。

"我和飞扬是初中同学，他是初二那年从外省插班过来的，我俩做了一年同学，中考又上了同一所高中，还分在一间寝室。"韩品木捡了一根小木棍拨弄燃烧的草纸，讲起他跟胡小飞的往事。

韩品木说胡小飞刚转到油田读书时人生地不熟，说话还有点娘娘唧唧。油田子弟本就有排外的传统，因此没少欺负胡小飞。那时的韩品木受父亲韩双林的荫庇，在学校混得风生水起，不仅备受学校老师照顾，还是同学中的孩子王。按理说胡小飞这样的学生最容易受韩品木欺负，但不想那时韩品木不但生得人高马大，还颇有些江湖习气。他不仅没带头欺负外来户胡小飞，反而挺照顾他，遇到有人欺负胡小飞时，韩品木还会帮他出头，从那开始两人成了好朋友。

"后来呢？高中毕业后你们都没有读大学吗？"我又问韩品木。

"没，我高中毕业那年家里出了点变故，没有参加高考，飞扬参加了高考，考上了你们石油学院，读油气专业，但只上了一年便因为一些事休学了。他没再回去复学，后来休学时间超了，他又不愿回去，就干脆办了退学。"韩品木说。

我知道韩品木所说的"家里出了变故"是指什么，没再多问，但对于胡小飞休学和退学一事还是很好奇。韩品木说具体情况他也不太清楚，只记得当年有人说是因为胡小飞在学校遇到一些麻烦，也有人说他是因为出了"精神问题"。事情已经过去这么多年了，况且胡小飞已经死了，究竟是什么原因早已无从查证。

"他身世也是蛮惨的，他爸以前在油田生意做得蛮大，很有钱。但跟我爸一样，跟别人好上了，离婚后基本不管他。"韩品木说，也是因为相近的身世，他和胡小飞之间有很多共同话题。

"飞扬哥的妈妈呢？也不管他吗？"我问韩品木。

"他妈离婚后不久便在老家那边改嫁了，有个继父，也不是个东西。飞扬他妈离婚时没分到什么财产，继父便逼飞扬去找他亲爸要钱，要不来就变着法折磨他。飞扬后来索性跟父母双方断绝了关系，几年前听他说，他妈已经去世了。"

我叹了口气，不知说什么才好。

"我记得兴顺汽修厂那个位置很偏，飞扬哥怎么会住在那里呢？"韩品木继续烧草纸，我换了个话题。

"可能不想和外人接触吧……"韩品木说，从他认识胡小飞开始，这家伙就不怎么爱跟人打交道，用现在的话说就是有社交恐惧。他算是胡小飞为数不多的朋友，但这一两年也不知道胡小飞在哪里。偶尔问起来，胡小飞多数时候跟他说自己在外地。直到传来胡小飞的死讯，他才知道这位好友其实一直住在油城，哪儿也没去。

"你说，人死后，究竟有没有灵魂呢？"我正在思考下一个有关胡小飞的问题时，韩品木冷不丁地问我。

"有吧……不然我们做这些的意义何在呢？"我说。

"也就是说，当我们死后，可以见到先前去世亲人的亡魂？"韩品木又问我。

我点点头。"或许会吧。"我说。

"我已经几年没有梦到我妈了，最后一次梦见她是三年前，场景就是上次我们一起吃饭的那家终南餐厅。但我怎么也看不清她的脸，我就哭着在她后面追，想抱抱她，也让她抱抱我，但始终追不上，后来就醒了。"不知为何，祭拜胡小飞的现场，韩品木突然说起了自己的母亲。

"可能是太久了，你潜意识里已经忘了母亲的长相。"我说。

"怎么可能？妈妈的样子我闭着眼也能画出来。"韩品木说。

"这个确实有科学研究证实，人们对逝去亲人的怀念大概可以持续 15 到 20 年，妈妈去世至今多少年了？"我问韩品木。

"唉，15 年了……"韩品木叹了口气。

"没梦到过你父亲吗？"我接着问韩品木。这个问题或许有些唐突，韩品木看了我一眼，笑笑，没说话，继续用树枝拨弄火堆。

我的手机突然响了。拿出来看，竟然是范杰。

这么晚了他找我干啥？

韩品木在身边，我不方便接范杰电话，因此先挂断了，但隔了半分钟范杰又打过来，我再次拒接，然而拒接后手机第三次响了。

"咋了？家里催你了？"韩品木听到了我的手机铃声，问我。我点点头。

"这么晚了，你别不接家里电话，不然爸妈会担心的，你回他们一句，说已经在路上不就得了。"他说。

我说好。拿着手机走向稍远的地方，确定这个距离韩品木听不到我说什么，然后给范杰打了回去。

"你在哪儿呢？咋还不接电话？赶紧去长川油田总医院急诊楼！"范杰在电话里冲我嚷嚷。我问他啥事这么着急，他说赵支队出事儿了，赶紧来，说完就挂了。

"赵干哲出事儿了？出啥事儿了？"听到消息后我的第一反应是纳闷，赵干哲能出啥事儿？消夜吃烤鱼烫着了？

我打给赵干哲，依旧无人接听。

拎着手机回到韩品木身边，他已经把最后一叠草纸搓成纸币的样子投进了火里。

"爸妈叫你就赶紧回去吧，确实不早了，别让他们担心。"韩品木淡淡地说。

我说了句好，然后问韩品木："你呢？"

"我？我再陪他坐一会儿，好久没见了，也不知道他最后那段时间过得怎么样。"

5

出租车一路往西开。路上我又一次拨打赵干哲的手机，依旧没有人接听。想起马忠副所长的女儿正在总医院住院，这段时间他应该一直在那儿，于是给他打了电话。马忠电话也一直在占线，回拨几次才打通。然而打通电话后，马忠的第一句话也是："赵支队出事了，你现在在哪儿？"

我说我在去医院的路上，赵支队出了啥事儿？马忠说他被人捅了。

即便那时我依旧有点蒙，不知他好好的为啥被人捅。我问马忠怎么回事，他说不知道，我又问赵支队伤得重不重，马忠说是从 A 市中医院转过来的，说是那边抢救不了，这会儿已经进了手术室。

既然是"治不了转院过来的"，说明肯定不是一般的伤，我这时才意识到问题的严重性。

赶到长川油田总医院急诊楼二楼的手术室时，门前已经站满了人，有单位同事，也有赵干哲的亲戚朋友。还有人陆陆续续来到，我找先来的人打听情况，他们多数也不知情，只是有人说赵干哲伤得挺重，身上被扎了好多刀，送过来时人已经没意识了。

之后到医院的人也多不知情，甚至有人以为他是突发了什么急病。上来打听的问题基本都是"怎么样了""中风还是心脏病""早就劝他减肥，就是不听"，听说他是被人捅伤后大家都很震惊。于是现场有人开始打电话询问情况，有人靠近手术室大门试图从门上的竖条玻璃往里看，但都被门口维持秩序的医院保安制止。

赵干哲的妻子和儿子被众人围着，妻子一直哭。她说晚上 7 点多赵干哲要出门，她以为又是去夜市的杨家烤鱼店消夜，埋怨了他几句便没当回事，谁知道一去就出了事。赵干哲当了半辈子警察，年轻时连小磕小碰都很少遇到，经常跟她说自己"点子正""有神仙保佑"，哪承想一出事便是这么大的事。

我在人群中看到了马忠和范杰，赶紧过去问他们赵支队什么情况。两人这会儿也不清楚情况，马忠说既然进手术室了，那就等等看吧。范杰则问我赵支队这几天在忙啥，我说他今天晚上本来叫我跟他一起出个任务，后来临时取消了，谁知道怎么就出事了呢。

"他要带你出啥任务？"范杰问我，我说不知道啊，这不晚上临时取消了嘛！

手术室门外有两名陌生面孔的民警，看他们胸前的警号，是A市那边的同行。有人上前询问，确定是A市公安局110指挥中心警员，跟转送赵干哲的A市120急救车一起过来的。

大家赶紧围上前去打听情况，两人简单说了几句，大概是晚上10点多，他们接到A市开发区附近的一处工地报警，到现场后发现了赵干哲，当时他的情况就已经很差了。至于具体情况还在调查之中，后期会有详细的案情通报。

不久两人被电话叫走了，现场的人只好继续等。其间几位穿白衬衣的市局领导也相继到了医院急诊楼，但他们暂时也做不了什么，只能跟众人一样等待医生的消息。

就这样大概等了两个多小时，终于看到急诊手术室门上的灯亮起。大家都紧张起来，以为有结果了，一位急诊医生露出脑袋喊了声："谁是李成，赶紧进来，病人快不行了，有话要说！"

我当即一愣，来不及多想，赶紧喊了一声"我是李成"，便进了手术室。

"让我进去,我是家属!"我听到身后有人在喊。回头看了一眼,是赵干哲的妻子和几位亲戚,但他们被保安拦住了。保安劝他们别着急,手术室盛不了这么多人,都进去会干扰抢救。然后就是赵干哲家人跟保安争吵的声音和哭声。我顾不了太多,两步扑到了赵干哲床前。

"赵支队!"我喊了一声。赵干哲身上缠满纱布,还插了很多管子。此时他已无法说话,只是瞪着两只眼睛死死盯着我,尔后几乎用尽全身力气抬起手臂指向手术室门口,我顺着他手指的方向看去,家属们刚刚挣脱保安阻拦冲进屋来。

"爸爸……"我听到赵干哲儿子歇斯底里的喊声,与此同时赵干哲的手臂突然一松,落在了床上。接着,耳边传来了心电监护仪的警报声。有医生迅速上前抢救赵干哲,我和他的家属们则又被手术室的护士送了出去。

一切都太过突然了。

第二次站在手术室门口时,身边很多人问我里面怎么样,赵支队什么情况,又跟我说了什么?那时我脑子里一片空白,突然间什么都想不起来了。

赵干哲走了。

我和家属们被护士劝出手术室后,医生又对赵干哲进行了40多分钟的抢救。虽然公安局领导要求院方对赵干哲的抢救要"不惜一切代价",但由于伤情过重,他终究没能挺过来。

"三刀扎在了肝脏上,三刀扎在了肺部,一刀扎在了颈部,刀刀致命，凶手就是奔着要他命来的……"王忠法医完成尸检后哽咽着说，自己干了一辈子法医，没想到最后一例竟会是赵干哲。

王忠比赵干哲大几岁，一直被赵干哲呼作"王老忠"。两人虽没有太深的交情，但毕竟共事几十年。尸检后王忠把自己关在办公室里很久，再出来时两眼通红，看来是哭过。

赵干哲的遇袭地点在 A 市开发区靖安路附近的一处工地旁，当天晚上 10 点半左右，两名路过的建筑工人无意间发现了躺在地上的赵干哲，当时他倒在路边，身上还盖了两个污秽不堪的编织袋。

开发区靖安路已经不属于油城地界，因此按照案发地管辖原则，赵干哲的案件交由 A 市公安局机关主办，油城公安协助。2012 年 6 月 29 日上午，我在市局刑侦支队办公室见到了暂时代理支队长职务的原桥东分局副局长王正操。虽然赵干哲的案子归属 A 市公安局刑警大队，王正操得知案发前赵干哲和我有个"专班"后，还是把我叫到了办公室。

王正操用的还是赵干哲之前的办公室。进门后看着屋里熟悉的摆设，睹物思人，我眼泪一下没忍住掉了下来，我一掉泪王正操也没控制住自己。算起来，我和赵支队相处不过就是近几个月的事情，而王正操从 18 岁读省公安学校开始就跟赵干哲做同学，后来又做了 30 多年同事。虽然两人平时"一见如敌"，但实际上关系好得要命。

"赵支队带你搞的什么案子？"平复心情后，王正操问我。我随即把近期赵干哲带我做的事情和宋来福、胡小飞等人的案子详细讲了一遍了。

听我说完，王正操沉默了许久。之后他叹了口气，说"2·15"这案子太邪门了，前面七位受害者，后面辛吉然和赵干哲两名警察，如果再算上辛吉然的老婆孩子和宋来福、胡小飞一干人等，前后害了十几个人了。

我说当年您也跟赵支队一起参与了这个案子，赵支队说这案子当年的思路有问题，您怎么看。王正操摆了摆手说今天咱先不讨论那个案子，先说赵支队的事情。

"他最后把你叫进手术室，说了什么？"王正操问我。

"他啥也没说，只是指着手术室门口。"我说。

"指向手术室门口，门口有啥？"王正操皱起眉头。

我说门口是他老婆孩子。

"那他是啥意思？难道是让你帮他照顾老婆孩子？"

我说这话怕是玩笑了。我也一直纳闷，赵支队平时是个爱开玩笑的人，也经常跟我开玩笑，但不至于那个关头还开这种玩笑吧。

应该不是玩笑，我记得他当时的眼神，死死盯着我，似乎是要告诉我什么，又似乎是要让我记住什么。

我从王正操手里拿到了赵干哲遇害当晚的行程轨迹，已经过A市公安局刑警大队侦查后复原。

2012年6月28日19时48分，赵干哲离开位于长川油田平安小区21栋303的家，8分钟后出现在平安小区门口，20时5分乘坐一辆牌照为0896N的出租车驶入油城大道。

20时27分，牌照为0896N的出租车出现在A市开发区新力大街与光辉大道交叉口，4分钟后赵干哲要求司机路边停车。21时19分赵干哲出现在靖安路与康福路交叉口的非机动车道监控中，当时他一边打电话一边沿靖安路向南步行，4分钟后消失在监控画面中。

21时42分，赵干哲最后出现在靖安路南端的一处监控画面里，此地距离正在施工的"保利·时代公馆"大概300米远，他手里拎着半瓶怡宝矿泉水，走走停停，似乎是在等人。3分钟后继续向南步行消失在监控画面中。

"保利·时代公馆"建筑工地向南半公里是A市的市政建设项目"城市花园"，赵干哲出事的地点就位于"时代公馆"与"城市花园"两个项目之间。那里没有任何监控设备，道路也四通八达，警方根本无法利用常规手段锁定嫌疑人。好在技侦部门利用基站定位功能锁定了一批案发时机主出现在现场的手机号码，但由于不能确定号码是否为实名办理，需要一段时间核实机主身份。

据妻子回忆，赵干哲出门时随身携带了一只金利来牌手包，内有大概800元现金、若干银行卡和一部银色诺基亚N95手机。警方在距离现场200米远的建筑垃圾中发现了被凶手丢弃的手包，里面的银行卡还在，但手机和现金被拿走。另外赵干哲手腕上有一只价值2万块的欧米茄手表，同样不知去向。

"表面来看，赵支队像是遭遇了一起抢劫杀人案，A市刑警大队也是暂时按照这个思路立案的。但他毕竟是我们这边的刑侦一把手，身份比较敏感，也不排除其他因素，比如遭到报复之类的可能。"王正操解释说。

"他昨晚一个人跑去那么远的地方，应该是有什么重要的事情。这段时间你一直在跟赵支队做事，知不知道他为什么去那里？"王正操问我。我说不知道，昨晚本来赵支队要带我出任务，但临时又通知我不去了。我以为任务取消，又或许是他觉得我跟着去不合适，自己去了。

"什么任务？"王正操瞪大了眼睛。我说我不知道，这问题范杰在医院就问过我。

"A市刑警在赵支队的案发现场发现了一样东西，你看一下。"说着，王正操递给我一张卡片。我接过来看，竟然是韩品木在木工厂的工作证，铁夹子部位断掉了，硬纸壳材质的证件也弯折成几段，似乎经历过一番拉扯。

"这是……"我一时语塞。

"这个叫韩品木的人你有没有印象？ A市刑警现在怀疑他跟赵支队的遇害有关。"王正操说。

"我知道这人，但，但他跟昨晚赵支队遇害有关？不太可能吧……"我说。

"为什么不可能？我们在赵支队的身上发现了一个记事本，最近几页多次提到'韩品木'这个名字。还有那个工作证。"

"可是我昨晚一直跟韩品木在一起啊。"无奈，我只好把昨晚发生的一切告诉了王正操。

"啥？"王正操诧异地看着我。

不经意间，我成了赵干哲遇害当晚韩品木不在场证据的提供者。

即便这样，赵干哲案发后，韩品木还是被传唤至A市公安局刑警大队接受审查，我则在另外一个房间里反复回忆昨晚两人在一起的经过，从玩游戏，到吃消夜，再到一同祭拜胡小飞。A市刑警大队同行们反复询问我一个问题——你确定昨晚和你在一起的人是韩品木？

我说我确定，十分确定及肯定。如果昨晚和我在一起的那个光头不是韩品木，我把你们办公桌吃了，行不行？

同行看看我，又看看自己的办公桌，仿佛真的担心我会吃了他们的办公桌似的。

我不知道赵干哲遇害现场为何会出现韩品木的物品，但我确实跟韩品木待了一整晚，其间虽然去过卫生间，但至多不超过10分钟。A市开发区靖安路在油城西边，距离奔腾网吧有接近40公里，韩品木就是坐火箭也做不到10分钟一个来回加上捅死赵干哲。

一番审查后，韩品木被A市刑警大队放走。他说自己并不认识警察赵干哲，案发当晚一直跟一个叫阿成的朋友在奔腾网吧上网。对于现场出现的那张工作证，韩品木给出的解释是木工厂平时并不要求职工佩戴，而他的工作证早已丢失，不知道为何会出现在赵干哲的案发现场。

他这解释没毛病，警方也拿不出继续传唤他的理由。

"他有没有可能故意拉着你，让你给他做不在场证明，然后他的同伙去杀掉了赵支队？"王正操并不死心，因为现场的种种都表明韩品木有杀害赵干哲的重大嫌疑。我说这怎么可能，如果真是韩品木同伙干的，那他这个同伙肯定是个卧底，不然不会把韩品木的工作证丢在案发现场。

"但他故意拉着我给他做不在场证明这事儿确实可能。"我说。如果不是韩品木抛出胡小飞就是飞扬这个秘密，我肯定9点半吃完消夜就走了。况且整个战队二三十号人，他为什么单单拉我去祭拜胡小飞，是巧合还是故意安排的？如果那晚我没有去奔腾网吧，或者9点钟便坚持走了，现在会是什么结果呢？还有，那个杀害赵干哲的人，为什么要把韩品木的证件留在现场？韩品木与赵干哲之间又存在何种尚不为人知的关系呢？

"我觉得如果韩品木真与这件事有关的话，只有一种可能，就是他可能提前知道赵支队当晚要出事，而且有人要栽赃给他，所以他一直拉着我。"我说。但这只能算是对眼下情况的一种强行解释，因为论据全是猜测，结论也非常"梦幻"。唯一能证明韩品木与此事有关的，只是现场那张被扯坏的木工厂工作证。

"你说得对，如果不是韩品木干的，那干这事儿的人一定与韩品木有仇。"王正操说。但他接着说，即便如此韩品木还是逃不了干系，如果他提前知道有人要杀害赵干哲同时栽赃到自己身上，他为什么不提前告诉你，而只是通过这种方式让自己摆脱嫌疑？现在他的嫌疑是摆脱了，但赵干哲却死了！

"这事儿不能轻易放过他，去他家看看。"王正操说。

第五章

1

王正操口中的"去他家看看"，并不只是去"看看"。他给范杰的指令是做一次现场搜查，范杰问我要不要一起去。我想了想，事情既然已经到了这个地步，我也没有必要再跟韩品木继续演下去了。之前赵干哲让我"配合"韩品木，现在看来很有可能不仅是"配合"他，而且是被他利用了。

"我去。"我说。

在四路小区门口见到韩品木时，他很平静，似乎并没有对我的警察身份感到惊讶。他只是冲我笑了笑，说："阿成这次打明牌了？"

"你早就知道我是警察？"我问韩品木。

"这又有什么关系呢？韩琛和黄志诚不也做过朋友？"他用的还是电影《无间道》的剧情。

"平时你每天晚上9点钟准时离开网吧，昨晚拉着我一直待到深夜，能告诉我原因吗？"

"祭拜胡小飞，你是知道的，今天是他的'三七'。"韩品木平静地说。

我点点头，与赵干哲有关的问题 A 市刑警大队早已问过了。既然没有结果，我再提问也是白费周章。索性就先进他家看看吧。

　　这是我第一次进入韩品木家，本以为独自生活的单身汉家应该充满随性和颓废，但进门后我才发现与我想象的恰好相反，韩品木家收拾得很规整。整洁的地面，一尘不染的家具，阳台上还种着几盆花草，甚至连厨房灶台也打理得干干净净。

　　"平时都是自己一个人住？"同事问韩品木，他嗯了一声。

　　我四下环顾房内，整个房间的风格属于上世纪 90 年代的流行款——实木包边的墙体、黑色真皮沙发、厚重的羊毛地毯、夸张的水晶吊灯，甚至还有一台曾被视为奢侈品的 48 寸东芝牌背投电视。从这些布置来看，当年韩品木家的条件应该属于油田天花板级别。即便十几年后再看这些家什，还是能够从中感受到当年韩家的奢华与贵气。

　　"当年这些东西没少花钱吧？"我问韩品木。

　　"我爸弄的，家电装修一共花了几十万吧。"韩品木的语气波澜不惊。90 年代的几十万，差不多可以在省城买三套商品房。

　　我看到客厅墙上挂着一个相框，里面是一张一家三口的全家福。照片上的韩双林和妻子都穿着当年流行的毛领皮衣，韩品木看上去七八岁的样子，那时他还有头发，留着可爱的锅盖头，笑得很灿烂。

　　同事开始分头在屋里进行搜查，我进入了韩品木的卧室。

　　上世纪 90 年代建造的住房不像现在，总让客厅面积远大于卧室。韩品木居住的这套"处长楼"总面积大概 160 平方，三室两厅，韩品木的主卧面积足有四十几个平方。

卧室内的家具和装修风格与客厅一致，最吸引眼球的是东墙边一排六个落地式的红木书柜，其中四个摆满了各式各样的书。其余两个书柜一个放着各种磁带唱片，另一个放着模型、手办和许多相框。

唱片和磁带看上去有些年头了，大多是窦唯、孙悦、李春波和"四大天王"90年代早中期的专辑。模型和手办都是动画片《七龙珠》、《变形金刚》和《忍者神龟》中的角色，应该是韩品木少年时期留下的。从数量和质量看，这些东西当年应该花费不菲。

相框里的照片也多是早年拍摄的，从韩品木尚在襁褓中的婴儿照到身穿校服的学生照，还有一些与家人朋友一起出游时的照片，没有近期的。我仔细打量着这些照片，论长相，光头之前的韩品木应该算得上英俊——一米八五的大个子，浓眉大眼，阳光灿烂。

其中一张照片吸引了我的注意。那是一张两人合影，放在书柜的最里面，并不起眼。照片背景是省城某著名景区。韩品木站在照片右边，搂着一个染着一头黄发、年纪跟他差不多大的男孩。

照片上的两人也就十七八岁，我总觉得韩品木身旁的这个男孩似乎有些面熟，又感觉仿佛像极了某个认识的人。我把照片拿给正在做搜查的范杰看，他也说很面熟，但想不起是谁，于是问韩品木。他看了一眼，说是自己的好朋友，叫辛小亮。

辛小亮？

"他爸以前也是警察，你应该认识。"韩品木说。我恍然大悟，怪不得看着面熟，照片上的辛小亮太像他爸辛吉然。

但我又很好奇。

"你跟辛小亮也是朋友？"

"嗯。"韩品木点点头，说两人从小学起便在一个班读书，一直到初中毕业，后来他去读了高中，辛小亮去了技校。两个人联系一直没断，平时经常在一起玩。

"他和胡小飞也是朋友吗？"我问韩品木。

"应该都认识吧。"韩品木说得模棱两可，"油田就这么丁点大地方，学校也就那么几所，只要同龄的，基本都在一起读过书。"

"后来呢？听说辛小亮做了混混，还被判了刑？"我问。

"后来他和他爸的事你应该也知道吧，毕竟当年闹得那么大。"韩品木面无表情。他似乎不太想聊辛小亮那段不光彩的时光，直接把时间线拉到了最后。

我没再强求，把照片放回书柜，然而当那张照片与其他照片摆在一起时，我又觉得有些说不出来的怪异。

"哪儿怪呢？"我心里念叨着，忍不住又盯着照片看了一会儿，终于明白了问题出在哪里。

首先是照片尺寸，胶卷拍摄的照片洗出后有固定尺寸，不像电脑彩打的可以随意设定大小。韩品木和辛小亮的这张合影用的相纸比 5 寸大些，又比 6 寸小些，放在 6 寸相框里有些不合适。其次是照片清晰度，不知是不是因为放久了，这张合影似乎比旁边其他照片模糊一些。三是照片的构图，韩品木在右，辛小亮在左，照片上韩品木右边还有很大空间，可能是为了把景区牌匾拍进来，但事实上景区牌匾也只拍了一半。辛小亮左边没有任何空间，他的右臂已经到了照片边缘。

不对，我突然意识到，这应该是韩品木在翻拍另外一张照片后裁剪下来的。在那张原始照片上，辛小亮的左边应该还有人，因为两人背后的牌匾上有倒影，虽不清晰，但细看之下还是能辨别出来。

"这照片？"我又把照片拿回到韩品木面前。

"怎么？小亮出事后我翻拍的其他照片，留个纪念，有问题吗？"韩品木似乎看出了我的疑惑，淡淡地解释。

"辛小亮左边是谁？"我问他。

韩品木的眼神晃了一下。

"忘了。"他说。

"你说《无间道》里的刘建明真的想害死黄志诚督察吗？"韩品木冷不丁问了我这样一个问题。

"不管他想与不想，黄志诚督察最终因他而死。"我说。

"但他确实想做个好人，只是身不由己而已。"韩品木说。

"如果刘建明真的想做好人，就该早一些讲出实情，那样就不会有人死。"说完，我看着韩品木。

"他不能说，说了也没有用，因为他本就是黑社会卧底，有原罪。"韩品木说。

警方对韩品木住处的搜证工作进行了两个多小时，但未能从他家中找到任何可疑物品。临近傍晚时我们结束了搜查，撤走前本想帮他把家里收拾一下，但韩品木说不用，他晚上自己收拾就行。

回公安局路上，我和范杰同车，问他搜证结果如何。他叹了口气，说你这是明知故问，现场你都看到了，啥也没有。但范杰又说韩品木这家伙着实有些奇怪，好像一直生活在过去一样。

"你看，他爸妈去世多少年了？家里的摆设还刻意留着以前的印记。"范杰说，按道理家里亲人去世后，一般都会把他们生前用的东西收起来，尽量不要让自己陷入"睹物思人"的境地。但韩品木家正好相反。他爸妈以前用的东西、他小时候的那些玩具都摆在以前的位置上，连墙上的挂历都没换过，一直停在1997年6月份。

"还有他家的钟表，不知你注意没，客厅的挂钟和两个卧室的闹钟都停在同一个时间上，2点43。"另一位同事补充说。

"那应该是他母亲当年遇害的时间。"范杰说。

"遇害？"我愣了一下。

"哦，应该是遇难，用词错误。"范杰顿了顿，"他爸妈卧室里的所有东西都基本保持着过去的样子。我仔细看过，鞋柜里的皮鞋应该是每天都在打理，虽然款式很老但保养得很好，衣柜里的衣服也是一样。他爸的手提包一直放在客厅门口的桌上，里面有个老式'大哥大'还有电。卧室梳妆台上他妈以前用的化妆品也都摆在那儿，不了解他家情况的人乍一看，还以为一家人都还住在那儿呢。"他接着说。

的确，韩品木的生活似乎停在了过去的某个点上，之后时间流转，但他的世界却停滞不前。以前在生活和工作中见过不少父母离异或去世的人，他们虽然在某一个时间段里情绪沮丧、消沉，但很少有像韩品木这样始终将自己困在过往中的。不对，也许韩品木并不认为这是一种被困，而是一个美好的乌托邦，一段只能存在于记忆中的美好时光。

"估计韩品木他爸妈当年的感情不错。"坐在后排的同事说，但范杰却摇头，说这还真不一定。反而越是父母感情不好的家庭中长大的孩子，越是在这方面的欲求度高，尤其是那些父母中途出现感情变故的孩子，更会怀念以前一家人在一起的时候。而且他在搜查过程中看到了一些细节，感觉韩品木可能跟妈妈的感情好一些。

"对了阿成，你跟韩品木接触比较多，他是不是得了什么病？"无来由地，范杰突然问了我这样一个问题。我想了想，说没听说啊，为什么这么问？范杰沉思片刻，边开车边从口袋里掏出一个空药盒，上面写着八个字：盐酸羟考酮缓释片。

"这是？"

"止疼药，又叫奥施康定。"

"噢对了，前段时间他说自己头疼，买了这盒药。"我想起上次在奔腾网吧见到过这盒药。

"他跟你说是头痛？这可不是治头痛的药。"

"那是？"

"癌症晚期的止疼药嘛，他家柜子里有好多。"

"癌症晚期？"我觉得有些不可思议，"哦，或许是他爸以前用剩下的，韩双林当年不是肝癌走的嘛。"我想起了这茬。

"不对，你看这生产日期，明显是新药。"范杰说。

"他家里还有其他药没？"我问范杰，按道理，如果真是韩品木得了什么病需要用到奥施康定，家里应该还有其他药品。毕竟这药只能止痛，治不了别的。

"没有，怪就怪在这里，我还专门找了，他家柜子里只有这一种药。"范杰说。

"这药除了癌症止痛还有别的功效吗？"我问。

"你要这样想，那这事儿可严重了。"范杰说。奥施康定属于阿片类药剂，有上瘾效果，成瘾后的状况跟吸毒差不多，难不成韩品木搞这药是为了这个？但把这药当毒品用一点都不"刺激"，还有蛮大的副作用。

"真毒品不好搞，弄不好还会把自己送进去，所以玩这个？"一位同事插嘴问。范杰摇摇头，说这东西是处方药，医院管控得很严，不比真毒品好搞。关键是最近几年没听说市面上有谁在倒卖，即便真有心思和路子从医院拿违禁药品出来卖，也肯定首选杜冷丁和吗啡，基本不会搞这个。

"这药你在他家发现多少？"我问范杰。

"不多，七八盒吧，我就是随口一问，跟案子没啥关系。当然，如果你觉得有疑点也可以找合适的机会问问韩品木。"范杰说。

我点点头，但身份已经曝光，也不知道自己还有没有"合适"的机会再去问他。

"那个胡小飞的案子，你那儿有结果没？"想起这茬，我问范杰。

"胡小飞可能真是自杀的。"范杰说，因为他查到了胡小飞在省城精神卫生中心的就诊记录。

"PTSD，有接近 8 年的就诊记录，最近一次是 2009 年 5 月。另外还有他的购药记录，能查到的最后一次是 2010 年 7 月。"范杰说。

"创伤后应激障碍？他以前受过什么创伤？"我问范杰。范杰说这个没查到，虽然他找到了胡小飞当年的主治医师，但因为时隔长久，医生也早已不记得这个病人了。

"大概是因为当年的'2·15'专案吧。"范杰说。

但这里面有个说不通的地方，"2·15"专案里胡小飞是施暴者而非受害人，他怎么可能因此出现创伤后应激障碍？难道他强奸杀人反而给自己造成了心理障碍？简直是个笑话。

"我找相关专业的人问过，这种情况不是没有可能。他们给我举了一个例子，说战争后一些曾参与施暴的士兵同样会罹患这种病症，说明创伤应激并不仅限于受害者。"范杰说，而且他重新找兴顺汽修厂的汪德海做了一次笔录，让他详细回忆胡小飞出事前的日常状态，然后又把这些信息发给精神病院的医生，医生判断胡小飞当时的精神状态已经极差，属于重度抑郁。

"赵支队让我从南屏街转盘的监控着手，调查案发当晚途经兴顺汽修厂的人员和车辆，我查了，没有任何线索。胡小飞服用的三唑仑，我查到了来源，是他自己从网上买的，寄件人把药物伪装后放在茶叶盒里邮寄，我们查到了快递底单，收货人是胡小飞本人。另外从距现场十几米远的马路边找到了那盒被丢弃的茶叶，从中验出了三唑仑成分。"范杰说。

至于胡小飞体内的三唑仑，它的起效时间在 10 分钟左右。范杰步行测算过，从小四川饭店走回胡小飞租住的兴顺汽修厂仓库至少需要 20 分钟。按照法医尸检后核定的药物剂量，如果胡小飞在吃饭时被一同用餐的白衣男子下药，则会晕倒在路上，根本走不回汽修厂住处。但案发当天中午，汪德海亲眼看见胡小飞走回了汽修厂大院，也就可以从侧面证明，胡小飞是自己在家时服用的那些药物。

以上证据可以表明，胡小飞有极强的自杀倾向。

我不太同意范杰的观点，说当时在现场也是你说的，胡小飞尸体足部勾起，明显是死后被人挂在房梁上的，怎么现在又突然变成自杀了？如果是自杀，你最初提出的那个他杀的推测又怎么解释？

范杰说这事儿就有点意思了，胡小飞恐怕是被"杀死了两次"。

"胡小飞的尸体吊在房梁上，做出上吊自杀的样子，但足部勾起说明他是死后被人挂上去的。这是现场表明胡小飞死于他杀的第一证据。"范杰说，但问题是，法医在对胡小飞遗体进行解剖后发现，胡小飞真正的死因是三唑仑过量服用导致的药物中毒。

"那他的甲状软骨和舌骨骨折是怎么回事？难道是他自己掐的？"我仍表示不解，因为看过胡小飞的尸检报告，此两处骨折同样是判断胡小飞死于他杀的重要依据。

"对，他的确出现了这两处骨折，但尸检报告你可能没看完，后面还写着死者未出现脑部充血、结膜瘀血、颈部肌肉和淋巴结充血这几个症状。甲状软骨和舌骨骨折只是可能的致死原因，但真正因此死亡的人必然会出现前面我说的那几种状态。"范杰说。

"凶手这不是吃饱了撑的吗？"我说。

"对，这种情况我是第一次遇到，不知道为什么会出现这种情况……"范杰说。

"那天中午跟胡小飞一起吃饭的男人找到没？"我接着问范杰。

"找到了，排除了嫌疑。"

"为什么？"

"他是一名快递员，那天应胡小飞要求去找他取快递。"

范杰找到快递员许某很大程度上归功于运气。许某去小四川饭店吃饭那天没有像惯常一样身着快递公司工作服，导致范杰前三次上门询问时饭店老板都没能认出许某来。范杰第四次上门几乎已经不抱希望，却正赶上许某抱着快递来送货。许某是个好奇心很强的人，见范杰拿着手机使劲在店老板面前比画，便凑上前看"警官在做什么"，然后又指着屏幕里的白衣男子说是自己。

这真是踏破铁鞋无觅处，得来全不费工夫。范杰捧着许某的脑袋看了很久，确定许某不是跟自己开玩笑后，激动得差点要亲他一口。范杰问起许某与胡小飞的关系，以及6月8日当天中午为什么跟胡小飞一同在小四川饭店吃饭。许某很老实，马上把整个事情的经过告诉了范杰。

许某是南屏街区域的快递员，兴顺汽修厂区域在他的收送件范围内。由于汽修厂附近人员稀少，除胡小飞外很少有快件需要收送，所以时间久了，许某记住了胡小飞。2012年6月8日上午，许某接到胡小飞电话，说是要寄东西。

那天许某的电动三轮车刚好坏了，走着去兴顺汽修厂有些远，便提出想第二天等电动车修好了再去取件。但胡小飞不同意，要求必须今天，请许某帮帮忙。许某想了想，附近似乎就他一个快递员，看在胡小飞是老客户的面上便同意了。胡小飞也退了一步，说不用来兴顺汽修厂，两人在位置居中的小四川饭店见面就行。

中午 12 点左右，许某在小四川饭店见到胡小飞。他取了件、开了票便准备离开，胡小飞却提出要请许某吃顿饭。许某本来想拒绝，但胡小飞说大家认识一两年了，也算朋友，反正到饭点了，许某回去也得吃饭，不如一起吃吧。许某觉得是这个理，也想占胡小飞便宜，于是答应了。

但那顿饭吃得许某云里雾里，他本以为两人就是随便吃点东西，没想到胡小飞点了火锅和很多配菜，还要了酒。其间说了很多许某听不懂的话，什么人生啊、命运啊、活着啊、死啊之类的，开始许某还应和几句，但后来越听越不对劲，渐渐竟有些怕了，他觉得胡小飞恐怕有什么毛病，因此赶紧吃完走了。

"胡小飞那天寄了什么东西？"听范杰说完，我问他。

"电脑。"范杰说。

"电脑？是他屋里丢了的那台吗？"我有些吃惊，难道电脑不是被杀害胡小飞的凶手拿走了？

"对，他把电脑寄去了北京，收货人叫陈平。"范杰说。但快递收件人可以用假名，这个"陈平"就是假名，他们派人核实过，没有陈平这个人。

2

负责调查赵干哲案子的 A 市刑警也发现了一则线索——技侦部门通过基站定位整合了一批案发时间段内机主出现在赵干哲附近的手机号码，并在分析过程中发现了一个可疑号码。之所以可疑，是因为这个号码曾在宋来福被杀案中出现过——也就是那个仅与宋来福有两次通话记录的手机号。技术侦查的数据显示，赵支队在遇害前同样与这个号码有过通话，同时在他遇害时这个号码的机主就在他附近活动。

这个线索很重要，虽然警方无法立刻确定手机号码的主人，但至少说明了一个问题——赵干哲的遇害不是孤立事件，这样一来警方就可以把两起案件进行串并案处理。

新的专班成立了，这次是省公安厅牵头，A市刑警大队和油城刑警共同组建。我一直在等王正操打电话叫我进联合专班，但他一直没有打给我。过了几天我去局机关办事，顺带去王正操那里探探情况。王正操看出了我的来意，却跟我说"还是以河西派出所的工作为主吧"。

这是委婉的拒绝。我能理解他的想法，毕竟这次遇害的是赵干哲，警方的破案压力可想而知，联合专班里两地警方派出的都是精干刑警，我一个刚上班两年多的片警，在本单位由领导带着玩玩还行，去承担这种工作着实有些叫人放心不下。相比于赵干哲的潇洒和另类，王正操完全是另一个类型的警察，他的一切决定以可行性与必要性为依据，因此让我回归本职工作，也是他的必然选择。

"你也不要多想，纯粹是因为这次担子重时间紧，专班需要成熟刑警，没法给你时间边学边做。不过你放心，你正儿八经是赵支队的关门弟子，之后局里肯定会重点培养……"王正操可能是觉得我会不开心，跟我说了很多表扬和鼓励的话。不知为何，"关门弟子"这四个字让我的心像被什么扎了一下，瞬间痛得要窒息。

赵干哲曾不止一次说过自己"啥都比王正操强，但就是不如他会带徒弟"。王正操当了大半辈子刑警，没破多少有影响力的案子，也没上过几次报纸新闻，却手把手地将徒弟程虎从一个学绘画的大学生带成了全省百佳优秀刑警又进了省级人才库，这事儿一直是王正操反击赵干哲的武器，也是赵干哲心里的一大遗憾。赵干哲吃烤鱼时也跟我讲过"关门弟子"的话，虽不是在正式场合，但我能感受到他说这话时是一本正经的。

"王正操教出了程虎，刘广文带出了范杰，徐延生培养了刘奇志，杨向前成就了文昭，只有我，命不好，多少年了遇不到一个好苗子，这一身本事怕是要失传喽……"

当时我还跟他开玩笑，说'赵局'您那都是压棺材板的独门秘籍，可能传女不传男。您要不明年招个小姑娘进来跟您学，只要嫂子不反对。当时赵干哲气得把一块滚烫的鱼豆腐直接怼到了我嘴里，说你个小王八犊子，有这样跟领导开玩笑的吗？

我回到河西派出所的第 5 天，此前一直在悦江苑酒店"维权"的宋来福家属撤了。

确切地说是被公安机关清场了。那天，河西派出所治安副所长马忠和所里另外两位主官一起，在分局治安大队的增援下将"盘踞"在悦江苑酒店内的十几名宋来福家属带离，随后这群人被分别送往附近三个派出所接受问询。结果发现，其中大部分人与宋来福并无亲缘关系，是被宋来福妻子和弟媳喊来"帮忙"的同村闲散人员。

"50 天啊，整整跟我这儿耗了 50 天！"张成国在我面前左手出包袱，右手出拳头，比出一个数字 50。他说这 50 天里自己只回过三次家，警察再不来清场，老婆都要跟自己离婚了。

"小吴要跟你离婚可不是因为这个。"马忠听他又把话往派出所头上引，便在一旁揶揄他。我从韩品木、赵干哲那里听说了张成国和李正斌的传闻，明白马忠指的是啥。

此刻马忠这话说得有点粗鲁，即便是张成国，听了之后脸上也瞬间变色。但他又不想跟马忠撕破脸，毕竟马忠作为河西所的治安副所长，日常管的就是他的事。张成国看了我一眼，满眼委屈。我这会儿也不好说什么，只能装作有信息进来掏出了手机。再抬起头时，只看到了张成国离去的背影。

"这家伙不是啥好东西，平时防着他点。"看张成国走了，马忠递给我一支烟。

"你别看他平时当面唯唯诺诺，背后坏点子多的是。"张成国的离开似乎并不能让马忠就此放过他。

我知道马忠与张成国的关系一直不好，虽然平时表面称兄道弟，但其实背地里两人几乎水火不容。马忠说张成国"嘴欠""蔫坏""不是男人"，张成国则说马忠"虚伪""刻薄""自视清高"。

"50天怎么了？老子不也跟他在这儿蹲了50天？别以为我不知道，这50天里至少有30天是他自找的！"马忠骂道。我很纳闷，咋就是张成国"自找的"？马忠说前段时间有人在网上炒作宋来福家属在悦江苑酒店"维权"一事，矛头指向警方和酒店，话说得很过分。网监那边的人查了一番，发现造谣者竟然是悦江苑酒店的员工。再往后查，又发现张成国这家伙也不老实。

"这货可能跟宋来福家属有些瓜葛，有传言说家属跟酒店老板要的那100万'补偿'里也有他的一份。这事儿眼下就是没坐实，不然饶不了这狗娘养的。"马忠恨恨地说。

我吃了一惊，但随即想到之前张贵讲的，张成国默许宋来福利用停车场敲诈出租车司机，感觉这事儿倒也符合他的操性。

"他倒也是生财有道哈。"我说。

我对警方此时突然的清场也很不解，按道理宋来福家属来悦江苑酒店"维权"这事儿从一开始就是敲诈勒索的性质，既然这样为何要等到现在才下命令，早点动手会省去很多不必要的麻烦。

"你以为所里一早没想过吗？杨胖子在他们来'维权'的第二天就跟上面打报告要抓人，都让范杰带着案件队准备好以'寻衅滋事罪'搞那几个带头的了。但上面不同意，一直让所里'柔性处理'，这不才拖到现在。"马忠说。

"那现在为啥又突然同意了？"我还是不太明白。

"还能为啥？赵支队出事儿了呗！这次是王正操下的命令。"马忠说。他的言外之意是之前那个"柔性处理"的命令是赵干哲下的？我问马忠，他说对，是赵支队。

"按说这事儿是归分局治安大队管，所里报给他们，因为涉及人员比较多，他们又报到了市局治安支队。支队原本是同意马上清场的，但因为涉及刑侦的案子，所以给赵支队做了汇报。本以为只是程序上的事情，但不承想被赵支队否决了，说是那会儿清场容易'激化矛盾'。"马忠说。后来河西派出所和分局治安大队又给赵支队汇报过几次，希望早点清场结束这场闹剧。结果都一样，赵支队还是要求"柔性处理，别把矛盾引到公安机关头上"。

"你前段时间不是一直跟赵支队在一起，他这么做是不是有什么别的打算？"马忠转头问我。我说没有吧，至少赵支队一直没跟我提过这事儿。

"不知道领导是咋想的……"马忠说完，被同事叫走了。

马忠走后，我更奇怪了。赵干哲平时虽然大大咧咧爱开玩笑，但工作上还是非常谨慎和靠谱的。身为公安局高层，他肯定明白悦江苑酒店作为市里的重点接待单位，群体性事件造成的社会影响会远大于对公安机关本身的影响。照理除非有不可抗力或直接关乎案情的重要因素，否则他没有必要下达这样的命令。

但又会有啥不可抗力和关乎案情的重要因素呢？一群宋来福老家的亲属，即便其中大部分是宋来福老婆跟弟媳请来的职业闹事者，他们又能对宋来福的案件本身有什么影响呢？

看来这些问题的答案大概只有赵干哲本人知道了。

"维权"的事情结束后，悦江苑酒店给张成国放了三天假，并额外发了5000元奖金，算是对他之前连续坚守工作岗位长达一个半月之久的补偿和奖励。2012年7月6日下午，张成国给我打电话问晚上有没有安排，他想请我吃顿饭表示"感谢"。我说老张你这"感谢"的理由很牵强，这次"维稳"我一共就去了现场三次，所领导要批评我，你却要感谢我，我觉得你是在说反话打我的脸。

电话那端的张成国赶紧解释说我想多了，他确实是要感谢我，不仅仅是因为这次酒店"维稳"。他之前说过好多次要请我吃饭却一直没抽出时间，感觉很不好意思。我想想也对，单是他明确承诺过的该请我吃饭的次数就早不下两位数了，马忠以前总说张成国这是对我"放屁约屎壳郎"，这次他终于良心发现，我好歹得把握住机会。

不料电话最后张成国却有些犹豫地问我："马所今晚值不值班，不值班的话方不方便把他也约上？"我当下明白了张成国的用意。看来他请我吃饭是假，想通过我约马忠才是真。我心里暗骂他不会做人，做事也不讲规矩，这种事情起码得先兑现了跟我的承诺再提吧。我本想拒绝，但转念一想又觉得没必要跟他一般见识，算了算所里的排班表，马忠当晚应该不值班，因此索性心一横，作陪就作陪，答应了张成国。

"我只负责帮你约他，他来不来我可给你保证不了。"最后我说。张成国立马在电话里千恩万谢。我给马忠打去电话说了张成国的事情，马忠的回答模棱两可，既没说去也没说不去，只说晚上到了饭点他会跟张成国联系。

当天下午4点多，张成国给我发来了晚饭的地点——金阁酒店。金阁酒店是油城规格跟悦江苑酒店差不多的高档酒店，张成国这次看来是真打算出点血了。我把信息转发给马忠，他只回了我一句"收到"。

6点半，我到了金阁酒店，在大门口见到张成国，他一身正装，身上又喷了香水。我开玩笑说张总你也注意点，穿成这样站在人家酒店门口，不知道的还以为你跑这儿来做兼职，万一被你单位老板路过看见了，小心扣你奖金。张成国一边打着哈哈说不会不会，一边问我怎么没跟马所一起过来。

"马所没到吗？哟，要不我也走呗？"我有心揶揄张成国两句，转身做出要走的架势。张成国急忙上前拉住我，一边往酒店里送一边解释说自己"不是那个意思"。

"马所说等会儿他会联系你，你等他电话吧。"我告诉张成国。

大概7点钟左右时，手机响了。我以为是马忠到了，但拿出手机却发现是韩品木的信息，他竟然约我晚上去奔腾网吧打游戏。我不知道他现在找我是个什么心态，原以为上次在他家亮明身份后，我俩的"友谊"也就此终结了。想了想，我回了一句"今晚有事，不太方便"后就把手机揣回了兜里。这一幕被张成国看到了，他可能在焦急地等马忠到场，因此问我："是马所的信息吗？他到了没？"

我只能略带抱歉地摆摆手，说不是马所，他可能还没忙完。

当晚张成国还约了三位朋友，都是油田一些单位的领导，点的那一桌子菜和两瓶五粮液应该花销不菲。可惜那晚，他最终也没能等来马忠，只在晚上8点半左右时接到了马忠的电话。不知马忠在电话里说了什么，张成国脸色很难看，但他当着我的面没有发作，只是挂断电话后便端起面前盛满白酒的酒筛一饮而尽。

"其实我今晚想请马所吃饭也没别的目的，一来想表示感谢，悦江苑酒店'维稳'时他劳心费力，连女儿治病都耽搁了；二来我们之间可能有些误会，想通过几位朋友说和一下，毕竟工作上得时常联系，带着误会总归不好……"张成国向我解释道。他带来的朋友也随声附和，说了一些场面上的话。

这种场合下我也很尴尬，又不方便打听他跟马所间具体有什么"误会"。当下只好替马忠解释说前段时间他一直在悦江苑酒店忙着"维稳"，所里的工作落下了太多。这段时间他一直忙着"补窟窿"，所以今晚失约了。张成国刚刚那杯酒喝得有些快，可能上了头，接过我的话头大概想埋怨马忠几句，但被身旁朋友及时制止了。

之后几人继续吃饭，饭桌上气氛很沉闷，其间张成国又喝了不少酒。9点半左右饭吃得差不多了，大家起身准备离开。临出门时张成国递给我一个手提袋，说是自己的一点心意，拜托我转交给马所。

我急忙替马忠推脱说他不是这样的人，再说这事儿现在也违反组织纪律，你这是在为难我。张成国说是妻子老家的特产而已，不是什么贵重物品，不涉及组织纪律。眼看推脱不掉，我只好退了一步，说这样吧，我帮你给他，但如果他不收的话我再给你送回悦江苑酒店去。

张成国说咱也不是外人，马所不收的话你就自己留着，不用送回来。我开玩笑说别这样，敢情在你眼里领导都不敢做的事儿我敢做？到时我还是给你送回来吧。听我把话说到这里，张成国只好模棱两可地答应了。

那晚不知是不是心情郁闷，张成国喝了不少酒，站在金阁酒店门口时双腿就有点不听使唤。送走他的三位朋友后我帮他打了一辆车，但张成国不坐，含含混混地说自己有点闷，想走路回去。

好在他家离金阁酒店不算太远，看他醉成这副样子我有些担心，正好他家跟我顺路，于是我决定陪他一起步行，先把他送回家去。

张成国家住在油城西南的荣芳花园，那里是长川油田的一块飞地，小区四周都是油田地界，唯有小区所属的那块地归 A 市管理。荣芳花园与油田治下小区最明显的区别有两个，一是不像油田小区冬天集中供暖，所以在居民楼外墙上看不到包着黄色保温层的输暖管道；二是居民有事报警求助时出警的是 A 市 110 巡警，平时小区里有什么案子，也都归 A 市公安机关管辖。

"老张，当初怎么没在油田买房呢？你这冬天取暖还得另外花不少钱吧？"路上，我和张成国聊天。印象中他来悦江苑酒店工作之前也在油田单位上班，好像属于上世纪末最后一批"协解"的油田职工，按说应该分到过油田的福利房。

"唉，我哪有资格分油田的房子？是在钻井公司上过班，但是合同工，那时候只有全民所有制职工才有资格分房，哪轮得到我们。"张成国说。

"那嫂子呢？"我又问他。其实心里想说当年高书记把摊子甩给你，没想着做好善后工作吗？但话到嘴边又咽了回去。张成国也蛮可怜的，我没必要揭他的伤疤。

"嗒，你嫂子还不如我，她当时只是个家属工，哪有房子可分？"张成国叹了口气。

长川油田职工的组织架构明显具有计划经济时代的特点，同样身着橘红色工装的油田职工背后可能有三重不同身份，而这三重身份曾在油城这片土地上代表着三种不同的权利。全民所有制职工又称"正式工"，他们是油城名正言顺的建设者和主人，享有企业赋予职工的全部权利，福利分房、公费医疗、子女免费教育等等。

"正式工"之外的"非正式工"有两类，一是通过油田下属单位社会招工进来的"合同工"，二是以职工家属为主体的"家属工"。合同工领工资但不享受油田福利，家属工分享自家家属作为全民所有制职工的福利。像张成国家这样的情况最为悲催——自己本身只是合同工，妻子沾岳父母的光进入油田干家属工。油田给的福利房岳父母给了大舅哥，他和妻子只能选择购买地方建设的商品房。

"马忠有什么了不起的？我和他同年参加工作，他去消防队我去钻井公司，就因为他是'正式'，后来从消防队调去了公安处，我是'合同'，油田'轻装简行'时下了岗……现在耀武扬威的，好像高人一等似的，要没这重身份差，谁比谁混得好还他妈的说不定呢！"醉酒后的张成国终于没管住嘴，还是在我面前声讨起了马忠。我估计他第二天酒醒了还得给我打电话，解释自己昨晚说的都是醉话，可千万别跟马所说。

从金阁酒店到荣芳花园步行需要走自强路，穿过第二附属医院南侧围墙。那段路白天比较繁忙，因为有四个油田通勤车停靠点，人们上下班都需要在这里等车。但一到晚上这段路就荒凉得不行，因为第二附属医院南侧围墙内便是医院太平间，围墙也只是低腰栅栏墙，路过的行人只要歪一下脑袋便可以看见太平间那两栋红色砖房。或许是出于害怕，或许是出于忌讳，除了家住荣芳花园的居民外，其他人晚上很少出现在这段路上。

做警察的人百无禁忌，张成国喝了酒也想不起这茬。于是我们一直贴着医院南围墙，沿自强路往荣芳花园走，路上张成国絮絮叨叨全是醉话。我开始还附和两句，后来有点腻了，便不再说话，由着他一个人说。

走着走着，我发觉到一丝异样。那时我和张成国刚好走到第二医院的低腰栅栏墙附近，他还在嘟囔着什么。我想赶紧送他到家，步速稍快，因此走在了前面。他酒后走路摇晃，我还得不时回头扶他一把。就在一次回头时，我突然看到身旁栅栏墙的医院一侧似乎有个人影一闪而过。

我起初以为是自己眼花了，因为栅栏墙的医院一侧不远处便是太平间所在的砖房，栅栏与砖房之间原是一片草皮，后来因为无人打理长成了半米高的乱草。那里白天都没人，更何况晚上。定睛细看，那个人影又不见了。

我拉了张成国一把，让他走快点，但此时张成国的酒劲似乎上来了。他不但没走快，反而一屁股坐在了地上，摆摆手说自己走不动了，想吐酒，让我先走吧。我使劲把他拉起来，说离你家没多远了，还是回家休息吧。他在我的拉扯下站了起来，一步三晃地继续跟我走。

"哎……真不行了……呕……"走了没多远，张成国突然弯下了腰，刚说了半句话便一口吐在了路上。我赶紧回头去看，突然又看到了远处栅栏墙内侧的那个人影。他这次不再是一闪而过，而是猛地伏倒在草丛里。

这次肯定不是眼花，但紧接着一股恐惧便浮上心头。现在是晚上 10 点左右，出现人影的地点又是医院太平间附近，纵使我是个坚定的唯物主义者，此时也禁不住浮想联翩。

第二附属医院在我的管片内，之前发生过夜间住院部患者财物被盗的案件，于公于私，我都得过去查看清楚。眼看身旁的张成国吐完之后又是一屁股坐在旁边说要休息，我索性不再管他，随手在地上捡了根粗树枝便翻进了医院栅栏。

战胜恐惧的最好方式就是直面恐惧。

刚刚伏在地上的人影距离张成国呕吐的地点大概五六十米。我拎着粗树枝一边向前走，一边借着微弱的月光仔细观察远处的草丛。但就在走了大概一半的时候，伏在地上的人影突然跃起，扭头便往反方向跑，他的举动吓了我一大跳，反应过来时他已经跑出十几米远。我大喝一声"警察，站住"，但对方没有停住脚步，我也撒开腿去追。

那人个子很高，腿长，跑得也快。从背后隐约可以看到，他穿了一身深色短装，头戴一顶深色帽子。他起初溜着栅栏墙边跑，我以为他是想找合适位置翻出墙去，但即将跑到栅栏墙尽头时，他却突然往左转向医院内部，我于是顾不得栅栏墙外的张成国，跟着追了过去。

太平间的砖房在医院最北侧，向南依次是苗圃、住院部、行政楼、急诊大楼和儿科大院。太平间附近是全黑的，没有路灯；苗圃是医院内部单位，此时早已下班，也没有灯光。我用尽全力但始终和那人保持着几十米的距离，实在是追不上。但我并不是很担心，因为按照他的奔跑方向，他迟早会出现在住院部区域。只要他进入住院部就一定跑不脱，因为那里不但有路灯，还有视频监控和医院保安。

　　我一边追赶一边掏出手机打给二医院保卫科，让他们赶紧组织人手去住院部堵截，因为奔跑时呼吸和风的缘故，我喊了好几遍，对方才明白我要干啥。或许我喊话的声音太大同样被前面的人影听到，穿过苗圃即将进入住院部时，他突然又拐向了右边。

　　我心中暗自叫苦，苗圃右边是二医院的老家属区。因为距离太平间太近，老家属区一直被家属们诟病，前几年二医院在正门马路对面盖了新家属区，之后老家属区便没多少住户了，此刻同样漆黑一片。好在老家属区只有一个口用于出入，人一旦进去想出来就只能原路返回。眼见人影进了老家属区与院区连通的小铁门，我又打电话通知保卫科，派人过来把入口堵住。

　　医院保卫科长李富春带着四名保安来到老家属区门口时，我正蹲在地上干呕。晚饭虽然没喝酒但着实吃了不少东西，刚才一阵狂奔，这会儿岔了气。李富春简单问了几句那个人影的身高体型和穿着打扮，便让两名保安守住门口，自己带另外两人进了院子。

　　"放心吧，只要进来了就跑不掉，等会儿还有三个人赶过来，到了让他们直接进院子找我。"李富春朝两名守门保安交代道。我也打给所里，让值班的同事过来一趟。

　　李富春与随后赶来的一干人等在二医院老家属区里搜索了半个多小时，但回到门口时李富春手里只拎了一顶黑色棒球帽。

　　"李警官，是这顶帽子吗？"李富春问我。我看到帽子便明白了，看来人是没有抓住。

"已经把家属区都找遍了，只找到这顶帽子，看来人要么翻墙跑了，要么本就是住在小区里的。放心吧，明天白天我派人查一下住户信息，肯定能把人找出来。"李富春信心满满地分析道。我觉得他说得有道理，但人八成是跑了，因为今晚"现行"都没能抓住，明天还能找到的可能性不大。

同事也过来找我问情况。我简单讲了几句，突然想起醉酒的张成国还在马路边蹲着，赶紧回去找。同事开了警车，问要不要送我过去。我想这样也好，省得我再去翻栅栏墙，便坐了上去。

警车从二医院正门出来，需要兜一个大圈才能开到自强路。我在车上跟同事解释刚才的事情，还嘱咐他回去报送一条情报信息，就写第二医院北栅栏墙夜间存在安全隐患，需要安装监控或派专人值守。同事开玩笑说太平间那红砖房的震慑力不亚于保安，守这地方死人比活人管用。我说这话不好说，真遇到敢翻墙的，活人还能吆喝一声，死人你能指望吗？

两人聊着天，车子不知不觉开过了第二医院的栅栏墙，我急忙喊同事停车转回去，但同事说刚才他看了一路，没看到路边有人啊。我说这怎么可能，你赶紧开回去。同事无奈掉了个头，又带我回去转了一圈。

但奇怪的是，车子一直开到荣芳花园也没在路边看到张成国。我有些不安，让同事停车，我下去找找，看张成国是不是醉倒睡在路边了。同事也不太放心，把车停在路边跟我一起往回找。就这样两人第三次走到第二医院栅栏墙附近，依旧没有张成国的影子。

"自己走回去了吧。"同事说。不是没有可能，刚刚为了追那个人影加上等保卫科，我前后花了将近一个小时，说不好这段时间里张成国已经自己走回去了。我还是不放心，拿出手机给张成国打过去想问问情况，然而电话拨出后，同事却拉了拉我。

"李成，你听。"

我把自己的手机从耳边移开，隐约听到远处有陌生的手机铃声。

"咦？"

我赶紧往铃声传来的方向跑，同事跟在我身后。不多久跑到近前，看到张成国的手机正躺在地上发出欢快的声音，他之前吐的那摊污物就在旁边，依旧散发着刺鼻的臭味。但我环顾四周，却没看到张成国的影子。

"看来真是醉得不轻，手机掉了都不知道。"我捡起手机感慨了一句。

"李成，你过来看看！"同事开着手电，站在后方不远的地方喊我。

"咋了？他还掉啥了？"我一边问一边走到同事跟前。

同事的手电光照射下，我在路边看到了一摊血迹和一只男式皮鞋。

张成国的妻子吴霞到河西派出所前，我还抱着一丝幻想，因为依稀记得今晚张成国好像穿了一双黑色皮鞋，傍晚在金阁酒店门口我还说他出来吃饭穿着工装，小心被单位领导误会，而现场那只男式皮鞋是棕色的。但吴霞一进门便认出了那只鞋，劳动节时惠民商场搞"五一特购"，她和闺密各花 180 元买了两双一样的。

之后她叫来了闺密，果然拎着一双一模一样的皮鞋。

我的幻想破灭了。

吴霞拉着我的胳膊，带着哭腔问我她老公去哪儿了、怎么了，不是说好晚上一起吃饭吗？张成国临走时好好的，怎么现在人没回家，一只皮鞋却在警察手里？

"张成国他人呢?!"

面对吴霞焦急的面孔，我鼓了半天勇气也没能把皮鞋旁边还有一摊血的事情讲给她。最后还是同事帮我解了围，他把吴霞叫到办公室安慰了半天，最后交代她回家找点张成国的毛发之类的东西，或是通知孩子或张成国那边的亲戚过来一趟，我们查个DNA，最后确定一下身份。

吴霞哭着走了，我一直站在派出所二楼会议室窗边，目送她坐上一辆出租车离开。过了一会儿，同事从一楼办公室上来，告诉我他跟吴霞说了，验 DNA 的事情不急，她可以先在家等等，看张成国会不会明天突然回家。我知道这只是同事安慰吴霞的说法，但眼下自己何尝不也盼着今晚张成国只是醉酒后跑去外面玩，哪怕是鬼混去了也好。

之后现场勘查的同事传回了消息，让这种猜测的可能性几乎降到了零点——他们在我最初发现那个可疑人影隐藏的草丛里，发现了一把刀，一把印着"张小泉"字样的厨刀，推测是那个人逃跑时情急之下遗落的。技术人员拿走了刀具，看能不能在上面找到有用的线索。

坏了，我猛然意识到，自己恐怕中了对方调虎离山的计策。

那个栅栏墙里的人影或许是故意让我看到并追赶的，等我走后他的同伙再过来对付张成国。

但问题是歹徒为什么要对付张成国？他只是一家酒店的保安经理，活得精明但窝囊，他招谁惹谁了？即便确如马忠抨击的那样"嘴欠""蔫坏""明里一套暗里一套"，这些也无非是一个普通人为了让自己和家人过得好些而耍的小手段，至于招人恨到杀死他的地步吗？

"会不会是之前那帮去酒店'维权'的人干的？宋来福的家属在悦江苑酒店搞了一个半月，光是请人的'车马费'也得花不少钱。听说最后因为公安机关介入，家属那边没拿到一分'补偿'，这笔'车马费'恐怕就够呛能凑出来，宋来福家属或者那帮闹事的不敢对警察怎么样，但指不定会把矛头指向张成国……"有同事提醒我。

我觉得有一定可能，但也有逻辑上说不过去的地方。最重要的一点在于，如果是宋来福的家属寻仇，捅张成国两刀甚至杀了他都有可能，但不该把他本人也带走啊。张成国咋会活不见人死不见尸呢？

4

2012年7月8日，张成国失联后的第二天，吴霞将在家中找到的几根丈夫身上的毛发交到了公安局法医中心。稳妥起见，法医中心建议吴霞将两人的儿子带来同时采集一份DNA样本，但吴霞没答应，说儿子正在读高中，不想他因父亲的事情分心，因此最终吴霞从张成国的老家河南信阳叫来了大伯。

经DNA检验，自强路上的那摊血迹的确属于张成国。警方随即按照人口失踪开始立案侦查，同一时间，我也接到了公安局督察支队的停职通知，要求我近段时间放下手中工作，随时等待接受公安局纪委和警务督察支队的问询。

我真后悔去吃了张成国这顿饭，就该让他一直欠着。现在可好，一顿饭工夫，我从警察变成了警察的"工作对象"。

最初我没有意识到问题的严重性，觉得无非是回答一下纪委和督察支队同事的例行问话而已，没什么大不了的。张成国失联时我去追那个人影了，并不在现场。甚至当王正操的徒弟程虎和另一名民警坐到我面前时，我依旧抱着这样的想法。

"李成，你身为公安机关现职人民警察，应该学习过相关纪律法规，希望你能如实回答一些问题。作为同事，我们不希望看到你犯错误，也会尽全力在纪律允许范围内帮助你，希望你能放平心态，配合我们的工作。"程虎说这话时非常严肃，一瞬间，我感觉现场的气氛变得诡异起来。

我之前没怎么跟程虎打过交道，但即便如此我觉得他也不该用这种方式对我问话。毕竟彼此都是警察，我只不过是来说明一些情况。我心里不快，但还是点点头，说好的虎哥，你问吧，我知道什么跟你说什么。

"你把昨晚发现那名黑衣人，以及追捕他的经过详细叙述一遍。"程虎说。

这个问题我已经重复过至少五次了。第一次讲给第二医院保卫科科长李富春，第二次讲给当晚接到电话去现场的派出所同事，第三次讲给河西派出所值班所长杨胖子，第四次讲给督察支队政委杨向前，第五次讲给纪委书记徐延生。前三次是口头讲述，后两次都是以笔录形式呈现的。

现在程虎再问我，就是第六次了，我说这问题能不能不再单独拿出来问了，同样的话我已经说过很多遍了。程虎却说不行，之前属于警方内部调查，而现在是刑侦支队的立案侦查。

"立案侦查？立了什么案？"我被惊了一下。立案侦查，也就意味着他们把我当成犯罪嫌疑人了！

"也不瞒你了，刑事案件。涉嫌故意伤害、抢劫。"程虎说。提到后面两个罪名时他犹豫了一下。

"什么？张成国这事儿你觉得是我干的？还抢劫？我抢了他什么?!"我一下从座位上站了起来。与此同时刚才跟程虎一同进屋的民警也站了起来，我注意到他的手放在了腰间。

"说实话，我们也不太相信你做了这事儿，所以在办公室问话，还请你配合一下，对我们彼此都好。"程虎说。

"你觉得我抢了张成国什么？"我看着程虎。

"我说的话，性质可就不一样了。"他也看着我。

"没事，你说就行。"

"张成国手里的纸袋子去哪儿了？"

我一下蒙了，是啊，我咋把这东西忘了呢？

那时我才知道，张成国让我转送马忠的袋子里放的压根不是什么"老家特产"，而是两副金手镯和两条博柏利围巾，总价值6万多块。

我说不可能，张成国说过，让我帮他把东西送给马忠，如果马忠不要，我就自己留着。如果是如此贵重的礼物，他怎么可能让我"自己留着"？程虎说张成国的老婆吴霞提供了购物小票，两副金手镯花了 5.2 万，两条围巾每条 4800，都是送给马忠妻子和女儿的，张成国出门时吴霞帮他打的包。我们调取了金阁酒店门口的监控，张成国和你离开酒店时，手提袋就在你的手里。

"他说让你送给马忠，马忠不要你就自己留着，说这话时有没有其他人在场，能不能给你做证？"程虎问我。我说怎么可能有人在场，你用脚丫子也能想到他说这话时肯定要避开其他人！

程虎摇了摇头，说这样的话这件事儿你肯定说不清了。

"你为什么不怀疑是袭击张成国的人一并把东西拿走了呢？"我问程虎，这是个明显的漏洞。

"袭击张成国的人？"他低声重复了一句，但语气很奇怪，似乎同时在思考些什么。

"你知道为什么反复让你回忆当晚追逐黑衣人的经过？"程虎接着问我。

"不知道。"我说。

"或许压根就没有你说的那个黑衣人。"程虎说。

"什么意思？"我问。

"保卫科长李富春调取了那晚整个第二医院的监控，没有看到黑衣人的影子。第二天上午，李富春又带人摸排了整个老家属区，也没有发现任何可疑人员。所有关于那个黑衣人的描述都源于你的自说自话，因为除你之外，再没有别人见过他。"他接着说。

"黑色棒球帽呢？李富春当晚带人进老家属区，出来时手里拎着一个棒球帽，那难道也是我放进去的？"我问程虎。

"只是一个帽子，能说明什么呢？当然，李富春当晚不但捡到了你说的那个帽子，而且还推测'黑衣人'有可能翻墙跑了，但这些都只是推测，我们在调查过程中也努力试图将这些推测转化为现实的证据，但都没有成功。"他说。

"你们没有成功是你们的事，但也不能最终怀疑到我头上啊？那边没有证据，我这边你就有证据了？"我有些急了，难道程虎这家伙就是靠这水平当上的全省百佳刑警？

"算了，你既懂法律也明白程序，我也不跟你兜圈子了，有样东西你看看，看完给我个解释吧。"说着，程虎从手提包里拿出了一个物证袋，里面装着一把厨刀。

"这刀你记得吧，就是在你说的那个黑衣人影'躲藏'的地方找到的，上面的指纹技术队那边检验出来了，是你的。"他说。

"我的指纹？"这又是一个直击灵魂的消息。

"对，是你的。"程虎说。

我一句话也说不出来，但大脑在飞速旋转，努力回忆这把刀是怎么回事。其实现场勘查的同事最初把这把刀的照片发给我时，我已经有种似曾相识的感觉。当时没往深里想，因为这种厨刀很普通，随便哪家商场超市的厨房用品专柜都能买到。但现在这把刀上怎么会有我的指纹？我在哪里摸过这把刀？

"即便前面那些问题我们都无条件相信你，但这把刀你又怎么解释？"程虎的话打断了我的思绪。

这把刀我解释不了，黑衣人警方也没有找到，除此之外的其他任何解释都是苍白而无力的。

"你说的张成国那个价值6万块的手提袋，确实不在我手里。我住在河西派出所二楼的备勤室，另外二医院正门旁边有个警务室，也算是我的'地盘'，从张成国失踪到今天一共三天时间，我基本都在派出所待着，你可以自己找，也可以派人找，只要能找到那些东西，我就认栽。"最后，我只能对程虎说这话了。

"照你说的，那天晚上张成国邀请你和马忠副所长吃饭，只有你去了，马忠没有去，而那个手提袋是张成国饭后要你转送马忠的，他为什么请你和马忠吃饭？又为什么让你转送那些东西给马忠？"可能见厨刀和黑衣人的事情问不出什么，程虎转头提起了这件事。

我说这事儿我也觉得奇怪，请吃饭可以理解，张成国酒桌上跟我说了两个原因，一是马所帮悦江苑酒店"维稳"一个半月很辛苦，二是他和马所之间有梁子，或者像他说的那样是"误会"，但两人之间具体有什么梁子什么误会这我不清楚。他让我帮他转交"心意"的时候，确实跟我说只是他老婆吴霞老家的特产，并没有跟我说过里面放了那么贵重的礼物。

"张成国最近有什么事求马忠吗？"程虎问。我摇头，说不知道。但照吴霞说的，他们应该是有啥事儿求马忠，而且那个事情还不小。

张成国当上保安经理后成为悦江苑酒店中层干部，月工资大概4000多块。妻子吴霞在长川油田某下属单位做文员，月收入大概2000多。夫妻二人接近7000块的月收入在油田算是条件不错的，但一下拿出6万多给一个派出所副所长送礼，着实有些奇怪。

"马所跟我说过一件事，大概是前段时间悦江苑酒店'维权'的事情中，保安经理张成国可能跟死者宋来福的家属之间有什么约定。当时马所说他手里就是暂时没有证据，不然要'收拾'张成国。会不会是因为这件事？"我说。

程虎想了想，并没有把这些话打进电脑笔录里，而是又从手提包里拿出个笔记本记了下来。

"这件事我们去找马忠核实。"他说，顿了顿，"如果张成国的事情确实不是你干的，那你回忆一下这把刀，想想在哪儿见过、摸过，上面为啥会有你的指纹？你入职时间也不短了，之前还跟赵支队查过案子，有些意识方面，得像个警察了。"他接着说。

程虎的问话中断，他去找马忠了。临走前让我待在纪委办公室别走，等他回来。他这一走就是三个多小时，等他回来时，我已经在办公室沙发上睡了一觉。

"先回你河西派出所吧，但这段时间不能离开油城，也不要接触任何工作上的人或事。"程虎说。他刚才去刑侦支队找了师父王正操，局机关纪委，督察支队，检察院派驻公安局的干部，河西派出所的所长、教导员和马忠、范杰两个副所长也都来了，一群人就我的事在刑侦支队开了会。

纪委、督察和检察院那边的意思是稳妥起见，先给我"办手续"，去拘留所或看守所找个单人房住进去，或者在公安局关禁闭也行，等事情查清楚了再说。王正操不同意，说张成国这事儿太蹊跷，民警本是去抓人的，现在反而把民警抓了，逻辑不通。他还说我之前一直跟着赵干哲查案子，赵干哲不会看走眼，他也不相信我会贪图张成国的几万块钱。两方争执不休，最后河西派出所的主官提出一个中间的建议——先把我领回河西派出所，他们负责看着。反正我上班后便一直在所里住，也不怕我跑掉。

两边考虑了一下这个方案，感觉可行，便同意了。

"早就跟你说过吧，防着他点，张成国这家伙不是啥好东西，你看，那话说了没过三天，你就这样了。"被"押送"回派出所路上，马忠在车上数落我。

我说马所那晚如果您也去吃饭就好了，那样晚上咱俩一块儿回来，我就不用陪着张成国回家，也就不会有后面的事情了。马忠说你想法挺好，拉我给你当垫背的是吧？如果那晚我去了，现在被"押"回派出所的就是咱俩。你去追人，我会就在旁边瞧着吗？

我说咱俩一起追也没关系，但张成国送您的手提袋就不用算在我头上了。马忠说那张成国的老婆吴霞问，她价值6万多的手提袋去哪儿了，咱俩怎么说？我说您告诉她丢了呀。马忠说你猜我真这么说纪委和检察院信不信，我说他们不信我给您做证。马忠说你自己连那把刀都解释不清楚，你给我做证别人会信？我想了想，觉得他这样说很有道理，但还是继续说，他们愿意怀疑就让他们怀疑去吧，咱俩身正不怕影子斜。

"呸！"马忠啐了一口，说照你的办法，老子整了半天鱼没吃上还惹一身腥，就为了跟你做个伴？我说您是领导，一向爱护下属嘛，这种事算什么。

车上人哈哈大笑，马忠对范杰说回到派出所之后把李成给我关到一楼男厕所去，这段时间他就生活在那里。

"马所，张成国为什么要送你那么贵重的东西？"所长杨胖子突然在车上提起了这件事。其实我一直想问马所这个问题，但现在这个场合并不方便提及。本打算回所之后找机会问他，但杨胖子或许有自己的考虑，还是现在就问了出来。

"嗯，当着领导面我也没啥好隐瞒的，刚才程虎私下问过我，我跟他说了，但为了让所里放心，我还是再汇报一遍吧。"马忠明白这是个敏感的事情，正好现在所长和教导员都在车上，他索性把话说明白。

张成国给马忠送礼的原因跟之前我猜的一样——有人向马忠举报张成国在宋来福家属于悦江苑酒店"维权"期间与他们有利益瓜葛。举报人称张成国和宋来福的家属们串通，不但把酒店老板李正斌的个人信息和家庭住址透漏给宋来福家属，还帮他们在网上找"水军"煽风点火。这些事儿不是义务劳动，宋来福家属同意"维权"成功的话，张成国至少能拿到酒店给宋来福家属补偿款中的20%。

"哎呀，这不'无间道'吗。"杨胖子听完，笑着说。"举报内容真的假的？"杨胖子继续问。

"我觉得泄露李正斌家庭住址这事儿有可能是张成国干的，毕竟整个酒店知道李正斌身份的人没几个，在现场的也只有张成国。况且外面不是有传言说……"马忠说到这儿停了下来，我们都知道外面的传言是啥，他可能当着领导面也不愿嚼舌根，毕竟李正斌在本地朋友不少。

"他老婆吴霞跟李正斌那事儿是真的？"范杰显然没有马忠考虑得周全，他听到这里，主动把马忠刹住的话续了下去。

"我说呢！"范杰又是一副恍然大悟的样子。

"你说啥？"马忠问他。

"前天法医中心的老张跟我说，他怀疑吴霞的儿子压根不是张成国的！"范杰神秘兮兮地说。

"为啥？"

"能为啥？那天张成国失踪之后我们不是让吴霞带儿子来采DNA嘛，她死活不同意，宁可从张成国的信阳老家把他哥找来也不让儿子来公安局。张成国他哥当时已经病得快没人形了，躺在车上拉来的。后来法医中心那边不知出了啥失误，要采第二次，吴霞还去通知张成国他哥，那次她嫂子跟她翻了脸，这样吴霞还是没让儿子来公安局！"

"你跟老张想哪儿去了？人家可能就是不想让儿子知道他爸出事儿了。"马忠白了范杰一眼。

"对对对，你说的都对，但你见过张成国的儿子吗？快两米的个头，长得哪点像他爸？"范杰明显不服气。

"举报张成国的人是谁你知道不？"杨胖子继续问马忠举报的事情。马忠说对方匿名举报的，写了封举报信。他当天翻了一下悦江苑酒店的员工档案，从那笔歪七扭八的字上看出个八九不离十来。第二天他去悦江苑酒店现场，往那儿一站便大体确定了举报人是哪位。

"保安小孙嘛，张成国的小跟班，见到我之后头都不敢抬，以前见面一口一个'忠哥'，那天恨不得见了我躲着走。"马忠说。

5

回到河西派出所后，所长杨胖子收走了我的警官证，又按照领导要求准备安排专人看着我。那天开所务会时没让我上会议桌，而是给了把小椅子让我坐在一边旁听。所务会开到最后，杨胖子说了我的事，问哪位同事最近有空看着我，大家面面相觑，最后刘广文举起了手，说他来看。

"我儿子的游戏账号还在李成手里，那账号我儿子花了好几万呢，要是被这家伙拿跑了，我可'掉得大'。"刘广文说完大家又是一阵哄笑。杨胖子点点头，问我有什么意见。我心里叫苦，因为这样一来我又成刘广文的买烟工具了，但嘴上只好说我能有啥意见，一群警察去抓犯人，那个犯人有权选择冲上来把他按住的警察吗？

杨胖子也乐了，说你的话不无道理，原本是打算让马忠或者范杰两位副所长中的一位来看着你，但现在范所在联合专班没空管你，安排给马所又担心他真让你搬去一楼卫生间。所以现在你也没的选，这段时间就是刘广文手里的"重点人口"了。

我转向刘广文，说文哥我可是每天都住派出所啊，你上班时能看着我，下班咋办？你也要像我一样住在所里吗？刘广文咂咂嘴，说这还真不好办，家里还有老婆孩子要照顾，你总不能跟我回家吧？那你真在我家跑了我还得担责任。

说完他转向范杰，问范所能不能把豆豆的"项链"借他用用。说完大家又是一阵哄笑，因为豆豆是范杰家养的宠物狗，"项链"是豆豆脖子上装有GPS定位的防丢项圈。

会议在范杰的连声答应下结束了，我的事情也这样定了下来——在刑侦支队的程虎彻底排除我的"作案嫌疑"前，我必须活在刘广文的眼皮子底下。

　　"唉，你也别紧张，我这回得正儿八经戒烟了。前两天局里组织体检，医生说我的'肺栓塞'不但没好，反而更严重了，你嫂子骂了我一顿，我也有点怕了。"离开会议室的路上，刘广文小声告诉我。

　　我说文哥你放心吧，上班我给你帮帮忙，下班绝对不乱跑，我每隔一小时给你打一次视频。刘广文皱着眉头看了我一眼，说你那样不是得把我烦死。我说那怎么办，我还真上你家跟你过啊？

　　"也不是不行，你下班就跟我回家吧，反正就是多一个人吃饭而已，你也尝尝你嫂子的手艺。另外你弟今年高考成绩出来了，只考了 340 分，连个好一点的大专都没的上。我和你嫂子准备让他复读，这会儿他也在家继续复习功课呢。你是师范大学毕业的，成绩好，晚上没事儿帮他弄弄功课。"刘广文略带得意地说完这段话，丝毫没意识到他和老婆是我的"哥哥"和"嫂子"，他儿子却成了我"弟弟"。

　　看来我之后的一段时间不但是他的"重点人口"，而且还是他家免费的家庭教师。但这样也好，总比被马忠送到卫生间生活幸福太多了。

　　在刘广文家吃晚饭时，我听说他的儿子名叫刘一，我以为是小名，但刘广文说是大名。我说文哥你们两口子当年就这么懒吗，给我弟起个如此凑合的名字。刘广文叹了口气，说本来应该叫"刘一堃"，老婆去派出所上户口时户籍警有事不在，当时还是所教导员的赵干哲帮忙录了儿子的名字。结果回家后刘广文发现少了个"堃"字，回头找赵干哲算账，赵干哲却说"堃"字不吉利，他怕误了孩子，就自作主张没录那个字。但后来有次赵干哲喝醉了才说了实话——当时他不认识这个"堃"字怎么念。

"之后也想过把'堃'字补进去，但又觉得'刘一'这个名字其实也挺好，一心一意、一帆风顺、一路高歌、永争第一，你看都是好词儿，所以就留下了。"刘广文妻子在一旁补充说。

刘广文提到了赵干哲，饭桌上的气氛一下低沉了很多。刘广文去厨房拿了半瓶白酒和两只酒杯，让我陪他喝点。我瞅了一眼嫂子，被刘广文发现了，他说你不用看她，家里我说了算。

因为喝酒，我和刘广文吃饭的节奏一下慢了下来。嫂子和刘一吃完先走了，看他们离开了餐厅，刘广文问我，赵支队的案子最近有没有什么消息。

我说咱俩现在都是"所里蹲"，你都收不到风，我肯定也不会知道得比你多，这事儿还得问你徒弟范杰，他在专班负责这事儿。刘广文说他问过了，也是没消息。

"你说有什么话不能在油城说，非要跑去那么远的地方。"我感慨了一句。

"是啊，我也想不明白。"刘广文说着放下了筷子，呷了一口酒。

"赵干哲最后把你叫进手术室，给你说了什么？"刘广文咂了咂嘴，他拿来的酒度数不高，但很辣。刘广文很喜欢喝辣酒，即便每次都被辣得龇牙咧嘴。

这个问题最近已经不知有多少人问过我了，除去王正操、杨向前、程虎这些单位同事外，赵干哲的家属们也频繁给我打电话。在他们看来，人一辈子会开很多玩笑，但谁也不会在遗言中开玩笑。既然是遗言，就应该包含着最重要，也是最想表达的内容。

赵干哲最后时刻没有选择把妻子和孩子叫到身边，却叫了我。负责赵干哲案子的民警们认为赵支队一定告诉了我重要的、关于他受害的信息；而赵干哲的亲属在焦急中也流露出些许不满，尤其是他的妻子和孩子。我理解他们的心情，那关口赵干哲应该先叫他们进去的。或许当时如果首先走到手术台边的是他们，就不会像我现在这样一问三不知。其实这段时间我也经常处在自责之中，怪自己笨，理解不了赵干哲的用意。

"我真是弄不明白，赵支队为啥叫医生喊我进去，却用手指着他老婆孩子。你说他直接叫他家人过去不就行了？"我对刘广文说。

"当时站在'甘蔗'给你指的方向上的人，都有谁？"刘广文问我。

我说这几天我一有空就回忆当时的场景。他妻子和孩子是跟在我后面挤进手术室的，被医院保安和手术室护士拦在了门口，当时身边应该没有别人，有的话也是他家里的几位亲戚，可能有赵支队他姐、侄子。其他真就想不起来了。

"那会不会是让你去哪儿？给你指了某个方向？"刘广文接着问，我说那这样我更没处猜了。手术室坐西朝东，门在东边，他的意思是让我去东边？那可海了去了，我去东边哪里？东边又有啥？

刘广文沉思了片刻，也觉得这个推测说不通。他又问我王正操是什么意见，我说别提了，老王猜得更离谱，说赵支队是让我以后负责照顾他老婆孩子。刘广文听完先是愣了一下，而后摆摆手一脸不屑地说你别听王正操瞎扯淡，这是哪儿跟哪儿。

"唉，老赵啊，一辈子不正经，临了这么重要的时候，还弄得跟开玩笑似的，给人打哑谜……"半晌刘广文叹了口气，把杯子里的酒一饮而尽。

"张成国这事儿，你怎么看？"刘广文问我。我说还能怎么看，你要信我的话，我就是被人栽赃了呗。

"你这事儿我总琢磨着不太对头。"刘广文说，"你最近得罪过什么人没有？"

我摇头，说得结了多大的梁子才能被人用这种事儿算计。刘广文听完点点头。

"有烟没？"他又问我，我看了一眼餐厅门口，说这在屋里呢，能行？

"没的问题，有没？"他说。

既然他是一家之主，于是我从口袋里掏出烟，递给他一支。

"啪"的一声，刘广文接过烟打着了火。

然而，一次性打火机点火的声音响过没多久，我就听见嫂子的脚步声由远及近，伴随着脚步声的是一声怒吼。

"刘广文，你干什么呢！"

刘广文这位"一家之主"竟然被吓了一跳。他手一哆嗦，烟顺势掉进了饭碗里。他刚想捡出来，嫂子已经出现在了他的身后。

"哎，没有，没有……"刘广文语无伦次，一边冲我挤眼睛一边辩解说，"是小李，他吃完了想抽支烟，饭后一支烟，幸福似神仙……"

我一下愣在当场，心想文哥你可真有才，顺口溜随口就来，可我这嘴里的饭还没咽下去呢……

"他抽的烟掉在你碗里，你当我傻呢！"

眼看刘广文妻子的巴掌扬了起来，我赶紧低下头往嘴里扒饭。

河西派出所5点半下班，所以刘广文家的晚饭一般在晚上6点半开始，7点钟结束。晚饭后刘广文和妻子在客厅看电视，我则陪着刘一在屋里复习。晚上10点钟左右刘一的学习结束，刘广文便征求我的意见，如果住在他家，就在刘一屋里拉一张行军床；如果要回派出所，他就带我回去交给当晚的值班领导。我想回派出所，毕竟总在人家里不好。因此最初只是天气不好或者晚饭陪刘广文在家喝了酒后我才住在刘一房里，但后来在刘广文的一再挽留下，我彻底住在了他家。

当时我最担心的其实是刘一烦我，毕竟十八九岁的孩子，正是小秘密多的时候，我的出现无疑会打扰到他的生活。但没想到刘一对我的出现没有丝毫不快，非但没有不快，反而快乐得要命——因为他的《穿越火线》账号在我手里。

平时晚上我和刘一在屋里，他总跟我要账号密码。开始我是拒绝的，但毕竟是人家的游戏账号，我没理由拿着不给。另外高考已经结束了，下一场得到明年，所以刘一要了几次之后我便偷偷告诉了他，但警告他万一被刘广文发现了，不能说是我给的，得说是自己猜出来的。

后来我一直在后悔当初的那个决定，因为刘广文两口子睡觉早，晚上一过9点半，刘一看客厅灯黑了，马上开始上线打游戏。我得在边上坐着玩手机，因为刘广文不时来儿子屋里"突击检查"，到时一摸电脑是热的，就得揍刘一，那时就轮到我上场顶锅，说是我在玩游戏，刘一在学习。

时间一长反而是我先撑不住了，因为刘一晚上打游戏一直到后半夜，白天则在家"学习"，而我第二天得按时起床跟刘广文去上班。经历了一段时间半夜被薅起来顶锅而后又失眠的日子，我终于主动买了一条烟塞给刘广文，求他晚上还是送我回派出所吧，我宁愿被马忠安排住进一楼卫生间，或者戴上范杰家豆豆的狗项链。

刘广文大概也从那段时间家里电表的读数中明白了一切。他让我放心，回家一定先把刘一揍一顿，对于我提出的回派出所住卫生间的要求他坚决不同意，先说一楼卫生间太潮，住久了会得风湿病。我说没关系，我还年轻，发病也得是二三十年之后了。但刘广文还是说我不能走，因为我走了，他家阳台上的烟蒂就全是他抽的了。

"这样下去，总有一天嫂子会打死我的，你信不信？"我问刘广文。

"我信，到时候我拦着她，你跑……"他说。

一天夜里，刘一在聚精会神地打游戏，我在一旁无聊地玩手机，突然收到了韩品木的信息。

"李成，是你本人在线上吗？不像你的水平啊！"

我一屁股坐了起来，坏了，忘了那个游戏账号还在韩品木的"油城电竞"战队里呢。

我急忙回了一句："是我，最近状态不好。"

"那找个时间来奔腾网吧一起练枪啊，帮你找找状态。"韩品木回复。

我回了句"好的"，之后对方没再回我。我赶紧强行把刘一从电脑旁撵走，上去看韩品木之前有没有在游戏中跟我说过些什么。

确实有不少留言，有韩品木留的，也有其他队友留的，都是叫我上线打游戏的。好在刘一忙着打游戏，一直没注意到，也没回复过。自从胡小飞死后，"油城电竞"战队的确再没接到过比赛邀请。以前的队友们慢慢散了，群里也逐渐冷落下来。"咦，这不是韩队的战队吗？你什么时候加进去的？"刚被撵到一旁的刘一凑过来说。我说，你认识他？刘一说那肯定的，油田喜欢玩《穿越火线》的人怎么会不认识韩队。

"之前我一直想进他们战队，花了不少钱买装备呢！但他们还是不要我，嫌我水平太菜给战队拖后腿，你是怎么加进去的？是不是认识韩队？"刘一对这件事很感兴趣，不停地问我。我说你再把刚才的话说一遍，你之前加过他们的战队？还被人拒绝了？

"是啊，他们有'入队考试'，我考了三次都没考过。战队里以前有个叫"小川"的成员是我同学，他还帮我给韩队求过情，但韩队也没同意。"刘一说。

"也就是说，韩队认识你的游戏账号？"这事儿我得确认一下。

"认识啊，这个账号被韩队借走过，你看里面那把'黄金AK'

和'火麒麟'就是他那时买的。"刘一说着点开了游戏里的"背包",看到"火麒麟"和"黄金AK",我觉得自己越来越像个笑话。

"他借你的账号干啥?他自己不是有账号吗?"我问刘一。

"不是他用,是战队里那个叫'飞扬'的要用。以前他经常借我号上线,因为他的号一直是两个人在用,如果两人想同时玩,就得借号。"他说。

"两个人用?哪两个人?"我问。

"不知道。"刘一说。

没想到刘一跟韩品木的战队还有这层交集。

"有个叫'SN'的队友,你认识吗?"我问刘一。

"认识啊。"他说,我瞪大了眼睛,这小子怎么谁都认识?

"他是干啥的?你怎么认识的他?"我问。

"我不知道他是干啥的,但他之前跟我打听过飞扬的消息,就是飞扬把账号还给我之后,他一直问我那段时间用我账号的人是谁。"刘一说。

"你不是不知道另一个用飞扬账号的人是谁吗?"我说。刘一说自己的确不知道,但战队里的同学小川知道。SN让小川帮他查,还答应给小川充会员。小川帮SN查出了另一个用飞扬账号的人,但SN食言了,没有给小川充会员。而韩品木知道这件事后,把小川从"油城电竞"战队里开除了。

"你能给小川打个电话,帮我问下这个问题吗?"我问刘一。

他点点头。

第六章

1

我玩了十几年游戏，一直秉持不在游戏里花钱的原则，但这个原则在刘一的同学小川这里破了——他同意告诉我 SN 和另一个用飞扬账号的人是谁，但前提是我要给他充三个月的游戏会员。

没办法，拿人家手短，我只好答应了。

输入付款密码时心在滴血，好在小川这家伙拿钱办事，很靠谱，看到自己的游戏会员图标亮起后，他立刻告诉我，另外一个用飞扬账号的人名叫陈平。

陈平？我一下想到了胡小飞电脑的收货人。

"也是油田人，30 多岁吧，跟韩队关系很好，两人经常聊天。"小川说。至于 SN，他说这人叫孙强，在悦江苑酒店当保安。

我恍然大悟！怪不得那次和 SN 见面时，感觉他很面熟，原来他就是张成国手下的保安，小孙！

"你咋知道的？"我问小川。他说 SN 害他被"油城电竞"战队除名之后又放了他鸽子，他气不过，便找了一帮人去收拾 SN。为了把 SN 的身份查出来，他让女朋友加了 SN 的好友，假装要跟 SN 谈对象，把他信息套了出来。

SN果然上当，说了自己的名字，还说自己在悦江苑酒店上班。小川女朋友把SN约了出来，小川带人揍了他一顿。

"本来想跟他要点钱当弥补损失了，结果这家伙穷得叮当响，据说还欠着好些外债，一分钱没要着。"小川说。

我问小川这是什么时候的事，小川说去年，还在读高三的时候。看来小川这孩子平时也是个"好学生"。

"你有没有问他为什么打听这些？"我问小川。

"我管这干啥，他害我被踢出战队，又放我鸽子。"说起这事儿，小川语气中似乎依旧带着火。

但我也担心小川骗我，想故意试他一下。于是说据我所知，SN是胡小飞的朋友，胡小飞又是韩品木的朋友，既然这样，SN为什么不直接问胡小飞却来问你？另外为了这点事儿，韩品木至于把你踢出战队吗？

小川说这有啥奇怪的，这个SN特别喜欢打听事儿，只要韩品木有点风吹草动他就四处找人打听，好像对韩品木特别感兴趣。得亏是个男的，要是女的还以为他暗恋韩品木呢。他没事儿就找群里人打听事儿，还到处借钱，借了也不还，大家都烦他。那个胡小飞和陈平也是两个怪家伙，胡小飞神经兮兮的，在青云网吧当网管，不住城里偏要跑到南屏街住仓库；陈平疑神疑鬼，不就是知道了他名字吗，有什么了不起，跟谁没个名字似的，非让韩品木踢了他。

"你怎么知道胡小飞住南屏街仓库的？这也是孙强让你查的？"我吃了一惊，忙问小川。

"是啊，他说给我500块，让我查出胡小飞住哪儿，我两个兄弟在青云网吧蹲了好几天才查到的，跟踪他光路费就花了两三百，结果孙强这王八蛋一分钱没出，你说欠打不欠打！"

我说欠打，真欠打。

这不仅仅是欠打的问题了。

我决定去一趟悦江苑酒店，会会这个 SN。

下午，我本想喊上刘广文一起，但在派出所怎么也找不到他，电话也打不通，鬼知道他又跑去哪里躲清闲了。没想到我刚到悦江苑酒店大厅便遇到了他，他正从里面出来，手里还拎着一兜苹果。见到我他一愣，问我不在所里好好上班，跑来这里做什么。

我有心揶揄他，说您不也没好好上班，跑来酒店做啥？说起来悦江苑酒店还是我的管片，这话该是我问你才对。刘广文"嘿嘿"两声，说那敢情是你的管片我不能来喽，我也笑着说我没这么说，你这是偷换概念。

"我有点私事儿要办，你这是？"刘广文问我。既然是"私事"我便不好再多问，我说还不是你那宝贝儿子给到的线索，然后便把孙强的事情告诉了他。刘广文听完也不回去了，说要跟我一起见见这个 SN。这样也好，多个人多个帮手。

我俩直接去了保安部办公室，以前那是张成国的地盘，现在不知是谁做主。

"哪个小孙？孙强？个头挺高那个？"酒店新上任的保安经理是个女的，40 多岁，印象中之前应该是酒店采购部门的副经理。眼下张成国不知去向，酒店又不能没有保安经理，估计是把她临时拉来顶岗。

"走啦。"女经理说。孙强辞职了。

"辞职了? 啥时候的事?"我有些意外,急忙追问。

"张队长出事后不多久,也就两三天之后吧,他就不干了,说是工资太低不够花。"虽然张成国的胸牌上写的是"保安经理"四个字,但酒店同事基本还是称呼他作"队长"。就像张成国曾经自嘲的那样,"什么中层干部,说白了我也就是个保安队的头儿而已"。

我问女经理知不知道孙强辞职后去了哪里,女经理说不知道。我拜托她帮我在酒店员工里打听一下,看有没有人能联系上孙强。女经理却说不用打听,现在肯定没人能找到他。

"为啥?"

"你们不知道? 嗐,我还以为是有人报了警,你们过来了解情况呢!"女经理的语气中透着一丝失望。

"到底怎么回事?"我问。

"还能有啥事儿,借了大家伙钱,跑了呗。"女经理说。

孙强是在张成国失踪后第三天向酒店提出的辞职。当时酒店上下也是一团乱麻,刚忙完"维稳"的事情又赶上张成国出了事。加上保安员岗位的流动性很大,入职和辞职都不是啥新鲜事,所以人事科没有多问,直接就同意了。之后孙强去财务科领了最后一个月的工资,跟女经理打了声招呼便走了。

起初女经理也没当回事,但没过几天便相继有酒店员工跑来找女经理问孙强的去向。一聊才知道,孙强上班期间借了同事不少钱一直没还。女经理大概统计了一下,前后加起来一共有三万多块。

"酒店员工薪水普遍不高，孙强也不在一个人身上多借，我数了数，酒店一共十六个人借过钱给他，多的一两千，少的三五十。"女经理说。起初大家嚷嚷着说要报警，但后来有人去派出所问过，说是这金额够不上违法，只能去法院打官司。谁也不想为这么点钱大动干戈，最后基本都选择了自认倒霉。

我和刘广文对视一眼。

"孙强平时有什么费钱的嗜好没？"我问女经理，她摇摇头，说不清楚，自己也才调过来没多久，但是可以帮我找个熟悉孙强的人打听一下。我说好，女经理便通过对讲机叫来了另外一位姓王的保安。

保安小王跟孙强年纪差不多大，他也被孙强借走了300元钱。女经理大概是见我们愿意调查孙强借钱的事情后很高兴，态度也变得热情起来。她把我们领进了酒店一楼的保安值班室，并殷勤地端来一个果盘。我说不用麻烦，我们聊几句就走。她说酒店为了办会第一次从山东采购的正宗烟台红富士，特别甜，本地没有，快尝尝。

我拿起来咬了一口，又大又甜。我跟女经理开玩笑说还是您实在，上次也是在这屋里，张成国给我的苹果面兜兜的，明明是国光，他非跟我说是红富士。女经理脸上笑成了一朵花，说着你们慢慢聊，晚上如果不急着走留在餐厅吃个便饭。我和刘广文又跟她客套了几句。之后女经理走了，我们三人开始聊孙强的事情。

小王说，孙强辞职前跟人借钱应该是计划过的，就没打算还，所以跟每个人都不多借，也不怕别人找他追债。

"他跟我说他爸病了在二医院住院，他想买点营养品去看看，手里钱花完了，找我借。平时我俩关系挺好的，经常一块儿出去上网。他不时找我借钱周转，但以前都还。所以那次我就借给他了，说好发工资就还我，结果……"小王一脸懊恼地说。

　　"孙强经常找你借钱？"我问小王，小王说是的，孙强在网上打牌，经常一晚上就把一个月的工资都输光。

　　"那你还借给他钱，脑子有毛病啊！"我说。小王支吾着说，孙强一般是借300还350，借500还600，所以他才上了当。

　　"孙强平时除了上网打牌外还有什么爱好？经常与什么人接触？在酒店同事里人缘怎么样？"我继续问小王。他仰着脑袋想了一会儿，说孙强平时上网除了打牌就是玩《穿越火线》游戏，他技术不错，听说还加入了一个什么战队。平时除了上班就是上网，也没见孙强有什么朋友啥的来酒店找过他。人缘嘛也就那样，自己和孙强走得近是因为一同玩《穿越火线》，其他同事跟孙强也大多是点头之交，见了面打个招呼而已。

　　"哦对，要说走得近，还有以前的张队长，可能是他比较听张队长的话，所以张队长对他也挺好的。每次报奖金时都多给他报个一二百，张队长还带他在小四川饭店吃火锅。"小王说。

　　"小四川饭店？南屏街的那个？"这句话引起了我的注意。悦江苑酒店离南屏街很远，张成国的住处离南屏街更远，两人为何跑去那里吃饭？

　　"你为啥会看到他俩在小四川饭店吃饭？"我接着问小王。

　　"我家就住南屏街啊，小四川饭店就是我叔叔家开的。我婶子说以前张队长经常带孙强去吃火锅，知道张队长是我领导后，我叔叔婶子还请张队长吃过饭，让他工作上照顾我一下。但不知道为什么，那次请吃饭之后张队长就再没去过我叔那里了。"小王说。

此外，小王告诉我们，之前张队长对他其实也还可以，偶尔也会给他多报个五十一百的奖金。小王来悦江苑酒店原本是想去后厨学艺，以后好跟着叔叔回去开饭店，不想来了之后却被安排到了保安岗位。那次叔叔请张成国吃饭时也跟他提过，想让他帮忙给侄子"运作"一下。张成国当时满口答应，只是后来不但没给帮忙，反而开始对小王冷淡起来，有几次还故意找他的麻烦，话里话外想撵他走。

"后来我跟我叔说了这事儿，我叔非说他已经给我铺好了路，是我自己没走好……"

说到这里，小王的话里带着委屈。

我心里好笑，看来张成国这家伙真是两副面孔。

"张成国出事后，孙强有没有什么特殊反应？"我继续问。小王脸上写着茫然，估计是不太明白什么样的反应在警察眼里才算"特殊"。我只好给他举了几个例子，比如心神不宁、特别关注或特别不在意等等。听我说完小王想了半天，说孙强好像也没有这些反应。

"其实吧，他挺怕张队长的，怎么说呢，这种怕里面好像还带着点讨厌的意思。有次孙强跟我骂过张队长，说他是个老色鬼，经常去和平街那边的洗头房。孙强有个姐姐，长得挺漂亮，来酒店找过孙强两次，不知怎么让张队长看见了，转头就跟孙强要他姐姐的手机号，孙强不敢不给，结果没多久他姐姐就说张队长大半夜的骚扰她。"小王接着说。一年多前张队长有次肿着眼来上班,酒店盛传他在外面跟人"扎乔子"(搞外遇)时被对方丈夫发现,挨了打。他们做下属的不敢乱嚼领导舌根,但也暗地里取笑。

"就这孙强为啥还跟张成国走那么近?"

"我也觉得奇怪,怕不是他有啥把柄落在张队长手里了吧。"

"什么把柄?"我追问。小王挠挠头,说自己刚才说着玩的。

跟保安小王聊了半个多小时,他知道的有关孙强的事情也很有限。看问不出什么有用的东西,我和刘广文告辞离开。临走时女经理留我俩晚上在酒店自助餐厅吃饭,我说不用,等会儿我们还有事。女经理看留不住,便也给我们两兜苹果,说是辛苦了,拿回去尝尝鲜。推辞不过我便收下了。

走出酒店大堂我把苹果给了刘广文,刘广文跟我谦让。我说你别让了,就是给我,下班后我也是拎回你家,便宜了刘一。刘广文一本正经地说我陪你回趟派出所,把你这袋苹果放回你备勤室,别搞得像我总占你便宜似的。我看了看表,已经过了下班时间,说文哥你今天下班又要迟到了,赶紧回家吧,不然嫂子又得骂你。

"南屏街这事儿,你怎么看?"路上,我问刘广文。刘广文说什么怎么看,我说之前胡小飞的案子啊,不也发生在南屏街?

刘广文咧了咧嘴,说这事儿倒也正常,张成国只不过带孙强去南屏街吃了顿饭,被小王撞见了。油田这么大,没规定谁只能去哪儿吃饭是不。

他这样理解也有道理。

"文哥，你对张成国这个人熟不？"想起刚刚小王对张成国的评价，我问刘广文。

"怎么说呢，他这个人，从表面看，就是一个市侩小人。"刘广文说，他第一眼见张成国，就记住了他那张整日里苦大仇深的脸。偶尔的接触中刘广文感觉张成国对周围所有的人和事都充满委屈和不满，总觉得自己命不好，凡事都在吃亏，因此喜欢斤斤计较，进而特别爱占小便宜，与人交往占不到便宜就觉得自己吃了亏。

"我挺烦他的，所以不愿跟他打交道。当然，我不管他的片区，他平日里用不到我也不会主动跟我打交道，面上过得去就行了吧。"

"那他送马忠几万块的礼物这事儿怎么解释呢？"

"哎哟，你不提我都忘了，要我说那事儿蹊跷得很。像张成国这样的人，真能拿出几万块钱送礼，要么所求之事起码得值几十万，要么那事儿关乎他的身家性命。你说马忠就是一个派出所的治安副所长，说到底平时跟他只是个业务关系，手里能有啥权力在他那儿值那么多钱？"

"会不会是张成国有啥把柄落在了马所手里？"

"谁知道呢？反正我觉得不可能，马忠看得上他那三五万？人家可是父辈在北京城留下四合院的人。他对张成国烦得要命，真要有啥把柄在手里，他早把张成国治死了。"

马忠在北京有套四合院这事儿全局民警都知道，马忠也从不忌讳谈这事儿，因为那是他的祖产。有段时间马忠经常托我帮他在网上买东西，都是些花草虫鱼之类的，价格不菲，邮寄地址也都是北京。

"唉，但咱换个角度想吧，倒也能理解张成国这号人的作为，毕竟这年头谁不是委曲求全，他也是为了让自己日子过得好一点嘛。"

不知哪里触动了刘广文的同理心，说着说着他又突然开始同情起张成国来了。

"对了，你抓紧回忆回忆那把刀是怎么回事吧。你在我家住了这都快一个月了，本来是想请你帮刘一提高一下学习成绩，现在可好，你给他打掩护，他带着你玩，我合着给刘一找来一队友。就这样下去，他还考个毛线大学？到时候你嫂子真的会杀了你。"

刘广文又开始絮叨，我只好说你承诺过的，嫂子要杀我的时候你得拦着，让我先跑。

两人就这么一边插科打诨一边往刘广文家走。两兜苹果在刘广文两只手里摇摇晃晃。我看着苹果，有点心疼，红富士又大又甜，想自己要不要真的留一兜放回备勤室。电光石火之间，我似乎突然想起了一件事。

"文哥，等一下！"我说。刘广文愣了一下，问我咋了。

"你跟我回趟悦江苑酒店。"我说。

"咋了？又想回去吃人家的自助餐了？别去了，今晚上你嫂子给你弟炖鸡，咱哥俩喝一杯。"刘广文说着又拉着我要往前走。

我一把甩开他，径自向悦江苑酒店跑去。

见我急匆匆跑回酒店，女经理以为我改了主意要留在这儿吃饭，热情地招呼我"上二楼"。我本已跑过了她，想起自己对酒店环境不熟，又转身跑回她面前，让她带我去后厨。

女经理以为自己听错了，说自助餐在二楼，我说我不吃饭，你赶紧带我去后厨。女经理无奈，满脸蒙圈地带我去了后厨，后厨的厨师们正在忙活着，整个屋里充斥着各种饭菜的香味。

我随手从厨师的操作台上拿起一把厨刀，上面刻着"张小泉"三个字。又找了一把同样的，上面还是"张小泉"三字。

"你们后厨用的厨刀都是这个牌子吗？"我问跟过来的女经理。

"是啊，我之前是管采购的，这刀是我们统一给后厨置办的，怎么？"她一脸疑惑。

这时刘广文也喘着粗气跟进了厨房。

"文哥，我想起那把刀的事情来了！"

我回忆起了那天的事情经过。

那是我第一次来悦江苑酒店处理宋来福家属"维权"的事情。当时马忠在楼上和酒店老板开会商量对策，我在一楼等他。张成国把我拉到酒店一楼保安值班室，那天他被宋来福家属撕掉了衬衣扣子，坐在那里缝，告诉我地上的箱子里有酒店刚采购的红富士苹果，他"截留"了一箱，让我尝尝。我拿起苹果要啃，张成国让我削皮吃，还告诉我抽屉里有一把刀。

当时就是一把张小泉的厨刀，我说保安值班室里怎么还有这东西。张成国说是保安从后厨偷来的，要查一查谁干的。之后我用那把刀削了苹果皮，又把刀放回了抽屉。

"你，你确定吗？再想想，这把刀这么，这么常见……"刘广文呼吸还没缓过来，一边说话一边喘。

"刀虽然常见，但二医院草地里的那把刀就是我那次削苹果用的，你记不记得刀身上的大拇指指纹，正常用刀，指纹该是在刀柄上，只有削果皮时才会用拇指按住刀身。"我说。

刘广文费了好大劲终于把呼吸喘匀。

"你的意思是张成国案发现场的那把厨刀本是悦江苑酒店的？"刘广文一边继续打量着刀一边问我，"也就是说，那个黑衣人，或许是悦江苑酒店的人？可他为什么要嫁祸给你呢？"

我不知道。

"那个黑衣人，你有没有怀疑对象？"刘广文又问我。

"其实最初是有的，从他的身高体型方面，我最初怀疑过韩品木，太像他了……"我说。

"最初怀疑？后来是怎么排除的？"刘广文问。

"技术队那边排除的，因为那顶黑色棒球帽。技术队在帽子里发现了脱落的毛发和头部皮屑，验证 DNA 后，确定不是韩品木的。"我说。

"有没有查到皮屑和毛发的主人？"

"刑侦支队那边一直没给消息，我差点把这事儿给忘了，正好，我这会儿打个电话问问程虎吧。"想着，我拨通了程虎的电话，顺便把孙强和酒店厨刀的事情跟他简要讲了。

"你来趟刑侦支队吧，正好我们在开会。"程虎听完，对我说。

2

我问刘广文去不去支队，他想了想，说去吧，正好很久没见王正操了，过去打个招呼。

我们打车到刑侦支队。王正操的办公室烟雾缭绕，连刘广文这样的老烟枪进门都被呛得咳嗽了几声，不知他们抽了多少烟。屋里除了王正操和程虎还有几个人，分别是范杰、治安支队的李建涛和另外两位陌生的民警。王正操介绍说两人是Ａ市刑警大队民警，联合专班成员。

刘广文和王正操两人见面后先是叙了一番旧，王正操说："阿文只跟支队长好，辛吉然当支队长时跟辛吉然好，赵干哲当支队长时跟赵干哲好，现在我当支队长了，咋没见你跟我好，这么久了也不来支队看看我。"刘广文知道王正操是又在晚辈面前挑他事，他嘴上从来不吃亏，尤其是在王正操面前。刘广文有句名言叫"打不过赵干哲还能说不过王正操"，因此他毫不客气地跟王正操说："老王你说得对，阿文只跟支队长好。谁让你现在还是个'代理'，把'代理'俩字去掉了，阿文就跟你好。"

大家都被逗笑了。

之后言归正传，王正操对我说，悦江苑酒店保安孙强和那把刀的事情，程虎刚刚跟他汇报了，他也觉得这人很可疑，已经发了协查通告，要求各地配合寻找孙强。另外这段时间还有些线索落了地，所以叫你过来一同商量一下。我急忙说我就是来学习的，有啥事儿能干点就再好不过了，因为张成国案子里的那把刀，我已经"带薪休假"很久了，盼望着领导给个机会。

王正操笑着点点头，说好，那我们继续开会吧。

"那个，阿成刚到，我再把刚才我们这边的事情说一遍。"首先说话的是治安支队的李建涛。

"这个孙强上次跟你说的那些事情是真的。经过核实举报，我们确实发现油城有一伙人涉嫌利用电脑网络游戏为外围赌博提供帮助，也发现了一个核心人物，虽没锁定具体人员，但大概有了一个范围。"李建涛接着说，然后他递给我一沓资料。

"这里面是我们罗列的二十三个可能对象，目前还在一一核实。"

我翻开资料，李建涛那边的工作很细，落实到了每个人的户籍信息。

"陈平？"翻到资料后段时，我看到了这样一个名字。贵州贵阳人，1980年出生。现居北京，某软件公司程序员。

陈平，这个名字很熟悉，胡小飞死前把电脑寄给了他，韩品木因为他的身份泄露开除了小川。看来小川说的一点不假，真是他和胡小飞共用了"飞扬"的游戏账号？我继续往后看，开心的是治安支队的资料上附了照片。

这照片有种似曾相识的感觉，应该近期在哪里见过。在哪里呢？

我掏出警务通打开搜索记录，看自己近期有没有查询过这个人。

我在6月22日的搜索记录中找到一张照片，感觉很像。警务通上留存的照片有些年份，事主拍照时不过20岁出头，而李建涛资料里的照片是近期的生活照，两者之间差异不小。我把警务通递给李建涛，让他辨认一下。他看了半天确定不了，又把警务通递给身边的程虎。程虎看完说是同一个人，李建涛问他怎么确定的，程虎说就是看着像，没啥法子确定。

"这个人是？"李建涛转头问我。

"郭鹏飞，母亲叫陈春丽。"我说。

"谁？陈春丽？那个'2·15'专案里的受害者陈春丽？"一旁的王正操突然问我。我说是的，前段时间赵支队指令我接触陈春丽，了解她和韩品木之间的关系时，陈春丽说到她有个儿子在外地工作，我随手核实时查到过这个人。

"太好了，你马上把他的信息发给我！"李建涛激动得差点从沙发上跳起来。

李建涛说完，轮到了范杰。他刚才应该在聊胡小飞电脑的事情，这会儿接着说。

"我还是觉得，胡小飞的死跟寄电脑的事情不无关系。"范杰说，胡小飞案发现场的情况和法医尸检报告分别证明了胡小飞死于自杀和他杀，这种两者并存、百年不遇的现象之所以会出现，他考虑了很久，觉得只有一种可能。那就是胡小飞自杀前做了一件事，这件事对胡小飞来说是生前最后用心的事情，做完就可以"安心上路"了。而对于杀他的人来说，胡小飞做的这件事是突破自己底线的事情。这件事八成就是胡小飞把自己的电脑寄给了"陈平"，也就是郭鹏飞。

但胡小飞邮寄电脑的操作也很迷，如果说他有什么东西要给郭鹏飞，从网上发送就行，用得着把电脑都寄过去吗？因此他还是怀疑那台电脑是解开胡小飞之死谜题的关键。

"你的意思呢？"王正操转向徒弟程虎。

"我同意范所的判断，既然胡小飞把电脑寄给了郭鹏飞，那就先找郭鹏飞，找到他就找到了胡小飞的电脑，这样一切谜团都解开了。"程虎说。

王正操点点头。

"李成，你的看法呢？"他又把问题转向我，"既然来了，想到什么就说什么，别见外，都是从你这阶段过来的。"王正操可能担心我会局促，补充了一句。

我理了理思路，说我的看法跟范所和虎哥有点差别，我反倒是觉得，胡小飞的电脑的确很重要，但他自杀和被杀的导火索，恐怕不是那台电脑。

"那是什么？"王正操对我的话很感兴趣，示意我说下去。

"我觉得是6月7日那天我和范所去兴顺汽修厂那件事。"我说。包括之前赵支队在内，都把注意力集中在了胡小飞的电脑上，如果这次范所调查的结论是电脑是被凶手拿走的，那说明这台电脑是关键。但现实是胡小飞寄走了自己的电脑，而这件事除了胡小飞和快递员许某外，应该没有第三人知道，至少凶手是不知道的。

进一步说，如果凶手的目标是电脑，为了拿到电脑可以杀死胡小飞，那么他到现场后发现电脑不在了，还要不要杀胡小飞？应该不要了吧，杀人不是件简单事，没人愿意平白无故背上一条人命，我觉得凶手这样做的可能性不大。所以我认为凶手去找胡小飞，目的就是干掉他，无论电脑在不在他手里，都可以作为一个孤立的事件暂时摆在一旁。

"为什么你和范杰去过兴顺汽修厂之后，胡小飞就要自杀，凶手也要杀他呢？两人的动机各是什么？"王正操接着问。

"我怀疑，胡小飞本身是个秘密，同样也是凶手的秘密。我们找到了胡小飞的住处，或者说是藏身点，他们便担心各自的秘密要暴露了，所以分别选择了自杀和杀人。"我说。

王正操点了支烟，思考了片刻，说你的推论很有道理，只是一些细节方面有些牵强。

我知道他指的是什么细节——既然凶手担心胡小飞落网后供出自己，那早就该杀人灭口，而不是等到警方注意到兴顺汽修厂之后才动手，除非之前凶手并不知道胡小飞身在何处。但这样想依旧有个漏洞——6月7日我和范杰等人找到兴顺汽修厂后，并未发现胡小飞的存在。难道是凶手一直盯着兴顺汽修厂，只等警察发觉便来干掉胡小飞？

我忽然想起了宋来福。

宋来福接到一个陌生电话去找"情敌"辛吉然，却先奔向兴顺汽修厂，这很奇怪。当然，按照之前赵干哲的推测，那个陌生号码先让宋来福去兴顺汽修厂是为了打时间差，让他在辛吉然之后到采油厂惠民农场，所以指使他先去兴顺汽修厂耗掉时间。问题是按照汪德海的笔录，宋来福是认识胡小飞的，他去兴顺汽修厂肯定是去找胡小飞，但辛吉然和陈春丽的事情与胡小飞有什么关系？

汪德海说宋来福进门后与胡小飞说了两句话便跑了，而两人以前是通过电话的，宋来福压根没必要为说两句话专门跑一趟。所以很有可能就像赵干哲说的那样，宋来福找到胡小飞之后发现自己搞错了，方才又折了回去。但那个让宋来福去找胡小飞的电话是谁打的？宋来福为什么最初听从了那通电话？如果电话里说的事情果真与胡小飞有关，宋来福为什么不先打给胡小飞，而是直接去了他的住处？

"李成，你在寻思什么？"王正操见我不说话了，问道。我把刚才过脑子的东西讲了出来。

"或许有一种可能——宋来福并不完全信任胡小飞，却又与胡小飞有着某些方面的约定。"王正操说。

我点点头，有这种可能。而且从 6 月 8 日胡小飞死前把电脑寄给陈春丽的儿子郭鹏飞一事上可以看出，胡小飞与郭鹏飞关系很近，这从游戏中两人经常共用一个账号也能侧面印证。如果胡小飞和郭鹏飞很熟，那么他一定认识郭鹏飞的母亲陈春丽。或许是因为这层关系，胡小飞才与宋来福搭上了线。

"但这里又出了一个问题，胡小飞是毕德华的同伙，他们一同犯下了 1999 年的系列强奸杀人案，陈春丽是那起案件中的受害者。即便他们有条件搭上关系，会这样做吗？我们不知道'陈平'就是陈春丽的儿子郭鹏飞时，这种推论尚有可能，现在两方的身份已经清晰了，再回看这件事，你不觉得奇怪吗？"范杰问我。

的确奇怪，韩品木、胡小飞、宋来福、陈春丽，所有与这起案件有关的人和事都透着奇怪。

"即便陈春丽和郭鹏飞不知道胡小飞就是当年的凶手，那胡小飞自己心里应该有数吧。按照常理，他应该对陈春丽母子避之不及，但事实上他却与二人关系密切。他就不怕有朝一日被陈春丽认出来？"范杰接着问我。

这些问题我一时也回答不了。

"扯远了，先谈胡小飞的事情。"王正操发现话题延伸得有些过火，往回拉了一把。

"刚才李成提到了一个问题很重要，那个给宋来福打电话让他去找胡小飞的人是谁，这里必须搞清楚。因为赵支队出事那天，同样接到了这个电话。"王正操说。

"李成，你的想法？"这次他先问我。

"我们先从整体上来看待这个电话，他能指挥宋来福去找胡小飞，说明既知道宋来福、陈春丽和辛吉然之间的事情，也知道胡小飞的存在。甚至他还知道胡小飞与宋来福之间的约定，这点就很可怕。"我说。

可怕之处在于，他是一个洞悉一切并近乎站在上帝视角的人，而且宋来福对他的信任要多于对胡小飞的信任。

"第二，这个电话能把赵支队半夜约到A市开发区那个鸟不拉屎的地方去，只有两种可能，要么是这个打电话的人深受赵支队信任，赵支队认为此人不会害他，他才会去；要么是这人在电话里给赵支队提供了极其重要的情报，让赵支队认为即便冒险也值得去开发区见面。我认为应该是后者。"

"原因？"王正操问我。

"因为我想起赵支队最初是决定带我一同前往的，而且要携带执法仪和警械，可见此次见面应该存在一些风险，或者此次见面的人存在一定不确定性。"我说。

"是啊，为什么赵支队后来又决定自己去，不带你了呢？"王正操接着问。

"这段时间我也一直在想这个问题，赵支队作为刑侦支队的一把手，即便不叫我，也可以随意挑选其他下属一起前往。他最终明知见面存在风险却又独自前往，大概有两个原因，一是见面者强烈要求；二是见面者所提供的情报内容，可能涉及我们自己人，抑或是两者兼具。"我说。

王正操想了想，可能感觉有道理，点了点头。

"那你想过没有，见面者想要给赵支队提供的情报大概会是哪方面的？"他接着问我。

"我推测可能与当年的'2·15'专案有关。"我说。

"为什么？"

"因为眼下宋来福和胡小飞的案子在范所手里，范所是河西派出所的刑侦副所长、责任区刑警中队长，上面还有分局刑警大队长和分局主管刑侦工作的副局长，再往上才能到支队级别。宋来福和胡小飞的案子按道理不需要直接向赵支队汇报，因此用这方面的线索把赵支队约到别的城市去的可能性不大。但'2·15'专案一直在赵支队手里，他因为这起案子的线索去外地的可能性更大一些。"我说，"那个人很有可能是以提供当年的系列强奸杀人案线索为借口约赵支队出去的。这样的话，那个人更可怕了，因为他既知道当年的案情，又了解警队内部人员的一些秘密，那个人……"

说到这里，我停了下来。

3

"有什么说什么，不要有所顾忌，既然是讨论会，但说无妨。"王正操说。

"要么是我们警方的人，要么是当年的犯罪嫌疑人。甚至……"我顿了顿，还是有些犹豫，"甚至两重身份兼具。"最后，我还是把这句话说了出来。

在场的同事们都没有说话，因为这个结论极其残酷。

"但还有一点我一直想不通，就是为什么要去开发区那里，是单纯为了掩人耳目吗？按道理这么偏僻的地方，对方需要一个强有力的理由，才能说服赵支队冒险晚上过去。"我接着说。

王正操看了一眼徒弟程虎。

"马上去平台上核实一下，看从1999年至今，有没有涉及A市开发区靖安路、尚没有侦破的案件，不仅限于油城警方，包括A市的。"王正操说。

程虎回了句"收到"，马上去操作电脑。我瞬间明白了王正操的用意，领导就是领导，脑袋确实要快人一步。

但很快程虎回告消息，说没有记录。

"没有记录？"王正操似乎有些不太相信。程虎把电脑屏幕翻转过来，说的确没有记录。

"去档案室核实纸质资料，我们2005年才开始网上办公，可能早年资料并未上传网络，另外派人去A市刑警大队协助，让他们也核查他们的资料库，看有没有记录。"王正操不太死心。

程虎应了一声，离开了办公室。

"说来说去，我们还是得找那个陌生电话。"程虎走后，王正操接着说。他转头问A市刑警大队的两位民警，技侦那边有什么新消息吗？

其中一位民警点头，说技侦核实到了一组数据，6月28日晚上 9 点 19 分，赵支队与陌生号码有一次一分半钟的通话。就在这一分半钟里，手机信号经过了延安北路和重庆路上的两个基站。这两个基站距离 1.5 公里，按时间测算，陌生号码主人此时的移动速度大概在每小时 60 公里，应该是在一辆行驶的汽车中。交警那边在调看该时间段的道路面监控，看能否确定可疑车辆，如果可以的话，他们会核实车主和车上成员。

王正操点点头，说有消息第一时间通知他。

"你觉得，下一步的侦查重点在哪里？"王正操又问我。

我想了想，说其实找到两个人，一切就都明白了。

"孙强和郭鹏飞吗？"王正操问。我说对，哪怕找到其中一个都行。

"好，李支队那边去找郭鹏飞了。这样，孙强那边……"王正操说着开始打量在座的众人，应该是在琢磨这活该安排给谁。

我刚想自告奋勇，范杰却早我一步。

"孙强那边我来找。"他说。

"好的。"王正操立马把任务派给了范杰。

"那，我，我呢……？"我问王正操，说了这么多，我还要回去继续"带薪休假"吗？

"你……暂时机动吧，想到什么就查点什么，有事我也会找你的。"王正操说。

王正操给出的指令太过虚无缥缈，一时间，我也不知道自己该"查点什么"了。

查什么呢？该查的都有人去查了，我摸到的线索，马上就被王正操安排出去了。

"还是谁的徒弟谁心疼啊。"回河西派出所的路上,刘广文也抱怨道。我说你为啥这样感慨,刘广文说你刚没看到吗,王正操对程虎和范杰的安排,明摆着大头和立功的机会给了自己徒弟。

"你说的那个孙强,二十出头的孩子,也就是个跑腿的,公安局的协查通告一下,被抓只是早晚问题。我跟你打两百的保票,孙强真有问题的话,他的背后肯定还有人指使,但即便那时王正操也照样会安排程虎去查。案子从一开始程虎那边就一直是重头戏。你范所啊,怪不得赵干哲给他起了个'范跑跑'的绰号,你看他又揽了个跑腿的差事……"刘广文说。

我点点头,深表同意。

"文哥,刚才王支队让我'机动','想到什么就查点什么',是不是那把刀的事情已经过去了?我已经被放出来了?"我问刘广文。刘广文说差不多吧,你想查点什么?我说我不知道啊,这不才问您?您是老前辈,看得比我远嘛。

"哎哟,老前辈?现在我不是'蹭烟狂魔'了吗?"刘广文反问道。他以为这个绰号是我给他起的。我赶紧说不是不是,您这把话说哪儿去了,我不也是为了您的健康着想嘛。刘广文哼了一声,说你真是有赵干哲年轻时的风采,他之前没看错人。

"刀的事情,在孙强落案之前,还不能说完全跟你脱离了干系。你有没有想过一种可能,假如孙强死了,或者从此之后销声匿迹了,你怎么办?不还是说不清楚?"过了一会儿,刘广文说。

我想想,他的观点没错。

"那我该咋办啊文哥?"

"跟我一起去张成国家看看吧，他出事这么久了，家里孤儿寡母的。你俩也算相识一场，临了人家还请你吃了顿饭，到现在人家那大几万的东西是不是真被你小子拿跑了还说不清楚……"刘广文说着便往张成国家的方向走去。

"哎我真没拿他东西！"我一边跟上他的脚步一边解释。

到张成国位于荣芳花园的家中时，吴霞刚吃完午饭，正准备照顾儿子午休。从外表看，她是一个还算精致的女人，40多岁的年纪、高挑的身材，脸上化着淡妆，年轻时应该很漂亮。

迎我们进屋后，吴霞先做了一个"嘘"的动作，示意我们不要在儿子张亮面前说他父亲的事情。我和刘广文理解，点点头。张亮个子很高，估计快到两米了。他懵懂地看着我和刘广文进屋，随后便被母亲吴霞推进了次卧。吴霞出门时随手关上次卧房门，又把我和刘广文引进了主卧，同样关上了房门。

"还没跟儿子说他爸的事情呢？"刘广文问吴霞。

"唉……"吴霞只回复了一声叹息，但从这声叹息中，能感受到她的无奈、伤感、无助，似乎还有些许难言之隐。

"你这也不是个办法呀，毕竟儿子这年纪也懂事了，这么久见不着他爸，不会问吗？"刘广文说。

"问啊，我就跟他说他爸被派去外地出差考察了。我想等他参加完大学自主招生考试之后再把这事儿告诉他，以免他分心……"吴霞说。

"自主招生？孩子成绩不错嘛，报的哪所学校？"同样作为陪考家属，刘广文对这个话题很感兴趣。

"成绩还行吧，大概在年级前二十，他想去北京，但老师说这成绩有点悬，不建议冒险，所以这次报的 D 大学。"吴霞说。

"唉，孩子争气啊……"又是一声叹息，这回却是刘广文。他大概想起了自己的儿子刘一，上回高考刘一的分数连 D 大学隔壁的电力职业学院都考不上。不知为何，我突然也有些惭愧，可能是因为这段时间刘广文让我来帮刘一补习功课，我却总带着他打游戏吧。

"你们这次过来，是因为成国这事儿有什么消息吗？"吴霞问刘广文和我，表情里同时夹杂着期许和恐惧。可以理解，警察上门或许意味着有消息，但张成国人没回来，这消息八成不是什么好消息。

"这个，你先别紧张，我们暂时也没查到张成国的下落，所以想过来了解一下情况。"刘广文说。

吴霞长出了一口气，对她来说，此刻没有消息或许就是好消息。

"上次在公安局，你们那位姓程的警官已经问过我了，所有跟孩子他爸相关的事情，我也都跟他说了，您这次是？"吴霞问。

"噢，是这样，我们在后期另外的案子上发现了一点新情况，可能跟张成国有关，所以来问一下。"刘广文说。吴霞点点头，没啥反应。反而是我愣了一下，"另外的案子"？"新情况"？我咋不知道？刘广文平时大门不出二门不进，他有啥新情况需要问？

"你听张成国提过一个叫'三叔'的人吗？"刘广文问吴霞。

我用看外星人的目光看着刘广文，不知他说的是什么。

"三叔？成国的三叔吗？"吴霞问。

"不是，这应该是一个人的绰号。"刘广文说。

"好像有印象。"吴霞想了半天，对刘广文说。

原本靠在椅子上的刘广文身体忽然前倾，动作幅度之大几乎同时吓了吴霞和我一跳。

"他怎么说的？三叔是谁？做什么的？"刘广文问。

"是不是一个混黑道的，以前还坐过牢？"吴霞问。

"对对！张成国怎么跟他认识的？"刘广文使劲点头。

"成国年轻时和三叔打过一段时间交道，那时他在省城做买卖，三叔罩着他。"吴霞说。大概在 1997 年左右，油田效益最差的时候，张成国只是个合同工，随时面临单位解约。加上孩子小，花钱的地方多，于是他便从钻井公司离职去省城做生意了。但说是"做生意"，其实就是在汽配城倒卖润滑油。张成国跟人合伙，别人出钱他出力而已，最后也没赚到多少钱。但张成国做生意过程中认识了一个叫"三叔"的人，据说三叔当时就是混汽配城一带的流氓头子。因为汽配城有很多像张成国一样倒卖润滑油的商家，张成国又是外地人，所以经常被欺负。认识三叔之后情况好了很多，三叔很仗义，帮张成国摆平了很多事。当然，背后张成国也花了不少钱。

"后来呢？张成国为什么又回油城了？"我问吴霞。

"听说是因为三叔被那边的警察抓了，后来又判了刑。成国没了靠山，以前欺负他的人又找了回来，他见生意没啥起色，又因三叔的缘故结了不少仇家，所以干脆关了店子，回来了。"吴霞说。

"之后他跟三叔还有交往吗？"刘广文接着问。

"应该没了吧，再没听他说过，怎么？"吴霞说。

"这个三叔真名叫什么？"刘广文问。

"不知道，没听张成国说过。只是听他说，这个三叔……"吴霞欲言又止。

"说过什么？"刘广文追问。

"特别好色，还很变态……"半晌，这几个字才从她嘴里挤出来。

"既然这样，张成国和他混在一起，你没有担心过吗？"刘广文接着问吴霞。

"嗐，老张不是那种人，他当初跟三叔打交道，纯粹是因为生意需要。如果不是三叔罩着他，他在汽配城一年都待不下去。"吴霞说得很自信，"从结婚之后家里的钱都在我这里，找女人，得花钱吧？老张哪儿来的钱……"

刘广文点了点头。

"这样，我再问你一个比较隐私的问题，你愿意回答就回答，觉得不方便就算了。"刘广文说。

"嗯，你问。"吴霞看着刘广文。

"你丈夫'那方面'是不是一直都有问题？"刘广文说。这的确是个隐私问题，不知刘广文为何突然问起这个。

"哪方面？"吴霞反问刘广文，我都听懂了，不知她真不懂还是装糊涂。

"唉，就是夫妻生活那方面……"刘广文无奈，只好把话点破。

"没有的事，我们的孩子都这么大了，他怎么可能有问题？"吴霞说得斩钉截铁。

"行，我就是问一下而已，你也别多心。"刘广文没有就此问题继续纠缠。

"没什么事的话，我得去送孩子上学，这时间也差不多了。"吴霞说完便站起身来，不再理会我和刘广文。我原本还想说些什么，但此时她脸上已有愠色。

"行吧，那我们也先回去了，如果你想到其他信息，可以联系李成警官。"说着，刘广文从我上衣口袋里掏出一张名片递给吴霞。

吴霞看到了刘广文的动作，却没有接名片，刘广文只好把名片放在了门口的桌子上。

"文哥，你今天是……"回派出所路上，我拉着刘广文想问他，今天问吴霞的这些问题是怎么回事，谁是三叔？又为什么会扯到张成国"那方面"有问题？但刘广文仿佛有什么心事，离开张成国家后便只顾一个人闷头走路，也不理我。

快到河西派出所和刘广文家的交叉路口时，刘广文突然扭头对我说："你先回所里吧，我有点事要做。"我看了下手表，已经过了下班点，说："文哥你下班要迟到了，这个点还有啥要做的？"刘广文却摆摆手，说了句"大人的事小孩子不懂，你先回去吧"便径自继续往东走去。

4

"你考虑过一个问题没有？"刘广文问我。

"什么问题？"我问他。

"赵干哲的遇害现场有韩品木的工作证，张成国的案发现场有带着你指纹的厨刀。"刘广文说。

这确实都是问题，但除了栽赃手法有些许相似外，我在两件事之间却看不出什么必然的联系。

"你和张成国之间结过梁子吗？"刘广文又问我，我说没有，我跟他有什么梁子可结？刘广文这问题问得我有些丈二和尚摸不着头脑，因为在张成国案现场栽赃我的人明显不可能是张成国本人。

"赵干哲、韩品木、张成国和你，四个人，两起案子，一死一失踪，你觉得其中有什么联系没？"刘广文继续问我。我寻思了半天，依旧只能摇头，几乎是两件八竿子打不着的事情，会有什么"联系"呢？

"如果不是张成国，换成其他人，或许会有一些'联系'，但现在偏偏是张成国，能有什么联系呢？尤其是张成国案子里那把有我指纹的刀，它怎么会出现在那里呢？"

"假如排除你的嫌疑，那把刀肯定是悦江苑酒店内部人员拿出来的。"刘广文说。

我点点头。

"只有张成国本人知道你用过那把刀吗？"刘广文问。

"那天在保安休息室只有我和他两个人。"我说。

"凶手选了这把刀，难道只是个巧合？"刘广文皱了皱眉头。

我也说不好，如果真是巧合，那我的点子也是背到了家。

"不对，肯定不是巧合。"刘广文顿了顿，"我记得技术队没在刀上找到其他指纹，目的就很明了……"

"就是奔着你来的。"他补充说。

"文哥，能告诉我那个三叔是谁吗？"我终于还是没忍住，问刘广文。

"必要时我会告诉你的。你别问了。"刘广文说，像有什么苦衷。

自从这次离开张成国家后，刘广文就变得神神秘秘的。以前值班时他总坐在一楼备勤室玩手机，现在却经常把自己反锁在派出所二楼的内勤办公室里，连内勤民警刘茜想回自己办公室都会被他赶到隔壁户政科去。对此刘茜深表无奈，一次我问她，文哥整日在内勤办公室里做什么，刘茜说他好像在查什么资料。

"其他办公电脑查不了吗？他又不是没有办公室，为啥非去你那儿查？"我问刘茜。

"全所只有内勤电脑和局机关档案室的电脑连着，可以看到以前的档案。"刘茜说。

"他要查啥档案？"我接着问。

"我哪知道，问他也不说，怪里怪气的，还把我赶出来。"刘茜满脸不高兴。

2012年7月14日，我在河西派出所值班。那天很忙，下午马忠掏了两个麻将馆，抓了五桌赌客。每桌四个人加两个轮换的，从下午开始整个河西派出所像开了锅一样，几十号人挤得满满当当。范杰的案件队被专班抽走后，所里还剩下不到一半的民警，为了处理这三十多名赌客，我从下午4点一直忙到转钟。

直到凌晨，把所有涉赌人员送进拘留所后，我回到派出所。同事跟我说，我放在值班台抽屉里的备用手机一直在响，我拿起来看，的确有好多未接电话，一半是刘一打的，另一半是韩品木。我有些纳闷，上次在韩品木家表明身份后，他就不常联系我。而刘一更奇怪，刘广文今晚和我一起值班，有事儿打给他爸不就得了。

先给韩品木打过去，对方关机了，我看了看表，应该是睡觉了。想了想，觉得刘一应该也睡了，便把手机揣进兜里，准备回备勤室睡觉。刚走到楼梯口却撞见刘广文，他火急火燎地跟我说，抓紧给刘一回个电话，他有急事找你。

我更纳闷了，刘一找我能有啥急事？有急事直接告诉你不就行了。但还是给刘一打了回去，电话一通刘一就在那头说，"韩队找了你一晚上"。

"他找我干啥？"我问刘一。

"快看你的QQ。"他说。

我这才发现QQ上也有多条未读信息。打开看，是刘一给我发来的《穿越火线》游戏聊天对话框截图。

"他好像想约你见面，挺急的，说了好几条呢。"刘一说。我心一沉。

"阿成，有急事找你，看到请回电。"留言时间是22时45分。

"阿成，你电话无人接听，看到留言务必来我家一趟，有急事。"留言时间是 22 时 55 分。

"李成，我看到你在线，看到留言请回复我。"留言时间是 23 点 23 分。

"如果你不是李成，请马上联系他，我有重要事情找他，请他马上来我住处，四路小区 12 栋 206 室。"留言时间 0 点 29 分。

怪不得刘一不直接跟他爸说是什么事情，原来他又在家偷着玩游戏呢。但韩品木大半夜突然叫我去他家做什么？有什么急事？

我再给韩品木打过去，依旧提示对方关机。

想了想，我决定还是去他家一趟吧，这么晚找我，估计真有什么重要的事情。

刘广文一直站在旁边听我和刘一通话，看我收了线，问我什么事。我把情况大体跟他说了几句便折回楼下准备去韩品木家，没想到刘广文也跟了下来，他在值班台抽屉里拿了执法仪和警车钥匙，说跟我一起去韩品木家。

我说这么晚了，我自己去吧。刘广文说别价，就是因为这么晚了，还是一起去吧。万一有事，也有个照应。

"刘一又偷偷在家打游戏，就这熊样还复读个屁，白花一年复读费，一万多……"路上，我开车，刘广文一边点烟一边骂儿子。

我说文哥你别怪刘一了，咱这案子得谢谢他，如果不是他玩游戏，我也不会知道孙强和郭鹏飞的事情。刘广文没再说啥，只是默默地抽烟。

"韩品木这个点找你干啥？还要到家里去？"刘广文问我。我说我一直跟你在一起，哪里知道呢？

20分钟后，车子开进了四路小区，停在12栋楼下。我抬头看了一眼，韩品木卧室的灯亮着，他应该在家。刘广文说你上去吧，我在车里等你。我心里动了一下，转念一想这样也好，毕竟韩品木是私下联系的我，并不是正儿八经地报警求助。

来到206室门前，我正打算敲门，却发现防盗门锁竟然被人破坏掉了。我退后一步仔细端详了一番门锁，手法很专业，不是暴力开锁，但锁芯被搞坏了。心里有种不祥的预感，别是韩品木遇到了什么麻烦吧。

我一边把执法仪挂在肩膀上，一边习惯性地将手伸向后腰摸枪，才意识到值班枪放在所里，现在手里根本没武器。急忙朝四周寻摸了一圈，终于在楼道里发现一根旧拖把，我一脚踹断了木杆拿在手里。

这得感谢从宋来福那里得到的经验。

我一手提棍一手去拉防盗门把手，果不其然，锁坏了，防盗门只是个摆设，轻轻一推便开了。

"韩品木！"我喊了一声，没人回应，我跨步迈进了房间。

屋里没开灯，很黑，我凭借上次来韩品木家的记忆在墙上摸索电灯开关。好在记得没错，我很快在墙上摸到了，按了下去。

但韩品木家客厅的吊灯太老了，老到没法一下亮起来。伴随着一阵电流声和灯管的频闪，我看到一个人突然从沙发后面直奔客厅阳台的窗口。

"站住！警察！"

"警察"二字还没喊出口，那个身影已经从二楼窗口一跃而起，跳了出去。

这时客厅的吊灯才完成启动，挣扎着亮了，而我已经三步并作两步跑到窗前。

"文哥！拦住他！"我冲楼下大喊，想叫刘广文帮忙，但他的动作明显比我的喊声快，人影跳窗那会儿刘广文应该正在车外抽烟。我看到他时，他已经追着那个人影跑远了。

看着远去的背影，我愣了片刻，隐约觉得他似乎很像一个人。

我站在韩品木家客厅里，一时有些慌乱。到底是该跟着刘广文去追人呢，还是该先找韩品木问情况？刘广文年纪大了，我不放心他一个人去追，但韩品木似乎遇到了什么麻烦，我也不能一走了之。

奇怪的是进门之后我又喊又叫，韩品木肯定能听见声音，怎么不见他出来？

我看向客厅左手边，韩品木住的那间卧室的门虚掩着，里面亮着灯，心中的不安感愈发强烈。这么大的动静都不出来，看来要么不在家，要么出不来了。

我慢慢走向卧室。

"韩品木，我是李成，你在屋里吗？"

没有人回答我。我四下环顾了客厅，与上次来时没有什么差别。地面干干净净，墙上的日历依旧是 1997 年的，沙发上放着毛毯和叠好的睡衣。

走到卧室门口，我轻轻推开了虚掩着的房门。

韩品木坐在电脑桌前，脖子上戴着颈枕，戴着耳机的光溜溜的脑袋斜靠在上面，似乎睡着了。

"韩品木！"

我又喊了他一声，依旧没有应答。只有他面前的电脑画面闪烁着，是《穿越火线》的游戏主界面。他的手放在键盘上，好像刚打完字的样子。游戏对话框里有还没来得及发出去的话——李成，我就是你要找的那个人。

我要找的那个人？

我上前推了椅子上的韩品木一把，他人没动，仿佛睡得很沉。我加了点力气，他整个人却斜着从椅子上栽了下去。

我急忙一把拽住了他。

我猜得没错，一推一拽之间，我看到有鲜血从他的脑后流出，落在古铜色的海绵颈枕上。

120急救车和增援民警赶到韩品木家时，刘广文也跛着脚走了回来。我在楼梯口遇见他，问他腿怎么了。他叹了口气，说人老腿脚先老，追那家伙追的。路上有个沟没看着，一脚踩了进去，把脚崴了。我说那个人呢，他瞪了我一眼，说这还用问，肯定跑了，要不我怎么一个人回来了？我问他看清那人是谁没。他说没看清，这深更半夜的。

刘广文问我屋里什么情况，我说你自己进去看吧。他拍了拍自己的腿，说不上楼了，疼。我说，你不想上去看看啥情况？刘广文看了一眼停在门口的120急救车和刑侦现场勘查车，面色有些凝重，说不看了，不用看也能想象到。

"有烟没？"刘广文问我。我烟盒里只剩两根烟，递给他一根，另一根叼在自己嘴上，烟盒团成球塞进口袋里。还没来得及点火，便听二楼阳台有人在喊我。

"李成，上来一下！"

是做现场勘查的技术队同事。进现场不能吸烟，我只好把嘴里的烟又拿回手里。正准备往口袋里放，却被刘广文一把夺了过去。

"放口袋里一不注意就弄折了，你上去吧，我替你保管。"他笑嘻嘻地说。

来到楼上，技术队同事把我拉到韩品木房间。

"你进来看见他的时候，他就这么坐在椅子上？"同事问我。

我说对啊，要不是推了他一下，还看不出他脑袋受了伤呢。

"也就是说，他是受伤后自己坐回椅子上的？"同事说。

我本想说："怎么可能？他受了那么重的伤！"但又看了一眼面前的办公椅，头枕位置很高。如果凶手在韩品木坐着时攻击，是打不到他后脑的。

"这……难道他真是自己坐回来的？"我自言自语。

"来，你再看一下这里。"同事把我领到韩品木家的客厅，关掉大灯，把战术射灯平放在地上，呈弧形左右旋转了几圈。在射灯光线下，地板上立刻呈现出各种印记。

"你看，那里有明显擦拭过的痕迹，还有这里、这里和那里。"说着，同事用手指指了另外几个地方。

"你的意思是……现场被人打扫过？"我问同事。

"初步可以这么认为。最初我以为是韩品木擦过地，但你看这几处痕迹，明显是有目标地抹去一些印记，而非单纯的拖地打扫卫生。但又很奇怪，既然打扫过，为什么还留下那么多脚印？"

他说。

"没擦干净?"我问。

"恐怕没这么简单,你来看这里。"同事又把我拉到卫生间,卫生间角落里放着一根拖把。拖布的宽度与刚才地上的几处印记差不多,应该就是用它打扫的现场。同事却用手指向拖把旁边的地面,顺着他的手指,我看到了墙边一块小小的红色。

"血点?"

"对。"说着,同事关掉卫生间的灯,打开了荧光灯。"你再看这里。"

果然,地面上和洗手台上还有几处地方在荧光灯的照射下呈现出棕色痕迹,同样是没有完全擦拭干净的血迹。

我明白了技术同事的疑惑。从这几处血迹的形态看,都是滴落的。只有两种情况会导致这一结果——一是凶手同样受伤,在清理现场时留下了血迹;二是韩品木自己打扫了现场,留下了血迹。而区别这两种情况的办法很简单,看这些血迹的主人是谁。

"我进门时凶手躲在客厅沙发后面,那里有血迹吗?"我问同事。他摇摇头,说没有,所以才把我叫上来。

站在卫生间思考了一会儿,我感觉刚刚似乎哪里有点不太对劲。于是要过同事的战术射灯,又回到韩品木家客厅,关上灯,趴在地上。

"你看到了啥?"同事在一旁问我。

"你看,这两处脚印……"我用灯光示意同事,"从周边灰尘状况看,这里应该是被拖布擦拭过,对不对?"

"对。"同事说。

"但上面还有鞋印，说明是擦完之后踩上去的。"我说。

同事又盯着看了一会儿，说没错。

"但擦完了又踩上去，这是……"

"你们先化验血迹吧，看是谁的。"我说。

　　韩品木伤势很重，钝器击碎了他的颅骨。好在发现及时，他在手术室里躺了 7 个多小时后总算保住了一条命。但医生也告诉我们，韩品木的命虽然保住了，由于脑组织受伤，他伤愈后有可能会成为植物人。

　　技术队在韩品木家发现了三组足迹，经鉴定一组是韩品木本人的，一组是我的，另外一组应该是那个跳窗逃走的人留下的。经过警方的现场勘查，击伤韩品木的钝器是他家客厅的一个铜质摆件，大概有两三斤重。警方在上面发现了一组指纹。但令所有人感到震惊的是，经过指纹数据库对比，这组指纹的主人竟是消失已久的辛吉然。

　　"辛吉然？"案情分析会上，王正操拿着技术队的现场勘查报告满脸震惊，"怎么会是他？"

　　现场一片安静，因为我们也不知道原因。

　　"李成，你再去看你执法记录仪里的录像，我要确定那个人是辛吉然！"王正操对我说。我说好，但其实彼此心里都清楚，指纹已经能够说明一切了。

　　"张成国案子里那个逃走的黑衣人也是他吗？"王正操问我，我说不是，张成国案子里的那个人个子高，起码有一米八，大长腿，跑得贼快。辛吉然个子矮，跟刘广文差不多高。

"辛吉然这身手可以啊，韩品木家虽然在二楼，但老房子层高本就大，他家又是'处长楼'。当年油田为了让领导们住得舒服些，处长楼的层高差不多有三米二。加上地下室和窗台的挑高，他跳下来的位置距地面起码有四米，就这一点都没受伤，逃跑时还把刘广文给甩了，真是难以置信……"程虎看完执法记录仪里的录像后说。

但这话说完程虎也沉默了，估计他此刻在想和我一样的事情。刘广文是被辛吉然甩了？还是……

"王支队，报告上有卫生间的血样检测结果没？"我问王正操。他看了看手里的报告，说有，是韩品木的血迹。

"韩品木这事儿可能跟辛吉然无关。"沉思片刻，我说。

"理由？"王正操和在座的同事都看向我。

"现场地板有被擦拭过的痕迹，却依旧留下了大量辛吉然的足迹和指纹，说明擦拭现场的人不是辛吉然。辛吉然躲藏的客厅沙发后没有血迹，但卫生间拖把旁的地面却留下滴落的血迹，且血迹属于韩品木，说明用拖把清理现场的人很可能是韩品木本人。"我说。

"这不符合逻辑，韩品木都伤成那样了，怎么可能去打扫现场？况且受害人为凶手清扫作案现场，这不开玩笑嘛。"一位同事提出异议。"就算是韩品木打扫了现场，为什么现场还留着那么多辛吉然的足迹和指纹？"他接着说。王正操也看向我，估计抱着同样的疑惑。

"我斗胆推测一下，在辛吉然进入之前，韩品木家应该还来过一位'客人'。而那位'客人'很有可能才是袭击韩品木的真凶。"

我说。

"还是那个问题，韩品木为什么给攻击他的人打扫作案现场？"王正操问我。

"或许……或许这又是个局吧……"我一时也觉得不可思议。

5

刘广文坚称自己没有认出辛吉然，他说自己追出四路小区后那人向东跑了100多米，左转进入了农具厂的厂区，消失了。农具厂厂区就是以前被取缔的炼油厂旧厂区，里面建筑设备错综复杂还没有路灯，只要跑进去，基本就找不到了。

"他个老酒晕子能跑多快？"王正操并不相信刘广文的话。

"他就是跑不快，也比我崴着脚跑得快些吧。"刘广文的回答风轻云淡。

刘广文那跤是在农具厂车间外的排水沟摔的。伤得不轻，第二天他整个脚脖子就肿成了馒头。河西派出所放了他的假，让他在家歇着等腿脚好了再来。我们心里都清楚，在家养伤只是官面上的理由，在辛吉然落网之前，大家没必要撕破脸。

除了突然出现的辛吉然，案子里另外引起警方关注的，是韩品木留在电脑游戏对话框里的那句话——李成，我就是你要找的那个人。

"你要找的那个人？你要找的哪个人？袭击张成国的人？杀害宋来福的人？杀害赵干哲的人？还是伪造胡小飞'自杀'的那个人？"王正操问我。我摇摇头，说我也搞不懂。

"那你觉得韩品木说这话是什么意思？除了这几起案子，还有什么？"王正操接着问我。

我说这样看来，就只剩一种可能了——他承认自己是1999年"2·15"系列强奸杀人案的第三名凶手。这是先前我和赵支队一直在查的事情，赵支队曾怀疑过他。

话虽这么说，但我潜意识里却总觉得这事儿不太可能，一来这转折太突然了，如果他真是当年的第三个凶手，那他为什么隐藏了十几年后突然在这关口冒出来？是担心自己死了会把秘密带进坟墓吗？有些扯淡。二来逻辑上根本讲不通。韩品木是第四起案子里受害者杜娟的继子，当年18岁，他和同伙奸杀了自己的继母，又把奸杀过程写成了小说在网上发表？这在文学作品中作为博人眼球的桥段不是不可能出现，但发生在现实里，口味也忒重了些吧。

"你的意思是，当年的'2·15'专案，三名嫌疑人分别是毕德华、胡小飞和韩品木？"王正操问我。

我一时也说不好，如果单从手头的线索和韩品木的那句话，大概可以推断出这个结论。但我又觉得不太对劲，似乎这里面还缺点什么。

"那这个郭鹏飞又从中扮演了什么角色呢？"王正操接着问我。

我同样理不清头绪，他是韩品木和胡小飞两人的好友，胡小飞死前又把自己的电脑寄给了他。从这两件事上可以看出郭鹏飞与二人的关系密切，但密切到何种程度呢？是当年案件的参与者？不对，那样的话凶手就变成了四个人。只是知情者？那他"知情"到何种地步？又是在何种情况下"知情"的？

看我说不出什么，王正操打给了治安支队的李建涛。上次知道"陈平"就是郭鹏飞后，负责寻找郭鹏飞的一直是治安支队。

"什么？他在油田？"电话接通后不久，王正操的脸色一下变了，"具体位置在哪儿？不知道？你都知道他人回来了怎么会不知道住在哪儿？嗐，老刘你别这样，你的案子归你的案子，我们查我们的事情，最后不占你的人头数！"王正操情急之下把这话都喊了出来。

因为跑了辛吉然，这次被勒令"带薪休假"的人换成了刘广文。我说文哥咱可真是一对难兄难弟，我这还没散摊，你就在隔壁摆上了。刘广文并不接我的茬，也不管"带薪休假"的命令，依旧每天坚持来上班。杨胖子和教导员"好言"劝他还是在家"养伤"，但刘广文说自己呼吸不到派出所的新鲜空气，整个人就会觉得憋闷。

其实我知道，他大概是因为在家被老婆管着没烟抽，才是真憋闷。

所里没有难为刘广文，既然他愿意来上班，也就由着他。领导知道即便刘广文放跑辛吉然这事儿是真的，只要辛吉然落网后不检举揭发，法律层面上照样拿刘广文没有办法。追不上不等于不追，属于"非不为也，是不能也"的范畴，况且刘广文还为此"负伤"。只是由于刘广文的脚扭伤，我平时又多了一份工作——扶他上下班。

"小伙子，每天不要想东想西，做好本职工作，你的本职工作是什么？片警嘛，没事下社区陪大爷大妈聊聊天，把他们哄开心了还能给你说个女朋友，多好，范杰程虎整天跑案子忙得像狗，羡慕死你啦！"下班路上，刘广文一手搭在我肩膀上，另一只手里不忘拿着烟。我不但要搀着他，还得帮他背着包。

"文哥，算起来您这脚崴了有个把星期了吧，怎么感觉越来越严重了呢？"我一本正经地对刘广文说。

"咋了？为啥这么觉得？"刘广文也一本正经地问我。

"您看，第一天崴脚时，您能慢慢从农具厂走回来；第二天还能跛着腿去刑侦支队找王正操；到第三天，您就开始拄着棍子回家了；第四天您走路必须得让人搀着；您再看这两天，去隔壁惠民超市买烟都只能靠我了，我还是陪您去医院看看吧，再这样下去，您后半生非得瘫痪不可呀。"我说。

刘广文的嘴角在颤抖，他应该是想反驳我几句，正在想词儿。我赶紧扶着他快走几步，说赶紧的吧文哥，你下班要迟到了，嫂子会骂你的。

晚上在刘广文家依旧是吃饭，而后"辅导"刘一做功课。韩品木出事后，刘广文把刘一的《穿越火线》游戏密码改了，这回连我都不知道是啥，刘一更是抓瞎。刘广文和老婆在客厅看电视时，我就跟刘一在屋里把门插上，偷偷打开电脑，不停地尝试修改登录密码。刘一分别用了自己的生日、老爹老娘各自的生日，然后又把三个人的生日反复进行排列组合。我则拿着刘广文的警号、数字证书密码、警综平台密码等一系列我所知道的他工作中用过的数字进行尝试。终于有一天，游戏账号因为多次输入密码错误被封禁，只能靠刘广文的手机号找回了，我和刘一只好在屋里抱头痛哭。

其实我悄悄问过刘广文，那晚你真的没有追上辛吉然吗？刘广文却意味深长地看着我，笑了笑，说小子，你也来套我话？

2012年7月22日下午，王正操打电话通知我去他办公室一趟。有点意外，我不是联合专班的成员，不知他找我做什么。

到支队长办公室时，支队内勤正带着几名辅警清理办公室。支队长办公室隔壁腾出了一间屋子，看样子是要把赵干哲留在办公室的资料和杂物先挪到隔壁去。王正操有洁癖，他在桥东分局当局长时我有幸去过他的办公室，里面一尘不染，连几年用不上一次的单警装备都整整齐齐码在茶几上。想象不到这段时间他是如何忍受赵干哲留下的这间办公室的。

"有点乱，你先将就一下。"说着，王正操喊内勤民警去给我搬把椅子。我急忙说不用，一屁股坐在了赵支队留下的行军床上。

"那行吧，咱长话短说，叫你过来，是有这么几个问题。"见我坐下，王正操开门见山。

我嗯了一声，看着王正操，等他发问。

"第一个是有关赵支队的，3月份他把你调过来查'2·15'专案，是有什么契机吗？"王正操问我。他的语气很怪，我也搞不清他为什么会选择用这种语气问话。

我说也称不上是什么"契机"，我和刘广文处理了几起辛吉然的警情，知道了他当年的事情和"2·15"专案。我跟刘广文说了一些见解，他告诉了赵支队，赵支队就把我调过去了。

"就因为这个？"王正操表示不太能理解。"你之前跟赵支队有交情？"他接着问我。

我说只是在新警培训时认得赵支队，至于那算不算"交情"，得看赵支队的想法。然后我又把当初参与两人"专班"的一些事情讲给王正操，其中包括前期调查到的一些有关韩品木的情况。

王正操一直在听，偶尔还用笔在本子上记录些什么。

"这个'专班'，只有你和赵支队两人吗？"王正操继续问我。我说那肯定啊，他是组长我是副组长，本来还有文哥做组员呢，但他不参加。

"刘广文既然把你介绍给赵支队查'2·15'专案，自己当年也是'2·15'专案组成员，现在为啥不参加？"王正操问。我说具体原因我不知道，反正赵支队说是因为文哥"懒"。

王正操笑了笑。

"第二个是有关韩品木的。"王正操接着说，"韩品木得了癌症，这事你知道吗？"

"啥？癌症？韩品木得了癌症？什么癌？"

或许因为看到我是这样的反应，王正操叹了口气。

"唉，我也很意外……肝癌，晚期，如果不是这次受伤入院做体检，也发现不了这事儿。"

"癌症是刚发现？"我问王正操。

"韩品木还在ICU里，具体情况我们也不清楚。但是据医生说，韩品木应该知道自己患病的事情。医院查到了他半年前的就诊记录，估计那次检查就有结果。"王正操顿了顿，"但奇怪的是，韩品木似乎并没有接受过任何治疗。"

"这是怎么看出来的？没有后续的就诊记录吗？"我问。

"一方面是没有就诊记录，另一方面医生说，对比韩品木两次检查的结果，从病情发展基本能确定他没接受过任何治疗。"王正操说。

医院提供的病案里只有韩品木购买止疼药的记录，这也就是为什么上次我和范杰搜查韩品木家时发现了奥施康定。范杰也问过我类似的问题，但我一时搞不懂韩品木是什么路数。缺钱？不可能，照他的收入完全可以付得起治疗费用；不想承受放化疗的痛苦？这倒有可能，毕竟韩双林当年同样死于肝癌，韩品木大概记得父亲临终前的样子，不想亲身体会那段经历。

"这也是个狠人啊……"我不禁感慨。但突然间我又感觉，祭奠胡小飞那晚韩品木说的话，似乎另有深意。

"也就是说，当我们死后，可以见到先前去世亲人的亡魂？"

难道他已经做好准备了？

韩品木身上有太多让人想不通的地方。他无亲无故，自己又放弃治病，那他还赌外围做什么？为了钱？钱对于一个病入膏肓的人来说还有啥意义？韩品木得罪过谁？为什么黑暗中总有个人影似乎一直在针对他？从赵干哲被害现场的栽赃到医院太平间外草丛中的伪装，最终在韩品木的家中得手。

"根据你和韩品木这段时间的接触，有没有发现他得罪过什么人或是与什么人结过仇？"王正操问。

"也就之前战队群里那个 SN，前悦江苑酒店的保安孙强算是跟他有矛盾吧，除此之外还真没发现他有啥仇家，毕竟他平时都不怎么跟外界接触，我和他的交往也大多限于打游戏，发现不了什么。"我说。

"另外，我还是想和你聊一下赵支队遇害那晚，韩品木和你的事情。"王正操说，那晚韩品木的做法实在可疑，无论从哪个角度他都不觉得是场巧合。

"我俩确实是先在一起打游戏，而后去祭奠胡小飞，直到我接到范杰电话离开，那时赵支队已经遇害了。有人在赵支队遇害现场栽赃韩品木，这是板上钉钉的事。你们推断他那晚是利用我给他提供不在场证明，这个我基本同意，但有个前提是韩品木知道当晚有人会借赵支队的事栽他的赃，那他是怎么知道的？再就是，韩品木利用我提供不在场证明这事儿，他自己肯定不承认，你们又能从哪些要素推断出来呢？"我问。

"这么说吧，你们两个的笔录我都看过了，韩品木那晚的行为十分可疑，但从程序上又确实发现不了任何问题……"王正操说，但他在翻阅其他资料时却偶然发现了一个疑点。

"他跟你说是祭奠胡小飞？"

我点点头，是的。

"赵支队遇害那天是 2012 年 6 月 28 日，这个时间没错吧？"王正操问我，我说没错。

"那天也是韩品木的母亲 1997 年去世的日子。"王正操说。

"啊？同一天？"这消息出乎我意料。

王正操点点头。

"但第二天确实是胡小飞的'三七'啊？"我说。

"我们这边没有'过三七'的习惯，你老家那边有？"

我想了想，说好像也没听说过。

"另外，你们烧纸钱的十字路口，正是 1997 年韩品木母亲出车祸的位置，你还觉得是巧合吗……"

我一时语塞，那晚韩品木一直带我在公路上走，说是"找一个人少避风的位置"，当时我就纳闷，只是没往这方面想。

"但我不明白的是，即便韩品木是想祭奠他妈，也没有必要瞒我吧，为什么假托是祭奠胡小飞？"我问王正操。

"这问题……"王正操笑了笑，"如果他说祭奠他妈，还有必要叫你一起去吗？"

我想想，也是这个道理。

"基于这些因素，我们判断6月28号那晚韩品木是利用你给他提供不在场证明。"王正操点了一支烟。

"但他怎么知道那晚赵支队会出事呢？"我还是不能理解。

"对，这就是问题所在，谁告诉他的？告诉他的那个人又怎么会知道这件事？"王正操说。

"你跟韩品木接触的这段时间里，有没有发现他跟哪些人关系好，或者走得比较近？"王正操问我。我说您这个问题的答案和刚刚那个关于韩品木仇家的问题答案差不多，我跟他这段时间的接触看似不少，但实际并没有多深入。如果说关系好的人，我能了解到的也只是那支《穿越火线》游戏战队的成员。因为他帮那些人赚钱，所以他们都对韩品木言听计从。

"有没有跟韩品木关系比较特殊的成员？"王正操问。我说只有两个，一个胡小飞，已经死了，一个郭鹏飞。至于战队里的其他成员，我没看出异常，但保险起见建议您派人逐一调查，看有没有什么我没察觉到的信息。

王正操点点头，说这事儿他会安排人去做。

"阿文最近在忙什么？"王正操突然换了个话题问我，几乎把我问愣了。"文哥？忙什么？不知道啊，在所里待着呗，他是'预备退休'人员，还能忙什么？"我一下不知道该回答他些什么。

"'预备退休'个屁，他才刚过45，哪个允许他'预备退休'的！"王正操一脸愠色。我突然有点后悔，意识到自己不该在领导面前点刘广文的炮，赶紧帮他找补："忙他社区里的事，另外之前也帮我和赵支队查那些强奸案……"

"查强奸案？他不是不参加专班吗？"王正操接着问。我赶紧说他是不"专职"参加，但不时做个"兼职"。

我的原意是尽量帮刘广文说点好话，不想王正操却逮住刘广文不放，非要让我说说刘广文都帮我查过什么。我拗不过领导，只好把之前刘广文教我如何跟陈春丽谈话、帮我分析黑衣人和悦江苑酒店里的厨刀，以及带我去张成国家的事情一股脑告诉了王正操。

"刘广文向吴霞提起了三叔？"王正操一下抓住了这个点。

"是啊。"我说，"他还问吴霞，张成国是不是'那方面'有问题，结果吴霞把我俩都赶了出来……"

"你知道三叔是谁吗？"王正操问我。

我摇摇头。

王正操沉默了，他托着脑袋沉思了许久，又翻出一个笔记本。先是不停地查找些什么，之后又拿出笔，写些什么。他的举动再度令我不安且尴尬，担心自己哪里又不小心点了刘广文的炮。

"王，王支……那个三叔，到底是干啥的？"半晌，我看王正操停下了手里的笔，愣愣地看着前方，似乎在思索什么，于是试图提个问题，打破现场的尴尬。

"你等等。"王正操却冲我摆摆手，而后拿出了手机。

"阿文吗？赏光过来我这儿一趟？"王正操对着电话说。

第七章

1

"你又跑领导这儿来点我的炮！"趁王正操去接开水沏茶的工夫，刘广文冲我小声嘟囔。

我说这次炮点得比较意外，我本意是想告诉老王您"发挥余热传帮带年轻同志"，谁知道老王不按套路出牌。

"我呸，'预备退休'这词儿不是从你嘴里说出来的吗？"刘广文不依不饶，有点想翻脸的意思。我赶紧从兜里掏出烟来递给他。

"口误，口误，没有下次了。"我打着哈哈。

刘广文抽着烟，眼睛却盯着王正操摆在办公桌旁的盆栽发愣。

"阿文你说你也是，平时又没啥事儿，早跟你说，常来我办公室坐坐，咱哥俩好好聊聊，我这儿烟管够，你就是不来，咋了？对我有意见啊。"接水回来的王正操一边找茶叶一边说。

"嘻，没事儿老往领导办公室跑个啥劲，我又不是那号人，也怕被人家说闲话。"刘广文说。这话不太好听，王正操没法接，我当着领导面也不方便接，因为我觉得他话里话外似乎是在说我。

看刘广文手里的烟抽完了，我赶紧再递上一颗，没想到刘广文却摆手没要。

"赶紧说事儿吧老王，我下班快迟到了。"刘广文看看墙上的挂钟说。

王正操的眼神中明显带着很多无奈。

从之后王正操和刘广文在办公室的对话中，我了解到了有关三叔的一些信息。"三叔"是个绰号，并非真是谁的三叔。警察找了他很多年，但一直只闻其名，未见其人。

三叔的真名不详，大概是60年代生人，北方口音，身高长相众口不一。混过社会，有过性侵类犯罪前科，多年前坐过牢，但服刑地点也有多个版本的说法。

王正操关注三叔，是因为他在整理赵干哲生前的工作笔记时发现，"三叔"这个称号曾多次出现在笔记本中。王正操过去也听过三叔的名字，但一直没见过本人。刘广文知道三叔，据他自己说是从几个劳改释放人员口中打听到的。

"这段时间我一直在核实三叔的真实身份，为这还找周围几所监狱的同行打听过相似的服刑人员。他们有的也听过'三叔'这个名字，但也都不知道具体是谁。"刘广文告诉王正操。

"那你是为啥由头开始关注三叔的？之前咋也没听你说过呢？"王正操问刘广文。

"嗐，哪有什么'由头'，纯粹是碰巧了。"刘广文说。

"在吴霞那里怎么问起张成国和三叔关系来的？还有张成国'不行'这事儿，你咋发现的？"王正操有股子刨根问底的劲儿。

"嗐，就突然想起来了呗，随口问一句的事。"刘广文明显是在打哈哈，不想跟王正操说实话。

"赵支队查三叔，是因为什么？谁给的线索？"王正操听出了刘广文的敷衍和隐瞒，转而问我。我也满头问号，说我连"三叔"这个名字都没听赵支队提过，哪里知道为什么，又是谁给的线索呢？

"你们这'两人专班'有些名不副实呀！"看从我和刘广文嘴里都问不出什么，王正操感慨了一句，只是语气有些奇怪。

"啥？"我确实没太明白他啥意思。

"你确定这个专班只有你俩？"

"确定啊，文哥不参加嘛。"

王正操看了一眼默不作声的刘广文，笑了笑。

"不对，还有一个影子。"他接着说，说完扬了扬手里的笔记本，那是赵干哲以前随身带的工作手册。我以为他要把本子递给我看，伸手去接，不想王正操却把本子放回到了桌上，并没有给我。

"您说的影子是谁？文哥吗？"我只好继续提问。

"他人不就在这儿嘛，怎么会是影子？"王正操笑着说。

"那是谁？"我追问。

最后王正操收起了笑容，意味深长地看了刘广文一眼。

"点炮"这事儿似乎没有影响刘广文和我的关系，事后我想买条黄鹤楼送给刘广文表达歉意，毕竟是我把他"预备退休"的秘密泄露给领导的。刘广文却显得毫不在意，说自己"预备退休"这事儿全公安局都知道，不差他王正操一个。

我松了口气，决定既然这样烟也就不用送了，但刘广文却板起脸来说"一码归一码"，然后"押"着我去派出所旁的惠民超市给他买了一条烟。

之后的日子里我继续住在刘广文家里。其实所长杨胖子和教导员开会时已经同意我"恢复自由"，建议我搬回派出所住。面上的说法是"总住在别人家里不方便"，但我明白真实原因是我搬去刘广文家之后，所里少了一个夜间值班的"常备力量"。

我本身对住哪里都没啥意见，但刘广文却不太同意我搬走。他让我再住一段时间，等刘一的复读补习班正式开学再走。这段时间我虽然经常掩护刘一打游戏，但也会帮他补习一下数学和英语，从刘广文妻子的反馈来看还是有些效果。既然刘广文是这个意思，我也就随了他。

一切照旧，刘广文或许真的担心自己后半辈子会瘫痪，上次听我说他的脚伤"越来越严重"之后，他在离平安小区不远的王医生推拿店办了张卡。从那时起，隔三岔五地晚饭后，刘广文不再陪着妻子在客厅看电视，而是拎着家里的晾衣竿去王医生推拿店里按脚。我想陪他一起去，但他总是拒绝，说儿子复习重要，让我在家好好陪刘一学习。如果刘一明年能考上本科，哪怕是个三本，他断条腿都行。

出门前，刘广文的妻子都要对他例行搜身，把他兜里的烟和零钱掏出来。因此每次推拿结束之后，刘广文都会给我打电话，让我"出门扶他一下"。我心领神会地把烟和打火机揣在兜里，但这点小动作丝毫瞒不过刘广文妻子的眼睛。每次我出门时她都用犀利的眼神看着我，我想如果再熟一些的话，她很可能也会搜我的身。

就这样又过了十几天，7月下旬的一个晚上，刘广文照例去王医生推拿店，他妻子正好也和朋友约好去逛城南新开的超市，两人走后家里便只剩我和刘一。刘一说他想吃步行街那家长沙臭豆腐，平时刘广文两口子嫌臭不让他吃，现在他俩都出去了，家里暂时自己说了算。他的话也勾起了我的馋虫，两人商量一番后，决定由我出去买。

步行街是油城消夏的好地方，也是不习惯夜生活的油城人晚上8点过后唯一还会聚集的位置。街上很热闹，从北京东来顺火锅到山东杂粮煎饼铺一应俱全，还有很多套圈、气枪打靶和抓娃娃的摊子。当然，王医生推拿和长沙臭豆腐也都在步行街上，而且两家店斜对着。我不想被刘广文看到，于是一路小跑钻进店里，要了两盒臭豆腐。店老板认得我，跟我聊天，我有一句没一句地跟他搭着话，只盼伙计赶紧把臭豆腐做好。

但好巧不巧，就在我跟臭豆腐店老板说话间，透过玻璃窗看到了刘广文。他从推拿店里出来，那根原本用作拐杖的晾衣竿被他拎在手里。我正好奇他不拄拐怎么站得住，却看见刘广文在门口点了支烟，然后往东走去。

我不知道他今天哪儿来的烟，但更惊讶于他的走路姿势——刘广文步子迈得很正常，丝毫不像在上班时跛着脚、几乎不能动弹的样子。

"好啊，这家伙一直在装蒜……"我心里暗骂。正好这时伙计把臭豆腐做好装了袋，我拎起袋子便去追刘广文，准备上前揭穿他半个月来骗我烟、骗我替他干活还得扶他上下班的恶行。

刘广文的烟没抽几口便扔了，之后走路的速度明显变快，似乎是要赶去什么地方。推拿店在步行街的东头，往东走没几家铺子便出了步行街。我有些奇怪，平安小区在步行街的西边，他干吗往东走？我也加快步伐跟上他。

但就在两人还有十几步距离的时候，我心中的恶趣味突然开始作祟。刘广文这家伙装瘸不说，大晚上的还不回家，要去哪儿？要干什么？既然被我发现了，何不就此跟他开个玩笑呢？想着，我又放慢了步伐，决定就保持这个距离跟着他。

走到步行街尽头时，刘广文却突然回头看，似乎在观察身后有没有人跟随。看他鬼鬼祟祟的样子，我心里好笑，更想看看这家伙到底要干啥，因此一边迅速闪身钻进路边炒货店门口的人群里躲避刘广文的目光，一边远远看着他。

刘广文站在原地四下打量一番后，扭过头去又快步往东走。我也从人群中钻出来，继续不远不近地跟着他。

出步行街往东走是油田设计院，过了设计院有个加油站，加油站再往东经过创业公园后是盐化工厂的老家属区。刘广文一路走走停停，不时观察身后。他越是这样我越是好奇，这家伙，大晚上的搞什么飞机。

我不敢靠得太近怕被他发现，始终跟他保持几十米的可视距离。一直跟他走过了设计院，又过了加油站，到盐化工厂家属区门口时刘广文突然停住了脚步，再次望向我这边。这一段路虽是油城市区，但由于附近公园晚上不开放，所以没什么人，也没路灯。刘广文在盐化工厂家属区站住时我钻进了路边的绿化带里，透过茂密的冬青树看着刘广文。

"好嘛，这么警惕，怕不是去搞外遇吧。"我心里念叨着。

刘广文站在盐化工厂家属区门口又点了一支烟，却不进去，似乎在等人。我猫在绿化带里看他，心想这家伙到底在搞什么。不知是不是刘广文等的那人一直没来，他的烟抽了一根又一根。渐渐地，我在绿化带里待不住了。

绿化带里的蚊子咬我，手里的臭豆腐还引来苍蝇在身边飞来飞去。眼见胳膊、腿上被蚊子咬得全是包，我突然开始后悔自己当初的恶趣味。

"我这是何必呢？回去吃臭豆腐多好！"

想着，我准备从另一个方向钻出绿化带。

但就在我要动身的当口，刘广文也转身要进盐化工厂家属院。此时他的身边不知何时多了一个人，虽然离得稍远我看不清那人正脸，但他的身形我却十分熟悉！

辛吉然，就是他。我看了几十遍执法仪录像，错不了！

宋来福死后，辛吉然不知去向，赵干哲责令范杰寻找，范杰找了两个多月，不见辛吉然踪影。后来辛吉然出现在韩品木案发现场，刘广文去追，不但没追上，还把自己的脚崴了。如今刘广文却跟辛吉然一起出现在这个几乎废弃的偏僻家属区里，为什么？

一瞬间，我脑子里充满了问号，虽有对辛吉然的，但更多是对刘广文的。脑海中又浮现出刘广文那张圆脸——八字胡、短发、被香烟熏得焦黄的牙齿和满脸褶子，还有先前发生的一系列事情。

"韩品木的亲戚""三叔""张成国是不是'那方面'不行""我就是随口一问""即便他是个酒晕子，也总比我这个瘸子跑得快吧"……

表面上的刘广文似乎对自己的烟和儿子学习成绩外的其他一切都毫无兴趣，但实际上却又总让人感觉，他应该知道些别人不知道的事情。

他为什么要隐瞒辛吉然的踪迹？因为两人关系好？的确，从最初宋来福的案子里，范杰在案发地点监控中看到辛吉然时，刘广文便努力帮他摆脱嫌疑，之后韩品木的案子里，刘广文明明可以一眼辨认出他的老伙计辛吉然，却始终不发一言，一直等到技术队通过指纹才确定辛吉然的身份。

辛吉然这家伙也是奇怪，一个喝酒喝到家徒四壁的酒麻木，为什么卷进这一系列的命案之中？是被迫还是主动掺和？被迫的话是谁强迫他？主动掺和的话目的何在？

脑袋里的问号越来越多，眼看刘广文和辛吉然已经双双进了盐化工厂家属院，我来不及再多想，赶紧跟上他俩。

幸好盐化工厂家属院进大门后是一条笔直的水泥路，我躲在传达室墙边，看刘广文跟辛吉然两人往哪栋楼去。

两人并排走着，辛吉然手里似乎拿着什么东西。两人似乎没有交谈，各自脚步都很快，最终在水泥路的尽头拐进了临近的7号楼。

我赶紧跑到7号楼下，此时刘广文和辛吉然转进6单元。我也跑到6单元附近，躲在单元门外的一棵树后，开始抬头数楼道里的声控灯。

二楼亮了，之后是三楼。四楼没有亮，但过了一会儿五楼亮了，然后是六楼。又过了一会儿，六楼楼道里的声控灯熄灭，随即西户卫生间灯亮起，应该是有人进屋后先去了卫生间。

看来两人进了6单元西户。

我轻轻地走上楼梯，尽量不让自己发出声音。来到六楼西户门前，却犹豫了。

我该做什么呢？

敲门进去？进去说什么？揭穿刘广文和辛吉然？他们会是什么反应呢？解释？抑或是恼羞成怒？

打电话给王正操？告诉他刘广文不仅那天把辛吉然放跑了，而且还把他藏了起来？

先打给杨胖子？毕竟刘广文是河西所的民警，他是河西所的主官，应不应该先告诉他？

"有事儿进来说，站门口做什么？"刘广文的声音突然从旁边响起。

我被吓了一哆嗦。

事已至此，我也无话可说，只好木然地跟刘广文进了屋。

盐化工小区的一套三居室，很旧，天花板上的墙皮已经脱落，露出黄白相间的斑驳颜色。我突然想起刘广文似乎曾经说过，他在盐化工厂家属区还有套旧公房，是他岳父母生前留下的，一直空着。环顾四周，屋里没几样家具——一张架子床、一个旧电视柜、一张破茶几，只有客厅角落里放着的电饭锅、方便面和几兜蔬菜说明有人暂住在这里。

"酒麻木"辛吉然坐在客厅的旧沙发上,他的头发剪成了板寸,比以前精神多了。身上穿一件卡其色T恤,也没了整日喝酒导致的那股子怪味。我仔细打量他,想从他的眉宇间找到一丝"警察前辈"或者"嫌疑犯"的影子。但可惜他脸上的褶子比刘广文还多,头发花白,干瘦,50多岁的人,看上去却像是个年过古稀的老头。

"我说怎么老觉得有人跟着我,闹半天是你。那两盒臭豆腐是刘一跟你一人一份对吧?前几天他就说想吃,我跟他妈不让,结果他就撺掇你去买。他个高考落榜生,还小你七八岁,你怎么被他牵着鼻子走!"刘广文皱着眉头叨叨着。

当下的场景让我一时不知该说什么好,辛吉然的身份让我很尴尬。按道理,他是宋来福和韩品木两起案子里的重大嫌疑人。作为警察,我现在该做的是给领导打电话,把他和"窝藏"他的刘广文一并抓起来公办。但现实里我却木然坐在他对面,一点没有发现"重大嫌疑人"的快感。

"你可以打电话叫人,打给杨胖子或王正操都行。"辛吉然突然开口打破了沉默。

我下意识地掏出了手机。

刘广文伸手想制止,但辛吉然挡开了他的手。

"留我在这儿你已经构成'窝藏'了,你'预备退休'了没所谓,别把人家孩子给坑了。"辛吉然对刘广文说。刘广文无奈地看看他,又瞥了我一眼,带着满脸的不情愿。

我把手机拿在手里。他这样说话,我反而开始犹豫要不要叫人。

"说说你的事吧，我听着，我和文哥都是警察，满足讯问过程需要两名以上民警参与的条件。"说完，我也分别看向辛吉然和刘广文。辛吉然面无表情，刘广文刚刚紧绷的肌肉却似乎舒展开了。

"听刘广文说，你是赵干哲的关门弟子？"辛吉然没有说他的事，却反过来问我。

我点点头，说对，如果赵支队认可的话。

"可以，跟了刘广文一路没被他发现，你这也算是出徒了。"辛吉然笑着说。

2

"韩品木的事情不是我做的。"之后，辛吉然直入主题。

"但现场有你的鞋印，我的执法仪拍下了你跳窗时的影像，凶器上还留着你的指纹，现在你说韩品木的事儿不是你干的，这些证据怎么解释？"我虽然早在案发现场就排除了辛吉然作案的可能，但还是提出了这些问题，因为那个现场实在太诡异了。

"对，这正是我要说的，那晚韩品木家被人做了一个局。"辛吉然顿了顿，"你应该感谢我，如果那晚先进门的是你，现在坐在公安局讯问室里的人，也同样会是你，而且你根本说不清楚。"

我没做任何表态，让他继续说下去。

"听刘广文说，那晚你也是被韩品木叫去他家的？"辛吉然问我。我说是的，韩品木在游戏里叫我去的。

"我也收到了同样的信息。"辛吉然说。

说完他把手机递给我，信息栏里的确是韩品木的手机号码，但辛吉然没有备注。号码下面同样是一句话——"我是你要找的人，来我家，有话说"。时间是 7 月 14 日晚上 21 时，比我收到的信息稍早。

　　"他怎么会有你的手机号？"我问辛吉然。

　　"这个号我用了很多年。"辛吉然说，这并不奇怪。

　　但那晚令辛吉然感到奇怪的是，韩品木为何突然给他发了这样一条信息。辛吉然知道韩品木家地址，思考再三，他决定去看一看。

　　"他家门锁是坏的，你看出来了吗？"辛吉然问我，我说看出来了，还以为是你弄的。辛吉然笑了，说如果是他做，不会让我看出来。

　　"但后来想想，如果当时没看出来的话，可能还好些。"辛吉然说。如果是那样，他敲门无人应答后会给韩品木打电话或者发信息，而不会推门进去。

　　"算是做警察时候的下意识行为吧，结果抓了半辈子蛇，还是被蛇咬了。"辛吉然叹了口气。那晚他看到门锁后，经验告诉他这事诡异之中透着蹊跷。但他还是推门进去了，因为韩品木卧室灯亮着，屋里应该有人。

　　尽管辛吉然进入室内的动作很轻，但在推开门的瞬间，还是引起了一声闷响。辛吉然低头一看，地上是一个铜质摆件，应该是被放在房门内侧把手上的。门被推开，铜质摆件便掉在了地上。辛吉然很自然地把摆件捡起来放在门口的鞋柜上，继续走向韩品木亮着灯的卧室。

"进卧室后，我看到韩品木坐在卧室的书桌旁，已经出事了。想走，但刚返回客厅你和刘广文就到了，事情就是这么巧。那时我除了逃跑，没有任何别的选择。"辛吉然说。但韩品木的事情不是他做的，他也压根没有做这件事的理由。

"既然袭击韩品木的人不是你，你没必要跑的。"我说。

"你刚才不也说过，现场有我的鞋印，凶器上有我的指纹，这些我说得清吗？"辛吉然反问我。

我点了点头。

"说白了吧，这就是个死局，除非韩品木醒过来自己告诉警察是谁打的他，不然的话，我根本没法解释。"辛吉然说。

"韩品木为什么要联系你？这些年你跟他一直有联系吗？"我问辛吉然。

"嗯，有联系。"辛吉然顿了顿，"我还在想当年的那个案子。"

"'2·15'专案？"

"对。"

"为什么？你已经不是警察了，案子跟你还有什么关系呢？"

"这是我的事。人总要找点事做。"辛吉然淡淡地说。

我无法认同他的说法，但还是表示理解吧。

"为什么选韩品木？"我接着问。按道理，辛吉然出狱时毕德华已经被警方确定为真凶之一，若想继续调查这起案子，应该从毕德华着手。但辛吉然为什么选择了韩品木？而且之前赵干哲带我调查这起系列案件时也把韩品木作为切入点，两人做了相同的、貌似不合逻辑的选择，是巧合吗？

"我不知道赵干哲为何选他，但我找韩品木，是因为一个人。"辛吉然说。1999年辛小亮出事后，辛吉然投案自首，因过失致人死亡在监狱待了5年。服刑期间他遇见了一位故人，此人名叫胡业军，入狱前是致胜机械公司的老板，因涉嫌行贿和侵吞国有资产被判刑。而辛吉然之所以称他为"故人"，是因为两人曾短暂打过一次交道，因为刘晓华的案子。

"当初刘晓华案发后，社会上有传言说胡业军和刘晓华是情人关系，所以我们调查过他。"辛吉然说。但当时胡业军否认了自己和刘晓华间的关系，加上刘晓华案发时胡业军在广西出差，没有作案时间，所以警方很快排除了他的嫌疑。我对"胡业军"这个名字有些许印象，应该是此前范杰跟我提过。他是胡小飞的父亲，但有些逻辑关系我还是一下理不清楚，便继续听辛吉然往下说。

"其实胡业军当年骗了我们，他和刘晓华的确是情人关系，而且还不单纯是情人关系。"辛吉然接着说。使胡业军入狱的那起案子，就是胡业军与刘晓华当年共同犯下的。

2003年，油田盐化工总厂出了一起贪腐窝案，犯罪分子通过回扣的方式侵吞国有资产。其中就包括盐化工总厂下属兴源化工厂的厂长，他在采购化工设备时从中拿了120多万的回扣，给盐化工总厂前后造成4000多万的损失。那起案子里给回扣的人是胡业军，而牵线搭桥的人是厂长秘书刘晓华。胡业军在交代案情的同时供出了当年与刘晓华之间的情人关系，最后那名厂长被判了11年，胡业军被判了6年，刘晓华已死，没有追究刑事责任。

"胡业军有个儿子，名叫胡小飞，这样说，你明白了吗？"辛吉然问我。

我当然明白两人的关系，但就是因为两人的这层关系，我觉得之后发生的事情有些不可思议。

　　"胡小飞奸杀了自己父亲的情人？"

　　"指甲缝里的人体组织只能证明一件事，就是两人发生过肢体冲突，但并不能证明一定实施过强奸。"辛吉然摇摇头。

　　胡业军得知辛吉然就是当年调查刘晓华案子的"辛队长"后，跟他聊了一些关于刘晓华的事情，其中就提到了刘晓华与儿子胡小飞的关系。胡业军说刘晓华和胡小飞一见面就打架，而且刘晓华出事当天中午，胡小飞就在刘晓华的住处跟她打了一架。

　　打架的原因胡业军已经记不得了，当时他人在外地，只是接到了刘晓华的告状电话，知道两人打得很凶，胡小飞也受了伤。胡业军本想找儿子聊聊，但第二天便传来了刘晓华遭遇强奸并被杀害的消息。胡业军当时怀疑过儿子胡小飞，但他没敢跟警察说。一来担心自己和刘晓华的关系曝光，那不仅是婚外情，还有可能把他与兴源化工厂领导的那档子事儿牵出来；二来他担心真是儿子胡小飞干的。之后听说刘晓华的案子是一个强奸杀人团伙做的，胡业军放下心来，也就没再找儿子提过这件事。

　　"你的意思是，胡小飞不是强奸杀害刘晓华的凶手？"我问辛吉然。

　　"只能说确定不了，但也排除不了吧。"他说。感觉不太可能，毕竟是自己父亲的情人，胡小飞有可能杀死刘晓华，但奸污她，这事儿有些超出认知。

　　"这跟韩品木有啥关系？为什么要调查他？"我还是不太明白。

"我出狱后，整理辛小亮遗物时又发现了一些东西。"辛吉然说。2004年出狱后，他回到家，才来得及收拾妻子和儿子的遗物。在整理儿子辛小亮生前的物品时，他发现了一些照片。

说着，辛吉然从身边一个旧公文包里拿出一叠照片递给我。

第一张是油城东方红中学1996届初三（三）班毕业生合影。照片发黄，有些年头了。正面是40多名学生、老师和学校领导的合影，背面则印着合影者的姓名。

"姓名顺序跟照片里学生站位顺序是一致的。"辛吉然说。其实不用他提醒，我已经看出来了。

照片背面右上端有四个名字被红笔圈了出来，分别是韩品木、胡小飞、郭鹏飞和辛小亮。

四个名字挨着，说明照片里的四个人也挨着。

"这？他们是初中同班同学？"我问。

第二张照片有些眼熟，是辛小亮、韩品木和郭鹏飞三人在省城一处景区门口拍的。我盯着照片看了半天，想起同样的照片我在韩品木家见过，但不同的是，韩品木书柜里的那张照片是翻拍的，而这张照片是原版，因为辛小亮的右手边还有一个人。

很明显，此人就是郭鹏飞。

其他照片内容也基本相同，都是韩品木、胡小飞、郭鹏飞和辛小亮等人的合影。从照片的数量看，他们应该是很好的朋友。

"我在韩品木家见过这张照片，但上面只有他和辛小亮两人，剪去了郭鹏飞。"我扬了扬手里那张景区门口的照片，对辛吉然说。

"他剪去了郭鹏飞？"辛吉然有些疑惑，"他为什么这样做？"

"从我跟他的接触来看，韩品木似乎不想让人知道他和郭鹏飞的关系。"我说，然后把游戏群里韩品木开除队友小川的事情简要讲给了辛吉然。

"不想让人知道他俩的关系？"辛吉然陷入沉思。

"我也跟你说一件事。"半晌，辛吉然说。

"嗯，你说。"

"当年杜娟案发生后，我去光辉中学找韩品木了解情况，为韩品木提供不在场证明的就是胡小飞和郭鹏飞两人，也是因为胡、郭两人的证词，我放掉了对韩品木这边的侦查。"辛吉然说。当然，那时他并不知道郭鹏飞与陈春丽之间的母子关系。

现在想来，胡小飞是第三起刘晓华案中的关系人，郭鹏飞是第五起陈春丽案中的关系人，他俩给韩品木出具不在场证明，确实不合适。

"你的意思是，怀疑胡小飞和郭鹏飞当年给韩品木做了伪证？"我问辛吉然。

"有这种可能，更严重一些的话，三人或许早就进行了串通。"他说。

"按道理，韩品木当年属于受害人家属，你要求韩品木提供不在场证明，明显是怀疑到他头上了，能不能告诉我理由？"我又问辛吉然。

"很简单，韩品木的生母97年车祸去世后，他一直向公安机关举报是父亲韩双林和继母杜娟合谋制造车祸谋杀了母亲，前后持续了一年多，直到98年底他还在写信举报他爸和杜娟。当年我不仅在刑侦支队接到过交警移交过来的举报材料，他还单独找我谈过他母亲的死，反复恳求我帮他查出真相。"辛吉然说。

"你查了没？"我问。

"查了，没有结果，一切证据都表明韩品木母亲的死确实是一场意外。但韩品木不接受，依旧举报，杜娟出事前两个月他最后一次找我，说是找到了一个目击证人，证明他母亲车祸那天是被人推到公路上的。我让他把那个目击证人叫来公安局做证，他兴冲冲地走了。但奇怪的是那次他走之后却再没跟我联系，也没再找我说过他母亲的事情。"辛吉然说。

"韩品木的不在场证明这件事，你后来跟赵支队说过吗？"我试着问辛吉然。

辛吉然看了看我，似乎做了什么决定。

"是的，我告诉了他，然后他叫你去查韩品木。"

我突然想到，上次王正操说的那个"影子"，难道是辛吉然？

"我想知道你跟宋来福的事情。今年5月15号晚上，你和他前后脚出现在采油厂惠民农场边的土路上，后来他死了，你却失踪了，那晚发生了什么？你为什么去那里？后来你又去了哪里？"我换到宋来福的案子上，接着问辛吉然。

"那晚的事情，我至今还感觉奇怪。"辛吉然说。5月15日下午，他收到陈春丽的信息，约他晚上7点半在惠民农场边的土路上见面，有重要事情告诉他。

"你和陈春丽是？"我想确定一下自己一直以来的推测。

"纯粹是因为公事，不是你们想的那样。"辛吉然说。

"哦哦。"我赶紧点头，虽然并不明白眼下的辛吉然和陈春丽之间还有什么称得上"公事"。

"这个事儿我等会儿给你细讲。"辛吉然说。

我只好暂时作罢。

"5月15日晚上，因为下大雨，我迟到了一会儿。到了地方时，却没见到陈春丽。"辛吉然接着说。

"她没去？"

"是的，至少我没见到她。"

辛吉然在大雨中等了十多分钟，陈春丽一直没到。打电话，陈春丽总说自己出发了，马上到。眼看雨越下越大，辛吉然感觉陈春丽似乎在要他，于是决定离开，但刚迈出几步，就看到远远地，一个人影向自己走来。

来人不是陈春丽，却是宋来福。大雨中的宋来福没有打伞却拎着一根棍子，辛吉然心头一凛，停住脚步，想这家伙不会是冲自己来的吧。就在片刻间，已经大步跨到辛吉然近前的宋来福突然从怀里掏出了刀子。

"刀子？可是，可是我们在监控里只看到他折断拖把杆当作棍子，没见他拿刀啊！"我吃了一惊。

"确实是刀，这么长。"辛吉然用手比画了一下，大概20厘米长的刀子。

论年龄，两人差不了几岁，但论身高体型，辛吉然明显跟宋来福不是一个量级。面对持刀而来的宋来福，赤手空拳的辛吉然只得转身逃跑。

宋来福持刀追赶，两人开始在大雨中狂奔。

"真险啊，有几次差点被他抓到，这货应该就是奔着杀我来的，追我的时候在后面一声不吭！"辛吉然说。

"那晚他追了你多远？"我问辛吉然。

"不知道，哪有工夫看他，但估计没追到国道上来，刘广文说国道上的监控视频里只有我一个人在跑。"

的确，那晚的国道监控里，只有辛吉然一人在"逃跑"。回到家中的辛吉然惊魂未定，打给陈春丽，对方说自己走到小区门口被物业经理拦住，说是下雨导致小区下水道阻塞溢水，临时叫她回去清理，还跟辛吉然道歉，说之后再约时间。辛吉然又打给刘广文，本想把晚上的遭遇告诉他，不料却得知宋来福竟然死了，被人捅死在惠民农场边的土路上。

"既然宋来福不是你杀的，来所里说清楚不就行了。"我说。

"怎么说清楚？不是我杀的，那是谁杀的？宋来福是自杀吗？"辛吉然说。

没有目击证人，监控中拍下的画面里宋来福拎着棍子，没有刀，而辛吉然却在案发后"逃跑"，他确实很难说清楚。那晚的土路上显然也是一个局，套住了宋来福和辛吉然二人。

"后来我复盘这件事，大概明白了对方意图。按照他的计划，宋来福先杀了我，而后被人杀死，这样一来也可以造成我和宋来福互杀的假象，一石两鸟。"辛吉然说。

"都死了是'互杀'，死一个是'情杀'，配合外界你跟宋来福是情敌的传言，这计划堪称完美！"我补充说。

"但你有没有想过，如果死的是你而非宋来福，这案子会怎样呢？"我突然想到了这一点。

"我想过，那晚宋来福必死，因为整件事情其实是冲他来的，你不觉得吗？"辛吉然说。

的确，如果是冲辛吉然来的，那当时追杀他的就不只是宋来福一人了。

3

且不论辛吉然的话是真是假、后期有无证据支撑，至少在宋来福的案子里，逻辑是通的。但逻辑通顺的同时也带来了新的问题——杀害宋来福的真凶是谁？杀人的动机又是什么？

"宋来福一直在跟踪我，这事儿你应该知道吧？"辛吉然问我。我说知道，他不是一直把你当成"情敌"嘛。

"但还有人在跟踪宋来福，这事儿你恐怕不知道吧？"辛吉然接着说。我说这个确实不知道，谁跟踪他？跟踪他干啥？

"我也是偶然发现的，原以为那人是宋来福的帮手，但后来发现不是这么回事。"辛吉然说。这一发现连他自己都感到茫然，不知跟踪宋来福的人意欲何为。只是辛吉然可以发觉跟踪自己的宋来福，宋来福却发现不了跟踪他的人。

"跟踪宋来福的人是谁？"我问辛吉然。

"悦江苑酒店的保安小孙。"辛吉然说。

"孙强？"又是这个孙强，游戏战队群里的 SN，他打探郭鹏飞的消息，泄露韩品木的秘密，一边向张成国告韩品木的密一边又向马忠举报张成国，现在辛吉然说他一直跟踪宋来福。他到底想干什么？

"你觉得，在宋来福的案子里，陈春丽扮演了什么角色？"我问辛吉然，其实自己心里已经有了八九成答案。

"你刚才不是问我和陈春丽的关系吗？我现在可以告诉你答案了。"辛吉然顺势转回到我最初提出的那个问题。

"我在和她一起找一个叫'三叔'的人。"辛吉然说。

三叔？又是那个三叔？

"2003年，我在农场监狱服刑时，从犯人口中听说了这个人……"辛吉然说，当时有个犯人在闲聊时给他讲过一件事，曾有个绰号"三叔"的江湖人物酒后跟人斗狠时自称杀过人，是两口子，女的奸杀，还顺手搞了些戒指项链啥的，转手卖了一万多块，发了笔横财。

三叔那天吹牛的过程中又提到他当时还带了一个"小兄弟"，但笑话那家伙是个"废物"，喜欢看别人做爱时在一旁"打飞机"，轮到自己"上场"却阳痿。

"我当即便想到了99年的第一起案子，大年夜遇害的那对叫唐晓东和关姚的小夫妻……"辛吉然说这话时，脸上带着愤恨，仿佛又回到了13年前，他还是刑警队长的时候。

"然后你就开始查三叔吗？"我问辛吉然。

他说对，转天他就把情况向监狱方做了汇报。监狱又通知了油城警方，赵干哲被叫去了农场监狱。那个向辛吉然爆料的犯人也被提出来专门回忆有关三叔的事情。但很可惜，真正面对警察时犯人改了口，承认三叔的事情是道听途说来的，自己并不认得三叔。赵干哲事后也做过调查，没获得三叔的相关线索，只能作罢。但三叔这个名字却在辛吉然脑子里打下了烙印。

"他描述的三叔的案情跟唐晓东、关姚的案子实在太像了。"辛吉然叹了口气，想拿支烟出来，却发现自己的烟盒已经空了。

"阿文，给支烟来。"辛吉然冲椅子上的刘广文伸出了手。半天，刘广文没有反应。

"阿文！"辛吉然又招呼了一声。

"啊……"刘广文这才有所回应，原来他已经坐在椅子上睡着了，怪不得一直不说话。

"什么？"刘广文瞪着惺忪的眼睛问辛吉然。

"烟！还有吗？"

刘广文迷迷糊糊地从兜里掏出一个皱缩得不成样子的烟盒，扔在茶几上，我和辛吉然各自抽出一支点上。

"哎哟，这么晚了！你们聊着，我得回家了！"刘广文似乎被手机上的时间惊得瞬间清醒了，他一边起身一边把烟盒揣回到自己兜里。

"你回去吧，把烟留下。"辛吉然说着拽住刘广文胳膊，夺下了他手里的烟盒，看来也是个老烟枪。刘广文依依不舍地看着自己的那半包烟又被辛吉然搁在了茶几上，索性一次性从里面抽出三支，一支叼在嘴上，两支放进胸前口袋里。

"嗯，我走了，你们聊着。李成，别再买臭豆腐了。"说着，刘广文开门走了，我这才想起晚上原本出来要干啥，但可惜过了这么久，那两盒臭豆腐都要便宜垃圾桶了。

"不管他，咱说咱的。"辛吉然朝刘广文离开的方向看了一眼，然后说。

"嗯。出狱后，你又调查过三叔吗？"我问辛吉然。他说没有，赵干哲从正规途径用警方资源都查不出来的人，自己更没办法。

"而且在这之中，又出了一个新问题。"他说。

"如果三叔的案子是真的，那韩品木这边又是怎么回事？况且警方已经追到了一个真凶毕德华，一起案子出了三队嫌疑人，相互矛盾了，对不对？"我说。

辛吉然点头，是的，就是这个问题。

"第五案里在现场留下唯一证据的毕德华跟韩品木、胡小飞、郭鹏飞没有任何交集；韩品木三人的年龄跟三叔对不上；我甚至找到了毕德华当年的女朋友，她说毕德华在生理方面并没有任何问题，这样一来又跟三叔和他的'小兄弟'不配套。"

是啊，韩品木有杀害杜娟的动机，胡小飞有杀害刘晓华的嫌疑，郭鹏飞的母亲是受害者陈春丽，毕德华在陈春丽案发现场留下了唯一证据，三叔却自己描述了完整的奸杀案情，三方之间没有任何关联。

"后来我开始考虑一种可能性——会不会是当年的案子搞错了。"辛吉然说，恐怕就错在了串并案上。当年案件类型相似，发案时间又很近，因此觉得串并案后各起案子的线索可以通用，侦查结果的可靠性也就高很多，避免出现"孤证"。那年头没有什么"四侦一化""大情报"，全靠人下去摸线索。

"不瞒你说，我和赵支队调查过程中确实发现了一些问题，主要集中在杜娟的第四起案子上，所以赵支队也把切入点放在了韩品木身上。"我说。

"赵干哲的意思也是不该把杜娟的案子并进来吧？"辛吉然问

我。我说对，这起案子无论作案动机还是作案方式都与其他案子有很大区别。

"你俩想得没错，但其实真正有问题的或许是第五起陈春丽的案子……"辛吉然说。

"为什么是陈春丽的案子有问题？"我问辛吉然。

"你们之所以觉得杜娟的案子有问题，大概是基于三个方面的考虑吧，一是案发地点不同，二是杀人方式不同，三是侵财行为不同，对不对？"辛吉然问我，我说对，确实是这三个方面，而其中凶手杀死受害人的方式不同是最关键的。

"但是陈春丽的案子相对完美地诠释了之前的疑惑，因为她遇袭的地方是野外，与前三起案子一致；中刀的位置是胸腹部，与第四起案子一致；她提供的凶手人数与第二起案子警方现场采集到的脚印数一致；而从侵财行为看，像第四起杜娟的案子一样，她的贵重物品并没有被凶手洗劫；关键是陈春丽还提供了其中一名凶手的血迹，这样一来，警方就不再纠结凶手的作案动机和杀人方式上的区别，很自然地把第四起案子并到先前三起案件中，对不对？"

我说对，是这么回事。赵支队之前还打过一个比方，说第五起案子就像"领导开会时的总结性发言"。

"如果没有第五起案子的话，你们当初会怎样侦查？"我问辛吉然。

"应该会以案发地油田技校为核心吧，调查杜娟的社会关系，韩品木肯定是重点，难保当时不会查到胡小飞，如此一来刘晓华的案子很可能会提前侦破……"辛吉然把抽完的烟蒂丢进烟缸里。

"也就是说，陈春丽的案子使你们当年改变了侦查方向？"我问辛吉然。

他说可以这么认为。"很怪，越想越怪……"

"辛叔，继续讲三叔的事情吧。"我提示他，我们又扯远了。

"对对，扯远了。"辛吉然也意识到。

"大概在 2007 年左右，我偶然间打听到陈春丽的下落，便想试着跟她接触一下，当年只有陈春丽见过那三个强奸犯……"辛吉然接着说。但接触的过程并不顺利，陈春丽拒绝再跟他谈及当年的案子。辛吉然倒也能理解，毕竟那不是一般的案子，性侵案件的受害人大多需要多年的自我疗愈。因此被陈春丽拒绝后，辛吉然在很长一段时间里没有再找过她。

"但 2009 年底时，陈春丽突然找我，说悦江苑酒店停车场的门卫宋来福，很像当年侵犯自己的三人中的一个。"辛吉然说。

如果我没记错的话，当年陈春丽的受害人笔录里写得很清楚，三名侵犯她的男子年龄都不大，而即便回到十几年前，宋来福也是 45 岁开外的年纪了。我把疑问讲给辛吉然，他说他当时也是这么问陈春丽的。陈春丽说有可能是当年自己太紧张，记错了。

"记错了？案子过去十年她又想起来了，胡扯吧？！"我说。

"十年后想起来的可能性虽然很小，但也并非绝不可能，关键是，她还说宋来福有个绰号，叫'三叔'。而当年她被侵害时也曾听到同伙喊那个年纪比较大的人'三叔'。"辛吉然说，他虽然怀疑过陈春丽的话，但"三叔"这个绰号可是实打实地在他脑海里印刻了多年。即便陈春丽的话不作真，她又是如何知道"三叔"

这个绰号的呢？

"既然陈春丽认出了宋来福，为什么不直接找警察，却告诉你？她想让你做什么？"

"她说自己只是觉得宋来福像，不能确定，她想确定宋来福就是三叔之后再报警。找我，是想让我帮她。"

"也就是说，你后来去悦江苑酒店，目标其实是宋来福？"我问辛吉然，他说对，最初是他。

"有啥发现没？"

"前期没什么有用的线索，因为原本对于三叔这个人，我手里的资料就非常有限。我跟赵干哲说了，赵干哲查了宋来福。他的底很干净，不是从没犯过事，就是已经洗白了。"辛吉然说。

但我总觉得从之前与陈春丽的一系列接触和辛吉然在悦江苑酒店的状态看，两人似乎不那么像"合作"关系。比如辛吉然揍我的那一拳，怎么看怎么像他装醉憋着劲要见陈春丽。

"只是我没想到，到了2010年3月份，陈春丽又一次很突然地告诉我，不要再查宋来福了，不是他。我被陈春丽搞得云里雾里，问她到底怎么回事，陈春丽只说是她记错了，然后就不再说这事儿了。"辛吉然接着说。

"又记错了一次？她这记性可真是挺差的啊。"我感觉事情没这么简单，"难道是她被宋来福发现了？受到了威胁？"我接着问辛吉然。

辛吉然深深吐出一个烟圈。

"这事儿我一直搞不清楚，因为从那之后陈春丽便拒绝再跟我提这件事。我想接着查，陈春丽便躲着我，后来宋来福也跟踪我。再后来发生了5月15号宋来福被杀的事情。我考虑过你说的这种情况，但问题是如果陈春丽真的遭到威胁，是可以告诉我的。而且一旦宋来福威胁她，就相当于不打自招，正好方便了警察办案，陈春丽有什么可顾虑的呢？"

是啊，陈春丽有什么可顾虑的呢？难道她有一些不方便让警察知道的事情？那会是什么呢？假如宋来福的案子真是陈春丽策划的，她先在辛吉然面前提到宋来福是三叔，而后否认，最后设计把辛吉然与三叔搅在一起，这又是为什么呢？嫁祸辛吉然，对她有什么好处呢？

难道？

"辛叔，宋来福被杀前，你查到了什么？"我问辛吉然，试图印证自己的一些推测。

"什么也没查到啊……"辛吉然说。

我又考虑了一下。

"那你在查什么呢？"我继续问他。"没查到"不代表没做调查，只是没有结果而已。

"在查什么……"辛吉然陷入回忆之中。

"噢，我4月底去过一次光辉中学，这算不算？"辛吉然问我。

"去那里做什么？是为了查韩品木？胡小飞？还是郭鹏飞？"我问辛吉然。

他却摇了摇头，说都不是。

"我是去查毕德华。"辛吉然说。

"毕德华也是光辉中学毕业的？"我略感惊讶。

"这个没什么奇怪的，当年油城只有光辉中学这一所高中。而且我记得光辉中学虽然归油城教育集团管，但它不只接收油田子弟，地方上的学生也可以通过中考进来。毕德华是兴平农场人，兴平农场就在油城边上，那里的学生大多去光辉中学读高中。"辛吉然说。

"你想知道当年毕德华与韩品木和胡小飞有没有关联？"我问。

辛吉然点头，说起初的确是这么想的。

"出狱后，赵干哲给我看过毕德华的资料，学历一栏里写的是'高中'。我想他会不会当年也在光辉中学读过书，会不会跟韩品木他们认识。"

"结果呢？"我追问。

"毕德华以前确实是光辉中学的学生，但是比韩品木他们高两级，也就是说，杜娟出事时毕德华已经毕业两年了。按道理只相差两个年级的学生也不是没有交往的可能，但是他们学校的老师又跟我说，韩品木那届比较特殊。光辉中学以前叫油城二中，校址在南外环附近。从韩品木这届入学开始，新生随新校区搬到了现在的位置，也改成了全寄宿制，但老生还在南外环的老校区走读，所以两届学生基本不会有什么接触。"辛吉然说。

略有失望，大概得到这个消息后辛吉然也是这个感受吧。

"怎么突然想起这茬来了？"我接着问辛吉然。我不太明白，他是2004年出狱的，赵干哲肯定一早就把凶手毕德华的情况告诉了他，为什么辛吉然在多年之后才想起来调查这件事呢？

"也是个巧合吧，年初我把家里最后一点旧家具卖了，其中包括次卧的床。那是小亮以前睡的床，一直没舍得卖……结果当天夜里我就梦见小亮了。第二天醒了有些后悔，想去废品站把床再买回来，但到那儿才知道床已经被废品站老板劈了。回家路上我就开始想小亮，想起了很多事……"辛吉然说。

其实这些年，辛吉然一直在极度的自我克制中生活。他在潜意识里回避当年的事情，不去想儿子和妻子，甚至为此卖光了家里的家具，空空如也的屋子大概可以让他忘掉那些伤痛的往事。这样想来，他和韩品木似乎在做相同的事情。只不过韩品木刻意回避的是现在，而辛吉然选择遗忘的是过往。

"其中就包括一个人和一件事……"辛吉然继续说。

"谁？毕德华？和辛小亮也是朋友？"我问。

"不……"辛吉然却摇摇头。

"你知道辛小亮当年是怎么出事的吧？"他接着问我。我点头，刘广文跟我说过。

"当年小亮说自己跟兴平农场的混子们为了争地盘打架，头部受了伤。我去核实过跟他打架的那帮混子，其中有个绰号叫'老毕'的。之所以对他有印象，是因为当年这个'老毕'也受了伤，鼻梁骨被小亮一伙打断了，我记得见面时他脸上还缠着绷带。"

"你怀疑当年的'老毕'是毕德华？"我问辛吉然。

"兴平农场不大，'老毕'这个绰号很可能源于他的姓氏，而农场姓毕的人家也不多……"辛吉然说。

早年间，辛吉然去过兴平农场的毕德华家一次，但毕德华的父母并不欢迎他，听说来意后直接把辛吉然赶了出去。辛吉然知道自己当下的身份并理解对方父母的心情，从那以后再没登过毕家的门。4月底的那次光辉中学之行同样没有带给辛吉然任何收获。虽然他找到了那些曾经教过毕德华的老师，但他们纷纷表示对这个学生早已没了任何印象。

"你去光辉中学这件事，都有谁知道？"我问辛吉然。他想了想，说没什么人知道，如果有，也就是他一个在光辉中学工作的朋友。

"我那朋友在光辉中学校办工作，现在算是个领导吧。你也知道，我不像你们，不可能光明正大地去学校查这事儿……"辛吉然说。除了这个朋友外，他再没跟别人提过这件事。

我点点头。

原本考虑是不是辛吉然在5月15号前做了什么，才导致自己被卷进了宋来福的案子里，但辛吉然去光辉中学查毕德华这件事看似跟半个月后宋来福的案子并没有什么关联，我的算盘也落空了。

客厅墙上的老式挂钟响了，我抬头看，方才发现已经快要转钟了。明天还得上班，是时间打道回府了。

"你下一步什么打算？"我提出了最后一个问题，这其实也是今晚我最该问的问题。

"唉……"辛吉然叹了口气。我明白，他现在的处境十分尴尬，要么"投案自首"，要么继续躲在这里。宋来福的案子他说不清楚，眼下的情势他至少得先被刑拘，住进看守所等真凶落网，估计辛吉然不愿做这个选择。

"走一步看一步吧。"果然，辛吉然没有正面回答我的问题。

4

回到刘广文家时，我看到刘广文和刘一站在楼道里。两人见到我都很激动，纷纷说"你好歹回来了"。我心想这爷儿俩是怎么了，至于都出来迎接我吗。走近一问才知道，两人都是因为犯了错误被撵出来"罚站"的。

都是罚站，两人的错误又有区别。刘广文回家后马上揭发了刘一派我出去买臭豆腐的事情，妻子一怒之下处罚了儿子。但刘广文也未能因为"揭发检举"而获得妻子谅解，他一身的烟味暴露了自己，也被妻子赶出门跟刘一做了伴。

"让你们别在屋里抽那么多烟，我这么大的烟瘾都忍住了，就你俩，一根接一根，弄得我也浑身烟味……"刘广文苦着脸小声埋怨我，仿佛我才是导致他现在有家不能回的元凶。

无奈，我在父子二人期盼的眼神中上前敲了敲门。刘广文妻子见是我回来了，开了门。刘广文爷儿俩也顺势从我身后挤进了屋，刘广文奔向主卧，刘一奔向次卧，爷儿俩动作出奇的一致，仿佛慢了就会被抓住再撵出去似的。

"唉，我们家就这样，你别笑话。"这一幕反而让刘广文的妻子有些不好意思。我急忙说不会，也赶紧跑进了刘一屋里。但在刘一屋里屁股还没坐热，我又被刘广文叫去了阳台，看他又要去抽烟，我急忙说文哥你胆子可真肥，这进门才几分钟啊，你不怕再被嫂子撵出去罚站了？刘广文摆摆手说没事儿，你回来了，我和刘一就都安全了。

"老辛这个事情，你怎么打算？"我知道刘广文把我叫出来肯定为了这事儿，于是递给他一支烟，说就先这样吧，我和你站在同样立场上。

刘广文吐了口烟雾，好像有什么话想说，憋了半天却没有说，只撂下一句"你想好就行，这事儿风险可不小"。我打着哈哈说没事儿，就算万一真有事儿，不还有你跟我做伴嘛。刘广文看了我一眼，也笑了笑，说还是那句话，到时候你跑就行，我殿后。

"文哥，你觉得现在发生的这些案子，跟之前我和赵支队调查的'2·15'专案有关系吗？"

这无疑是近段时间一直困扰我的问题。从1999年"2·15"系列案件结束至今，已经是第13个年头。其间一直"风平浪静"，似乎没出过什么新情况。但自从我和赵干哲的两人"专班"成立之后，一系列事情相继发生。先是宋来福、胡小飞，后来是张成国、韩品木，甚至连赵干哲本人都罹难。这些都是巧合吗？我难以说服自己相信。抑或是因为我和赵干哲做过什么，应该是这样的，但我们做过什么呢？

"难说……看似风平浪静的海面，其实早已有暗潮在翻滚。你们不经意间激起的小浪花下面，或许隐藏着一个巨大的漩涡。"刘广文说。

但"浪花"是谁，这漩涡又是什么呢？

刘广文走到客厅倒了两杯水，时间已经到了凌晨1点半，他似乎依旧没有去睡觉的意思。

"我走之后你们还聊了些啥？"

"有关陈春丽和一个叫'三叔'的人，就是上次你跟吴霞提到的那个家伙。"非常无奈的是，由于刘广文的好奇心和提前退场，我需要把晚上跟辛吉然的对话再给他复述一遍。

"宋来福不是三叔。"当听到辛吉然和陈春丽对宋来福的怀疑时，刘广文突然打断了我。

"不是？为什么？"我很不解。

"宋来福也不是先前被杀的那个人。"刘广文又说。

我停止复述，看着他。

"宋来福家属在悦江苑酒店'维权'时，赵干哲安排我去做了一件事。"刘广文说。赵干哲让他把现场所有参与"维权"的宋来福亲属的情况摸排一遍，并从亲属们口中了解有关宋来福的信息，刘广文在摸排过程中很快发现了问题。

"怪不得那天你见面喊我'李副组长'，闹半天你终究也没跑脱，还是被赵支队抓了壮丁，是不是，'刘组员'？"我想起了那天的事情，趁机开刘广文一个玩笑。刘广文"哼"了一声，面露不屑。

"来的人多数不是宋来福亲戚，是他老婆请来闹事的村民，真正的亲属只有两个，宋来福的老婆和弟媳。"他继续刚才的对话。

"两人看过尸体，也按照程序做过辨认笔录，确定死者是宋来福，但在之后的 DNA 验证环节中却出了问题。"刘广文接着说。宋来福没有孩子，弟弟名叫宋来顺，6 年前与自己的儿子一同死于湖南一靖安路起建筑工地高坠事故，也就是说，宋来福已经没有了直系血亲。

"我们让宋来福妻子回家搜集一些丈夫生前穿过的衣服、用过的牙刷之类的物品，他老婆很快把东西拎来了，经过 DNA 检验，也对上了。但赵支队却派人去了一趟湖南，带回了 6 年前宋来顺父子出事时当地警方做的证据材料，两相一比对，又出了问题。"

湖南警方当年的证据材料中有宋来顺父子的 DNA 数据，但与宋来福的明显不同，比对结果是两者并无血缘关系。对此宋来福妻子和弟媳给出的解释是，宋来顺系当年宋来福父母收养的逃荒儿童，村里老辈人都知道这件事。警方随即派人去宋来福老家所在的高碑寨村进行走访，核实了这一说法，同时又获得了另外一则信息——宋来福年轻时曾在一次械斗中受伤，导致单侧脾脏摘除，但警方在尸检中并未发现这一情况。

为确定这一情况的真实性，警方去周边医院进行了核查，确定宋来福在 2002 年之前一直有脾切除手术护理用药的购买记录，但奇怪的是 2002 年之后却没了任何记录。警方重新审查宋来福妻子和弟媳的证词，两人方才承认，死者并不是宋来福本人。

"她们为什么要这么做？真正的宋来福去哪儿了？悦江苑酒店那些宋来福的证件资料又是怎么回事？"我瞪大了眼睛，问刘广文。

"嗯，这也就是那场'维权'一直持续了 50 天的原因。"刘广文说。

宋来福的妻子说，宋来福本人其实早在 2002 年前后就已不知所终。由于两人婚内感情极差，宋来福不但有暴力倾向且滥赌欠了很多债，此前有过多次外出躲债一走就是一两年的经历，因此当宋来福失踪后，她并没有报警或找寻，反而感觉周身轻快。

直到 2005 年，一名陌生男子悄悄造访宋家，给她带来了宋来福已在南方某个城市亡故的消息。宋妻震惊之余反倒觉得有一丝安心，因为在那之前的三年里，她已跟邻村一名男性共同生活了许久。陌生男子还给了宋妻 6 万元现金，一来作为"补偿款"，二来作为交换，让她把家中所有宋来福的证件资料都交给自己。宋妻拿到钱后二话不说便答应了。

之后数年陌生男子再没来过宋家，宋来顺在 2005 年前后曾因哥哥失联许久去南方找过一段时间，但毫无音讯。后来宋来顺也因故身亡，再无人关注宋来福。直到 2012 年 5 月，另外一名陌生男子找到宋妻，说要给她介绍一个"赚大钱"的差事。

"就是冒充'宋来福'家属，找酒店要赔偿，那个人安排人手，宋来福妻子只需要做两件事，一是去现场哭，二是收赔偿款，拿到的钱，两人对半分。"刘广文说。这些情况赵干哲全都掌握，但他没有声张，压了下来，一方面维持悦江苑酒店的现场秩序，另一方面派刘广文暗中调查宋来福妻子口中的"陌生男人"究竟是谁。

我终于明白为什么那场毫无道理的"维权"竟持续了一个半月。

"这就是那天你在吴霞家里询问张成国是不是'那方面'有问题的原因？你怀疑被杀的人是三叔，张成国是他当年的同伙，因为只有作为保安经理的张成国才能帮助宋来福在酒店保安队找到工作并隐藏下来？"我觉得这样的推断并不出格，于是问刘广文。

"是的，我最初也是这么想的，但问题是宋来福的老婆见过张成国，却说那陌生男子不是他。"刘广文顿了顿，"最诡异的是宋来福的老婆说，她感觉那具'宋来福'的尸体似乎就是当年带来她丈夫死讯的男人。而后面那个找她'赚大钱'的人自称是第一个男人的朋友，三十出头，高高瘦瘦的。那人对当年的事情很了解，而且威胁过她，说如果不跟自己合作，那他会把之前的事情捅给警方。"

不知为何，我脑海中突然升腾出了韩品木的影子，但转念一想又觉得不太可能。韩品木是秃头，这么明显的特征宋来福的老婆肯定会记下来告诉刘广文。想到这里，韩品木的影子随即消散了。

"这案子简直了……我们究竟遇到一个怎样的对手……"刘广文把杯子里的水一饮而尽，然后望向窗外。阳台外漆黑的空气中氤氲着水汽，估计又有一场暴雨已在酝酿之中。

"不早了，赶紧睡吧，明天还得上班。"他说着，转身往屋里走去。

"文哥，还有个事儿想问你。"我在他身后叫了一声。

"我困了，有啥事明天再说。"他头也不回地进了卧室。

可能是因为睡得太晚，也可能是因为今天晚上大脑获取的信息量太大，我躺在床上，辗转难眠。

先是辛吉然的话，他口中宋来福和陈春丽的案子、韩品木当年的不在场证明，还有那个毕德华。之后是刘广文的话，关于三叔，关于"三叔不是宋来福，悦江苑酒店停车场的'宋来福'不是真的宋来福"，如此等等，他们的话好像一张张 PPT 不停地在我脑海中划过，将此刻本该当家做主的瞌睡虫子撵得不知去向。

虽然脑袋很乱，但我总有种感觉，晚上跟辛吉然谈话时，我似乎在某个点上突然受到过某种刺激，当时那个感觉一闪而过，没有捕捉到。后来因为他又说了新话题，我没来得及回头去重新捕捉那种感觉。这会儿躺在床上，又不由自主地思考起来。

问题出在哪儿呢？

几次入睡失败后，我索性平躺在床上，开始寻找那种"感觉"。最笨的办法，无非是把今晚和辛吉然的整个对话重新复盘一遍。

先是韩品木的案子，胡小飞、郭鹏飞当年给他出的"不在场证明"；之后是宋来福的案子，陈春丽说宋来福是三叔，而后又反悔；再往后是毕德华，辛吉然去了光辉中学，他想起当年跟辛小亮打架的人绰号叫"老毕"，被辛小亮打断了鼻梁骨。

那个感觉又回来了。

对，问题就出在这里。

我开始仔细琢磨辛吉然当时的话。

如果当年受伤的"老毕"真是毕德华的话，他被辛小亮打断了鼻梁骨，脸上还缠了绷带，他受伤是在陈春丽的案子发生之前还是之后？如果是案发之前，那他在实施陈春丽案犯罪的时候脸上应该依旧缠着绷带，但陈春丽当年的笔录里并没有这一条。毕德华被打断鼻梁骨和辛小亮头部受伤应该是同一天。刘广文说过，当年辛吉然之所以怀疑儿子辛小亮，是因为他头部受伤的时间正好卡在了陈春丽案发的时间点上，那么毕德华的受伤时间也必然要符合这一特征。

两人到底是哪一天打的那场架呢？

夜很深了，我看看窗外，东边的天际线处已经有些泛白。

我拿过枕边的手机，犹豫了一会儿，还是给辛吉然发去了信息。

"辛叔，你记得当年辛小亮脑袋受伤具体是哪天吗?"

"4月初，具体哪天我真的记不清了。"不料辛吉然很快回复了信息，不知为何，他也熬到这个点还没有睡。

我把手机塞回枕头下面。

看来最好的办法就是明天把这个毕德华重新"拎出来"核实一下了。

那晚我大概只睡了三个小时，早上被闹钟叫醒后，原本想拉刘广文一起去趟第二附属医院，因为当年"老毕"鼻梁骨被打断，想要就医的话，大概率会就近选择二医院。但第二天早上我醒来时刘广文已经走了。我非常奇怪他为什么不像往常等我一起去上班，刘广文的妻子却说他昨晚辗转了一夜没睡着，好像有什么心事似的，熬到5点多便起床出门了。

"昨晚上你俩干吗去了，搞那么晚才回来不说，又在阳台上聊半宿，今天早上他腿也不瘸了。"刘广文妻子的脸上写满了问号。我不方便把辛吉然的事情告诉她，只是打着哈哈说工作上的事。说完赶紧走了，防止她继续追根溯源。

去所里点个卯，刘广文同样不在办公室。给他打电话，他说自己有点事在局机关忙。既然这样我只好自己去了二医院，但很可惜，因为时隔久远加上医院几年前进行过改制，早年急诊的工作日志早已不知去向。

想了想，为了不白跑一趟，我直接去了毕德华家。

毕德华家位于兴平农场管理区的一栋四层小楼里，他出事时尚未结婚，因而一直跟父母居住。毕德华父母已经年近七旬，满头白发。由于当年计划生育政策规定国企职工只能生一胎，否则会被开除公职，因而到了含饴弄孙的年纪，老两口却只能守着空荡荡的家。

"这都过去七八年了，你们怎么还来？"站在毕德华家门口，刚把来意说明，毕德华的父亲便表达出了强烈的不满。"还有没有完了，他就算是个强奸犯，人都死了，也算是罪有应得了吧。"

我只好解释说事情的确过去很久了，但我还是得来了解些情况。

进屋后，毕德华父亲把我让在客厅沙发落座，他和毕德华母亲坐在一旁的马扎上。盛夏时节毕德华母亲腿上却盖着毯子，她解释说自己有严重的风湿病，腿沾不得一丝凉风。

"该说的，我们都说给你们单位之前一个姓赵的领导了，也不知道你还有什么情况需要找我们了解。反正还是那句话，自己的孩子自己清楚，我们是绝对不相信小华是强奸杀人犯的，确实他平常比较调皮，但那种事儿他干不出来！"落座后，毕德华母亲对我说。

"2004年，小华在化工厂出事，按照规定厂里应该给40万赔偿，因为你们拿出了这个事儿，厂里说小华是罪犯，早就该被开除的，结果最后只给了4万块钱的补偿，还说是因为'人道主义'，你们这个案子到底查清楚没有？不是说小华还有两个同伙吗？到底是谁？抓到了没？"毕德华父亲也搭话说。

我只好说案子还在查，这次来也是为了这事儿，请你们回忆一下，99年4月份，就是毕德华犯事的那个月，有没有被人打断过鼻梁骨？

"99年4月？这都十多年了，我们怎么能记得住！你能记住你十几年前因为啥事儿去过一趟医院吗？"毕德华父亲对我的抵触情绪很强，他似乎不管我说啥，都想来怼我。

"我也就是来问问，您想得起来就跟我说说，想不起来就算了。"我说。

"没有！"又是一句坚决的否定，来自毕德华的父亲。

他说完"没有"，屋里陷入沉默。毕德华的父亲在吸烟，毕德华的母亲则一边揉着自己的腿，一边把眼睛看向地面，不知是在回忆，还是在无声地向我表达反感。

既然"没有"，看来昨夜的失眠是我自己给自己找麻烦了。我也就没有必要继续留在毕德华家了。

准备起身告辞，却听到毕德华的母亲突然问老伴："小华打球伤到鼻子是哪年？"

"嗯？伤到鼻子？"我暂时又坐回到沙发上。

"人家警官问的是'打架'，不是'打球'，你扯那没用的干啥呢？"毕德华父亲说话显然依旧带着情绪，只是这次把情绪发泄到了妻子身上。

"哎呀，那时候他说是打球受的伤，你就信他是打球受的伤吗，你忘了楼下的刘婶都说看到小华跟人打架去的医院，当时你就是不信！"毕德华母亲埋怨道。

"他是我儿子，我不信他信谁？信刘婶？信警察？警察说他是强奸犯呢，你信吗？！"毕德华母亲的埋怨仿佛点燃了丈夫的怒火。

"你就信他!当初要不是你一直惯着,他最后能成那样!"毕德华母亲马上反驳。眼看夫妻二人话不投机,我赶紧把话题接过来。

"咱先别激动,也先不论他当初是怎么受的伤,我就想知道当年有没有这件事,这关系到毕德华的清白……"

这句话起了作用,或者说大概是这句话里的"清白"二字起了作用,夫妻两人顿时安静下来。

毕德华父亲把手里的烟蒂重重按灭在面前的烟灰缸里。

"好像就是99年吧,那年本来想送他去当兵的,因为鼻梁骨折了,没去成。"半晌,毕德华父亲说。

"4月份吗?"我想确定一下。

"对,4月份。武装部要求五一前验兵体检,小华因为鼻梁骨骨折,体检没通过,这才推后了一年。"毕德华父亲说。

"具体是几号?"我追问。

"记不清了,应该是月初的一个周六,那天小华回来得蛮晚,我和他爸已经睡了,就没发现他受伤的事。第二天发现了问他,他说是前一天晚上打球撞的。"毕德华母亲说。

她对儿子的往事记得更多一些。

我掏出手机,打开日历,看到1999年4月初的第一个周六,是4月3日,陈春丽案发的那天。

"嗯,差不多,对,是月初第一个周六,本来周天该去体检嘛……"毕德华父亲附和道。

看来,辛吉然记忆中那个跟辛小亮打架的"老毕"八成就是毕德华。至于当初受伤是因为"打球"，或许只是毕德华糊弄父母的一个托词而已。我当初的怀疑没错，毕德华受伤跟陈春丽出事在同一天，如果毕德华真的被辛小亮打到鼻梁骨骨折，他还能实施之后的犯罪吗？即便能，陈春丽也应该看到毕德华脸上的绷带啊。

"毕德华当时伤得重不重？"我问毕德华父亲。

"重，怎么不重？鼻梁骨断成三截，脸上又是绷带又是定型戴了一个多月，听小华说，当天鼻血流得满身都是，在医院洗漱间有个女的用手绢帮他止血，最后手绢都能拧出血来！"毕德华父亲说。

"一个女的用手绢帮他止血？"我突然想到了些什么。毕竟陈春丽的案发现场只找到了毕德华的血液样本，而这份样本是最终确定他嫌疑的核心证据。

"他有没有说过女的长啥样？多大岁数？"我问。

"比我们小点吧，估计当时也就 40 多岁，后来在街上遇到过，我们还想感谢人家一下呢。"毕德华母亲说。

"什么时间？在哪儿遇见的？"

"就是 99 年，在运输处客运站，女的是售票员，我和小华买票时认出来的。"毕德华母亲说。后来她还专门买了一块手帕送过去，但当时那位女售票员已经离职了。

"如果放到现在，你还能认出那个女售票员吗？"我问。

"嗐，看情况吧，这么多年了，估计认不出来了。"毕德华母亲说。

"好的，你等我一下。"说完，我匆匆出门。

"小华的案子……"毕德华父亲追到门口问我。

"等我回来！"我说。

5

从毕德华家出来，我立刻去了油田运输处下属的客运站。

"我要看你们这儿1999年在职且在同年离职的女售票员名单！"一进站长办公室的房间，我便冲着一位看上去像是领导的人吆喝道。

我的眼光没错，那人果然是站长。他一脸茫然地看着我，可能以为是不知从哪儿突然跑来了一疯子。我赶紧把警官证亮给他，又把自己的要求说了一遍，他这才听懂，一边安排人去取档案，一边给我倒水说别着急，油田有这点好处，公家单位，人员进出是有迹可循的。

很快，干事取来了1999年度的人员名册，我把上面的人名捋了一遍，很可惜，没有认识的。

有些失望。

"李警官，你这是要查什么案子，还是有什么事情？"站长看我放下了花名册，才上前问我。

"案子上的事，我要找一个人，99年在你这儿的售票员，同年离职了。"我说。

"哎哟，这个可不好查，99年油田第一批职工'协解'，当时闹得挺凶。后来管理局没法子，要求一些三产单位适当接受一些协解职工，暂时缓解一下压力。所以我们这儿响应管理局号召，也招了一批人，基本都安排在售票员岗位上了。那批人流动性很大，基本上没干多久都走了。"站长说。

"那批人有档案吗？"我问。

"没有，只有客运站的正式职工才会建档。"

但说到这里，站长似乎想起了什么。

"哎，小刘，你去财务上查查，99年的工资单还有没有，有的话给警官拿过来。"话音刚落，刚才那位干事又跑了出去。

"档案是没建，但毕竟人家不是义务劳动，工资还是要发的嘛。"站长笑着说。

这次过了好久，刘干事才捧着一个旧文件袋回到办公室。他把袋子递给我，说当年的工资单都在这里面了。我急忙抽出文件袋里的东西，找到那沓标注着"1999年度工资发放清单"的文件，一个名字接着一个名字地查了起来。

> 1999年1月：顾杰、张建国、王红叶……
> 1999年2月：顾杰……
> ……
> 1999年8月：……陈春丽……
> 1999年9月：……陈春丽……
> ……

果然是陈春丽。

我指着陈春丽的名字问站长，对这人还有印象没？站长看了一眼陈春丽的名字，说没印象，这么多年了。

"99年油田发生的系列强奸杀人案还记得不？"我提示道。

"记得啊，咋了？"站长又端详了一遍陈春丽的名字，"难道那个女的是她？"

我点点头。

根据客运站提供的信息，陈春丽就是1999年被毕德华认出的那个曾在医院帮他止血的"好心"的售票员阿姨。这个信息很关键，当晚毕德华被辛小亮打断鼻梁骨后动了手术，脸上的绷带不可能立刻摘掉。因此在案发现场陈春丽不可能认不出毕德华的关键特征，或者说，那晚被陈春丽用石块打伤的男子不可能是毕德华，但现场石块上却留下了毕德华的血迹。

而且就在案发几小时前，陈春丽还在医院洗漱间用自己的手帕帮毕德华止血……

"可能我们这些年，都被她耍了。"王正操听我说完，沉默许久后说。

"把陈春丽找出来，让她把整件事解释清楚。"王正操对程虎说。

"这……"我有些不满，怎么又是程虎，明明是我挖来的线索，即便程虎主办，也至少得带上我吧。

王正操似乎看出了我的心思，他笑了笑，说李成，你有更重要的事情要做。

"啥事儿？"

"你的'老队友'被我们找着了，你去问问那些你想知道的事情吧。"

前悦江苑酒店保安员孙强在省城一家网吧上网时被当地巡逻民警发现，当时他还没来得及关闭屏幕上的赌博网页。而民警将孙强带到辖区派出所时，他浑身上下只剩6角钱。孙强说，他把身上最后280块钱充进了网赌平台，本想再搏一把，可惜只用了20秒钟便让自己翻身的希望灰飞烟灭。

　　被警察带回油城后，按照进入讯问场所的程序先行采集了孙强的DNA。等待比对结果的当口，我和范杰先对他进行了一轮问话。

　　"好久不见啊SN，我一直等你叫我去打比赛呢，你咋跑到省城去了？"

　　孙强低着头，不说话。我仔细打量着他，的确，就是上次见面时那位一身潮牌的队友SN。

　　"借来的钱都输光了？"我又提了一个问题。这次孙强抬起头看了我一眼，又赶紧低下头去，用很小的声音说了句："是。"

　　"知道警察为什么找你不？"

　　孙强点了点头。

　　"好，既然知道，那你先说一说吧。"我说。

　　"因为借钱不还……"孙强说。

　　我笑了笑，没驳斥他，虽然按照现行法律，借钱这事儿暂时还不归警察管。

　　"还有呢？"我继续提问。

　　"网，网上赌博……"孙强又抬头看了我一眼，眼神中满是疑问。

　　"嗯，这也算一个，还有呢？"我示意他继续。孙强眼神中的疑问变成了慌乱。

"还，还有？"他问我。

"对，还有。"我说。

"韩，韩队……哦不，韩品木？"孙强试探着问。我有点失望，以为他会说宋来福的事情。韩品木赌博这事儿他上次在咖啡馆跟我说过，估计事情大概就是那个样子，况且案子是归治安支队管。但他开口总归是好事，我还是点了点头。

"也行，那你先跟我讲讲韩品木的事情吧。"我说。

"哦，好。"孙强又一次低下了头，大概是开始整理自己的思路。我打开电脑上的笔录软件，写好题头，准备给孙强做一份笔录材料。

一切准备就绪，时间过去了十几分钟，孙强却依旧低着头不发一言。我和范杰都有点不耐烦了，范杰敲了敲桌子。"哎，知道啥说啥就行，你俩怎么认识的，如何交往的，一起干过啥。这样吧，先说你俩怎么认识的，你是怎么加入的那个什么战队！"

孙强可能被范杰问得更紧张了，他惶恐地点着头，说是张成国让他玩《穿越火线》游戏，让他混进"油城电竞"战队的。

"谁？张成国？"我以为自己听错了，"他怎么知道'油城电竞'战队的？他也玩《穿越火线》？"

"他不玩《穿越火线》，我也不知道他怎么会知道那个战队。但的确是他让我加入战队，跟韩品木混在一起的。"孙强说。

我觉得这事儿不太简单。

"让你进战队干啥？赚钱？"

"不，他让我帮他查一个人。"

"查谁?"

"用'飞扬'账号的另一个人。"孙强说。很显然,他说的是"陈平",即现实中的郭鹏飞。

"为什么要查他?"我追问。孙强说不知道,但查到"陈平"之后张成国便好久没再跟他提游戏的事情。直到今年5月底,张成国让他把韩品木利用游戏赌外围的事情捅破,在群里闹出点动静来。

"张成国怎么知道韩品木在群里赌外围?你告诉他的?"我继续问孙强。

"不是,他和胡小飞很熟,我就是被胡小飞拉进游戏群的,可能是胡小飞告诉张成国的。"孙强说。

张成国跟胡小飞很熟,这个情况我从没察觉到。当然,油城不大,又是典型的熟人社会,人与人之间的关系错综复杂,不是所有都能被警察发觉的。

"既然张成国认识胡小飞,那为什么还让你去做这些事?"我继续问孙强。

"我不知道,好像是张成国怀疑胡小飞,觉得他'不老实'。"孙强说。

既然是"怀疑",说明两人此前曾有过信任关系。但这种关系建立在什么基础上呢?作为胡小飞为数不多的好友,韩品木又是否知道两人曾经的信任关系呢?

"张成国为什么觉得胡小飞'不老实'?"我接着问。

"一是'飞扬'的身份,张成国觉得胡小飞肯定知道,但胡小飞一直说不知道；二是胡小飞在网上写了些东西，惹恼了张成国。"孙强说。

"胡小飞写了什么？"我问。

"好像是一个小说，叫……叫……对，叫《深渊》。"孙强努力回忆出来。

《深渊》？印象中这个小说是当年韩品木写在天涯论坛上的，怎么成了胡小飞写的？而一部小说又是怎么惹恼张成国的？

"可能……可能是小说里的凶手是一个屁股上有胎记的性无能，张成国觉得胡小飞写的是他，所以……"孙强说。

"凶手？胎记？性无能？"我心中嘀咕着，之前网监支队发过来的那版小说《深渊》里，并没有这些情节。

"你看过那个小说？"我问孙强。

"嗯，在张成国办公室的电脑上看过。"

"张成国屁股上的胎记和性无能这种私密的事情你又是怎么知道的？"

"听和平街洗头房的小姐说的……"孙强有些犹豫，"他领我去过那里……"

孙强说，张成国有酒后嫖娼的习惯，以前时常会带孙强去A市和平街"放松一下"。和平街上有很多挂羊头卖狗肉的洗头房和"休闲吧"。有一次张成国因为拒绝付钱和洗头房老板发生争吵，倒霉的孙强也跟张成国一起被洗头房老板叫来的混子们拉到后院打了一顿。

事后张成国一直没跟孙强说过那次拒绝付钱的原因，孙强却通过相熟的失足女得知，张成国拒绝付钱是因为他本身"不行"，却归咎于失足女"服务不周到"。张成国"不行"这事儿，和平街上"服务"过他的女人都清楚。

"张成国屁股上的胎记你是怎么知道的？"

"在酒店泳池游泳时看到过，另外……"孙强说，张成国嫖娼时还有些颇为变态的爱好，比如叫一个失足女过来同时"服务"他和自己……

"张成国去嫖娼为什么要带着你？你钱很多吗？"范杰在一旁发问。

"那个时候我在网上打牌，赢了一些钱，因为是他给介绍的网站，所以要我请客。"孙强说，但也是因为那些赌博网站，他沦落到了现在这般境地。

孙强的话又一次刷新了我对张成国的认知，但对于《深渊》这个小说，我确定自己没读过这些内容，于是问孙强他读到的那个版本有多少字。孙强说很长，大概七八万字。我跟范杰商量一番，他决定派人去悦江苑酒店张成国的办公室，把电脑主机抱回来，看看那个小说到底写了些什么。

"这样，你把你跟张成国的关系细讲一下吧，从你俩认识开始。"范杰安排民警去悦江苑酒店，然后和我继续与孙强的谈话。

"我是 2010 年左右和张队长熟起来的，之前我跟他没啥联系。"孙强开始回忆自己与张成国的交往过程。

孙强平时喜欢上网，悦江苑酒店的保安跟河西派出所的民警一样，是轮班制。下班后和轮班轮空时，孙强便会去酒店附近的网吧上网。2010 年 3 月，孙强上网时撞见了同在网吧的张成国。

他之前也在网吧撞见过张成国几次，见面后两人最多打个招呼，之后各玩各的。孙强上网打《穿越火线》游戏，张成国则在网上看小说或者电影。

但 2010 年 3 月那次相遇，算是把孙强拉进了深渊。

"他当时在网上玩一个打牌的游戏，还推荐我也玩。我不会打牌，就想打游戏，但他是保安队长，我不敢得罪他，于是就按照他说的打开了网页。那个打牌游戏需要充钱，所以张成国不但教我怎么玩，还给我充了 50 块钱，说是跟他一起玩，肯定能赢钱。"孙强说。那次他陪张成国在网上打了一晚上牌，没想到真的赢了钱，除去还给张成国的 50 块之外，还多出来 200 多。

孙强尝到了甜头，之后的一段时间便经常跟张成国一起去网吧打牌。后来张成国不玩了，他就自己充钱进去。开始是赢钱的，最多时在游戏里赢了七八千。十七八岁的年纪，对什么都好奇，这笔钱很快被孙强花光了。

钱花光了，孙强便再回网站上打牌，寄希望于赢更多出来。但也就从那时，孙强开始输钱，起初每天输个三五十，后来输一两百，再后来每月的工资发到手过不了夜便输光了。情急之下孙强开始四处借钱，而借给他钱最多的也是张成国，前后有 2 万多块。

2010 年的 2 万多块，大概是孙强当保安一年的工资之和，这些钱也都被他输光了。后来他再去找张成国借钱，张成国不但不借，还催他还钱。孙强没有钱还给张成国，只能俯首帖耳地当了张成国的"小弟"，平时张成国让他干啥他就得干啥，让他向东他就不敢朝西看一眼。

"那时候你咋想不到跑路呢？"我拿孙强在酒店借了十几位同事钱之后跑路的事情揶揄他。孙强说那时自己不敢跑，因为张成国跟他说过，如果他敢跑路，就去他家里找他姐姐，把她"那个"了。

"他说这话你也信？张成国就是一酒店的保安队长，还没有王法了？"孙强的话可能惹恼了范杰。

"我不敢不信啊，我姐前几年真的被'那个'过，家里人都害怕再来一回。加上我又欠他那么多钱，被家里知道了得打死我，所以……"孙强说。

"你姐以前被人强奸过？她叫什么名字？案子是什么时候发的？"范杰问。

"孙梅，2008 年，在幸福农场附近。"孙强说。

我打开警综平台，输入孙梅的名字，发现孙梅并非涉警人员，系统里也没有她被强奸的案子。

"确定是油田这边的幸福农场吗？"我问孙强。幸福农场分成两部分，一半属于长川油田，一半属于 A 市，如果案发地点在 A 市那一半，油城警方的警综平台里就不会有记录。

"是的，但是我们家一直没有报警，担心闹大了坏了姐姐的名声……"孙强说。

"你跟张成国说过孙梅曾经被'那个'吗？"范杰问孙强。

"没有，我也挺奇怪的，这事儿发生后我们家谁都没说，连警察都没敢惊动，更何况说给别人。但不知道张成国是怎么知道的。"

"该不会是他干的吧!"我小声嘀咕。

心突然提了起来,我看了范杰一眼,碰巧他也在看我,看来我俩又想到一块儿去了。

"我也怀疑过……"讯问室空间不大,估计我的话被孙强听到了。他说叫姐姐借着去看自己的名义到悦江苑酒店看过,不是张成国。

提起来的心随即又放了下去。

"可是……"孙强欲言又止。

"可是什么?"

"可是姐姐回来后说强奸她的人像是宋来福。"

刚放下去的心又提了上来。

"理由呢?你姐认出了什么?"我问。

"没什么,就是觉得身形和说话声音很像,非常像……"孙强说。

"然后你就开始跟踪宋来福?"我试着突进。

"嗯。"

"跟踪他要做什么?"

"找个没人的地方收拾他!"孙强这次抬起了头。

"经常跟踪他?"

"也不是,但只要看到他离开酒店……宋来福吃住都在停车场传达室,很少出去。"

"从什么时候开始的?"

"2010年夏天,我姐认出宋来福之后。"

"你报复到了吗?"我看着孙强的眼睛。

"没有。"孙强说。

"没有？"我反问他，"可是 5 月 15 号晚上，你在惠民农场旁的土路上做了什么，监控都拍到了。"我打算诈他一下。

"杀宋来福的真的不是我！"孙强一下急了，脸涨得通红。

"你莫激动，警察凡事讲求证据，你说不是你，但你一直跟踪宋来福，也一直要报复他，那他被杀那晚你在哪里？在做什么？"我说。

"我……我……"孙强吞吞吐吐。

"别总磕巴，有啥说啥，给你一分钟回忆。"说着我掏出手机，刚才短信提示音响了。

是法医中心发来的，孙强的 DNA 检验结果出来了，跟二医院家属区发现的那顶帽子里皮屑的 DNA 吻合。我把短信内容给范杰看，他虽不动声色，但眼神中可以看出喜悦。

用一分钟时间让一个人回忆起两个月前的某个日子里做过什么，基本是不可能的。如果真能回忆起来，除了信口开河的胡诌外，只会是因为那天的事情的确给这人带来了极为深刻的记忆。孙强便属于后者，他仅用了不到一分钟的时间，便想起了宋来福被杀那晚他在做什么。

"那天我和张成国一起值班，他和宋来福通电话时被我听到了。"孙强说，那晚张成国似乎跟宋来福吵了一架，大概是宋来福去了惠民农场，张成国让他赶紧回来。孙强听到消息后当即有些兴奋，他虽不知道宋来福去惠民农场做什么，但知道惠民农场附近人烟稀少，是个收拾宋来福的好地方。于是他也找了个借口去了惠民农场。

"我以为他是去农场北边的废仓库，我以前跟踪他去过那里，有几个农村的女人在那里卖淫。但我到了之后没看到宋来福，只能又回了酒店。之后听说宋来福在惠民农场旁的土路上被杀了，我才知道自己找错了地方。"孙强说。

　　"但是……"讲到这里，孙强有些犹豫。

　　"但是什么？"我问。

　　"宋来福真的不是我杀的。"孙强说。

　　"我问你'但是'什么？"我意识到刚刚孙强明显有话要说，但咽了回去。

　　"但是我从农场坐车回酒店时，看到了韩品木……"

第八章

1

"我打车去的惠民农场，回去时身上没钱了，只能坐公交。公交站在 XD1 国道上，我在站上等公交时看到韩品木从田地里爬上来。"孙强说。

韩品木？孙强的话此刻像是一记平地惊雷，那晚韩品木去了惠民农场？但是我们先前在视频监控里并没看到过他的影子啊。

"你确定是韩品木吗？"范杰追问。

"确定，虽然那天他戴了假发，但我还是认出他来了。"孙强说。

"你看见他时大概是几点？"我问。

"8 点半左右，那时我在公交站等车，回酒店的公交车 8 点半左右到惠民农场站，我看见他时公交车刚好到站。"孙强说。

我记下孙强的话，然后把整个后背靠向椅背。孙强的话里有两个要点，一是宋来福被杀当晚韩品木曾去过案发现场；二是韩品木会戴假发遮挡自己的光头。后者又反映出两个情况，一是那晚韩品木有意遮掩身份，肯定有所图谋；二是此前刘广文提到的那个指使宋来福妻子去悦江苑酒店的男子，如果是戴了假发的韩品木，也不无可能。

但韩品木做这些事的动机何在呢？他跟宋来福，或者说所谓的"宋来福"之间有什么样的深仇大恨，使得他痛下杀手？我有些糊涂，想和范杰商量一下。但他正忙着记录孙强的姐姐孙梅被强奸一事，估计后续此事也得处置。

我只好继续往下问。

"7月6号晚上，你去第二医院北侧太平间附近做什么？"

他无来由地打了个激灵。

"医院？太平间？我……"孙强哽住了。

"不要说没去过，你掉的帽子里留下了皮屑。DNA不会说谎，刚才跟你讲过政策了，警察不会无缘无故问你。"我说。

"嗯，我说……"孙强说，那晚是张成国让他假装跟踪自己，并把那把张小泉厨刀扔在二医院太平间后面草地里的。

"他说我那晚只要不被人抓住，他就给我2万块钱。当时我太缺钱了，就答应了。"

"他为什么让你做这事儿？"事情有些出乎我的意料，这竟是张成国自导自演的。

"他没告诉我，也不让我问。"孙强说完，又把头低下了。

"假如你当晚被我抓住了，怎么办？"我问孙强。

"就找个借口说路过，见有人追害怕了才跑的。"他说。

这答案有些好气又好笑。

"张成国现在人在哪儿？"

"我……我也不知道，那天之后我再没见过他，打他电话也关机，他答应给我的2万块钱也一直没给……"

"他还让你做过什么？"

"没了，就这些……"孙强说。

"你确定？"范杰似乎感觉还有一些孙强应当知道却没有说的事情。

"嗯，我确定。"这次，孙强的语气比刚才更坚定一些。

范杰笑了，但连我都看出是皮笑肉不笑。

"那我问你，6月28号那天，你和韩品木之间打了好多次电话，你们聊的什么？"范杰说着，从单肩包里拿出一个牛皮纸制的文件袋放在桌子上。

我心里动了一下，6月28号，赵干哲遇害的日子，也是我被迫为韩品木提供不在场证明的日子。

"电话？没啊，自从上次我在游戏群里撬他'生意'之后，我们就闹掰了，平时基本不联系了。"

不知为何，孙强说这话时看了我一眼，我猜或许他是想让我给做证吧。

"还是那句话，警察不会无缘无故问你，别给自己惹麻烦，你年纪蛮小，以后的路还长。"范杰说。

"确实没有啊！"孙强依旧否认且一脸坦诚。

范杰收起了脸上的笑容。

"唉，话都给你说到这份上……"他似乎也不生气，慢慢地打开刚才那个牛皮纸文件袋，从里面掏出一张单据放在孙强面前。

"这是从通信公司调来的通话详单，你这边三次主叫两次被叫，通话时间都不算短，解释一下吧。"

孙强盯着通话单看了半天，没有作声。我也拿过单子看，内容同样出乎我意料。孙强与韩品木闹掰后，韩品木也一再警告队友们不要再跟孙强联系，但通话单显示，除去 6 月 28 日当天的通讯记录外，之前两人的联系也相当频繁。

　　孙强不说话，给我的感觉是他回答不了这个问题。

　　"来，再看看这个，解释一下这些钱是怎么回事。"说着，范杰把另外几张打印纸摆在孙强面前，我伸头去看，是银行的账户单子。

　　原来，范杰在孙强与韩品木两人的账户变动情况上发现了问题。从 2011 年初开始，孙强和韩品木的个人账户不定期会有大额资金流动。虽然钱并非是直接从韩品木账户转到孙强账户的，但范杰还是发现了其中的规律：一是操作时间相近，二是金额大致相同。例如 4 月 5 日韩品木的账户取款 1 万元，4 月 6 日孙强的账户便存入了 9000 元。

　　"如果我没猜错的话，韩品木担心你俩的转账记录会被人发现，所以每次都是取出现金给你，但他不知道的是你沉迷网络赌博，而网赌平台需要网上充值。因此你每次一拿到钱就迫不及待要去翻本，又把钱存回了银行。这一年多韩品木前后给了你接近 10 万块钱，你也都输光了，对不对？"范杰说。

　　孙强抬头看了范杰一眼，但又赶紧挪开了目光。

　　"告诉我，韩品木为什么给你这么多钱？你俩到底是什么关系？"范杰走上前去，俯下身子贴在孙强耳朵边问他，虽然声音不大，但气势压人。

　　孙强似乎蒙了。

　　"你不说？那再让我猜一猜，这些钱，是韩品木给你的'信息费'，对不对？"说到这里，范杰直起身子，俯看孙强，"你小子很聪明嘛，两边拿钱两边卖！"

孙强的脸色明显变了，汗珠从他额头渗出，缓缓滑下。

"但你也别忘了，既然两头赚钱两头卖，那两头做的事，你也得两头担！"

范杰语调平缓，语速很慢，但这句话还是刺激到了孙强。他毕竟只是个二十出头的青年，对世事的理解受限于自己的阅历和情商。当范杰将或可预见的未来摆在他面前的时候，孙强突然慌了。

"我没有两头卖！"他辩解道，忘了自己刚刚为摆脱杀害宋来福的嫌疑，已经把韩品木捅了出来。

"你怎么那么想不开？他俩的事情跟你有什么关系？想想你爸妈，想想你姐姐，年纪轻轻去给别人陪葬，值得吗？"范杰径自说着，没接孙强的话。

"我说……"不知是不是因为范杰提到了孙强的父母和姐姐，他最终改变了主意。

孙强说，凭他近两年的感觉，张成国和韩品木两伙人之间，应该是存在一些仇恨的。之所以称其为"两伙人"，是因为在孙强看来，韩品木、胡小飞和"陈平"是一伙，张成国和宋来福是另一伙。其中胡小飞的身份又有些许奇怪，他既属于韩品木一伙，有时又跟张成国走得很近。但对于两伙人之间的纠葛到底是什么又从何而来，孙强搞不明白，也不想搞明白。

"开始我以为他们是为了钱，后来感觉又不像。如果为了钱，完全可以合作嘛。"孙强说，他原本是被张成国派到韩品木社交圈里的"卧底"，但很快就被韩品木发现了。泄露他身份的人正是把他领进群的胡小飞，而那时张成国甚至还没来得及给他交代"卧底"任务。

"张成国是坏人，他给我挖坑，骗我钱，又拿我姐来要挟我。韩品木是个好人，我进群第二天他找了我，把话挑明了。他说我愿留下的话就留下，愿提供一些张成国那边消息的话，他可以花钱买。为了不让我难做，有时他会给我放一些消息，让我拿去应付张成国。胡小飞是个半好半坏的人，韩品木对他很好，但他有时还会背着韩品木跟张成国搅在一起。"孙强说。至于韩、张两伙人的矛盾，他打听过，但韩品木让他别打听，知道了太多对他不好。

"也就是说，你做的这些事，韩品木和张成国两边都知道？"我问孙强，想不到，这竟然是个"碟中谍"的剧情。

"嗯，但也不全是，张成国这边的动作我都会告诉韩品木，但韩品木这边的事情只会说那些韩品木让我说的。"孙强说。

这也难怪，一方威逼，另一方利诱，换谁都会做这样的选择。

"你说过，胡小飞有时会背着韩品木跟张成国搅在一起，你不担心这些事儿被他告发吗？"范杰问他。

"不担心，韩品木跟我说这些事时会避开胡小飞。"孙强说。

"也就是说，韩品木也不完全信任胡小飞？"我也问孙强。

孙强想了一会儿，说是的，但他也感到奇怪，韩品木既然防着胡小飞，为何还要跟他做朋友。

"6月28号，张成国让我把韩品木骗到A市开发区靖安路那边去，我知道他没安好心，所以直接告诉了韩品木，让他不要去。"孙强接着说。

"你从哪儿看出他没安好心？"我问。

"我在张成国包里发现了韩品木在木工厂的工作证，而且张成国还问我，敢不敢'做了'韩品木？如果敢，他不但免了我欠他的钱，还另外给我20万。"孙强说，"就他那熊样也拿得出20万？一听就是骗人，还20万，你看后来他让我去医院那儿，说是给我2万，到现在一分钱都没见着，我信了他的邪！"孙强补充道。

看来张成国跟韩品木的仇恨已经深到愿意拿20万买凶杀人的地步了。

"张成国有没有说要你约韩品木去那里做什么？那晚张成国本人去了吗？"我问孙强。

"他没说，反正那晚他整宿都没在酒店值班。"孙强说。

看来，赵干哲遇害案的真凶即将浮出水面。我也突然想到，难道那天在手术室里，赵干哲弥留之际努力想向我表达的是"保安"？张成国是保安队长，赵干哲没有余力说出张成国的名字，只好以这种方式告诉我真相？

但问题是张成国跟赵干哲无冤无仇，他为什么要杀赵干哲呢？还有，张成国这家伙如今在哪儿？难道袭击韩品木的人也是他？

不对，如果是他，韩品木没有理由为他打扫现场啊？

"既然张成国安排你做的事情你都会告诉韩品木，那7月6号在第二医院这件事，你也告诉他了？"我又提起这件事，感觉刚才可能还有些遗漏的地方。

"嗯，告诉他了。其实刚才还有个情况我落下了。最初张成国让我去之前剃光头，他还提前给了我一顶假发，说是那晚回来之后戴上。"孙强说，但是自己没同意，于是张成国退而求其次，让他戴个帽子去。

我大致明白了张成国的用意——孙强的身高体型跟韩品木差不多，如果再剃了光头，在视线不好的黑夜里，很有可能被我认作韩品木。

我随即想到，那晚 7 点钟韩品木突然短信约我去奔腾网吧打游戏，难道是为了再次让我给他提供"不在场证明"？

这就有点气人了吧，6 月 28 号到 7 月 6 号，才隔多久？

"张成国给你交代这件事儿的时候，告诉你那晚陪他回家的人会是我吗？"我问孙强。

"嗯，他说不是你就是你们所的马忠所长，如果追我的人是你，我就把刀扔在草丛里，如果是马忠追我或者你俩一起追我，我就把刀带走。"

这下我明白了张成国的用意——如果追孙强的人是我，他就栽赃给我，因为现场的刀上有我的指纹，孙强跑了，他失踪了，我就说不清了；如果是马忠，他就栽赃给韩品木，因为单从背影和身形看，我们大概率会把孙强认成韩品木。所以无论那晚陪他出现在自强路上的人是谁，只要去追孙强，我和韩品木中肯定就有一个人要倒霉。

"这家伙的脑袋瓜子倒是挺够用的。"我心里骂了一句。转念一想又瞬间明白了韩品木的做法，如果那晚我没有跟张成国去吃饭，而是跟他去打游戏了，那我俩到时正好可以相互做证，而奔腾网吧也是有监控的，张成国的算盘就彻底落空了。

想到这里，我心里竟又有些感谢韩品木。

"韩品木知道这事儿后是什么反应？"我继续问孙强。

"他当时没反应，说张成国怎么吩咐我怎么做就行。我就把话挑明了，说张成国让我冒充你，可能要给你挖坑，韩品木说他自有办法，让我别管他。但那晚之后张成国再也没回来，后来我跟他提过一次，只是吐槽说张成国人不回来，答应给我的 2 万块钱也没了踪影，但韩品木却说……"说到这里，孙强的犹豫症又犯了。

"韩品木说什么？你快说！"我催促道。

"他说……他说张成国不会再回来了……"

我有种不祥的预感。

"其实张成国失踪前我就有种感觉，他可能要离开这里。"孙强的话打断了我的思路。

"啊？为什么？"我急忙把注意力拉回到孙强这边。

"他没事儿就在办公室研究地图，还托我从朋友那儿买来一辆旧摩托放在酒店地库里，有次被王总发现了问起来，他非让我去跟王总说是我的。"孙强说。

"你是什么时候开始有这种感觉的？"我问。

"宋来福被杀后不久张成国就买了这辆摩托车，就从那时候开始。"他说。

"他失踪后摩托车还在酒店地库吗？"我想到了一些事情，急问孙强。

"不在了，不知他什么时候骑走了。"

"骑走了？"有些不可思议，"车牌是多少你还记得吗？"

"记得。×××45。"

我抱着试试看的心态把车牌号输进系统，不承想公安网上竟然有记录，还是近期的！我激动地点开了记录。

"啊？无主车辆？"

一张车辆照片，下面小字部分是车辆的大架号和发动机号，紧接着有这样一行标注：2012年7月11日发现于自强路绿化带内，疑似被盗抢车辆。请车主于15日内携带有效身份证件和购买凭证前往油城交警大队三中队认领。

"是这辆车吗？"我指着屏幕问孙强。

"对，就是这辆。"

去悦江苑酒店抱张成国电脑的同事回来了。他们把电脑主机接上键盘和屏幕放在值班大厅里，范杰和我带上孙强先来大厅找那部小说《深渊》。

孙强按照记忆在张成国电脑的D盘里找到了小说。的确，这一版《深渊》比网监之前在天涯论坛上发现的要长很多。我看文本页面上有网站水印，估计是版权方为了防盗版做的手脚。这样无形中方便了我们，于是我按照水印上的网址链接找了过去。

这是一个不太出名的文学网站，页面很简单，实时在线人数也不多。我在搜索栏里输入"深渊"二字。果然，弹出了一个新页面，作品名《深渊》，显示"连载中"，作者一栏里写着"张成国"。

"张成国？"我愣了一下。当然我也知道，这种文学网站上的作者都有网名，"张成国"三个字在这里并不一定代表了现实中的张成国，但起这么个名字的用意也太明显了吧？难怪张成国会生气。

《深渊》的点击量不高，我打开链接后才发现原因——全文付费阅读。算了一下价格，折合人民币竟然要2000多块钱。怪不得阅读量这么少，脑子有病才会花2000块追一个没啥名气的作者作品。但当我点开文章后又发现，张成国的账号竟然已经付过这笔钱了。

他那么抠门的人，竟然会花2000块为这种事情买单？

看来孙强没有撒谎，张成国真的很想知道这部小说里究竟写了些什么。

我简要读了开头几段，和之前网监支队在天涯论坛上找到的那部分一致。孙强凭借记忆找到描写凶手"胎记"和"性无能"的部分，我仔细读了一遍，的确，如果张成国也有这两个特征，他肯定会生气。

再往下拉滚动条，发现文章很长，估计一时半会儿看不完，于是准备留待处理完孙强的事情后再仔细看。

但就在滚动条拉到最后时我突然发现，小说的最近一次更新时间竟然是2012年7月16日。

"昨天？"

昨天还在更新？胡小飞已经死了一个多月，韩品木还在油田总院ICU里昏迷不醒，昨天谁来做的更新？难道还有一个人在续写这个小说？

我急忙把日期指给范杰看。范杰看完，叹了口气，说这回可能要便宜治安支队李建涛他们了。

"胡小飞自杀前把电脑寄给了郭鹏飞，估计现在手里有那部小说的人只剩郭鹏飞了……"

我说打给网监支队吧，让他们联系这家文学网站找到作者 IP，再从 IP 地址入手，或许可以查到郭鹏飞现在所在的位置。

范杰却直接打给了李建涛。挂断电话，他有些愤懑地跺跺脚说，熊熊这家伙就是命好，总吃现成的。

的确，我隔着电话都能听到李建涛向范杰致谢的声音。

2

孙强交代完所有问题，暂时被羁押。而同一时间，程虎还在跟陈春丽打拉锯战。

"又臭又硬，一句话都不说。"讯问室门口，程虎出来抽烟。其实他完全不用出来抽，刚刚他开门时，我能嗅出讯问室里空调冷风带出的一股浓重烟气。

"她没法解释，所以干脆不解释。无论我们问什么，她只有三个字——不知道。还能怎么办？接着耗呗？"程虎很无奈。

毕德华作案的可能性微乎其微，陈春丽当年的笔录便显得格外诡异，而关键就在于现场那块石头上毕德华的血迹该如何解释。陈春丽的笔录中说得很明白，她用那块石头击破了毕德华的脑袋。

"这是个逻辑问题，如果毕德华不是凶手，陈春丽的做法就显然有种栽赃陷害的味道。"程虎说，但问题是她为什么要栽毕德华的赃。

"你有没有想过，或许陈春丽那起案子本身就有问题呢？"

犹豫一番后我提出了自己的想法，这也是我近段时间一直在琢磨的问题。上次在辛吉然那里，得到了相似的看法。

"你的意思是？"

"我也只是猜测，如果陈春丽的那起案子本身并不存在，很多事情就好解释了。"我说。

程虎没有说话，在楼道里踱起了步子。

"不存在……但她当年结结实实被扎了三刀啊，那怎么解释？自己搞的？她能狠到扎自己三刀？而且她当年为什么要造假案子呢？"

程虎一连提出了四个问题。的确，若想推翻陈春丽当年的案子，需要解决的问题一点不比侦破那起案子少。而如果当年她真能狠到扎自己三刀，那现在我们撬开她嘴巴的难度也很大。

"你们现在还有别的抓手吗？"我问程虎。

"有，老王让我调看过韩品木出事时他家附近的监控录像，我在四路小区附近的一个监控里看到了陈春丽。但这只能表明她在韩品木出事的时间段里去过四路小区附近，不能证明韩品木的事情是她做的，因为小区里的监控没一个能用的。"程虎说。

"技侦呢？他们应该有线索吧？"我又问。

"暂时没有。她搞韩品木这事儿同样让人想不通啊，动机呢？而且如果真是她做的，韩品木为什么要帮她打扫作案现场并且嫁祸给辛吉然？这样做对他们有什么好处？"程虎说。

他的烟抽完了，讯问室外的楼道里没有垃圾桶，程虎用皮鞋把烟蒂踩灭，放进了裤兜里。

"你要不要进去跟她聊两句？"程虎问我。

我想了想，说不用了吧，跟她聊过两次，没聊出任何结果，估计这回我进去也是抓瞎。

我有一件重要的事情要做。

孙强的话提醒了我，我回头复盘张成国给我摆下的那场鸿门宴，方才感觉到这家伙的用心险恶。

推测一下张成国的计划，"宋来福"被韩品木杀了，胡小飞死了，死之前把写有张成国秘密的电脑寄给了张成国想查却查不来的郭鹏飞。张成国大概觉得韩品木下一步会对他下手，所以他6月28号先杀了赵干哲，企图嫁祸韩品木，没有成功。7月6日又让孙强冒充韩品木跟踪自己，引得我去追孙强，他则自己跑路。

假如那天我追不上孙强，张成国失踪，现场留有我指纹的厨刀就让我有口难辩，而且会因孙强的装扮以为是韩品木干的，一石两鸟；假如我追上了孙强，孙强就说自己只是路过，这样那把厨刀不会被发现，张成国也可以成功脱身。

如果我们因为孙强的跟踪和逃跑而去查孙强，那么自然会查到韩品木身上，他依旧是导致张成国失踪的最主要嫌疑人。而张成国之所以选择买二手摩托车跑路，是因为这样可以避开火车、飞机和汽车的实名购票规则。

张成国事先的计划是把摩托车藏在自强路的绿化带里，等孙强引走了我，他便骑车离开，从此逃出生天，留下油田警察跟韩品木死磕，而且他那只装有6万元礼品的购物袋还能让我吃不了兜着走。当然，无论那个号称要送给马忠的购物袋里究竟有没有吴霞所说的价值 6 万的礼品，它都会连同张成国的失踪成为我永远洗不清的罪证。

这本身是一个完美的脱身计划，唯一的疏漏就是孙强的头屑。张成国或许没料到，孙强跑脱了，却把带他头屑的帽子落在了现场，帽子证明了黑衣人不是韩品木。而那把带着我指纹的厨刀反倒成了引我寻找真相的指示牌，这样一来他的脱身计划便宣告流产。

但是张成国的摩托车怎么会留在自强路的绿化带里？按道理，它不该跟张成国一同失踪才对吗？

从公安局机关出来，第一站，我去了油城交警三中队，张成国的摩托车现在正停在那里。

"园林处的养护工人连续几天看见那台摩托车停在绿化带里，妨碍他们施工又联系不上车主，所以报给了我们，但这车牌是假的，我们也联系不上车主，所以只能先停在这儿了。"接待我的交警同事说。

"园林工人有没有说他们第一次看见这台车停在绿化带里是哪天？"我问。

"说了，7 月 6 号早上看到的。"

"你们有没有看过当天的监控，看是谁把这台车骑进自强路的？"

"没有。"

"那好，我要看 7 月 6 号当天自强路上的所有监控探头。"

7 月 6 日当天的视频数据很快被交警同事拷贝过来，还好，自强路不属于城区干道，只有进出口的两个视频探头，不然光是看监控的工作量就能累死我。

我瞪大眼睛盯着电脑屏幕，用4倍速查看全天视频。

大概看了一个小时左右后，我终于在7月6日凌晨4点的录像里看到了张成国。没错，就是他，不知是因为夜里骑车风大还是有意伪装自己，摩托车上的张成国捂得严严实实。但摩托车错不了，得感谢自强路上是红外探头，不然这乌漆麻黑的，我除了车灯啥也看不见。

视频时间又过了二十几分钟，张成国从自强路的另一端步行离开了，看来车子已经被他停到了绿化带里。

关掉视频，我很纳闷，还是那个问题，既然他已经准备好跑路了，为什么摩托车一直留在了绿化带里呢？现场的血迹和遗留的手机证明张成国遭到了袭击，那个袭击他的人会是谁呢？

我想到了韩品木，孙强事前已经把张成国的计划告诉了韩品木。孙强说韩品木得到消息后毫无反应。这似乎不是韩品木的性格。6月28日韩品木骗我给他做了不在场证明，这次他会坐以待毙吗？他有没有可能反向利用张成国的计划，趁我追孙强，在张成国落单的间隙去袭击他并把他带走？这样一来，就让张成国搬起石头砸了自己的脚？

想着，我又打开了视频，把进度条拉到了晚上9点，我想看看韩品木有没有提前进入这段路上埋伏。

晚上10点左右，我看到了我自己，还有张成国。两人并排走进了自强路，我的手里拎着张成国的购物袋。

视频继续往后走，并没有韩品木的影子。自强路上没有岔口，除非翻越第二医院的栅栏墙，否则就要从东一路走到西。夜晚自强路上车辆行人很少，接近一个多小时的视频里，只有寥寥十几辆车经过入口的监控探头。

直到画面上出现了同事驾驶的警车，我依旧没有看到韩品木的影子。心里很失望，看来韩品木要么没去，要么翻栅栏墙走了。但后一种可能性微乎其微，因为他是一个癌症病人，几乎不可能背着张成国一起翻墙。

揉揉眼睛，在椅子上伸个懒腰，准备关掉视频，看来又是我想多了。但就在站起身要走的时候，我脑海中突然闪过了一个念头。

"要把张成国带走必须得用车，案发时间段里一共有十几台车经过，会不会……"想着，我赶紧把进度条拉回去重新看，的确，一共有 16 辆车经过。

一辆白色科鲁兹轿车引起了我的注意。

自强路入口监控拍下车辆出现的时间是晚上 10 点 16 分 23 秒，出口监控拍下车辆离开的时间是晚上 10 点 35 分 11 秒，也就是说，这台车走完整个自强路，用了 19 分钟。

时间有点长，按照我对自强路的记忆，驾车穿过这条路，用不了这么久。

为了验证自己的想法，我又数了另外几辆车的通过时间。果不其然，大多只需要 4 到 5 分钟。

嗯，问题出在这里，这辆白色科鲁兹肯定在中途停车了。

我把这辆科鲁兹的牌照记下来，打开警务通查询车主信息。

很快，一个名字进入我的视野——张进。

张进？这个名字有些熟悉。

退出警务通，找到几天前发出的一则短信，里面同样写着这个名字，张进。

我关掉视频，按警务通上的地址去往张进家。

这个名字之所以引起我的注意，是因为前段时间在市局刑侦支队办公室，我建议王正操派人梳理一下"油城电竞"战队中所有成员的信息，看除飞扬外还有没有人跟韩品木特殊关系。王正操顺理成章地把"建议"派成了我的任务，之后的几天里，我在网安那边求爷爷告奶奶，终于请他们把战队群里七成队员的真实身份查了出来。

而张进就位列其中，他在现实生活中是一名黑车司机，在游戏群里经常殷勤地给韩品木跑腿。

7月6日晚上他的车出现在自强路上，意味着什么？

张进住在马鞍山路的一栋老公房里，见面后我没跟他扯太多，亮明警察身份后立刻问他，7月6日晚上，去自强路做什么。

"哎哟警官，这事儿我可不敢瞒你，我在网上打游戏认识了一队友，那天晚上他要用车，说是一个朋友喝醉了，让他去接。我就开车带他去了第二医院北面的自强路。"张进说。

当车子开到第二医院北墙附近时，队友让他停了车，说是那个朋友可能睡在绿化带里了，他去找找。张进想过去给他帮个忙，队友说不用。因为天气闷热，张进也没坚持，于是坐在车里吹空调。大概过了十几分钟，那个队友打电话让他把车往前开，张进开车走了不远，看到队友蹲在路边，一个男的仰面朝天躺在他身旁。

"那个男的当时啥状态？"我问张进。

"浑身酒气，就那么躺着，也说不上啥状态。"张进说。之后他也没多想，跟队友一起把那个男人抱进了车子后排。

"你把他俩带去了哪里？"我接着问。

"我是劝他送人去医院的，但队友说没必要，送回家去睡一觉就好了。所以最后我开车送他们去了惠民木工厂，估计那男的是木工厂的工人吧。"

惠民木工厂？他这队友是韩品木无疑了。但他把张成国带去惠民木工厂做什么？难道现在张成国被藏在那里？

"唉，那家伙也真是不当个事儿，实话说我现在想想都有点后怕……"张进继续说。

"你后怕啥？"我问。

"那个男的不光是喝醉的问题，当天晚上天太黑，我没注意到，第二天出车时才发现，他肯定伤到哪儿了，我后座的座套上一大片血迹。就这还回家睡觉，真不怕有个三长两短……"张进说。

说到这里，张进突然紧张起来。

"警，警官，你，你来找我，不会是……那人？唉，我就是个司机，帮忙接人的，我不认识他，更没跟他喝酒，旁的事儿也不知道……"张进说话一时有些结巴。

"那染血的座套还在吗？"这会儿我顾不上跟他解释太多。

"在，在，座套洗不出来了，我换了新的，旧的在储藏间里，应该还没丢，我去给你找找。"说完，张进领我下楼去了储藏间。不多时，他从角落里拎出一团座套。

"就这个。"张进把座套递给我。

我抖开那一团座套，的确，上面有一片明显的血渍，现在已经发黑了。

"你那个队友是不是姓韩？"我一边收起座套一边问他。

"对，对，韩队长，我们队长，咋了？警官你也认得他？"

"认得，这样，你跟我去趟派出所，现在走。"

"我，我犯啥事儿了要去派出所？东，东西不是交给您了？"一听要去派出所，张进又结巴起来。

"你没犯啥事儿，韩队长犯事儿了，你跟我走吧，到了再说。"

经法医检验，张进出租车座套上的血迹和张成国血迹的DNA相符，说明那晚躺在科鲁兹后排的男人就是张成国，而韩品木则是那个把张成国带去惠民木工厂的人。

那晚他为什么要把张成国带去惠民木工厂，而眼下张成国又在哪里呢？

程虎带人到了惠民木工厂，看守大门的门卫早已不记得7月6日晚上发生了什么，而木工厂的监控设备也唯独缺少了7月6日和7日两天的视频资料。技术同事看过监控软件后确定，是被人故意删掉了，因为5号和8号的视频都在。

警方随即对惠民木工厂进行了一轮彻底的搜查，很可惜，没有任何线索，也没有找到张成国。

"奇怪，这地方能藏人吗？"程虎一头雾水，满脸问号，他刚带人完成了一轮搜索，原以为张成国被韩品木藏在了木材厂的哪个角落里，但忙活一番后却没有任何收获。他貌似自言自语，又好像是在问我，但这个问题我答不上来，恐怕也只有躺在总院ICU病房里的韩品木能够回答。

"7月6号和7号两天，厂里有什么特殊事情发生吗？"

有民警问在场配合工作的木工厂副厂长，他可能知道为什么单单是这两天的监控视频被删掉了。副厂长皱着眉头想了半天，说没有啊，厂里这几个月都很正常。

"韩品木在厂里具体负责哪一块儿？"我问副厂长。

"他以前在木材车间，前段说自己身体不好，调到了物流仓库，负责报单啥的，有时也跟着送货押车。"副厂长说。

"6号和7号两天，厂里有什么东西运进来或者运出去吗？"同事刚才的话提醒了我。

"这个，我得去问问厂里的调度。你等我一下。"说着，副厂长打着电话走开了。

不一会儿，副厂长捧着一张单子小跑着回来。

"有，警官，你看这个。"

我接过单子，是木工厂成品仓库的出库单，时间是2012年7月7日。

"冻品仓库？"我不由得说出声来。

"是的，他们5月份在我们这边下单订了一批木箱，7月份交货，7号就是我们交货的日子。"

"还能查出那天送货的工人吗？"我问。

副厂长在人群中张望一番，"王师傅，过来一下！"他伸手招呼道。远处，一名穿着蓝色工装的中年人快步走了过来。

"冻品仓库这单7号是你送的吧？"

"是啊。"

"那天谁给你押的车？"

"小韩啊，不一直是他负责押车嘛。"

答案和我的猜测基本一致。

"虎哥，再去冻品仓库走一趟呗。"

我摇了摇身旁的程虎，他会意地点了点头。

"估计等会儿得有重口味画面了，咱都做好心理准备啊。"坐上警车，他略带忧虑地说道。

3

2012年7月18日，王正操叫我去参加联合专班的案情分析会，我挺意外，但更意外的是一向以"编外人员"自居的刘广文也出现在会场上。我跟他开玩笑说，文哥你腿脚好了没？局机关离平安小区那么远，这又下午了，你今天下班肯定会迟到，嫂子会不会凶你？刘广文看了我一眼却没说话，我从他的目光中感觉到了一丝异样。

"咋了文哥？出什么事了？"

刘广文依旧没搭理我，只是指了指座位，说开你的会，那么多废话。

我原以为刘广文是王正操叫来的，但王正操进门后见到刘广文同样惊讶。刘广文是会场上年龄除他之外第二大的人，王正操一边笑着说"阿文今天怎么赏光过来参加我王某人的会"，一边搬把椅子放在自己身边，让刘广文跟他坐在一起。

刘广文却难得推辞起来，之后拎着椅子坐在了我的旁边。我以为他是因为我带了烟所以坐过来蹭烟抽，于是把烟盒掏出来放在桌子上。刘广文也没客气，伸手便抽出了一支点着了。

分析会开始了。

经过不懈努力，很多案情有了新的进展，有些线索落地，有些线索被彻底抛弃。

王正操首先让程虎汇报陈春丽那边的情况。程虎说，陈春丽是铁板一块、一块铁板，从进入讯问室开始一句话都不说，像是要死扛到底，目前暂时被羁押在拘留所。

"郭鹏飞的位置不是已经确定了吗？催李建涛那边赶紧抓人。陈春丽这边，再想想办法。"王正操说。

程虎点点头，但从他的表情看，他大概对陈春丽已经没什么办法了。

"张成国的死因查清楚没？"王正操继续问程虎。

"查清楚了，死于颅脑外伤。"程虎说。

张成国的尸体起获于 2012 年 7 月 17 日，地点是油城西南的冻品仓库。我和程虎赶到冻品仓库后，在工人的带领下找到了 7 月 7 日惠民木材厂送来的那批新木箱。木箱已经被装满冻品，经过检查，发现了藏匿于其中的张成国的尸体。

在场的工人被吓得魂飞魄散，经过很长时间恢复镇定后，他才回忆起 7 号当天木材厂工人送来木箱时，其中一名年轻工人曾殷勤地帮他们装货并将旧包装带走。他原以为年轻工人是想要拿走那些被置换出的硬纸壳卖钱，压根没想到他的真实目的是在装箱过程中动这般手脚。

张成国的尸体被运到油城公安局刑侦支队法医中心后，确定其死于颅脑外伤。尸身由于经过长期冷冻，已无法确定死亡时间，但警方在其臀部位置上看到了一大块暗红色胎记，这点竟真与其电脑上的那篇小说《深渊》中的情节相同。

"通过黑车司机张进、木材厂司机黄某、冻品仓库员工李某的证词，基本可以确定杀死张成国并把他偷运到冻品仓库的人就是韩品木。"最后，程虎说。

"动机呢？韩品木为什么要杀张成国？"王正操问程虎。

程虎没有作声。显然，没有韩品木的证词，这个问题他暂时无法回答。

"那个孙强说，张成国跟韩品木之间有很深的矛盾，这个矛盾究竟是什么？你们搞清楚没有？"王正操的目光转向范杰和我。

我俩只能摇头，这事儿韩品木和张成国都没有告诉孙强，如今韩张二人一死一重伤，我们更无处查问。唯一有可能知道内情的陈春丽死扛着不开口，已经让我们的侦查陷入了绝境。

造成这种结果，不知是因为我们的动作太慢，还是对方早已谋划好了这样的结局。

"但我……"我有些犹豫，其实心里有一种猜测。

"有什么话你说就行，既然是分析会，就不用藏着掖着。"王正操似乎一直在注意我。

"我有一个猜测，他们的矛盾会不会跟1999年的案子有关。"

"理由？"

"我觉得切入点还是在陈春丽身上。"我没有直接给出理由，因为感觉直入主题的话，连我自己都不太容易被说服。

"假如我们刨除'2·15'专案中陈春丽的第五起案子，回看前四起强奸案，大概率会得出一个结论——它们并不是同一伙人所为。因为无论作案手法、杀人手段、作案意图还是案发地点，都有很大差别。尤其是作案地点，前三起案子发生在野外，嫌疑人选择受害人时似乎没有固定目标，遇到谁是谁；而杜娟的案子发生在校内宿舍里，嫌疑人直接针对她。"我说。

王正操和在座的同事都没说话，应该是在等待我继续往下讲。

"我看过卷宗，当年之所以把杜娟这起案子串并到'2·15'专案中，重要依据是陈春丽的案子里凶手采取了与杜娟案相同的杀人灭口手法——胸腹部捅三刀，且这两起案子中用的是同一种凶器。然而陈春丽的案子在案发环境、凶手人数方面又刚好与前三起案子相同，又在案发现场找到了凶手的'血迹'，所以五起案子顺理成章地被串并到了一起。"

我继续自己的推理过程。

"如果当年把杜娟的案子单独拿出来侦查的话，会很容易怀疑到杜娟的'继子'，也就是韩品木身上。因为他一直恨杜娟破坏自己的家庭，导致父母离异，甚至怀疑自己的母亲都是死于杜娟和韩双林伪造的车祸。辛吉然当年之所以没有深查韩品木，重要原因是韩品木当时有不在场证明。而现在看来，问题就出在那份不在场证明上。给韩品木做证的两名同学分别是胡小飞和郭鹏飞，但胡小飞是第三起刘晓华案子里的嫌疑人，郭鹏飞更是陈春丽的亲儿子……"

"当年杜娟案的嫌疑人有三个，如果按照你的推论，有可能是韩品木、胡小飞和郭鹏飞三人。虽然韩品木、胡小飞之于杜娟、刘晓华也是理论上的母子关系，但郭鹏飞毕竟是陈春丽亲生的，这不太可能吧？"程虎问我。

"对，起初我也卡在了刘晓华的案子上，因为刘晓华的遇害方式跟前两起案件中的受害人几乎一模一样，如果都是韩品木等人所为的话，他们没有理由在杜娟的案子上做出改变。况且胡小飞知道'继母'刘晓华的住处，那段时间父亲胡业军也正好在外地出差，他们更应该选择在刘晓华家里动手。"我说。

"你的意思是，第三起刘晓华的案子不是韩品木他们做的？"王正操问我。我点点头，接着说："结合后来孙强提供的情况，我有理由怀疑包括刘晓华案在内的前三起案件的凶手是宋来福和张成国。"

"为什么是他俩？证据呢？"王正操问我。

"您还记得那个三叔吗？悦江苑酒店的'宋来福'并不是真的宋来福，他被冒用了身份。而冒用他身份的人，很可能就是您说的那个三叔。这件事赵支队调查过，文哥也有过类似结论。"说完我看向刘广文，他冲王正操点点头。

"如果悦江苑酒店的'宋来福'就是三叔的话，能把他安排进酒店并隐瞒他身份的人只有可能是张成国，因为他是保安经理。而从张成国的妻子吴霞那里，也得到了两人多年前在省城密切交往的信息。三叔曾经说过自己有个'小兄弟'，'那方面'有问题，还有怪癖，结合目前掌握的有关张成国的情况，他很有可能就是传说中三叔的小兄弟……"我接着说。

王正操用怪异的眼神看着我，以至于我停下了讲述，大概这些信息并没有写在赵干哲留下的笔记本里吧。

"你接着说。"他并没有询问什么。

"如果我的想法成立，那么大概可以推断，当年制造'2·15'系列强奸杀人案的并不是同一伙人。韩品木、胡小飞和郭鹏飞可能是一伙，而张成国和三叔是另一伙。"

"当年案件研判时推定杀害刘晓华的凶手有三人，如果按照你的推论，宋来福和张成国之外还应该有一个人才对，这怎么解释呢？"王正操问我。

"对，这缺失的第三人，很有可能就是双方产生矛盾的根本原因。"我说。那个第三人，有可能参与了两伙人各自的案件，但他是如何引发双方矛盾的，我至今想不出来。

"有怀疑对象吗？"王正操接着问。我说有，胡小飞。

"至少刘晓华案里的第三人有可能是胡小飞，一来刘晓华的指缝里发现了胡小飞的DNA，说明两人曾有过肢体冲突；二来刘晓华与胡小飞的矛盾也很尖锐，胡小飞有杀她的动机；三来孙强也说过，胡小飞与张成国、宋来福两人早就认识，不排除当年胡小飞就是第三名凶手的可能。"我说，但自己也觉得这样假设似乎有些牵强。

"你觉得两伙人分别做了哪几起案子？"王正操问我。

"前两起肯定是三叔和张成国做的，第三起说不好，但非常像他们的手段。杜娟的案子恐怕是韩品木一伙做的，但陈春丽的案子……我一时还没想好。"我说。

的确，陈春丽的案情包括了两伙人共同的作案特点，无论归到哪一方都有说不过去的地方。如果是张成国跟三叔所为，那年龄对不上。如果是韩品木等人所为，郭鹏飞又是她的亲儿子。

"你一直在提郭鹏飞是韩品木团伙的成员之一，但现在我们手里根本没有郭鹏飞涉嫌强奸杀人案的证据，你的依据是什么？仅凭他跟韩品木、胡小飞的关系好，或是参与他们搞的外围赌博？还是因为胡小飞死前把电脑寄给了郭鹏飞？"王正操问我。

"这些算是一部分，但还有一个关键因素，就是当年杜娟遇害时，技校教工宿舍监控里拍到了一个身穿印有'Sports'字样运动夹克的男子影像。而韩品木家的照片剪去了郭鹏飞，我觉得奇怪，对比了所有能找到的郭鹏飞的照片，感觉监控拍到的这人很可能是他。"我说。

"只是感觉吗？有没有什么实打实的证据？"王正操问我。我摇摇头，很无奈，我去了光辉中学，也找了当年教过郭鹏飞等人的老师，但因为时隔久远，即便曾经非常熟悉他的人，也无法从一张背影图辨别出郭鹏飞的身份。

1999年杜娟案发后，警方拿到了两张照片，由于怀疑是技校内部学生，所以摸排辨认的范围被限制在油城技校内部。郭鹏飞是光辉中学的学生，自然不会被发现。后期警方虽然也在全社会范围内张贴照片辨认，但光辉中学是寄宿制高中，信息相对闭塞。加之当时距离郭鹏飞这届学生高考还有三个多月，大家都在全力备考，也很少会关注这些消息。如此一来，可能就把郭鹏飞漏掉了。

"而且郭鹏飞为韩品木提供过不在场证明，既然能给别人提供证明，也就客观上给自己提供了不在场证明。"我说。

"郭鹏飞出面给韩品木做不在场证明，他难道不担心被辛吉然当场认出来吗？"程虎在一旁问道。

我也不知道当时郭鹏飞的想法，但当年的结果就真的是三人逃过了辛吉然的眼睛。

"老辛怀疑过，但后来不是很快发生了陈春丽的案子嘛，她的证词把我们之后的侦查全都带偏了。"一直没说话的刘广文突然开口，解答了程虎的问题。

"你当年不也坚持串并案，说不可能是学生干的，你忘了？"刘广文接着说。程虎讪笑着，他当年也是专班成员，观点确实是刘广文说的那样。

"问题又回到陈春丽身上，她的案子该如何解释呢？你推理时可以将它排除，但现实中它确实发生了。而且郭鹏飞是她的亲生儿子。"王正操依旧抓着这个问题不放，而且强调了"亲生"这个词。

"大胆一点推测，陈春丽的这起案子并不存在，从开始就是她伪造的。"

"她这样做的动机何在？"

"只有这样，才能让警方放弃对她儿子郭鹏飞的调查！"

王正操沉默了，他靠在座椅靠背上，瞪着椭圆形办公桌中间镂空部分摆设的绿植发呆。许久，王正操跟身旁同事要了一支烟。随着淡蓝色烟雾缓缓升起，王正操说，他不是没想过这种可能，但毕竟陈春丽当年赤身裸体且身中三刀，刀刀致命。一个人再狠，也做不出这样的事情。

"如果为了保护她儿子，也不是没有可能。"我说。

"但凡陈春丽当年有一点疏漏，被我们看出了端倪，郭鹏飞不就马上暴露了？"王正操大概还是不能完全认同我的观点。

"所以就像您说的，她赤身裸体扎了自己三刀，刀刀致命，由不得警察不信。"我说。

4

会议继续，接下来发言的是技侦。

技侦同事查到了有关赵干哲遇害的重要线索。

"根据基站定位的数据研判，我们找到了一名出租车司机。6月28日晚打给赵干哲支队长的陌生手机号码信号从A市延安北路基站转入重庆路基站，正好与这名司机所驾驶的出租车行驶过这两个基站的时间重合。经过调取他车辆内置的GPS数据可以确定，那趟营运线路是从悦江苑酒店发车，开往A市开发区。"

"乘客呢？查到没？"王正操问。

"查到了，出租车内有视频监控，经核实，是悦江苑酒店的保安经理张成国。"技侦同事说，"另外，赵支队遇害现场的数据也显示案发时张成国同样在场，所以他有重大嫌疑。"

结合孙强的证词，这一结论并不意外。但令人想不通的是张成国为何要把赵干哲约去40公里外的A市开发区靖安路，而身为刑侦支队长的赵干哲竟然真的独自一人去了。

"你说，大晚上能把赵支队一个人叫到那么远的地方去，张成国他凭什么呢？"王正操一边说话一边用目光巡视全场，他这个问题并没有指向在场的任何人，但似乎又是在向所有人提问。

是啊，凭什么呢？我最初以为是公安局同事邀约了赵干哲，那样他的确有可能独自一人前往，但现在技侦查明赵干哲那晚要见的人竟然是张成国，他有什么理由能让赵支队单独与他见面呢？

"还有他俩的见面地点，为什么要选在 A 市开发区靖安路那边，其他地方不能见吗？"王正操又说。这个问题同样没人答得上来。

"这样，范杰你……"看众人都没有反应，王正操大概要给范杰安排新任务。

"那个，我推测了一种可能……"我身边传来一个熟悉的声音打断了王正操，是刘广文。

文哥？

大家的目光被这声音吸引，都转向了他。

"好好，阿文你先说，多少年没跟你开过分析会了，你这一讲话我还真有点年轻时候的感觉。"王正操见刘广文要说话，一下来了精神，边说话边拧开保温杯准备润润嗓子。

刘广文却没对王正操做任何回应，自顾自地讲了起来。

"1998 年，靖安路附近还属于油田六机厂，是油城在 A 市的一块飞地，属于油田公安的辖区。12 月份的一天，我值班时接了一起警情。"

那是一起强奸案，一名晚归的年轻女性被两名歹徒挟持进六机厂废弃的职工活动中心内奸污。之后歹徒扬长而去，女子报了警。因为地处油田管区内，刘广文处理了这起警情。受害女子名叫刘艳，A市凤凰村村民。刘广文采集了相关证据材料之后对案件进行了侦查，但最终不但没有查出任何结果，而且不久后案件本身就从公安局档案中消失了。

"是我把案子撤了……"刘广文说。

我被惊得目瞪口呆，现场的其他民警也愣在那里。就连王正操都瞪大了眼睛半张着嘴巴，手里的保温杯停在了半空中，看来他也是头一回听说这档子事儿。

半晌，王正操把水杯放回桌子，白拎起来一场，一口也没喝。

"你……你就直接把案子给销了？"他说话有些打戛，因为刘广文做的事情是警方大忌。这跟工厂工人把弄坏的零件藏起来不是一个性质。警察做这种事，属于徇私枉法。更何况是强奸案，公诉案件，即便受害人本身都是无权撤案的。

"咋了？为啥撤案？收人钱了？"

王正操的声音竟有些颤抖。我也难以置信地看着刘广文，除了对事件本身的吃惊外，我更不明白刘广文为何要在案件分析会这种相对公开的场合讲出这件事情。按道理，他完全可以跟王正操私下沟通，那样王正操也有余地帮他周旋。而他现在的做法无疑会让自己陷入完全被动的局面，即便王正操事后想帮他也帮不了。

"没有。"刘广文说，"对方真要给钱，这事儿还不敢干了。"

"那是为什么？受到压力了？"王正操接着问。

"也不是，是受害人家属强烈要求撤案的，说是女儿刚订婚，不想这件事传出去……"刘广文说。

他知道，按照规定，强奸案属于"八类案件"，只有撤诉没有撤案。该讲的道理他都讲过，但刘艳父母以死相逼，刘艳本人后来在家人的劝说下也提出了撤案要求。

"当时按照地方上的风俗，如果新娘子是黄花闺女，娘家能收到一大笔彩礼，但如果婚前破了身，不但收不到这笔钱，婚后还会受到婆家歧视。刘艳娘家刚拿到男方那边 8 万多彩礼，这笔钱是用来给家里盖新房的，刘艳的弟弟也准备娶媳妇。他们家担心警方介入后事情闹大传出去，刘艳会被婆家退婚，所以要求撤案。"刘广文说。

一个烂俗的情节和结局，但 1998 年的 8 万块钱，对 A 市普通农民来说的确是一笔天文数字。

"然后呢？"王正操问。

"然后我就把案子撤了……"刘广文说。

那个年代警方没有网上办案系统，也没有任何无法更改的电子签章。刘艳一家提交了一份纸质申请后，案子便被悄无声息地抹去了。

"'2·15'案发后，我有些担心刘艳的案子也是那伙人干的。后来陈春丽的案子发生，目标集中在了三个青年人身上……当时我有私心，老婆企业改制，那段时间我忙着帮她四处找人托关系调动工作，没精力搞案子，所以刘艳家属提出撤案要求后，我也巴不得省事……"刘广文说。

"你有没有想过……唉，不说这个了，被你撤了案的那个叫刘艳的受害人现在在哪儿？"

王正操可能想说："你有没有想过，刘艳那起案子有可能是

'2·15'系列案件的前奏？"而这也是我的想法。刘艳恐怕就是这一系列案件中除陈春丽外唯一幸存的受害者，她能提供的线索直接关系到后期案件的侦破。

"那姑娘死了……"刘广文顿了顿，"自杀了。"

"自杀了？"

"嗯。'2·15'发了两起案子后，我还是不放心，想再去找刘艳问一下98年案子里凶手的特征，没想到找到姑娘家才知道，她自杀了。虽然我给她撤了案，但婆家还是不知从什么地方听说了那件事，于是要求退婚、退钱。退婚当天刘艳就在家上吊了……"

现场一片寂静，众人你看看我、我看看你，最后有人看向刘广文，有人看向王正操。

"赵支队知道这件事吗？"半晌，王正操问刘广文。

"他知道有这么起案子，刘艳来报案那天是他先接待的。但因为有其他警情，刘艳的后续材料是我做的，案子最后也落在了我手里。后来赵干哲还问过刘艳的案子，我没跟他说撤案的事儿。有一次他在办公室发现我组了一半的卷宗，又问起刘艳的案子，我随便找了个借口应付过去了，之后他就没再问过我。"

刘广文说这些话时面无表情，只是一口一口使劲抽着指缝里的烟。

现场依旧一片寂静，能感觉出很多人或许有话要说，但这种触及原则的事情，还得王正操先表态，定了调子才行。

"撤案的事情，会后你来我办公室一趟吧。"

此刻的王正操应该也没有太多办法，我用余光偷偷地看刘广文，此刻他的脸上竟然有种如释重负的表情。

"这样看来，能把赵支队半夜叫到开发区去的人和事情，很可能就是刘广文刚说的这些。问题是张成国怎么会知道那起案子？他能叫动赵支队，说明他所提供的绝不只是道听途说的小道消息，不然赵支队不会信他。张成国肯定是说了一些在赵支队看来极其重要且得到过侧面证实的信息。但他当年既不是警察，也不是受害人家属，如何知道的那些消息？"

王正操可能还没从刘广文的事情中缓过劲来，说这些话时语速很慢。

案子到了这个地步，大家其实已经心知肚明——除非张成国是凶手，或者至少是与凶手有密切关系的人，不然他不会知道这些事。

但现在知道这一切已经晚了，张成国已经死了，死人是无法给出证词的。

"你当年组了一半的卷宗还能找到吗？"王正操问刘广文。听语气，他好像也没抱多少希望。

"我在机关档案室里找了很久，没找到。你翻翻赵干哲留下的这堆东西，看是不是被他存在了什么地方……"刘广文说。

王正操用手抹了把眼睛，过了很久，才淡淡地说了声"好"。

"下一步，还是努力撬开陈春丽的嘴巴吧。"王正操换了话题，看向程虎。领导开始安排下一步工作，说明会议即将结束了。

"韩品木和宋来福这两起案子里都有她的份，你看哪个好用用哪个，必须让她开口。"王正操接着对程虎说。程虎只能不停地点头，虽然大部分事情他都做了，只是没有结果。

"还有，她当年的案子，也得让她解释清楚，毕德华的血到底是怎么回事。"王正操继续说。

的确，陈春丽这个奇怪的女人身上有太多的秘密。

程虎的手机响了，他请示了王正操后，在会议室里接起了电话。

"王支，郭鹏飞找到了，已经带到了治安支队。"挂断电话后，程虎对王正操说。

"找到了？快，去把人要过来，我们这边的案子大一些，就算涉赌最后也是归口到刑侦。"

郭鹏飞的落网无疑是对时下境遇的一剂强心针，说话间，王正操的眼里都冒着光。

5

"你们的动作蛮快，还剩最后一章，《深渊》那小说就完成了。"

市局办案中心第一讯问室里，被程虎"要"来刑侦支队的郭鹏飞言语中带着惋惜。

这是我第一次见到郭鹏飞本人，此前看了不知多少他的照片，当他本人坐在我面前时，我忍住内心的激动，打量着这个与韩品木一样三十出头、戴金边眼镜的微胖男人。

与韩品木的简单和胡小飞的阴郁不同，郭鹏飞衣着相对光鲜。他被抓时上身穿着一件淡蓝色重磅真丝衬衣，从版型和材质看应该价格不菲；下身穿一条黑色西装裤，脚上皮鞋擦得锃亮，我细看之下，也是名牌。

"看来如今混得不错啊。"我略带调侃地对郭鹏飞说。先前我们已经查明，郭鹏飞大学毕业后先是在外地工作，几年前创业成立了一家属于自己的网络公司，眼下算得上是一位成功人士。

"混口饭而已。"郭鹏飞说。他的语调很轻，语气很柔。

"在那边结婚了没？"我试着先跟他聊点家常。

之前跟陈春丽的两次交锋我都以败北收场，不知郭鹏飞这方面有没有遗传他妈妈。

"结了，儿子两岁了。"

郭鹏飞的话不多，但提到儿子，他的眼神里荡漾着温柔。看来做了父亲的男人的确会变，与他同岁的韩品木在交往过程中给我留下的印象始终是一个大男孩，虽然精明、睿智，但似乎缺乏一丝沉稳和温柔。

"知道为什么找你吧？"我说。

"知道，我这不回来了嘛。"他接过我的话。

我笑了笑，看来这家伙也不太好对付。

"韩品木和胡小飞的事情你也知道了吧？"

郭鹏飞没有说话，微微点了点头，面色变得沉重而阴郁。

"《深渊》这故事，现在是你在续写？"我问郭鹏飞。

既然见面后他以这个小说开场，那就继续下去吧。张成国电脑里的小说《深渊》我已经插空浏览了一遍，感觉有些内容挺有意思，有的谈。

"是的，好看吗？"他似乎来了兴致，反问我。

"我只看了前面的部分，还行。后面部分还没来得及看，所以暂时给不了什么评价。"我说。

郭鹏飞笑了笑，说那难怪，这小说有二十万字，你才看了两万字，的确给不了评价。

"你能把后面的内容讲给我吗？"我问郭鹏飞。

"好啊，不过故事挺长的，你有耐心听完的话，我从头给你讲起吧。"他说。

我说好，有耐心，你讲吧。

"故事发生在 1999 年的老工业基地塔城，那年的冬天很冷，春天却迟到了。阳春三月，塔城的雪还没有化。就在这仍被冬雪覆盖的春日里，发生了一系列骇人听闻的强奸杀人案……"郭鹏飞开始了他的讲述。

第一起案子的受害者是一对年轻的夫妻，回家路上被人袭击。丈夫当场被杀，妻子惨遭凌辱后也被歹徒割喉。第二起案子是一对母女，她们住在一个偏远而荒芜的地方，歹徒深夜闯入她们家中，一番施暴后也杀死了她们。

两场暴行令原本平静的塔城人心惶惶，年轻女性天黑后不敢独自上街，即便有丈夫的陪伴也依旧提心吊胆。塔城警方派出了最优秀的刑警，却未能阻止歹徒继续行凶，而前两次的逍遥法外让歹徒更加肆无忌惮。不久，塔城又发生了第三起类似案件，一名独居的年轻女子在大白天遭人挟持，以同样的方式惨死在一座村庄的农田深处。

歹徒行凶后扬长而去，丝毫不担心留下蛛丝马迹。但他们不知道的是，其实有人目击了他们的作案过程。目击者名叫周立，是一个 17 岁的男孩。他之所以出现在案发现场，是因为跟踪了那名年轻女子。

年轻女子是周立父亲的生意伙伴兼情人，父亲因为她的出现跟妻子提出了离婚。一小时前，周立因为一笔钱去了女人家里。那笔钱本该是母亲的，却被女人扣了下来。周立上门要钱，两人打了一架。吃亏的周立本想尾随女子找机会报仇，却看到了眼前骇人的一幕。

歹徒有两人，年龄在三四十岁，他们持刀将女子从路边挟持到农田深处，而后开始施暴。年纪大些的男人压在女子身上，年轻些的男人一边帮助控制女子一边望风，之后两人交换。但年轻男人似乎有什么问题，他折腾了很久之后才站起身来，穿上衣服，神情十分沮丧。年长男人则取笑他，说他"不行"。

"歹徒有两个人？你确定？"我问郭鹏飞。

"确定啊，自己写的破案小说会连有几个凶手都不知道吗？"他笑着说。我也笑笑，让他继续讲。

"周立躲在不远处的稻草堆里看完了歹徒行凶的整个过程，却没有发出任何声响，那时他完全可以溜走报警，距离最近的村庄不过三五百米。但周立什么都没做，只是静静地藏在草堆里。眼看着刚刚还在自己面前耀武扬威不可一世的女人，在歹徒的蹂躏下不断发出惨叫，周立也说不清自己当时是开心还是恐惧，抑或是两者并存……"

就在女人生命的最后时刻，她突然发现了躲在草堆里的周立。那时她已发不出任何声音，只能用渴求的目光看着周立，但那一刻周立依旧静静地伏在那里，眼睁睁地看着女人的眼睛逐渐失去光亮。

歹徒拿走了女人身上所有值钱的东西后扬长而去。等到两人走远，周立才爬出稻草堆，看了一眼躺在地上满身是血的女人，啐了一句"活该"，然后飞奔回了读书的学校。

但是周立大仇得报的快感没有维持多久。

他开始做梦，梦见那个女人瞪着通红的眼睛看他，梦见那个女人浑身是血地追他，梦见两个歹徒发现了稻草堆里的秘密，手持尖刀要杀他灭口。终于，饱受梦魇折磨的周立再也坚持不下去了，他把这件事告诉了自己最好的朋友陈平和刘俊。

陈平？郭鹏飞的那个化名？

"这时候周立最好的办法不该是报警吗？"我打断了郭鹏飞。郭鹏飞说不能报警，周立不想让父亲知道他目睹了这一切却毫无动作，父亲会恨自己。

我点点头，示意他继续讲。

"陈平和刘俊是周立的同学兼好友，两人听说这件事后也很紧张，陈平劝周立报警，但刘俊却另有想法，或者说他原本就有一个打算……"

刘俊的身世与周立很像。他的父亲也在外面有情人，名叫小叶。但与周立不同的是，刘俊父亲为了能跟情人长相厮守，设计害死了拒绝离婚的妻子。刘俊洞察一切却无能为力，他报过警，但警察没有找到父亲杀害母亲的证据。因此刘俊一直打算报复两人，尤其是那个不要脸的女人小叶。是她主动介入了父母的婚姻，又上门逼迫母亲与父亲离婚，直到把母亲逼疯。小叶是始作俑者，应该受到惩罚。

刘俊已经在心里谋划了不止一百种惩罚小叶的方法，但每一种方法都不完美，都有被警察发现的风险。而周立父亲情人的死给了刘俊一些启示，他觉得眼下有一个非常好的机会惩罚父亲的情人并嫁祸出去，那就是利用塔城近期连发的强奸杀人案。

刘俊说服了周立，周立没有报警。

但刘俊若想实施报复，也有一个很棘手的问题——已经成为自己继母的小叶是塔城一所职校的老师。职校在塔城市区，繁华熙攘，根本无法下手。而且小叶平时除了跟父亲住在一起便是住在学校的单身宿舍，很少出去，刘俊的报复计划只能选在学校动手。

因此他找到了另一个帮手——张诚。

张诚是刘俊、周立和陈平的另一个好朋友，四人是初中同学，但生性顽劣的张诚没有考上高中，去了职校，而且上学第一年便因在校外斗殴被判刑，学校也开除了他。刘俊把自己的计划告诉张诚，张诚起初不同意，因为他的哥哥是负责先前三起强奸杀人案的警官张涛。

张诚警告他，前三起强奸杀人案的影响太大，哥哥为了破案已经不眠不休，如果刘俊此时动手，风险太大。一旦失手不仅达不到"嫁祸"的目的，反而会把祸端引到自己头上，那样警方很有可能把刘俊当成一系列案件的真凶。

但此时的刘俊已经听不进任何人的劝告，他说既然张诚不愿参加，那他负责帮自己弄清小叶在职校的宿舍号，帮他们进入职校就好。张诚答应了。

"小说里的刘俊是个什么样的人呢？"我问郭鹏飞，"你有没有做过人物小传？"

"当然做过了，他得是一个冷静、沉着、成熟、狠辣且智商很高的人，不然他撑不起故事主角的光芒。"郭鹏飞说。

"好，你继续讲。"我说。

"刘俊此时面临的另一个问题是，如果张诚不帮忙的话，自己一个人恐怕难以搞定这件事……"

刘俊首先想到了周立。作为与自己境遇相似的好友，周立可以切身体会自己的痛苦，同样憎恶自己的继母小叶。最重要的是周立亲眼看到过两名歹徒的施暴过程，叫上周立，可以更好地模仿先前的案子。

刘俊找到周立，周立同意了。

"陈平呢？陈平拒绝了吗？"

"没有，年轻人嘛，讲义气。四个好朋友，三个去做同一件事，自己不去，以后还怎么一起玩？反正不是多大点事儿，就跟着一起去凑个热闹吧。"

"这事儿还不大吗？"

"他以为'报复'嘛，无非是骂几句、打一顿，再过分一点就拍个裸照、诈点钱财，还能咋地？况且小叶还是刘俊的继母。"郭鹏飞解释说。

刘俊、周立和陈平三个人在一个深夜去了塔城职校，在张诚带领下来到学校南围墙附近。张诚伸手掏出了几块砖，围墙便出现了一个缺口，几人钻了进去。小叶住的单身宿舍就在围墙旁边，张诚没有进去，他在围墙缺口附近帮忙望风，同时告诉进去的三个人，一定要走宿舍楼东侧楼梯，因为西侧楼梯口有监控。

三人进入宿舍楼，很快来到了小叶的宿舍。门是从里面插住的，这难不倒刘俊。他用银行卡顶在门锁位置的缝隙里，手腕一用力，插销便被顶了进去，门开了。三人在黑暗中走进了房间，刘俊在前，周立和陈平在后。小叶住的宿舍不大，但黑夜中他们也看不清屋里的摆设。走着走着，周立突然碰倒什么东西发出了响声。小叶醒了，问了一句："谁?！"

声音吓到了三人，但也给三人指明了方向。尤其是走在最前面的刘俊，他冲声音传来的方向扑了上去，女人开始喊救命，但声音很快被捂住了。

刘俊叫陈平和周立两人过去帮忙，陈平用被子捂着小叶的头，周立按着小叶的身体，刘俊则拼命打小叶，直到小叶完全不再抵抗和出声后三人才停下来。但三人刚住手，床上的小叶便是一阵剧烈抽搐，之后没了动静。陈平觉得事情不妙，打开手电筒。这才看见小叶躺在床上一动不动，而刘俊手里握着一把弹簧刀，刀身有血。

"他们杀了小叶？"

"嗯，刘俊捅了小叶三刀。"郭鹏飞继续讲述。

看到眼前的场景，陈平怕了，他质问刘俊不是说好只是"报复"吗，怎么还要杀人？刘俊瞪着通红的眼睛说她死有余辜，杀了就杀了。然后他拉过一旁呆若木鸡的周立，让他回忆之前父亲情人被杀时的景象。周立早已吓得魂飞魄散，只能应付着说，"光着身子，被捅了几刀"，但究竟是几刀，周立却怎么也想不起来了。

刘俊按照周立的描述脱光了小叶的衣服，然而之前的案子里受害女性生前是遭遇过强奸的，他们做戏要做全套。面对眼前的裸尸，三人谁也不敢多看一眼，更别说做那种事儿了。

最终刘俊让陈平关掉手电带周立到一边去，自己则留在了小叶的尸体旁边。陈平照办了，过了大概十几分钟，刘俊轻声招呼陈平和周立快走，而后三人离开了小叶的宿舍。

"你这小说口味好重啊……"我忍不住打断了郭鹏飞。郭鹏飞笑了笑，说这有什么，同样的事情《白夜行》里的桐原亮司对花冈夕子不也做过。

"之后呢？他们就离开塔城职校了？"我问郭鹏飞。

"本来是这么打算的，但走到楼道里，不争气的周立竟然晕了……"郭鹏飞说。周立本就是三人中胆子最小的人，晕倒了也情有可原，但他的晕倒带来了连锁反应——刘俊让陈平去找点水来把周立弄醒，陈平跑去水房找水，却忘了当初张诚的告诫——不要走西侧楼梯，那里有监控。

等陈平意识到这个问题时已经来不及了，水房就在楼梯西侧，他刚才去接水的画面肯定被监控拍到了。

这下大伙儿全傻了眼。

事已至此，再无补救的余地。刘俊和陈平把周立弄醒后，三人回到楼下商量办法，陈平想去找监控室，看能否把视频毁掉，但刘俊说没用，监控室在职校行政楼里，如果再去干这事儿还会被校园内的监控拍到。陈平急哭了，说你说得轻巧，杀人的是你，但监控拍下的却是我，到时候警察来抓我去给小叶抵命，你替我吗？

刘俊说你放心，我替你。

"陈平当时以为刘俊就是随口一说，说给他听听。真到了性命攸关的时候，谁还会把这种承诺当真？只不过后来的事情证明，刘俊当时并不是随口一说，而是真的要在东窗事发时给陈平换命。"郭鹏飞说。

"可是这命能不能换成，并不是刘俊和陈平两人说了算的。"我说。

"或许吧。"郭鹏飞笑笑，接着往下讲。

当刘俊、陈平和周立三人回到围墙边时，却发现张诚不见了，而那个早先钻进来的洞也被重新堵上。三人这才意识到，由于前后几件事耽误的时间太长，张诚或许以为他们已经从其他地方离开了职校，所以收拾完现场便离开了。三人没有办法，只能凭借记忆重新在围墙上找缺口。经过一番折腾，三人终于钻出了围墙。只是那时天已发亮，围墙附近的宿舍楼里也已有灯亮起了。

"之后呢？三个人就这么'逃出生天'了？"我问。

"算是吧，但这件事发生后，三人都是惊魂未定。"郭鹏飞说。尤其是周立，上次自己目睹奸杀案现场的阴影还没消退，现在又亲历了一波，精神差不多要垮了。白天像丢了魂一样，夜里也会说梦话，突然大喊大叫，幸亏同寝室的只有刘俊和陈平，他们的秘密才没被周立的梦话泄露出去。

不久，传来职校教师小叶被杀的消息，张诚的哥哥张涛也找来刘俊所在的学校了解情况。好在刘俊本人心理素质过硬，加上张涛来学校也只是例行公事，没发现三人的异常，周立还跟陈平一起给刘俊出具了一份不在场证明。

不久之后张诚传来消息，说事情已经过去了。因为他从家人口中得知，哥哥张涛已经把小叶被杀一案跟前三起奸杀案串并到了一起，三人终于可以安心了。

讲到这里，郭鹏飞停了下来。

"没了？"我问他。

"故事讲完啦。"郭鹏飞说。

"这可不对，不应该还有一起吗？"我问他。郭鹏飞说没有了，小说里就只有四起案子。

"那你这怎么磨叨到20万字的？不可能，肯定还有！"我说。

"你觉得写到这里，故事怎么样？"郭鹏飞问我。

我说故事的确蛮抓人的，尤其是这个刘俊，他这智商、胆量、魄力和动手能力如果用在正当处，长大肯定是个人才，当警察的话至少比那个抓你回来的李建涛强。

程虎在桌子下面踢了我一脚，小声说你别在这儿胡说八道，熊熊八成在监控里听着呢。我从他那儿把郭鹏飞"抢"过来，他就憋了一肚子火，你小心再撞到他枪口上。

我急忙抬头看了一眼头顶的监控，希望李建涛刚才能出去上个卫生间。

"再往后呢？你这小说肯定不能到这儿就结束了啊？李警官不也说了，就这点内容，也写不到20万字吧。"程虎又把我刚才的话重复了一遍。

"再往后？那就是很久之后的事情了……"郭鹏飞说。

　　有民警从讯问室外敲门进来，冲程虎挥手，示意他出去。程虎正听得起劲，不想走。他也冲那人摆手，又指了指郭鹏飞，意思是自己正在做笔录，走不开。

　　但民警有急事找程虎，一边挥挥自己的手机一边做了个"王"的口型，看来是王正操找他。程虎这才想起掏出手机看，我用余光瞥到上面竟有十几个未接电话。见此程虎赶紧跟我交代了几句，便跟那位民警出去了。

　　"嗯，你继续讲。"我对郭鹏飞说。

　　"转眼便是几年过去了，那些案子一直没破，刘俊这几个人也毕业离开了学校。刘俊和周立参加了工作，陈平去外地上大学。大家虽然还保持联系，但逐渐没人再提这件事，事情似乎就这样过去了。"

　　"不对啊，还有张诚呢？他干啥去了？"我提出疑问。

　　"他死了，出意外死了。"郭鹏飞说。

　　"那他哥呢？那个警察张涛，还在查案子吗？"我接着问。

　　"张涛？在查，但他后来不做警察了。"

　　"为什么不做警察了？不做警察怎么还能继续查案呢？"我又问郭鹏飞。

　　"因为他犯了错误，被革了职。"他说。

　　"啥错误？"我这种刨根问底的行为应该很让郭鹏飞讨厌。

　　"他盯上了不该盯的人，却也放过了不该放过的人，这样设定情节说得过去吧？"郭鹏飞说。我点点头，说那你继续讲。

"这世上总有些人觉得自己很聪明，别人很傻，但其实觉得自己聪明的人未必聪明，觉得别人是傻瓜的人才是真的傻瓜。"郭鹏飞说。

这句话我似曾相识，对，是那晚在公交车上韩品木说的。现在又出现在郭鹏飞嘴里，不知是不是小说里的句子。

"刘俊这家伙，的确很聪明，智商很高。但是智商高的人容易自负，以为自己很聪明，便会有意无意地秀智商，寻找优越感……"郭鹏飞说。

刘俊的"首秀"在他杀人几天后。当时有人拍下了一张刘俊、陈平和周立三人离开职校的照片。原本那张照片很不清晰，分辨不出里面的三个人是谁。刘俊拿到照片后却在网上发了"求助帖"，请人复原照片。他还把杀人的事情写成小说发表在了网上，打算以此展示自己过人的智商。不料就在他志得意满的时候，有人盯上了他。

"谁？谁盯上了刘俊？"我问。

"你感觉会是谁？谁盯上刘俊会让这个小说更精彩？"郭鹏飞问我。

"警察吗？这么大的案子，警察肯定不会轻易放弃的。"我说。郭鹏飞点点头，说警察不放过他，这是板上钉钉的事情，但除此之外还有一个人找到了刘俊，而这个人才是对刘俊最大的挑战，也只有这个人的出现才能让小说情节不落俗套。

"是谁？"我问郭鹏飞。

"别着急，你听我慢慢说。"

2006 年，刘俊在网上收到一则通知，一个网友在刘俊曾经发过的帖子里说，自己手里可能有些刘俊"感兴趣的东西"。刘俊私信了那名网友，网友发给刘俊一张照片和一句话。照片是刘俊、陈平和周立早年的合影，附带的那句话是：做过的事情，谁也逃不了。

刘俊当时就蒙了，当年三人做的那件事，除了已死的张诚外没有第四个人知道。他赶紧联系陈平和周立，把照片和那句话发给了他们。陈平看到这些之后也很紧张，毕竟当年自己被学校监控拍下了影像，一旦东窗事发，自己第一个倒霉。而周立则更慌，他本就是三人中胆子最小的，听说这件事后，直接被吓得哭了起来。

但缓过劲来之后，三人开始关注一个问题——这个网友为什么时隔多年之后又来找刘俊，而且似乎还知道几人的秘密。一番争论之后几人确定，应该是之前刘俊在网上发的那些东西和写的小说出了问题。这个发来照片的网友，很可能是张诚的哥哥张涛——当年那个办理塔城系列强奸案的警察。

之后刘俊决定与这个网友接触，也最终确定了网友的身份就是张涛。那时刘俊才知道，张涛仍在调查当年的四起强奸杀人案。

"张涛不已经不是警察了吗？为什么还在查这件事呢？"我问郭鹏飞。

"嗯，刚才我少交代了一点，事情是这样的，张涛和张诚虽是哥俩，但张涛并不喜欢张诚。因为张涛是警察，张诚却是个混子，平时没少给哥哥惹麻烦。小叶的案子发生后，张涛因案发那晚弟弟无故外出而怀疑过他，两人发生了争吵，张涛一怒之下打了张诚，不慎失手打死了他。就这样，张涛也进了监狱。所以再找刘俊已是 7 年之后……"郭鹏飞解释说。

我没有打断他，让他继续说下去。

"再往后的情节就是刘俊和张涛之间的故事了。刘俊知道张涛在怀疑自己，他与周立合作，努力将张涛关注的焦点转向前三起案件的真凶。一个偶然的机会，周立又见到了那个屁股上有胎记的男人，开始接近他。而那个男人也洞察到周立的目的，于是张涛、刘俊和两个真凶，这三方之间展开了激烈的对决……"这或许是整个小说的高潮部分，讲到激动之处，郭鹏飞有些眉飞色舞。

"刘俊的智商高，周立的记忆力好，张涛经验丰富，三人合作查案的过程可谓精彩绝伦。但同时，刘俊和周立却还要时刻提防张涛，防止他发现自身的秘密。而两个真凶也不是吃素的，他们凭借着自身的狠辣和凶残不断给刘俊等人制造各种麻烦……"郭鹏飞说道。

"这部分是胡小飞续写的吧？"我继续问郭鹏飞。他说对。我笑了笑。

"那个陈平呢？没听你提起他来，在三方斗法的过程中他做了什么？"我问。

"陈平？"郭鹏飞看了我一眼。"嗯，刘俊和周立做这一切时他身在外地，对于这件事本身做不了什么……作为一个记录者吧，把刘俊和周立所做的事情记下来，等最终整个事件尘埃落定的时候，作为一个'揭秘者'出现。"郭鹏飞说。

"这样的人物设定不太好。"我说，陈平虽然算不上主角，但在主要情节中消失又在最后出现，显得很突兀，这样你不好结尾。

"那你觉得应该写些什么？"郭鹏飞问。

"如果是我写的话……"我顿了顿，心中盘算着应该如何表述，"嗯，我觉得，这是一场战争，战争就要烧钱，为了能让好友刘俊和周立心无旁骛地打赢这场战争，陈平选择了为他们提供经济支持……嗯，利用自己的专业。你觉得，这样设定合不合理？"说完，我看着郭鹏飞。

他嘴角向上扬了扬，意味深长地点点头，说看来李警官也很懂小说嘛。我说过奖了，我大学学的中文，当警察前也想做个专职作家的。

"三人最后的结局是怎样的？"我第二次向郭鹏飞提出了这个问题。

"既然是一场战争，那结局就一定要悲壮一些。"他抬起头，看着斜上方的天花板，"周立被两名真凶害死了，但两名凶手也在杀害周立的过程中暴露了身份。刘俊为了给周立报仇身受重伤，两名真凶受到了应有的惩罚。周立和刘俊算是用自己的方式为当年所犯的罪行付出了代价……"郭鹏飞说。

"至于陈平……"郭鹏飞说，"我还没有想好他的结局，所以小说还没有结尾。"说完，他看着我。

"至于陈平嘛，因为刘俊一直记得自己当初在杀害继母小叶时对他的承诺，所以在最后时刻留下遗言，承认自己是当年杀害小叶的真凶，与他人无关，试图保下陈平。"我也看着郭鹏飞。

"刘俊成功了吗？"他问我，我没有回答他。

"你从警察的专业角度看，这样的结尾逻辑上说得过去吗？"

郭鹏飞追问。

"涉案的两伙嫌疑人，除陈平外几乎都死了，案件的受害人也都死了。陈平当年的犯罪行为没有了任何人证，检察院很可能无法对他进行起诉。理论上，他确实有可能脱罪。"我说。

"这是你希望的故事结尾吗？"我问郭鹏飞。

"我还没想好最后一章怎么写，不就被你们带到这里来了嘛。"郭鹏飞笑了笑。

"你这个小说如果这样结尾，恐怕网站没法给你发表，因为'凶手最终逃脱法律制裁'，这不符合大众的接受心理，也有违公序良俗嘛。"我说。

"而且，你这个故事有些地方存在一些问题，如果让我来写，我会稍微改动一下。你要不要听听？"我接着问郭鹏飞。

"好啊。"他说。

"故事大概要从刘俊、周立和陈平三人逃出职校开始改起。"我说。郭鹏飞看着我，没有说话。

"三人杀害刘俊的继母小叶之后很紧张，尤其是陈平，因为他是唯一被职校监控拍到的人。如果警察按图索骥，那第一个被抓的肯定是他。在内心的煎熬下，陈平把这件事告诉了自己的母亲。听儿子说完这件事情之后，陈平的母亲当场崩溃。

"这个陈平的身世也比较苦，他的父亲当时正患病住院，母亲每天要去医院照顾父亲。听说儿子参与了杀人案之后，陈平母亲的第一反应是要保住儿子，因为丈夫的病情已经被医生判了死刑，她不想再失去儿子。"

郭鹏飞的眼神有些迷离，和我对视一会儿后移走了目光。

"但陈平犯的这个事情太大，而且照片已经被警察贴满了塔城各处的电线杆，他随时都有可能被人认出来。陈平母亲可能想过让儿子离开塔城，但她又觉得这样太委屈儿子，毕竟陈平还不到20岁，本该有似锦的前程。如果就此隐姓埋名远走他乡，这一生就毁了。况且即便儿子离开塔城也不能确保不会被警方抓住，难道陈平的后半生都要四处躲藏吗？陈平的母亲思考了很久，一直拿不定主意，她很想保住儿子，但又不知道该用什么办法。"我说。

"故事中加入了亲情啊，不会让小说显得拖沓吗？"郭鹏飞问我。我说不会，反而会让小说更贴近生活。"你刚才说的嘛，文学艺术源于生活又高于生活。要高于生活，首先得源于生活吧。"

郭鹏飞点点头。

"终于，陈平母亲想到了一个办法。这个办法是从儿子转述的刘俊报复继母小叶的思路中来的。既然刘俊可以通过模仿之前的强奸犯作案嫁祸给他们，那么自己也可以这样做。如此一来警方便彻底不会怀疑到陈平头上，毕竟再灭绝人性的强奸犯也不可能对自己的母亲下手。之后陈平母亲仔细询问了儿子当天晚上和刘俊、周立二人杀害小叶的细节，结合警方公布的前三起强奸杀人案的案情，不久后在某个僻静的地方自导自演了一场戏。"我说。

"什么戏？"郭鹏飞瞪着眼睛看我，看上去很着急的样子。我心里好笑，什么戏你不比我清楚吗？

但我现在不想拆穿他，既然他跟我谈"文学"，我就继续陪他演下去。

"她造了一起假案子，具体一些说，她选了一处偏僻的野外，脱光了自己的衣服，学着刘俊杀害小叶的样子扎了自己三刀，伪装成自己也遭遇歹徒奸杀的样子，而那把刀很可能也是从刘俊那里要来的。然后她跑到公路上找路过的大车司机求救，警察来到后，她说自己被三名男青年侵害。"

听我说完，郭鹏飞沉默了，但他的脸上写满了不可思议。

"这……这难度也太大了吧？不说别的，强奸案里得有凶手留下的精液，陈平母亲还得向警察描述凶手的体貌特征，这些怎么办？"郭鹏飞问我。

"精斑的问题，陈平母亲准备了避孕套，就是以前计生办发的那种，查不到源头。到时就说凶手诡计多端，强奸时用了计生用品。至于凶手的体貌特征，警方先前公开征集线索时发过通告，就照着通告说。"我说。

"那张照片上拍的可真是她儿子，这样不会引来祸端吗？"

"不会，反倒因为照片上真是陈平，她的描述才必须与之符合，只有那样才能让警察彻底排除儿子的嫌疑。"

"但是这件事陈平母亲一个人还是做不了，因为捅伤自己的凶器必须被从现场带走。因此她需要人来配合，最好的人选无疑是刘俊和周立。"我接着说。

"你的意思是刘俊和周立也知道这件事?！"郭鹏飞的状态突然变得激动起来，我看到他的腿在颤抖，脸色也变得通红，仿佛忘了我和他讨论的是小说，而非现实。

"而且为了让警方更相信自己，陈平母亲还准备了一样东西。"

"什么?"

"血，一个臆造出来的凶手的血。有了这样东西，警方会进一步相信她受到了攻击。"我说。陈平母亲每天都在医院陪护丈夫，有时间便去急诊楼转，毕竟那里经常接收各种危重病人，拿到血样的机会多些。功夫不负有心人，终于有一天，她在急诊楼卫生间外的盥洗台遇到了一个因打架入院治疗的青年，那人被打断了鼻梁骨，鼻血流得到处都是。于是她借帮男青年止血的机会用手帕拿到了他的血样，之后用在了自己伪造的案子上。"我说。

"陈平母亲造的这起假案子最终有没有骗过警察？"郭鹏飞问。

"骗过了。"我说，"警察也没有想到，有人真的会为了造假案捅自己三刀，而且刀刀致命。"

漫长的寂静。

"她，真的，捅了自己……三刀？"不知为何，坐在讯问椅上的郭鹏飞周身肌肉都颤抖起来。问这个问题时，我看到他的眼睛里竟含着泪光。

我和代替程虎坐在讯问室的民警面面相觑，都无法理解郭鹏飞眼下的状态。难道，他是第一次听说这件事？不太可能吧！

过了很久，郭鹏飞的情绪才平复下来。

"警官，你说的这个故事情节，我也要给你提几点意见。"郭鹏飞的声音里带着很重的鼻音。

"好，你说。"

"首先，陈平并不知道他的母亲为他做了这起假案子，因为小叶的案子发生后不久，他便离开塔城，转学去外省投奔亲戚。名义上是为高考移民，当然，实际上也的确像你说的那样，他的妈妈想让他避开灾祸。按照陈平的性格，他宁肯投案自首，也绝不会让母亲为自己做这样的事情。他一直不知道有这么一件事，往后的几年里还在怪罪他的母亲，为什么高考前的那几个月里对自己不闻不问，甚至连电话都不曾给自己打一个……三刀啊，刘俊杀死小叶也只用了三刀……"

郭鹏飞强忍着说完这些话后竟在讯问室里哭了起来。而他的叙述，也完全脱离了《深渊》这部小说本身的情节。

我突然意识到，郭鹏飞恐怕真的不知道陈春丽做的这件事。当年陈春丽受伤住院，郭鹏飞是她唯一的儿子。如果他身在油城，必然会去照顾陈春丽。那样一来辛吉然和赵干哲他们肯定早就知晓了郭鹏飞的身份。

7

"我们还要继续聊小说吗？"我问郭鹏飞。此刻他依旧伏在讯问椅的小桌板上抽泣，金边眼镜掉在讯问椅旁的地板上，看来陈春丽的事给了他很大刺激。

程虎回到讯问室，他应该得到了一些新消息，着急分享给我，但一进门就被眼前的场景惊到了。

"这，做个笔录，咋还哭上了……"

用最简短的语言给他解释了一番后，程虎对郭鹏飞眼下的状态表示理解。

"嗯，他还算是有良心。"程虎说。

"老王找你啥事儿？"我问程虎。他进门时表情舒展，应该是有好消息。

"刘广文撤掉的那半本卷子找到了，里面有好东西；张成国家里也有些发现，你先搞这边，弄完了跟你细说！"程虎压低声音，在我耳边悄悄说。

我说好，那咱们加快进度。从郭鹏飞的反应看，估计我们这边也快出结果了。

许久，郭鹏飞终于抬起了头。我走过去把地上的眼镜捡起来，放在讯问椅小桌板上。郭鹏飞说了句谢谢，用衣袖擦了擦镜片。

"警官，我想问你几个问题。"郭鹏飞说。

"好，你问吧。"我坐回到座位上。

"刘俊最后怎样了？"他用的依旧是小说里的人物名字。

"他受了重伤，住进了 ICU……"我没有把韩品木的真实情况全部告诉他。担心他知道韩品木有可能变成植物人后会就此抗拒审查。毕竟现在胡小飞、张成国和"宋来福"都死了，他是唯一的知情人。

"那两个强奸犯的结局是怎样的？"

"死了。"

"怎么死的？"

"刘俊把他们杀了。"

虽然"宋来福"究竟是不是死于韩品木之手，我们手里还没有确凿证据，但我们毕竟只是在讨论一部小说。

"你能告诉我周立到底是怎么死的吗？"他很快换了一个问题，问到了胡小飞。

"自杀。"我以为他会问我胡小飞为什么自杀，但很意外，他没有问。

"好了，我的问题问完了。"郭鹏飞说。

我点了点头。有件事郭鹏飞没有问，但我想让他知道。

"刘俊得了癌症，没有多少光景了。"

"他……"郭鹏飞再次被惊住了。

"什，什么时候？什么，什么癌？"半晌，他才问出来。

"和他父亲当年一样，肝癌，已经晚期了，靠止疼药维持。"我说。

郭鹏飞的身体又开始微微颤抖。

"你能不能也回答我一个问题？"看到他的反应，我决心趁热打铁，"刘俊、周立和陈平三人，跟那两个强奸犯之间，到底结了什么仇恨？"

这个问题困扰我实在太久了。

郭鹏飞抬头看看我，把目光移向窗外，又移向地板。讯问室南墙高处有个 30 厘米见方的小窗户，天气晴好的午后，阳光可以从塑钢材质的窗户射进屋里，在地板上留下一个一米见方的长方形光斑。很多坐在讯问椅上的人喜欢盯着这块光斑发呆，此刻郭鹏飞便是这样。

"警官，你想不想听另一个版本的小说故事？"许久，郭鹏飞说。

"新故事？"我感到惊讶，"说来听听。"

"也不能算新故事，只是把上一版故事线拉长了而已。"

"拉长到哪里？"

"一年前。"

虽然不明白郭鹏飞为什么用这种方式回答我刚才提出的问题，

但我还是决定听下去。

"如果把故事线往前推一年，这个故事的发生地要改一下。"
郭鹏飞说。因为在塔城发生系列强奸案之前两个月，隔壁城市里
也发生了一起类似的案子。深夜，一名晚归女孩被两名歹徒挟持
进了一栋待拆的民房中。那两名歹徒正是后来在塔城犯下罪案的
人，那是他们第一回结伙作案。

我心里一惊，他说的难道是 1998 年刘艳的案子？

"那次受害者侥幸活了下来，并非歹徒手软仁慈，而是因为他
们对女孩做那件事时被人撞见了。那个人就是周立。"郭鹏飞接
着说。

周立的父亲是一名商人，在那起案子的案发地附近有一套房
子。那套房子本应是离婚后分给周立母子的，但被他父亲的情人
用一些手段扣下来并写了自己名下。周立一直在找那套房子，
那天晚上他跟踪父亲的情人一路找到房子所在的小区，但进入小
区之后周立跟丢了目标，只好在小区附近转悠，不料却目睹了那
起轮奸案。

"周立的出现吓跑了那两名歹徒。他帮女孩报了警，还去公
安局做了证。周立记性很好，他向警察详细描述了两名歹徒的特
征，当晚女孩家人对周立千恩万谢，还请他到家里做客。一切都
很正常，不正常的是一个月后，周立在街上偶然发现其中一名歹
徒，他上前抓住了那名歹徒并报了警，但处理此事的警察却告诉
他，压根没有他说的那起强奸案……"

为了证明自己没有说谎，周立带警察去了女孩家，告诉她歹

徒落网的消息。不料不但女孩矢口否认自己被强奸过，女孩家人也极不友好地赶走了周立。如此一来，被他抓住的强奸犯无罪释放，周立反而被警察训斥了一番。

几件事情开始在我脑海中交错重叠，渐渐形成一条模糊的线。案子被刘广文撤掉，导致后来的警察无法证实胡小飞的说法；被家人裹挟撤案的刘艳没有料到周立会找到家里旧事重提，或许正因此，她的婆家知道了真相。

"后来呢？"我问郭鹏飞。

"后来？"他笑了笑，"后来周立反而跟那两名歹徒混到了一起。"

"为什么？"

"或许有很多原因吧，我一时想不出来。"郭鹏飞顿了顿，"但我知道的是，他很想利用两人帮自己报仇。"

"报复他父亲的情人？"

"对。"

"也就是说，周立父亲情人被害的案子，也是周立一手策划的？"

"可以这么说吧。"

"那先前的两起案子，周立也参与了？"

郭鹏飞摇摇头："我怎么知道？他又没说过。"

但他随即意识到自己的失言，改口说"他又没告诉陈平"。

"父亲的情人在光天化日下被奸杀，案件在塔城掀起了轩然大波。两名歹徒决定暂时收手，周立的复仇计划也圆满完成。如果不是刘俊同样提出模仿作案，报复自己的继母小叶，恐怕塔城的这三起奸杀案也就此尘封了……"郭鹏飞说。

"既然这样，后来双方的矛盾又从何而来呢？"我问郭鹏飞，他还没有回答这个关键问题。按道理，既然团伙一拍两散，哪怕为了安全起见，大家不都该就此相忘江湖吗？

"恶的种子一旦种下，便会生根发芽，等它结出果实的那天，所有浇灌过它的人都必须去品尝，无论他是否情愿，我这么认为没错吧？"郭鹏飞看向我。我说对，你有这觉悟就好。

郭鹏飞知道我在讽刺他，笑了笑，没做反应。

"这世上哪有这样的好事，帮你报了仇，替你背了锅，你想一走了之？开玩笑！"他接着说。小叶的案子发生之初，两个强奸犯并未多想，但看到警方公布的嫌疑人照片后，心中有数的他们立刻认出了照片里的周立。反复逼问下，周立把实情告诉了他俩。从那以后，两人便成了周立的梦魇。

"他们知道周立的父亲是商人，有钱，所以找他要钱。周立说父亲的钱并不给自己花，他们不信，打他，威胁要杀了他，周立没办法，借钱给他们花；他们让周立给他们物色女人，周立考上大学后他们去学校找他，让他帮忙'搞定'他们在校园里看上的女学生，周立不敢报警，最后以退学避祸；后来他们看周立身上实在榨不出油水了，又把目光转向当年跟周立一起做下小叶案子的另外两人，让周立把两人的身份说出来……"

"周立也照办了？"我问。

"没有。这可能是他唯一没有照做的一件事。"他说。

"那……"我还想发问，但郭鹏飞继续了他的陈述。

"周立想逃，却又无处可逃，整日生活在痛苦和恐惧中。他的性格本就敏感软弱，在多重折磨下，他的精神逐渐出了问题，开始变得抑郁、离群索居，以至于最后精神分裂，时刻觉得有人要害他。他没法正常工作，只能靠电脑游戏缓解现实的折磨……好在周立的情况被刘俊发现了。反复询问下，周立把所有事都告诉了刘俊……"郭鹏飞说。

刘俊明白，如果任由事态发展下去，周立迟早有崩溃的一天。到时不仅关乎好友周立的安危，同样关系到自己当年杀害继母小叶的案子，所以他决定出手帮助周立应对那两个强奸犯。

"陈平呢？他什么时候知道的这些事？又做了什么？"我问郭鹏飞。

"是刘俊把周立的事情告诉陈平的，但他向陈平保证，之后所有的事情都不会牵扯到陈平身上。因为他和周立两人是有原罪的，但陈平没有。他当年在职校围墙边曾对陈平承诺过，如果真有一天警察找陈平给小叶偿命，他会去代替陈平。而在这之前，他会尽一切可能保护陈平周全。"郭鹏飞说。

我叹了口气，也明白了之前韩品木所做的一些事情。

"所以刘俊最后杀光了所有人，让一切变得死无对证？"我试着问郭鹏飞。

他点点头。

"刘俊说过，自己和周立是有原罪的，这份原罪让他俩无法生活在阳光下，也无法用正当的手段去应对已知和未知的威胁。周立几次要投案自首，刘俊也想过，但一想到那样陈平也在劫难逃，便放弃了。刘俊说陈平不像自己和周立那样在浑浑噩噩中熬生活。他读了大学，开了公司，做了老板，结了婚，有了孩子，前途光明，生活一片欣欣向荣。陈平辞职创业时没有钱，刘俊给他凑启动资金；陈平买新房后，刘俊整宿整宿地帮他策划新房装修风格，还请业内有名的设计师给他出规划；陈平结婚时，刘俊千里迢迢去了他所在的城市，婚礼现场激动得一塌糊涂，简直比自己结婚还开心；陈平儿子出生时，刘俊给了他一大笔礼金，还说以后孩子读书要去最好的学校，钱他来出……"

郭鹏飞叙述的声音越来越小，逐渐变成了嘀咕。

"是为了给自己赎罪吗？"我问。

"不全是吧，或许刘俊把自己对生活的所有憧憬都投射在了陈平身上，仿佛看到陈平的生活，就看到了自己曾经极度憧憬却永远无法获得的一切吧……当年他成绩好、长得帅、家境优渥，如果不出意外的话，他现在的成就一定不比陈平差。或许刘俊也曾后悔过，如果当初没有继母小叶的案子，他会成为一个什么样的人？或者说没有小叶这个人的出现，他现在的生活又会是什么样子呢？"

但一切都已经发生，一切也就无从后悔。

"这个小说是怎么回事？是什么契机让你创作这个小说的？"我看时机差不多了，是时候和郭鹏飞走回现实了。

"刘俊先起笔的，他写了几万字之后，被周立看到了。那时周立被两个强奸犯逼得精神崩溃，需要开一个口子倾诉，也需要另一个虚幻的现实来帮助自己逃避真实的现实，所以他续写了这个小说并发到了网上，也是因为这件事，那两个强奸犯更加憎恨他……"

阳光透过小窗在地板上洒下的长方形光斑，已经随着时间逐渐挪动到了办公桌旁。同事起身去关窗户，郭鹏飞在讯问椅上活动了一下有些僵直的后背，又整了整淡蓝色衬衣的袖口。

"警官，小说的结局我还没来得及写，你觉得，我该写成什么样子呢？"郭鹏飞问我。

"恶的种子一旦种下，便会生根发芽，等它结出果实的那天，所有浇灌过它的人都必须去品尝，无论他是否情愿。"我说。

他点了点头。

"刘俊、周立和陈平三人在小叶的案子之后发过誓，即便是死，也绝不能说出当年的秘密。你懂我的意思吗，警官？"

"嗯，我跟你聊的，一直是文学。"我说。

尾声

1

刘广文当年组了一半的卷宗里，有一份法医出具的检验报告。当年的"宋来福"和张成国还没有后来的熟稔和狡诈，他们受到胡小飞惊吓，仓皇逃离现场时，没来得及清理自己留下的印记，所以那份报告里有两个人的DNA信息。虽然两名嫌疑人皆已死亡，但案件依旧被重新建档。

吴霞在收拾张成国遗物时，在家中地下室里发现了一个包裹。打开后，里面是几张光盘和十几件女性内衣裤。她看过其中几张光盘后便把包裹内的物品悉数交给了警方。经过辨认，这些光盘中刻录的是他和"宋来福"二人近年来猥亵、性侵女性的影像。

在郭鹏飞的劝说下，陈春丽开口了。

如我所料，1999年油城"2·15"系列强奸杀人案的第五案，的确是她为了掩盖儿子郭鹏飞参与杀害长川油田职业技术学院教师杜娟而伪造的。1999年4月3日，陈春丽在长川油田第二附属医院急诊楼一楼卫生间盥洗台帮助毕德华止血时，用手帕取得了毕德华的血液，之后涂抹在伪案现场的石块上。

陈春丽用随身携带的刀具扎了自己三刀，然后编造了自己遭受三名青年轮奸的案情，加上时任专班领导辛吉然的疏忽，警方之后的侦查工作一直朝错误的方向延伸。而辛吉然也为自己的疏忽付出了惨痛的代价。

"鹏飞说他和韩品木、胡小飞一同杀了人，开始我以为他说着玩，后来看到大街电线杆上贴着他的照片，我就崩溃了。扎自己的那三刀的确很难下手，但一想到老公病成那个样子，可能说走就走，儿子再出了事，我活着还有什么意思？这样一想，也就下得去手了……"陈春丽供认说。

郭鹏飞对1999年伙同韩品木、胡小飞杀害油田技校女教师杜娟一事供认不讳，陈春丽也卸下了以往的敏感与警惕。坐在我面前的只是一个年近六旬的老人，一个以一己之力骗了警察13年的女人。

"但你有没有想过，前几起案子的受害人也都有母亲，被你拿去血液栽赃的毕德华也有母亲。你保护自己儿子的心情我可以理解，但那些人呢？毕德华的母亲与你同年，你有没有为她想过？她的儿子因为你，死后蒙受了8年的不白之冤。因为你造的假案子，之前三起案件的真凶逍遥法外，警察辛吉然失去了儿子，赵干哲的儿子也失去了父亲，可笑他们当年殚精竭虑地破案，为的竟是找到'伤害'你的凶手……"

但这些话对陈春丽似乎并没有太多作用，讯问室里，她怔怔地目视前方，眼神空洞，看不出任何内容。

2

　　陈春丽供述的第二起案件发生在 2012 年 5 月 15 日晚，她与韩品木合谋杀死了"宋来福"。原因是"宋来福"再次逼迫胡小飞说出"飞扬"即郭鹏飞的身份，而张成国已经通过孙强找到了胡小飞在汽修厂仓库的藏身处，扬言胡小飞再不说出郭鹏飞的信息便要"后果自负"。

　　早已是惊弓之鸟的胡小飞求助韩品木，韩品木决定索性干掉"宋来福"，一了百了。

　　陈春丽把辛吉然约到惠民农场附近的土路，目的是嫁祸辛吉然，如果计划顺利，最好能够制造辛吉然与"宋来福"互殴的场面，由"宋来福"杀死辛吉然，再由韩品木伺机杀死"宋来福"。这样一来，造成两人互杀的假象。

　　"你想杀'宋来福'可以理解，但为什么连辛吉然也要杀？"我问陈春丽。

　　"因为韩品木说在那不久之前辛吉然去找过他，问到了郭鹏飞，而且辛吉然还去过光辉中学，是为了当年韩品木的那份不在场证明。"陈春丽交代，杀辛吉然，是因为他有可能已经把矛头指向了郭鹏飞。但最后之所以放跑了辛吉然，也是因为韩品木，他在最后时刻放弃了辛吉然。

　　"他竟然说辛吉然是个好人，他不想杀辛吉然。如果那天晚上他照我说的把辛吉然一并杀了，也就没有后面的麻烦了。"说到这里，陈春丽的语气中竟带着惋惜。我暂时不想跟她置气，继续问话。

"'宋来福'怎么就那么听你的话，冒着大雨去了惠民农场？"我接着问她。

"我跟他提了'三叔'这个名字，果然是他，他也果然来了……"

"你怎么知道三叔的？"

"韩品木告诉我的。"

"韩品木受的伤是怎么回事？也是你做的？"我问陈春丽。虽然现场已被韩品木本人打扫干净，警方手中也没有任何陈春丽作案的证据，但出于理性我还是试探了一下陈春丽，她有作案动机和嫌疑。毕竟韩品木一死，郭鹏飞的安全性会显著提高。

"是我。"没想到陈春丽回答得干净利落。

"是你？你为什么要杀他？你知不知道韩品木一直在暗地里保护郭鹏飞？你知不知道他已经癌症晚期了？你知不知道你从他家走后，他为了隐瞒你进而隐瞒郭鹏飞的身份，忍着剧痛为你打扫了现场？"

我一连问出了三个"你知不知道"。陈春丽的面部表情告诉我，这些消息对她有所触动，但这种触动或许仅仅持续了一秒钟，因为她紧接着反驳道：

"那你知不知道，当年如果不是他，压根就不会有后面的这些事情！我儿子郭鹏飞压根就不会被卷进来！"

我一时竟也无言以对。

3

刘广文辞职了。

刚听到这个消息时，我觉得是谣言，至多是刘广文自己放出来的烟幕弹。他当年撤案这事儿可大可小，现在他八成是在放低姿态，以防领导连同他平时"预备退休"一事算总账。

　　"他都多大了，这把年纪还辞职，就他那老身板当保安都没人要……"同事问起我时，我如是说。没想到刘广文真的给公安局机关党委递交了辞职信。

　　1998年撤案的事情其实是有周转余地的，毕竟当年撤案是受害人及其家属强烈要求的，甚至刘艳在撤案的书面申请中坚称自己并没有遭遇强奸，报假案纯粹是为了找刺激。

　　"但真相是啥，咱都心里有数，骗别人可以，骗不了自己不是？"刘广文对我说。我说文哥你可想好啊，你毕竟一把年纪了，身体又不好。刘一明年就要上大学了，你现在辞了职，准备家里蹲吗？嫂子能饶了你吗？

　　"我想开个餐馆。"刘广文说。

　　"文哥你可别扯了，开餐馆，你会炒菜吗？我在你家住了一个多月，顿顿嫂子做饭，你开餐馆，骗鬼吧你！"我说。

　　他笑笑，没再说话。

　　所长杨胖子和教导员轮番劝他"斟酌"，刘广文说自己早就想好了。我跑去局机关找王正操，求他帮忙再劝劝刘广文、他的老兄弟。

　　"我早就劝过他啦，没用。他说他信念垮了，再干下去也是枉费生命，还不如提早离开做点想做的事情。"

　　"咋还信念垮了？他不一直说'印泥钢笔一插，酒店宾馆网吧，一天巡逻三趟，老婆喊我回家'嘛，都这样了还扯啥信念？"

"我让他'知耻而后勇'，以前犯了错误不可怕，今后将功补过，继续发扬老同志余热。结果他说干工作可以带着感恩之心，但不能带着悔罪之心，他自己都认为是'犯了罪'，我还能劝他啥呢？"

王正操的脸上写满了无奈。

刘广文最终还是辞职了。

手续办完的那天，我帮他把办公室里的私人物品搬回家。路上，我想起当初还有一个一直没问出来的问题。

"文哥，最后问你个事儿，你愿意说就说，不愿说就算了……"

"嗯，啥事儿？"

"韩品木去过你家吗？"

"你想问的是那天晚上的事情吧？赵干哲问过我了。我和他不是亲戚，我也不知道那晚他为什么会站在我家门口。唯一可能的合理解释，是他在示威、在泄愤，或许胡小飞跟他说过，那晚接待他报案的警察是我，后来把案子撤掉的人也是我。如果没有这件事的话，也不会有后来这一系列事情。"

我想了想，没有继续问下去。

4

刘广文餐馆开业的那天，也是法院对郭鹏飞进行宣判的那天，餐馆简短的开业仪式过后，我和刘广文去了郭鹏飞的庭审现场。

由于涉嫌故意杀人罪、赌博罪等，数罪并罚，郭鹏飞被判了有期徒刑15年。他的母亲陈春丽另案处理，同事们估计刑期不在郭鹏飞之下。

案件是公开审理的，但"2·15"专案的热度早已过去，且三叔和张成国两名主要嫌疑人已经被杀，亲属也都没有来，所以法院旁听庭审的人并不多，大部分是当年前三起案件的受害人亲属，另外还有一部分是省城政法学院在油城实习的大学生。庭审结束后，我和刘广文往外走，远远看到毕德华父母相互搀扶着走出法院大门，坐上公交车。我想上去打个招呼但没追上，回来之后刘广文对我说，没追上也好，这个招呼不打也好。

"郭鹏飞得到这个刑期，看来是双方妥协的结果。"刘广文接着说。我问"双方妥协"是什么意思，他说如果郭鹏飞那天来公安局时咬死了不松口，你拿他一点办法都没有。

"韩品木重伤，胡小飞死了，三叔和张成国也死了，剩下郭鹏飞这一根独苗，当年现场没留下任何证据，现在连个证人证词也没有，凭什么抓他、判他？到最后忙活一通，他还不是继续回去当他的网络公司老板。"刘广文说。不过法院在量刑方面也做了取舍，不然照郭鹏飞的罪行，估计得判死缓。

"这个韩品木也真是个人才，如果走正路……唉，可惜了。"他又提到了韩品木。

"那个，辛叔呢？"我想起自上次在盐化工家属院见过一面之后，就再没有过辛吉然的消息。问刘广文，刘广文说他也不知道，最近在忙餐馆开业的事情，没顾得上他，不知还在不在盐化工家属院住。我说你开餐馆没把辛叔带上吗，反正他也没工作。

"以前他当领导指挥我，现在我当领导指挥他，有点不合适吧。关键是我也指挥不动他！"刘广文摇摇头，说没抱这方面想法。不过他平时愿意来玩的话也挺好，做个伴嘛。

就这样你来我往地聊着，快走到法院门口时，我听到身后有人喊我。

"李成警官，等一下。"

一名陌生男子跑了过来，我记得他好像是今天郭鹏飞的辩护律师。

"我的当事人有些东西要交给你，你方便吗？"他说。

我犹豫了一下，不知郭鹏飞有什么东西要给我，但还是说了句"方便"。

男子从口袋里掏出一张小纸条递给我，上面写着一串邮箱号码。

"这是？"

"郭鹏飞说是韩品木让他转交给你的，就是这个邮箱，密码你知道。"

我看了看手里的邮箱，很陌生。

"密码我知道？"

我还想问些什么，但男子已经转身走远了。

5

我做了很多尝试，韩品木的生日、他的手机号码、他父母的生日等等，但全都失败了。

即将放弃时，我想到了一组数字。

199706281443。

果然，邮箱打开了。

我记得韩品木说过，1997年6月28日下午2点43分，是他母亲出车祸的时间，那一刻后母子二人天人永隔，韩品木的人生也就此改道。

文件夹里有两个word文档。

打开第一个文档，是一封信。看抬头，竟是写给我的。

你好，李成：

　　恭喜你猜对了密码，只可惜当你看到这封信时，我已经无法和你面对面地交流了。我知道你肯定会好奇一些事情，你们做警察的，大概都是这个样子吧。

　　不可否认的是，其实在你加入"油城电竞"战队的那一刻，我已经猜出了你的身份，也想到了你从何而来，又为何而来。我知道你一定很想知道当年到底是怎么一回事，而我又在其中扮演了何种角色。思虑再三，还是决定用这种方式吧。

　　杀害杜娟的人是我。我恨这个女人，是她毁掉了我爸妈的婚姻，也毁掉了我的家。

　　1996年，杜娟来到终南餐厅做服务员，那是一份圈内人心知肚明的工作。她也是一个从开始就居心叵测的女人。果然，她很快被李正斌介绍给了那时风头正盛的我爸韩双林。两人相识当年我爸便向我妈提出离婚，我妈为了我，拒绝了。但之后我爸便在杜娟的怂恿下不再回家，而杜娟本人在下班路上跟踪我妈，走到偏僻的地方骂我妈、打我妈，逼我妈跟我爸离婚。最后甚至去我妈单位，在会议室里当众把自己脱个精光，一边撕扯我妈一边说她怀了我爸的孩子，让我妈让位给她。

我爸韩双林也是一个忘恩负义的人，他当年之所以能在长川油田混得风生水起，全凭他娶了我妈。结婚前，他只是一个身无长物的退伍兵，分在井下作业处上班；结婚后，姥爷一直提携他，先把他调进管理局机关，又让他进入机关小车队。有了妈妈和姥爷，他才过上了人上人的日子，才能跟李正斌这种以前都不会用正眼瞧他的人称兄道弟。

但姥爷死后，我爸立刻就像变了一个人，他要和妈妈离婚，说什么"受够了委曲求全"，要去"追求真爱"。他搬进处长楼的时候怎么不说自己委曲求全，他当年为了上位竭力追求我妈的时候怎么不想他的真爱？

……

我妈本就是一个柔弱的人，在杜娟和我爸的逼迫下，她患上了精神病，但我爸丝毫不顾我妈和我，又被杜娟怂恿着去法院起诉离婚。那时我还小，法院说这种情况下更不能判离婚，因为离婚后我和我妈都没有了监护人。

宣判的那天下午，杜娟站在我家楼下骂街般嘶吼了三个小时，然后冲进家来打砸，说房子是我爸的，让我妈带着我滚出去。我妈恐惧中带我躲进衣柜，而我爸则坐在楼下不远处的车里，看着这一切。

那时我躲在衣柜里却依旧很开心，因为法院不让离婚，我觉得爸爸终于可以回家了，我们一家又可以恢复到以前的样子了。只是没想到，驳回离婚的判决不但没能挽回我爸的心，反而让我们遭受了更加严酷的折磨。从那以后，杜娟在油田公然与我爸同居，隔三岔五便来我家打砸，直到1997年6月28日下午，我妈在安远公路上车祸身亡。

目击者说我妈是主动撞车死的，安远公路上没有监控，我妈又有精神病，所以交警最后给出的结论是自杀。我报警举报过我爸和杜娟，是他们杀害了我妈，但警察一直跟我说"没有证据"。"没有证据"？我就是证据！因为几天前我妈还告诉我，她无论如何也不会离婚，更不会轻生，因为那样只会便宜了我爸和杜娟。

我妈死后三个月不到，杜娟就正式嫁给了我爸，也从餐厅调去了技校，从一个出卖色相的女人摇身一变成了老师。

……

我恨她，但我没有办法报复她。那时我只是一个高中学生，甚至连学费和生活费都要靠韩双林。我只能等机会，我相信像她这样的女人一定会遭到报应。

1999年3月，机会来了，油城连续发生了强奸杀人案。我觉得如果在这时候模仿凶手的作案方法杀掉杜娟，一定可以成功。因此3月7号凌晨，我和同学胡小飞、郭鹏飞摸进职业技术学院杜娟的宿舍，杀了她。

杜娟是我杀的，我捅了她三刀，一刀胸部、两刀肚子。胡小飞和郭鹏飞只是陪我进屋，帮我壮胆，他们两人没有动手，尤其是郭鹏飞，他是个好人。杜娟和我爸结婚之后，我便不再要他给的生活费，之后的两年全靠郭鹏飞的资助我才不至于饿死。他家并不富裕，他的父亲还有绝症，但他一直资助我，那两年里我没挨过饿，但他却经常因为把生活费都给了我，自己饿肚子。7号那天郭鹏飞并不知道我要去杀杜娟，只是担心我吃亏，所以跟去了。

至于胡小飞，他和我的家庭情况相似。他的父亲也在找了情人之后抛弃了他和他母亲，所以他理解我的感受、同情我的遭遇。他也想报复他的父亲和他父亲的情人，我们两个经常讨论实施报复的具体办法。但那时我并没有想到，他更早一步地实施了报复，而且使用一种对自己更为残酷的方式。

……

宋来福是我杀的，2012年5月15号晚上，我在采油厂惠民农场旁的土路上捅死了他。我以为那样就可以减轻胡小飞的压力，把他从痛苦中救赎出来。胡小飞曾跟我表达过很多次自杀的念头，他说那两个人一直在逼他，他既不敢违抗，更不敢举报他们，只能继续压迫自己。我以为杀了宋来福便可以帮胡小飞解脱，但没想到后来他还是自杀了。

……

张成国也是我杀的，2012年6月28日晚上，他让悦江苑酒店的保安孙强假扮成我，跟他去A市开发区杀死了警察赵干哲，又把我的工作证丢在现场，企图嫁祸给我。2012年7月6日晚上，他又让孙强帮忙演一出戏，要么嫁祸给我，要么嫁祸给你，或是同时嫁祸给咱俩。但他不知道那个孙强早已被我买通，他自己的一举一动都在我的掌握中。所以6月28日一晚上我都拉着你，7月6日晚上，以为计划得逞的张成国独自回家，我在路上杀掉了他。做戏要做全套，既然他想演戏，我就陪他演完。

只是抱歉，我没能提前把张成国要杀赵干哲的消息告诉你，直接导致了赵干哲的死。对不起。

……

电影《无间道》里有句台词——出来混，迟早要还的。事情是由我而起的，如果不是我要报仇，胡小飞和郭鹏飞就不会陷入如此境地。尤其是郭鹏飞，他成绩好，人也好，完全该有一个光明的前途。如果不是我，他现在一定过着令人羡慕的幸福生活。事到如今，我也不再期盼什么，只是希望你们在处理郭鹏飞的问题上，可以网开一面。他没有参与杀害杜娟，之后宋来福和张成国的死也与他无关。我愿意承担所有罪责，只求你不要为难郭鹏飞。

我要说的，大概只有这些，祝你今后工作顺利，幸福安康。

　此致

敬礼

韩品木

2012 年 7 月

又打开第二个文档，竟是那部小说《深渊》。之前胡小飞的版本我看过，郭鹏飞的版本他跟我讲过，不知这份会是什么内容。

冲了一杯咖啡，开始阅读。

果然，这一版不同于胡小飞的版本，胡小飞的版本中隐去了周立与两名真凶结伙作案的内容，将周立塑造成帮助警察抓获犯罪嫌疑人的正面形象；也不同于郭鹏飞的版本，郭鹏飞的版本中没有陈平母亲制造假案的部分。原来韩品木自己也完成了一个版本，但在这一版中，他同样隐去了一些内容，或者说，隐去了一个人物——陈平。整个故事始终围绕刘俊和周立两人展开。

但与郭鹏飞版相同的是，韩品木版本的小说《深渊》同样没有结局，他留出了空间，设置了章节号码，还写好了小标题。只是正文一片空白，或许韩品木也不知道，故事最后的结局是怎样的。

6

三个月后的一天，我在上网时，想起那部名叫《深渊》的小说，突然有个想法，既然韩品木和郭鹏飞两个版本的小说都没有结尾，现在已然尘埃落定，我或许可以帮他们把结尾续上。其实说心里话，两人的小说都写得不错，尤其是韩品木的版本，无论结构还是语言，都称得上是一部佳作。

抱着试试看的心态，我又在网上搜索了这部小说，原本没抱什么希望，但搜索的结果却令我惊奇万分——竟然有另外一家网站登出了这部小说。

我打开网页，急忙往下拉，想看一下是哪个版本。但令我惊讶的是，进度条拉到结尾时发现这部小说竟然已经完结，作为结局的最后一章被人续上了。

我开始阅读结尾部分，读着读着，我后背的衣服便被汗水湿透了。

结尾与我们的结案报告完全一致，这明显是内部人员续写的。

程虎？范杰？王正操？刘广文？几个名字在脑海中一一划过。不对，都不像。王正操没这个闲工夫，支队长的正式任命刚刚下达，他正忙得不可开交；刘广文电脑用得"痛不欲生"，至今做笔录得用手写；范杰和程虎还在忙活他俩的案子；整场案件中唯一活着的知情人韩品木还在 ICU 病房里昏迷着，谁会写这样的结尾呢？

"十口川"——我看到了发帖人的姓名。

十口川？！那个 4 年前在网上给韩品木留言说"我手里可能有你感兴趣的东西"的网友十口川？

十口川，我想起了小说里的警察张涛，他说过一句同样的话。

难道？

我抬头望向网吧对面的悦江苑酒店。或许，那个披头散发的酒麻木，不会再出现了吧。